당신이 나를 죽창으로 찔러 죽이기 전에

Original Japanese title: **ANATA GA WATASI WO TAKEYARI DE TSUKIKOROSU MAE NI**

Original Japanese edition published by KAWADE SHOBO SHINSHA Ltd. Publishers
Korean translation rights arranged with KAWADE SHOBO SHINSHA Ltd. Publishers through The English Agency (Japan) Ltd. and Danny Hong Agency.

• 시월이일은 해와달 출판그룹의 단행본 브랜드입니다.

당신이 나를 죽창으로 찔러 죽이기 전에

이용덕 장편소설
김지영 옮김

あなたが私を
竹槍で突き殺す前に

시월이일

한국 독자를 위한 서문

동기라는 것이 다 그렇듯, 이번 작품을 쓰게 된 동기 역시도 한두 가지가 아닙니다. 이를테면 "당신이 쓴 이 소설은 일본 내의 재일 한국인 차별을 규탄하기 위한 것인가요?"라고 누군가 돌직구를 던진다면 저는 당황하고 말 것입니다. '규탄'이나 '계몽' 같은 하나의 목적만 가지고 보기 좋게 담아낼 수 있을 만큼, 소설이라는 그릇이 작지는 않을 테니까요.

소설이란 글자만으로 이 세계를 재창조하려는 시도이다, 라고 한다면 제게 있어서 소설이란 이런 것입니다. 이 세계에 대한 철저한 모멸의 표명, 심술궂은 풍자를 끊임없이 들이대는 민폐 행위, 뒷구멍을 차례차례 들춰내서 떠벌리고 다니는 유쾌범. 농담하고, 비꼬고, 신경을 거슬리게 하는 행동. 어디가 제일 민감한 신경일지 주의 깊게 파고드는 관찰. 양식과 합의를 의심하고, 또 의심하고, 그렇게 심보 고약한 스스로에 대한 의심조차 멈출 수 없는 강박. 이렇게까지 써도 되나 싶을 정도의 돌파구를 찾아냈을 때 느껴지는 쾌락.

저는 몇몇 매체와의 인터뷰에서 "시대가 쓰게 만들었다"는 말을 했는데, 분명 이 소설을 구상하던 단계에서는, 이를테면 도쿄 신오쿠보에서 열린 극우단체의 데모에서 '좋은 한국인도 나쁜 한국인도 다 죽이자'라는 플래카드가 내걸리거나, 오사카 츠루하시에서 마이크를 손에 쥔 중학생 소녀가 "츠루하시 대학살을 일으킬 겁니다!"라고 외치게 만든 그 배경이 소설을 쓰게 된 동기 중 하나였습니다.

상식을 벗어난 그러한 차별적 가두데모도, 그 두 배를 넘는 사람들이 참가한 카운터 데모에 의해, 혹은 2016년에 시행된 '헤이트 스피치 금지법'에 의해, 적어도 가두선전만큼은 그 수가 극적으로 줄어들었습니다. 우리들 재일 한국인이 너무 미워서 차별하고 싶어 하는 일본인도 있었지만, 전력을 다해 그에 맞선 일본 분들도 있었던 게 사실입니다. 그러니까 이 세계를 재창조하기 위해서는 절망이나 염세에만 빠져 있어서는 안 됩니다. 자신과 무관한 약자나 자신의 경제적 이익으로 직결되지 않는 인권 활동 등을 위해서 몸이 가루가 되도록 노력하는 사람들이 세상에는 확실하게 존재하며, 언제까지나 고루하고 변할 것 같지 않던 사회제도 역시 점차 개선되고 있다는 점을 확실하게 인식할 필요가 있습니다(그러나 이런 지침은 어디까지나 이번 작품에 한정된 것으로, 제 데뷔작에서는 반대로 절망과 염세만을 끝까지 밀어붙일 것을 저 자신에게 주문했습니다).

이 작품은 저의 네 번째 작품인데, 첫 장편소설이자 재일 한국인이라는 테마를 본격적으로 다룬 첫 소설입니다. 대부분의 일본인에게 있어서는 정체를 알 수 없는, 소수파이기 때문에 무심코 싸잡아 생각하기 쉬운 우리 재일 한국인을, 같은 생활권에서 살아가는 개별 존재로서의 저마다의 모습과 저마다의 사상을 제시하고 싶었던 것도 이 작품을 쓴 동기 중 하나입니다. 어째서 일본 국적으로 귀화하지 않는가, 혹은 어째서 귀화했는가. 한국과 일본, 양국을 대하는 입장 또한 살아가는 인간의 수만큼 다양합니다. 훌륭한 인격의 소유자도 있는 반면, 도저히 사랑할 수 없는 존재도 있습니다. 그러한 당연한 사실을 종이 위에 펼쳐 보여주고 싶었습니다.

일본인에게 재일 한국인은 정체를 알 수 없는 존재인데, 본국에서 나고 자란 한국인에게도 재일 한국인이란 왠지 모르게 모호한 존재일 수 있습니다. 약간 희화화되었다고는 하나, 이번 작품에 그려진 등장인물들의 대화나 삶을 통해서 한국의 독자 여러분이 자신과 그리 다르지 않은 서글픔이나 우스움, 또는 가능성을 읽어내주신다면, 이 소설은 반은 성공했다고 할 수 있겠지요.

참고로 이 소설의 제목인 《당신이 나를 죽창으로 찔러 죽이기 전에》가 내포한 의미에 대해 말하자면, 1923년 일본에 관동대지진이 발생한 이후 '조선인이 소동을 틈타 우물에 독을 풀었다'와 같은 유언비어를 정말로 믿은 일본인들이 자경단을 급조하여, 죽창과 곤봉과 단도 등 주변에 있던 흉기를 들고, 그전까지 이웃에서 함께 생활하던 재일 조선인을 차례차례 학살한 역사적 사실을 바탕으로 한 것입니다.

이 소설을 읽은 여러분이 만일 '아아, 일본이라는 나라는, 일본인은, 정말로 구제 불능의 차별 국가, 차별적 민족이구나'라고만 받아들인다면, 그것은 제 붓이 패배했다는 뜻이겠지요. 그게 아니라 '아아, 이건 우리나라 한국에서도, 혹은 전 세계 어느 나라에서도 일어날 수 있는 비극적인 체계구나'라는 느낌을 받으신다면 제 붓이 얼마간의 승리를 거둔 셈입니다. 그렇습니다. 그래서 이번 작품의 한국어판 출간이 저로서는 도발이자 도전입니다. 부디 제 도전장을 받아주십시오. 여하튼 재미있게 읽으실 수 있도록 고민하며 쓴 소설입니다.

이러한 테마에 재미있다는 말은 다소 조심스럽기도 하지만, 테마가 어떻든 간에 소설은 읽는 재미가 있어야 한다, 이것은 데뷔 전부터 지금까지 일관된 저의 신념입니다.

이번에 저의 뿌리인 한국에서 이 작품이 번역 출간되어 당연히 기쁨과 흥분을 감출 수 없지만, 한편으로 불안하기도 합니다. 다양한 의견과 감상을 들려주신다면, 이역에서 살아가지만 같은 뿌리를 가진 작가로서 그보다 더한 기쁨은 없을 것입니다.

2021년 6월 모일

차례

가시와기 다이치

오사카부 오사카시 이쿠노구
3월 30일

배외주의자排外主義者들의 꿈이 이루어졌다.

특별 영주자 제도[1]가 폐지되었다. 외국인에 대한 생활보호가 명백한 위법이 되었다. 공적 문서에서 통명[2]을 쓰는 게 금지되었다. 헤이트 스피치hate speech 금지법 또한 폐지되었고, 고등학교 교과서에서도 '종군위안부' '강제연행' '관동대지진 조선인 학살 사건' 등의 내용이 사라졌다. 파친코 가게는 풍속영업법 개정으로, 한국 음식점과 식품점 등은 연일 이어지는 괴롭힘으로 대부분이 폐업에 내몰렸다. 양국의 주재 대사도 소환되었다. 여론조사에 따르면, 한국에 악감정을 지닌 일본 국민은 90퍼센트에 가깝다.

"일본 첫 여성 총리가 이렇게까지 극우였을 줄이야, 나도 완전히 속았어." 가시와기 다이치는 말했다. "사상이 훨씬 치우친 여성

1 일제강점기에 조선인에게 부여되었던 일본 국적은 해방 이후 자동적으로 상실되었는데, 일본 정부는 이들 중 일본에 거주하던 사람에 대한 구제 조치로 특별 영주권을 부여했다. 현재 특별 영주자 자격은 1945년 당시 일본 국적을 상실하게 된 일본 거주 국적이탈자와 그 자손들에게 부여되어 있다. 이들은 강제퇴거 조건이 다른 외국인에 비해 까다롭고, 재입국 허가가 면제되는 등의 특례 조치를 받는다.

2 일본에서 재일 한국인이 차별을 피하기 위해 사용하는 일본식 이름.

의원은 얼마든지 있었으니까, 그녀는 그나마 온건한 편이라고 안심하고 있었는데 완전히 착각이었어. 그녀는 결코 괴뢰 총리가 아냐. 남자들의 꼭두각시 인형 따위가 아냐. 동성혼을 합법화하고, 선택적 부부별성제를 실현하고, 노동력을 위해 이민자 유입 정책을 추진하면서 재일 코리안[3]만 공격 대상으로 특화한다는 건, 대중심리 파악에 뛰어난 실무가라는 뜻이겠지. 게다가 더 성가신 건, 그녀의 사상을 파악하기 어렵다는 점이야. 소위 '핑크워시'[4]로서 한쪽의 인권 침해를 다른 쪽의 인권 보호로 상쇄하려는 건지, 아니면 진정한 신념을 가지고 LGBTQ나 여성 차별 문제에 힘쓰고 있는 건지 판단하기가 어려워. 동성애자나 자립 여성을 덮어놓고 싫어하는 일부 보수층에서조차 '의도적인 마이너리티 분단 공작'이라며 총리를 칭송하고, 오랜 힘든 상황 속에서 끊임없이 기대가 좌절되어왔던 일부 마이너리티에서는 총리의 실행력을 환영하고 있어. 성가셔. 어쩌면 적극적인 차별주의자도 아닐지 몰라. 혐오감도 없이 그저 냉철하게, 다른 법안이 통과되기 쉽도록 재일 코리안을 희생시키자, 그 정도의 마음일지도 몰라. 뭐, 일련의 대응을 보자면 혐오감이나 차별하려는 마음이 전혀 없다는 건 말도 안 되지만, 그래도 나는 그 사람에 관해서는 아무것도 단언할 수 없어."

3 재일 동포를 가리키는 명칭은 재일 한국인, 재일 조선인 등 상황에 따라 다양하다. 재일 코리안은 흔히 국적을 불문하고 조선 민족에 뿌리를 둔 동포를 아울러 이르는 표현으로 사용된다.

4 이스라엘 정부가 퀴어 프렌들리를 적극적으로 내세움으로써 팔레스타인에 대한 인권 침해 사실을 은폐하고 인권 선진국처럼 보이려 하는 이미지 전략.

오사카시 이쿠노구에 있는 비즈니스호텔에 체크인한 후, 오후 5시가 가까워지면서 날이 점점 어둑해질 무렵, 두 사람은 JR츠루하시역 앞의 좁고 긴 미로 같은 아케이드 상점가를 빠져나가 이쿠노 코리아타운 쪽을 향해 걷고 있었다.

가시와기 다이치가 나란히 걸으면서 이야기를 들려주는 상대는 열 살 정도 아래인 20대 초반의 남자다. 야구 모자를 깊이 눌러 쓰고 후드가 달린 검은 트레이닝복을 위아래로 입었다. 옷 위로도 드러날 정도로 다부진 몸의 소유자로, 어깨의 승모근이 팽팽했다. 얼굴 윤곽보다 두툼한 목에는 타투가 엿보이고, 피부색은 전체적으로 정맥이 도드라져 창백하다. 얼굴 피부는 몹시 거칠고, 볼에는 얼음송곳으로 마구 찌른 듯한 무수한 여드름 흔적이 있었다. 그리고 등이 심하게 굽었다. 다이치가 '신 군'이라고 부를 때마다, 소년처럼 수줍은 미소와 함께 여드름 흔적이 심한 볼에는 홍조가 퍼진다. 그는 한겨울 추위가 여전한데도 꽤나 가벼운 옷차림이고, 옆에 있는 다이치는 노타이에 양복을 입고 위에 스탠드칼라 코트를 걸치고 있었다.

둘의 공통점은 아버지가 한국인이고 어머니가 일본인이라는 점이다. 둘 다 일본 국적이지만(태어나면서부터 일본 국적인 사람, 일본과 미국의 이중 국적에서 일본 국적을 선택한 사람), 이들이 지금껏 몰두해왔고 앞으로도 몸을 던지려고 하는 정치운동은 재일 한국인의 생존권을 위한 투쟁이다.

이쿠노 코리아타운. 동서로 500미터쯤 뻗은 직선 도로에 120여개의 가게가 늘어서 있다. 김치 냄새, 마늘 냄새와 함께 시각적으로도 김치의 붉은색과 장식, 가로등, 대문 등에 드문드문 사용된 극채색이 눈에 들어온다. 호객을 하는 점원들의 떠들썩한 소리도 울려 퍼진다.

손님들이 붐비는 모습만 보면 '많이 쇠퇴했고, 사람도 줄었다'는 지역 주민들의 증언을 믿기 어려울 정도다. 츠루하시역 앞의 아케이드 거리도 그랬지만, 신오쿠보 등의 다른 동쪽 코리아타운에 비하면 일상성을 유지하겠다는 기개 넘치는 분위기와 그러면서도 너무 심각한 중압감은 훌훌 털어버리겠다는 듯한 태평함이 특징이었다. 실제로 마치 헤이세이[5] 시절처럼도 보인다. 차별주의자들로부터 마을을 지키기 위한 자경단이 상주하며 순찰을 도는 것은 신오쿠보와 마찬가지지만, 간사이 사람은 블루종 재킷을 맞춰 입거나 배지를 다는 건 싫어하는 모양이다. 가게 안에서 분주히 일하는 평범한 직원과 밖에 서 있는 도어맨 속에 한눈에도 자경단임을 알 수 있는 체격 좋은 젊은이들이 섞여 있었다. 그중 한 명은 안내가 서툴렀던지, 나이 많은 고객에게 한 소리 듣고 고개를 푹 숙이고 있었다.

미국에서 자라서 일본은 도쿄밖에 모르는 신 군에게 이 마을을 보여주고 싶기도 했고, 다이치도 학생 때 이후 처음 오는 것이라 '요새 도시'를 직접 봐두고 싶기도 했다. 걸으면서 살펴보니, 오사카에 온 게 오랜만인 탓인지 이곳에 떠도는 일종의 과장된 분위기

5 1989년 1월 8일부터 2019년 4월 30일까지의 기간을 이르는 일본의 연호.

와 슬며시 연대감을 밀어붙이는 숨 막힐 듯한 의리와 인정이랄까, 그러한 끈끈함이 새삼 생경하게 다가왔다.

두 사람은 한국 전통차를 파는 가게로 들어갔다. 한국 차 전문점이라니, 지금의 일본에서는 신오쿠보에서조차 찾아볼 수 없다. 다이치는 대추차가 마시고 싶어서 이 가게를 골랐다. 가게 안에는 손님도 점원도 젊은 여성뿐이다. 자개가 박힌 한국의 고급 가구가 즐비하고, 복잡한 디자인의 격자에 빳빳한 한지를 붙인 한국식 장지문과 둥근 창이 보인다. 얇은 천 커튼이 각 테이블을 구분하고 있다.

"미국 이야기부터 할까, 신 군." 자리에 앉은 다이치가 말을 꺼냈다.

온통 검은 옷차림의 신 군은 다이치에게 자신이 아무것도 모른다는 가정하에 모든 걸 설명해달라고 했었다. 미국에서 태어난 그는 부모의 사정에 따라 미국과 일본을 오가며 생활했다. 사춘기에 접어든 뒤, 어머니가 그를 몹시 꺼리게 되고부터는 버지니아주에 사는 아버지와 함께 살게 되었지만, 공동생활이라고도 할 수 없는 수준이었고, 오로지 그곳에 적을 두는 것만 허락받았을 뿐 오랜 세월 존재 자체를 무시당한 채 살았다.

그래서 그는 일본어, 한국어, 영어 전부 어중간한 실력이다. 일본의 신오쿠보로 넘어온 뒤로는 쭉 정치운동에 관여해왔는데, 그것도 당시의 인간관계가 얽혀서 그렇게 된 것일 뿐 역사나 정치를 잘 알고 있는 것은 아니다.

"미국은 민주당이 정권을 잡은 뒤, 국내에서는 불법 이민 구제 제도와 의료보험 제도 개혁 등이 차례로 부활해 추진되었고, 지구 온난화 대책도 큰 폭으로 궤도를 수정하겠다고 발표했어. 그렇지만 국제무역에서는 은근한 보호주의를 이어가고 있지. 특히 동북아시아 외교 문제에서는 공화당 정권 때보다도 더 소극적인 노선을 취하고 있는데, 그 일환으로 주한미군의 점진적 철수를 추진하고 있어."

'점진'이라는 단어가 어렵진 않았나 싶어, 다이치는 뒤늦게 배려하며 말을 멈췄다. 혹시 지금까지의 이야기 속도가 그에게는 너무 빠르지 않았을까.

그러나 그는 질문은 나중에 몰아서 할게요, 라며 이야기를 재촉했다. 계속 말씀하세요, 일본어로 길게 말하는 다이치 씨는 매력적이에요, 라고도 말했다.

대추차와 신 군이 주문한 유자차가 나왔다. 약간 작은 사이즈의 한국 도자기 찻잔 세트가 연한 빛깔의 패치워크 조각보 코스터 위에 놓여 있었다.

흐음, 하고 다이치는 숨을 내쉬고 미소를 지어 보인 뒤, 불그스름한 갈색 도자기를 들어 올렸다. 그러나 대추차에는 입을 대지 않은 채 이야기를 계속했다.

"주한미군이 서서히 규모를 감축하고 있지만, 완전히 철수하기까지는 훨씬 더 시간이 걸릴 거야. 지금 한국은 근소한 차이로 선거에서 승리한 진보파가 계속 집권하고 있지만, 재벌 개혁과 서울대학교 해체 등에는 힘을 쏟는 반면 경제 격차와 기회 격차는 벌어지기만 하고 높은 실업률과 자살률도 전혀 개선될 기미가 없어. 한국어로 '다문화가정'—그러니까 나나 신 군처럼 부모님의 민족이 다르다는 말인데—대통령은 하프[6]가 아니라 쿼터[7]이고 일본인의 피가 섞인 것도 아니지만, 아무튼 다문화가정 출신 첫 대통령의 앞날은 너무 어두워."

다이치는 들고 있던 도자기에 입을 대지 않은 채 다시 코스터 위에 내려놓았다.

"어쩔 수 없는 면도 있지만, 다소 과한 한국 민족주의를 전면에 내세우고, 대미 종속을 거부하고, 일본의 역사 인식을 바로잡으려는 태도가 너무 강해. 한반도 영토에 대한 야욕을 더 이상 숨기려 하지 않는 중국과도 반목하고 있어서, 한국의 외교정책은 고립되고만 있어. 북한은 몇 년째 계속 '미심쩍은 침묵'을 지키고 있지. 언뜻 평화로워 보이고, 조선 중앙 텔레비전에서도 한미일의 '합의 불이행'을 비난하는 정도지만, 사실은 주한미군의 완전 철수만을 고대하고 있다는 설과, 지금 한국에서 실제로 일어나고 있는 스파이 의혹 사건 등을 근거로, 한국을 내부에서부터 적화통일하려고 일을 꾸미느라 표면적으로는 조용하다는 둥 온갖 설이 난무해. 아무튼 스파이 사건으로 검거된 사람이 너무 많은 데다, 정재계에서 연예계에 이르기까지 너무나도 다방면에 걸쳐 있어서 한국 국민은 약간 패닉 상태야. 그중 상당수는 무고 가능성도 지적되고 있어서 더더욱 혼란스러운 상태지. '남조선의 반동 세력에 의해 죄

6 혼혈을 이르는 말로, 부모 중 한쪽의 국적 또는 인종이 다른 경우를 말한다.
7 조부모 중 한쪽의 국적 또는 인종이 다른 경우를 말한다.

없는 인민이 차례로 투옥되고 있다'는 북한 미디어의 보도를 놓고도 '늘 하는 망언'이라고 완전히 비웃을 수만은 없으니, 카오스가 극에 달한 셈이야. 한국에서 다문화가정 출신 대통령에 대한 반발이 없을 리도 없고, 일부 보수층에서는 진심으로 군사정권 대망론까지 일고 있는 게 현 상황이야. 그리고 그 영향이 일본에도 미쳐서 재일 코리안 공격이나 한국계 연예인 퇴출 운동 등에 그대로 이용되고 있어."

다이치는 그제야 대추차를 입에 머금었다. 예전에 한국 여행을 했을 때 마셨던 것과 다름없는 기대했던 맛이었다.

"신 군, 유자차는 어때?"

그는 나쁘지 않아요, 라는 듯한 표정을 지어 보였다. 그의 찻잔은 청자였다. 대추차를 한 입 맛보게 해주었다. 눈썹을 찌푸리는 그를 보며 다이치는 크게 웃고 말았다.

다이치는 헛기침을 하고 웃음을 억누르며 말을 이었다. "몇 년 전까지는 한일 양국 정부가 서로 무척 견제하고 있더라도 민간에서는 차별을 반대하는 목소리가 높았어. 그런데 그때 바로 '시우時雨 사건'이 일어났지. 최악의 결과였고, 한족의 피가 흐르고 있는 나도 강한 죄의식을 느껴. 한민족의 피가 흐르는 사람은 그 일을 영원히 애도하고 영원히 사죄해야 할 거야."

다이치는 실제로 애도를 하듯이 기도하는 동작으로, 도자기 찻잔을 양손으로 감싼 채 입을 다물었다. 딱 30초 후에 입을 열었다.

"시우 사건 후에도 코리안 이외의 이민 뉴커머와 올드커머인 재일 코리안이 충돌하는 사건이 연달아 일어났어. 그건 단순히 쌍방의 불량 소년들에 의한—30대까지도 포함된—작은 다툼에 불과했지만, 그런 식으로 드론을 이용한 것이 거의 처음이었기에 매스컴에서 흥밋거리로 다루어졌지. 그 때문에 신 이민자는 '친일', 재일 코리안은 '반일'이라는 도식이 널리 퍼지게 되었어. 매스컴이 대립을 부추기며 오직 판매 부수를 위해 증오를 증폭시킨 탓에 결국은 재일 코리안에 대한 혐오로 귀결되었지. 아무튼, 젊은이들끼리의 충돌도 옛날이야기야. 압도적인 경제력과 인원수에 힘입어 이제는 신 이민자의 승리가 확정되었으니까. 배외주의자의 괴롭힘도 더해져서, 기존 코리아타운 자리에는 신 이민자들이 경영하는 새 가게가 점점 늘어나게 되었고, 지방에 있던 곳도 대부분 다른 외국인 거리로 바뀌었어."

다이치는 손으로 감싸 쥔 한국 도자기에 눈길을 주었다. 뒤틀린 형태가 은은한 멋을 풍긴다. 청자는 단정한 형태로, 동그란 모양의 귀여운 손잡이는 너무 작아서 잡기 힘들어 보였다.

"그리고 이 상황에 쐐기를 박은 게, 바로 '오쿠보 린치 사건'……."

그 사건에 대해서는 아무래도 당사자 앞이다 보니 장황한 설명은 하지 않았다. 그때까지 묵묵히 듣고만 있던 신 군은 나무 스푼으로 차 속의 유자 건더기를 건져서 입에 넣고, 또 한번 건져서 입에 넣었다. 그는 미국에서 아버지를 구타해 빈사 상태로 만든 뒤 일본으로 추방당해서 외조부모에게 맡겨졌는데, 이윽고 그 집으로도 돌아가지 않게 되었다. 그러다가 신오쿠보에서 공동생활을 하던 재일 무장투쟁파 그룹에게 거둬지면서 많은 사람 속에서 부대끼며 자랐다. 그곳에서 일본어와 한국어를 다시 배웠지만, 최소한의 경어와 수많은 욕설밖에 익히지 못했다.

다이치는 찻잔을 조각보 코스터에 내려놓고 그의 팔을 토닥거렸다. 그리고 한참을 팔에 손을 얹고 있었다. 그의 팔에서 열기가 느껴졌다.

"우리가 알게 된 계기야."

그는 조금 수줍어했다. 창백한 얼굴이 발그스름해졌다. 나무 스푼의 움직임이 멈췄다. 그가 재일 무장투쟁파 그룹으로 돌아가는 일은 없을 거라고 다이치는 믿고 있다.

다이치는 스스로에게 이야기하듯 말을 이었다.

"좌익은 반드시 내분을 일으킨다, 그런 말을 나는 좋아하지 않아. 우리 아버지가 본디 그런 말 하는 걸 좋아하는 사람이었지. 그 세대는 좌익 혐오가 심해져서 냉소 보수로 정착한 세대야. 평화가 제일입네 하지만 결국은 기회주의자에 불과하지. '어느 쪽이나 똑같다'며 중립에 서고 싶어 하는 적당주의에다 정치 이야기를 터부시하는 것도 아는 게 적고 현실 직시가 서툴러서 그래. 개성보다는 눈에 띄지 않기를 바라고, 자세한 정보보다 근거 없는 직감을 믿고, 권력에 반대하는 지식인인 체하는 건 부끄럽다고 하지만 사실은 그냥 힘 앞에 굴복하며 안심하고 싶을 뿐, 스스로의 머리로 자세하고 깊게 생각하고 싶지 않은 거야. 우리 아버지도 변호사인 주제에, 인권을 제한하는 여러 법률이 제정될 때에도 '본인이 켕기는 게 없다면 문제없다'며 못 본 체를 했어."

다이치는 자기도 모르게 열변을 토하고 있다는 걸 깨달으면서 네 약점은 아버지구나, 하고 예전에 들었던 말을 떠올렸다. 고개를 흔들었다. 네가 세대론에 빠지기 쉬운 건 아버지에 대한 반발심 때문이야, 라는 말도 떠올랐다.

"우익도 그렇고, 단체라는 건 모두 내부 항쟁의 가능성을 품고 있다고 봐야 해. 어쨌든 그 사건은 지나치게 전형적이어서, 배외주의자들에게 다시 없을 공격의 빌미를 준 것도 사실이지만."

그리고 다시 신 군의 눈을 바라보며 힘주어 말했다.

"그런데 이건 전에도 말했지만, 나는 폭력으로 사회를 변혁하는 건 결코 찬성하지 않아. 폭력을 증오해서는 아니고, 폭력을 이용해봤자 다른 쪽의 차별은 절대 없앨 수 없을 뿐 아니라, 오히려 증오를 먹이로 삼는 차별주의자를 기쁘게 하는 일만 되니까. 그래서 신 군, 널 그 집단에서 빼낸 거야. 그곳에 있으면 안 돼. 우리들은 좀 더 현명하게 싸워야만 해. 비폭력 불복종 운동도 간디를 지지한 인도인이 압도적으로 많았기 때문에 성공한 거야. 재일 동포는 수가 너무 적어. 헤이트 스피치 금지법을 통과시켰던 여론의 힘도 지금은 기대하기 어려워. 우리는 현명하게 싸울 필요가 있어. 그러니까 신 군, 나한텐 네가 꼭 필요해. 앞으로도 계속 내 옆에 있어줘."

그 말을 듣는 순간 신 군이 눈을 꾹 감았다. 착한 아이, 알기 쉬운 아이다.

다이치는 그의 팔에 얹었던 손으로 다시 부드럽게 톡톡 쳤다. "피곤하지 않아?" 하고 말을 건넸다. 익숙지 않은 일본어로 복잡한 정치 화제를 빠르게 쏟아내는 걸 한참이나 들었으니 피곤하겠지 싶어 위로한 것인데, 그는 할 이야기가 더 있으면 계속해주세요, 하고 채근했다.

"물론 한참 더 남았어, 질릴 정도로." 다이치는 어깨를 으쓱했다. 고개를 들어 시계를 확인하고, 일단은 이곳에서 나가기로 했다. 조금 이르지만 슬슬 저녁을 먹어도 될 것이다.

이쿠노 코리아타운에서 다시 츠루하시역 쪽으로 나란히 돌아가는 두 사람. 코리아타운과 츠루하시역 주변을 제외하면 그저 평범한 일본의 도로, 일본 어디에나 있을 법한 사거리를 걸었다.

"파친코 가게는 완전히 사라졌어." 다이치가 허리에 손을 얹고 바라보며 말했다. "애초에 모든 파친코 회사가 재일 코리안 계열일 리가 없는데도, 음모론자의 머릿속 세계는 늘 단순하지. 그리고 정치권력자는 그 단순함에 맞춰 피리만 불면 지지율이 높아지지."

한편, 파친코 업계에서도 규모가 큰 몇몇 곳은 정부가 각 지방 도시에서 추진하는 국내 카지노 시설 쪽으로 단번에 옮겨갔다. 그곳에서의 우대 조치와 흥정 등도 있었다고 한다.

가미지마 신페이. 뉴스에서 언급되지 않는 날이 없는 그 이름을, 다이치가 입에 담았다. "통명 같지만, 본명이 틀림없어. 신페이의 신眞은 옛날 한자를 써. '신당일본애'의 당대표야. 참고로 이 당명은 약칭이고, 정식 명칭은 '신당 일본을 사랑하는가를 물어라'라나. '신당'이라는 말을 언제까지 붙일 수 있을지는 모르겠지만. 기존의 극우 정당을 흡수합병하고, 의원직에 앉을 수만 있다면 누구에게든 꼬리를 흔드는 녀석들이 모여서 제1야당의 자리에까지 올랐어. 극우 정당이 제1야당이라니. 연립정권 수립까지는 이르지 못했지만, 정책에 따라서는 소신 있게 여당과 합심하곤 해. 신당일본애의 가미지마 대표는, 일반 국민에게 도저히 인기를 얻을 수 없는 캐릭터였던 기존의 극우 정당 리더들과 달리, 스마트하고 고학력에 미국 유학 경험도 있고, 결코 감정적으로 행동하지 않고, 태도는 부드럽고, 차별 용어를 절대 쓰지 않으면서 차별 정책을 차례로 주장해서 법안을 제출하거나 여야 합의를 이끌어내. 이제 일본에서는 중도좌파 정당은 거의 전멸했어. 싹틀 기회는 있었지만 짓눌리거나 자멸했지. 자멸한 전형적인 예가 나도 자원봉사자로 참여했던 지난번 도쿄도지사 선거인데, 보기 좋게 실패했어. 일본의 현 상황을 일본 정치의 내부에서부터 바꾸려고 노력해보았지만, 그런 건 이제 무리라는 걸 절실하게 깨달았어. 그래서 내가 지금 여기에 있는 거야. 그리고 이렇게 신 군과 이야기하고 있지. 네가 새로운 희망이야."

다이치는 지난 도쿄도지사 선거를 도저히 떠올리지 않을 수가 없었다. 진심으로 그 선거에 명운을 걸어보려고 했었던 것이다.

아다치 츠바사라는 젊은 후보. 가미지마 신페이가 모델 경험도 있는 예쁘장한 남자로 인기를 끈 것과는 정반대로, 햇볕에 잔뜩 그을린 만능 스포츠맨, 불타는 야심가 같은 외모에 행동거지가 시원스러운 청년이었다. 정치적 입장을 서로 바꾸는 편이 용모 이미지와 어울릴 것 같았는데, 두 사람 다 거의 동년배에 수려한 외모를 갖춰서 한때는 매스컴에서 치켜세우기도 했다.

지금껏 독신을 관철하고 있는 가미지마와 달리 아다치는 일찍이 결혼을 했다. 그러나 존 F. 케네디나 마틴 루서 킹이 그러했듯, 진보계 지도자에게는 색을 밝히는 경향과 전통이라도 있는 것인지, 도지사 선거 입후보를 표명한 지 얼마 되지 않아 불륜 스캔들과 함께 숨겨둔 아이가 있다는 의혹이 불거졌다. 아다치 후보는 회견을 열어 모든 의혹을 사실로 인정했다. 그뿐 아니라 '성 중독증'이라고 고백하고, 아내의 이해를 얻어 현재 치료를 계속하고 있다, 도민에게 봉사하는 일에는 지장이 없으므로 입후보 철회는 고려하지 않겠다, 라는 취지의 내용을 마이크 앞에서 이야기했다. 그것이 솔직함으로 평가된 것인지, 아니면 되풀이되는 스캔들 보도에 유권자들이 무감각해진 것인지, 그는 그 후의 여론조사에서 야당 공인 후보에게 1위를 내어주기는 했으나 2위 자리는 지킬 수 있었다.

그러나 선거전 종반, 공개 토론회 석상에서 그 일이 일어났다. 그때 다이치는, 일본이 진보적 이상주의 정권으로 이행하기 위한 마지막 희망, 그 마지막 계단이 한 번에 와해되는 무참한 굉음을 들었다.

그해 초, 총리는 '부부별성'과 '동성혼'의 합법화를 추진하겠다고 발표했다. 전년도에 생활보호법이 개정되면서 보호 대상이 '일본 국적을 보유한 자'로 한정된 것에 대한 대가 차원에서 제1야당인 신당일본애와 합의가 형성되었던 것이다. 그럼에도 보수파뿐인 여야당 내에서는 반발이 심했지만, 양당 대표가 저마다 리더십과 강권과 회유책을 구사하여 반대하는 목소리를 막았다. 내각 지지율은 미세하게 상승했다.

그 일이 있었을 때, 다이치는 선거 사무소에 있었다. 일요일 밤. 다른 스태프도 많았다. 똑같은 주황색 스태프 점퍼를 입고, 내방객을 상대하기 위해 자리를 비운 사람들 외에는 다들 앉아서 전면의 대형 모니터로 토론회 생중계를 뚫어져라 보고 있었다. 가끔 다소 작위적인 환성과 웃음소리와 박수로 활기를 연출하고는, 다시 입을 꾹 다물고 화면에 집중했다. 열세가 점쳐지는 가운데 역전을 꾀하려면 카메라발이 좋은 아다치의 토론 능력에 기댈 수밖에 없었지만, 아다치는 입이 가볍고 경솔한 유머를 자주 구사했으며 실언도 많았다. 사무소 사람들은 다들 긴장하고 있었다.

총리가 내놓은 '부부별성'과 '동성혼' 합법화에 대해, 선거 대항마인 여당 공인 후보가 일찌감치 선거에서 이긴다면 예산과 인원을 충분히 할당할 것을 약속한다고 선언했으므로, 백발이 섞인 그다지 기력이 없어 보이는 사회자가 "이 점에 대해 아다치 후보자는 어떻게 생각하십니까?"라고 질문하는 것은 당연했다.

"이 점이라니요?"

선거 대책 사무소에 모여 있던 거의 모든 스태프가 한기를 느꼈다. 그런 식으로 시치미를 떼는 것은 좋은 징조가 아니었다.

사회자가 짜증이란 것을 모르는 듯 차분하게 질문을 반복했다.

"선택적 부부별성과 동성결혼을 인정하는 법안이 지금 국회에서 통과되려고 한다는 점입니다. 아다치 후보는 일본의 수도이자 최대 도시인 도쿄의 지사로 당선된다면, 이 두 가지 점에 대해 어떻게 대응할 계획이신지, 그 생각을 여쭙고 싶습니다."

아다치는 고개를 몇 번 끄덕이며 미소를 지은 뒤 마이크에 대고 이렇게 말했다.

"저는 자타공인 진보파입니다. 경제의 개혁 개방, 규제 완화, 이권 타파와 차별 시정, 복지의 확충, 사회적약자를 위한 정책의 실현, 그것들을 늘 의식하면서도 일본의 문화와 전통을 가벼이 여기며 파괴하려는 수작에는 일본 국민으로서 감시의 눈을 게을리 해서는 안 된다고 생각합니다. 실례지만 총리도 가미지마 당대표도, 한 번도 결혼한 적이 없는 분들입니다. 그런 사람들이 과연 결혼의 현실을, 제도와 전통의 무게를, ……아니, 잠시만 기다려주십시오, 아직 발언 중입니다. 아니, 저도 경험이 전부라고 말씀드릴 생각은 없습니다. 그러나 결혼 생활은, 그리고 정치는, 리얼리즘 그 자체입니다. 탁상공론으로는 곤란합니다. 머릿속의 탁상공론으로 인해, 예로부터 내려온 일본의 문화와 전통이 복구 불가능해질 정도까지 파괴되어서는 곤란합니다. 곤란하다고 할까, 그건 그야말로 일본의 종말이겠지요. 이 나라를 끝장내는 파괴 행위가, 인구 대비로 보면 극히 소수에 불과한 분들의, 이렇게 말하기는 죄송하지만 이기심, 욕망에 떠밀려 통과된다는 점에 저는 무척 우려하는 마음입니다."

아다치는 다른 후보에게 발언권을 넘기려는 사회자를 "기다리십시오, 잠시만 기다려주십시오"라며 막았다.

"내친김에 한 말씀 더 드리겠습니다, 발언하게 해주십시오. 저는 진보파입니다. 그러나 저는 몽상가가 될 생각은 없습니다. 저는 리얼리즘으로 혁신을 할 것입니다." 그리고 카메라 쪽을 보더니, 평상시처럼 과장된 분위기로 "가미지마 대표"라고 카메라 너머로 말을 걸었다.

"일부 주간지 보도와 인터넷 뉴스 등을 통해 의혹이 불거진 당신의 성적 취향에 대해서, 당신은 일체 대답하지 않았습니다. 긍정도 부정도 하지 않는다는 건, 연예인이나 기업 대표라면 하나의 훌륭한 판단일 수도 있겠죠. 그러나 당신은 정치가이고, 게다가 동성혼 합법화를 슬쩍 여야 합의하려는 제1야당의 대표입니다. 그런데도 비겁한 침묵을 계속 이어간다는 건, 본인의 욕망을 위해 공직자의 지위를 사적으로 이용한다는 의심을 받아도 할 말이 없는 것 같은데요, 어떻게 생각하십니까."

다이치는 이미 자리를 떴다. 출구 쪽을 향했다.

토론회에서는 신당일본애 측 후보자가 "방금 한 말은 차별적 발언입니다!"라며 공격하고 있었다.

다이치는 스태프 점퍼를 벗고 단정하게 개어서 잔뜩 쌓인 전단지 옆에 내려놓았다. 선거 사무소 안에서는 이따금 박수가 터져 나오기도 했지만, 전체적으로 비애감이 감돌았다. 다들 알고 있었다. 그들도 와해의 소리를 들었을 터였다. 그러나 이 시점에서 사무소를 떠나려는 건 다이치뿐이었다.

다이치는 아다치에게 속았다는 생각은 하지 않았다. 처음부터 경박하고 둔감한 사람이란 걸 알았지만, 정치가란 대체로 그런 족속이라며 내심 타협했던 것이다. 잘 다듬어진 흔들림 없는 주의나 신념 따윈 없다는 걸 알고 있었지만, 그가 열정가라는 건 거짓이 아니었고, 행동력이 있고 달변가이며, 여자 문제는 있지만 다른 면에서는 금욕적인 것 또한 사실이었다. 섹스 중독이라는 점이 옛 친구를 떠올리게 해서 공연히 친근하게 느껴졌던 것일까.

선거 종반이 다가올수록, 적어도 다음 선거까지 지지층을 유지할 수 있을 정도의 무난함을 보여주기만 바라고 있었는데, 설마 이렇게까지 어리석을 줄은 몰랐다. 그는 가미지마와 비교하면 인터넷 선거운동에 대해서도 압도적으로 무지하고 관심이 없었다. 보수층을 흡수하고 싶어 하는 것은 알고 있었지만, 과연 선거 참모와 측근들도 이러한 발언에 동의했을까. 아니면 늘 자신감 과잉인 아다치답게 단독으로 폭주한 것일까. 애초에 부부별성과 동성혼 등의 진보적 정책에서 선수를 빼앗겼으니, 보수와 진보가 전도된 꼴이었다.

속아 넘어가주고 싶었다, 라고 할 정도로 나약한 상태였음을 다이치는 스스로 인정했다. 오히려 기운이 났다. 원래의 길로 돌아가자. 내부에서부터 바꾸는 정공법의 길은 너무 험난하고 시간이 많이 걸린다. 외부에서부터 바꾸는, 원래 생각했던 길로 돌아가자.

선거 사무소 바깥은 비가 내리고 있었다.

"비가 오네" 하고 뒤에서 말을 건넨 건 서브 리더 격의 스태프로, 다이치를 잘 챙겨주던 사람이었다.

"사무소에 주인 없는 우산 있으니까, 그거 써."

다이치는 말없이 손을 저어 거절했다. 목소리를 내고 싶지도 않았고, 여기서는 더 이상 어떠한 에너지 소비도 하고 싶지 않았다. 무당파층의 표를 나눠 가질 가능성이 있다며 입후보를 선언한 한 연예인의 소속사에 수차례 항의 전화를 하거나 메일을 보낸 것도 다 쓸데없는 소모전이었다는 것이 오늘로써 확실해졌다.

"이제 안 올 생각이야? 가시와기 군."

그 말대로, 더 이상 올 생각은 없었다. 빗속을 걸었다. 투표일 다음 날 아침, 야마노테선 차량 내의 뉴스 속보를 통해 아다치 츠바사가 큰 차이로 패배했다는 사실을 알았다. 자막이 딸린 아다치의 패배의 변은 그저 공허했다. 그가 자신의 어리석음과 역사적 죄의 깊이를 통감하는 일은 분명 평생 없을 것이다.

그 후 가미지마 신페이는 옛 라이벌에게 품격의 차이를 보여주기라도 하듯 당을 능수능란하게 운영했고, 가장 먼저 결당 이래 줄곧 참모 역할을 해왔던 거물 베테랑 의원을 잘랐다. 더불어 부정 의혹, 권력형 괴롭힘이나 성희롱 의혹, 사상 통제의 의혹이 있는 당내 의원 등을 매스컴이 폭로하기를 기다릴 것도 없이 차례로 내부고발하여 과감하게 제적 처분을 내렸다. 현실 노선을 버리고, 가미지마의 표현에 따르면 '순결 노선'을 추진하며 소속 의원의 절반에 가까운 열두 명을 내쫓은 청렴함이, 다음 국정 선거에서 두 배가 넘는 표를 획득하는 대약진을 이끌었다.

물론 당내의 주도권 다툼과 개인적인 원한에서 비롯된 '작은 숙청'에 지나지 않는다는 견해도 여전히 존재하지만, 이후 신당일본애는 기업의 헌금을 전면적으로 거부하고 인터넷 등을 통한 개인 헌금에만 의존하겠다는 방침을 내세웠으며, 지금으로서는 그에 성공했다. 그렇게 흡수와 숙청을 반복하면서 제1야당으로까지 성장하게 되었다.

다이치는 다음으로 갈 가게도 미리 정해두었다. 오랜만에 순대와 한국 어묵을 먹을 수 있다는, 조금 전에 들어간 찻집과 비슷한 이유로 고른 한국 음식점이었다. 떡볶이와 부침개와 김밥을 먹을 수 있는 가게는 아직 신오쿠보나 가와사키에도 있다. 그러나 일본 음식에 길들여진 입맛으로는 선호하지 않을 순대나, 혹은 일본 어묵과 비교하면 상당히 수수하고 종류도 적은 한국 어묵은, 일본에서는 이곳이 아니면 좀처럼 먹을 수 없다. 오사카에 오기 전부터 정했던 것이다. 변경은 없다. 완고한 성격 때문도, 취향이 뚜렷하기 때문도 결코 아니며, 사실 다이치는 음식에 대한 집착도 없다. 그저 변경하는 일에 머리를 쓰고 싶지 않을 뿐이다.

JR츠루하시역의 아케이드 상점가와는 반대쪽 출구의 조용한 골목에 있는 한국 음식점. 1층은 상점이고 2층에 식사를 할 수 있는 좌석이 있다. 주인아주머니와 아르바이트생으로 보이는 젊은 여자가 한 명 있었다. 주인도 아르바이트생도 한국에서 온 한국인인 것 같다. 메뉴를 가져온 젊은 아르바이트생은 긴 생머리를 빨간색과 은색의 선명한 투톤으로 염색했고, 귀에는 수많은 피어스가 박혀 있었다. 큰 키에, 깜짝 놀랄 정도로 몸집이 가녀렸고, 눈을 의심할 정도로 다리가 길었다. 배를 과감하게 드러낸 스웨터를 입고 있었다.

"유학생이에요?" 다이치가 물었다.

"예" 하는 긍정의 대답이 돌아왔다.

많이 줄었다고는 하나, 양국을 오가는 유학생과 관광객이 완전히 사라지지는 않았다. 민간 차원의 교류를 위해서라는 확고한 목적의식을 지닌 사람도 조금은 있을지 모른다. 그러나 무엇보다도—조금 전 들어갔던 한국 찻집에 있던 일본인 손님들로부터도 느낄 수 있었지만—민족과 국적을 불문하고 대부분의 사람이 태평한 논폴리[8]라는 사실은 변함이 없다.

주문을 받던 아르바이트생이 다이치에게 한국어 잘하시네요, 라고 칭찬했다. 어디에서 배웠는지 묻다가 **"재일 교포예요?"**라고 질문하기에, 다이치는 솔직하게 **"네"**라고 대답했다. '한국 사람'이냐고 물었다면 설명에 시간이 걸렸겠지만, 재일 동포인지 묻는 질문이라면 망설임 없이 자신이 서 있는 위치를 표명할 수 있었다. 일본 국적이지만, 나는 당신의 동포입니다, 라고.

그 점원이 재차 한국어로 많이 드시네요, 하고 감탄했고, 그래서 다이치는 역시 너무 많이 주문했나 하는 생각이 들었다. 요새는 소주가 한 병에 1800엔이나 했다.

가게 2층에는 창가 쪽에 칸막이 구분 없는 좌식 테이블이 세 개, 그리고 중앙에 입식 테이블이 두 개 있었다. 계단으로 올라와 바로 오른편 안쪽에는 누가 봐도 초보자의 솜씨인 듯한 조각보 가림막이 드리워져 있고, 그 너머에 주방이 있었다.

인테리어도 한국식이었는데, 조금 전의 찻집처럼 디자이너가 설계해서 구석구석까지 미적 감각을 살린 느낌은 아니었고, 평범한 한국인이 인테리어 소품을 가져다 놓았을 뿐인, 한국 농촌의

8 nonpolitical을 뜻하는 일본식 약어로, 정치운동에 무관심한 것을 의미한다.

낡은 민가를 떠올리게 하는 분위기였다. 한국 시장에서 그대로 가져온 듯한 자못 저렴해 보이는 레이스 커튼이 걸려 있고, 선명한 핑크색으로 한국 고전 문양이 수놓인 방석이 놓여 있었다.

먼저 온 손님이 한 팀 있었다. 남자 세 명으로, 20대 초반에서 후반 정도로 보였다. 그들은 큰 소리로 이야기하고 있었는데, 들려오는 내용으로 추측건대 이 동네에 사는 직장인 같았다. 같은 직장을 다니는 것은 아니고 오래된 친구인 듯 보였다. 그들은 창가 안쪽의 오른쪽 끝 테이블에 자리를 잡고 있었고, 다이치 일행은 마찬가지로 창가 테이블의 왼쪽 끝자리로 안내받았다. 다이치 일행은 선명한 핑크색 방석 위에 앉았다.

창밖에는 진한 노을이 내려앉아 있었다. JR츠루하시역이 바로 내다보였다. 눈 아래 펼쳐진 거리의 가게 대부분은 셔터가 내려져 있었고, 방치된 자전거가 그 앞에 늘어서 있었다.

"신 군, '미마와리구미'라고 알아?" 다이치가 질문했다. 자신이 무엇을 알고 있는지는 부디 신경 쓰지 말고 이야기해달라고 신 군에게 부탁받은 걸 잊어버린 채, 다이치는 그렇게 물었다. 그러나 '교토 미마와리구미'[9]라는 역사 용어를 알고 있든 아니든, 앞으로의 이야기와는 그리 상관이 없다.

"그건 정해진 조직이나 단체 같은 게 아니야. 멤버십도 아무것도 없는 보통 사람, 길 가는 사람, 대학생, 회사원, 주부, 이런 곳에

9 에도 시대 말기에 막신에 의해 결성된 교토의 치안유지 조직.

서 일하는 점원. 그런 보통 사람들이 텔레비전이나 인터넷에서 보는 유명인, 그중에서도 반권력이나 반차별을 주장하는 지식인, 아티스트, 연예인, 정치가 등의 사생활을 몰래 촬영하는 거야. 그리고 SNS 같은 데 올려서 공개하는 거지. 가족들의 모습이 노출되는 게 싫은 유명인 측에서는 당연히 고소를 하기도 했지만, 그즈음에는 이미 '미마와리구미'라는 호칭이 자연스럽게 생겨났고, 미마와리구미를 돕자며 크라우드펀딩으로 기부하는 흐름까지 만들어져 있었어. 고소 비용만이 아니라 그 이상의 금액까지 모금에 성공한 사례를 보고 돈벌이가 되겠다고 생각했는지, 자칭 미마와리구미들은 점점 늘어났지. 결정적인 계기는 조금 전에 도지사 선거에서 내가 지지했다고 얘기했던 아다치 츠바사라는 남자였어."

소주잔을 주고받고, 본국인 한국에서도 내놓지 않는 가게가 많아졌다는 무료 반찬을 스테인리스 젓가락과 숟가락으로 집어 먹으며 다이치는 말을 이었다.

"아다치는 말이야, 도지사 선거 참패 후에도 굴하지 않고 국정 진출을 노렸던 모양인데, 그걸 이루기도 전에 미성년자에 대한 음행으로 여론을 떠들썩하게 만들었어. 상대인 미성년 여자아이가 자초지종을 촬영한 영상을 SNS에 올렸거든. 상대의 나이를 들은 후에 '젊은이에게서 지혜를 얻는 건 소크라테스 시대부터 이어진 현자의 의무지'라는 발언이 녹화된 그 동영상은 꽤나 화제가 되었어. 물론 정말 화제가 된 건 성관계 장면에도 일체 모자이크 처리가 없었기 때문이지만. 신 군, 혹시 아직 동영상을 보지 않았다면 안 보는 게 좋아. 호기심 때문이든 성적 욕구 때문이든, 그저 그로

테스크하기만 한 수십 분이니까, 정신 건강을 위해서도 안 보는 게 좋을 거야."

다이치가 등지고 있는 남자 세 명은, 굳이 표정을 살피지 않아도 그들 중 한 명이 가게의 아르바이트생에게 집착하고 있어서 단골이 된 것으로 짐작되었다. 아르바이트생이 다이치 일행과 친근하게, 심지어 한국어로 자유롭고 즐겁게 대화하는 것이 아무래도 마음에 들지 않는 듯 적의를 불태우고 있다는 것도 쉽게 짐작할 수 있었다. 계속 다이치 쪽을 지켜보고 있는 듯했다.

"아다치를 함정에 빠뜨린 아이는 인터넷상에서 '애국 메이든'이라는 닉네임을 썼는데, 물론 처녀일 리는 없었지만, 그래도 자신의 얼굴과 알몸까지 노출한 용기가 대단하다며 좌익 혐오자들에게 칭송받았고 한때는 그녀의 뒤를 이으려는 여자들이 많이 등장했어. 지금이야 상상할 수도 없는 이상 현상이지만, 분위기를 타고 붐이 일었던 거지. 이런 시대인데도 라디오 같은 데서 한국을 좋아한다고 공공연히 이야기하던 만담가가 있었는데, 그가 다니던 유흥업소의 매춘부가 몰래 촬영한 사진을 퍼뜨렸어. 또 정권 비판에 기염을 토하던 원전 반대 다큐멘터리 영화감독의 경우에는, 여러 명 있던 그의 애인 중 하나가 개인적인 원한도 있었는지 본인도 찍힌 성관계 동영상을 유포했지. 그리고 룸살롱에서 집요하게 유사성행위를 요구하는 국제정치학자의 동영상이나, 여자가 임신 사실을 고백하자 반협박으로 중절을 강요한 아나운서, 사귄 지 사흘 만에 하드한 SM 플레이를 요구한 시인 등, 자폭 테러와 같은 그녀들의 고발은 음란한 걸 기대하는 대중의 욕망과

얽히며 크게 화제가 되었고, 인터넷에서는 그녀들을 '정신대'라거나 '애국 정신대'라고 부르게 되었어. 아무리 그래도 어떻게 그런 이름을 붙일 수 있을까. 그 비아냥의 총구가 자신들을 향하고 있다는 건 정말로 깨닫지 못하는 걸까. 아무튼 '정신대'는, 그렇게 몸을 바치는 여성이 한없이 나올 리도 없으니까 당연히 곧 사그라들었지만, 비교적 리스크가 적은 '미마와리구미'는 아직도 남아 있어."

뒷자리의 세 사람 중 한 남자가 아르바이트생에게 끈덕지게 "학교는 어때?"라는 둥 "이상한 녀석이 있으면 나한테 말해. 내가 지켜줄 테니까"라는 둥 말을 걸며 성가시게 굴었다. 여자아이가 한국어 억양이 남아 있는 일본어로 "아아, 시끄럽네, 시끄러워"라며 귀를 틀어막는 시늉을 했다.

"귀엽다, 예뻐. 나랑 사귀자."

"귀엽다, 예쁘다, 귀엽다, 예쁘다, 항상 그 소리."

하하하, 하고 남자가 크게 웃었다. 다이치는 슬슬 알 수 있었다. 그들은 재일 교포도 아닌 일본인이다. 여자아이가 자리를 떴을 때 셋이서 하는 대화, 알아듣지 못할 거라고 생각하는 것인지 충분히 들릴 정도의 크기로 하는 그들의 대화에서 한국인과 여성 일반에 대한 숨길 수 없는 멸시가 드러났다. 상스러운 속셈이 빤히 들여다보였다.

"불특정 다수가 익명으로 하는 미마와리구미 활동은 잠잠해질 기미도 없어. 유명인의 가족과 어린아이의 얼굴을 무단으로 인터넷에 올리고, 주소와 전화번호 등의 개인정보를 유출하고, 어떻게 그런 일을 아무렇지 않게 할 수 있는지, 분노를 넘어서 기가 막히지. 대체로 요즘 젊은이들은 이렇게 표현하고 싶지는 않은데, 사실 우리들이 젊었을 때에도 윗세대는 '요즘 젊은 애들은 인터넷 리터러시가 너무 부족해'라고 비판했었지. 그렇지만 우리 때와 비교해도 요즘 젊은이들은 너무 심각해. 정치 문제는 별개로 하더라도 자기들의 개인정보나 얼굴이 나온 사진, 외설스러운 셀카나 동영상 같은 걸 아무렇지도 않게 인터넷 세계에 투기하니까. 감각이 어떻게 된 것 같아. 너무 달라."

뚝배기에 든 계란찜이 나왔다. 또 아주 조금이지만 서비스로 게장 두 접시가 나왔다. 다이치가 엉겁결에 "진짜?"라고 여자아이에게 묻자, 안쪽 주방에서 주인아주머니가 얼굴을 내밀고는 손가락으로 문제없다는 사인을 보냈다. 다이치는 자신이 왜 호의를 얻었는지도 모른 채 감사의 뜻으로 머리를 숙일 수밖에 없었다.

그러나 뒤쪽의 단골 세 사람은 이런 특권이 거슬렸던 모양이었다. 다이치는 등 뒤로 더욱더 날카롭게 꽂히는 시선을 느끼고 있었다.

그러나 식사는 계속되고, 이야기도 계속되었다.

"아무튼 자신의 개인정보마저 그런 식이니, 타인의, 심지어 유명인의 것은 공공에게 알려져도 당연하다는 정도로밖에 생각하지 않을 거야. 주의를 받고 나서야 처음으로 놀라는 거지. 억울해하는 사람들도 잔뜩 쏟아졌지만, 이럴 때의 상투어인 '애국무죄' 한 마디면 요즘에는 다 해결돼. 그런 일들이 쌓이다 보니 언론이 제 기능을 못 하는 것도 당연하지."

주문한 음식이 차례차례 나왔다. 기대했던 순대는 레토르트식품을 데워서 내놓은 것 같았다. 약간 실망했지만 뭐 다 그런 거겠지 하고 납득했다. 맛은 나쁘지 않았다. 그러나 한국의 노점에서 먹었던 맛과는 역시 달랐다.

등 뒤에서 또 왁자지껄한 소리가 일었다. 무엇이 그렇게 재미있는지, 무척 알차고 재미있는 시간을 보내고 있다고 어필하지 않고는 못 배긴다는 듯, 세 명이서 짠 듯한 큰 웃음소리였다.

주문한 다른 요리가 나왔다. 따끈따끈한 떡볶이, 꼬치를 뺀 한국식 어묵, 매워 보이는 오징어볶음, 그리고 모듬 족발.

다이치는 소주 한 병을 추가로 주문했다. 이번에는 아르바이트생이 병뚜껑을 따서 두 사람에게 술을 따라주었다. 그리고 뒤쪽의 남자 셋을 노골적으로 가리키며 말했다.

"시끄럽죠?"

"아니, 괜찮아요." 다이치가 대답했다.

아르바이트생이 자리를 떴다.

"헤이트 크라임으로 발생한 살인 사건 중에서, 김마야 씨가 살해당한 사건은 워낙 잔혹해서, 차별 사안 같은 건 거의 보도하지 않던 매스컴을 오랜만에 떠들썩하게 했어. 나도 이런 생각은 하면 안 되지만, 이걸로 재일 동포에 대한 공격이 조금은 잠잠해질지도 모른다는 기대를 했는데 전혀 아니었지. 김마야 씨 한 사람의 죽음으로도 냉혹한 시대의 흐름은 바뀌지 않았어."

식사가 계속되어 배 속이 채워졌을 무렵, 테이블 위의 접시들을 움직여 공간을 만든 다이치가 그곳에 휴대폰을 올려놓았다.

"자, 이걸 봐. 이게 알기 쉬우니까." 그리고 동영상 재생 버튼을 눌렀다. 화면에 당대회에서 연설하는 가미지마 신페이의 모습이 흘러나왔다. 하이브랜드의 정장 차림이었다. 등 뒤에는 다양한 슬로건이 적힌 현수막 몇 개가 걸려 있었다.

"여러분, 지난주에 슬프고 무서운 사건이 있었습니다." 우선 무대 중앙에 똑바로 서서 조용히 이야기를 시작하는 가미지마. "한 애처로운 여성이 증오스러운 범죄자들의 손에 목숨을 잃고 말았습니다. 세간에는 이걸 헤이트 크라임이라고 부르는 자들이 있죠. 아니, 그렇지 않습니다. 그렇게 애매하게 정의 내릴 문제가 아니라, 이건 단순하게, 법을 어긴 살인사건입니다. 살인자의 의도가 무엇이든, 피해자가 누구든, 그 죄의 무게에 차이가 있어서는 안 됩니다. 우리가 미워해야 할 것은 일본의 법률을 위반하는 바로 그 행위입니다."

동영상 속의 가미지마가 무대 아래쪽으로 천천히 걸어갔다.

"그런데 이 슬픈 사건을 어떻게든 헤이트 크라임으로 이용하려는 반일 세력이 있는 것 같습니다. 지겨울 정도로 동일한 패턴인데요, 그럼에도 심성 고운 일본인 중에는 완전히 속아 넘어가는 사람이 있죠. 그게 녀석들의 수법입니다. 일본인의 다정함과 동정심을 이용해서 파고드는 겁니다. 녀석들은 세뇌 프로세스를 잘 알고 있습니다. 조심합시다, 정신을 똑바로 차립시다."

가미지마는 무대 아래쪽에서 위쪽으로 다시 천천히 이동했다.

"그렇지만 만일?" 멈춰 서서 대회장을 둘러보더니 다시 걷기 시작했다. "만일, 피해자가 한 명 발생한 지난주의 이 사건을 헤이트 크라임이라고 부른다면, 우리는 더욱 잔학무도하고 피해가 막심한, 진정한 헤이트 크라임을 알고 있습니다(작은 박수 소리가 인다). 그렇습니다, 바로 시우 사건입니다(대회장 전체의 박수 소리와 '옳소!' 하고 거드는 소리). 끈질긴 반일 세력이 공세를 해온 지금이야말로, 우리 일본인은 분노와 슬픔을 잊지 않고 언제까지나 가슴속에 새겨야 합니다. 고작 한 명이 희생된 폭력 사건 때문에, 크나큰 비극이 없었던 일로 치부되어서는 안 됩니다."

다이치는 이 부분에서 동영상의 일시정지 버튼을 누르고, "여기서 조금 앞으로 넘길게. 이 녀석이 하는 말이 흔히 하는 논점 흐리기라는 걸 알 수 있으니까"라며 휴대폰을 조작했다. 그리고 의도한 곳에서 다시 재생 버튼을 눌렀다.

가미지마는 무대 앞쪽 가장자리까지 나와 있었다.

"아시겠죠? 이런 증오에 의한 흉악 범죄가 다른 나라에 비하면 지극히 적다는 사실이 우리 일본의 훌륭한 치안과 강한 인내심, 온유함을 보여줍니다. 그리고 우리들은 바로 그 사실에 주목해야 합니다. 세계가 그 사실에 주목하도록 힘써야 합니다. 일본 이외의 세계는 더욱 지독합니다. 일본 국내에서의 차별 따위, 세계 수준에는 결코 미치지 못합니다. 아직 멀었습니다. 대체 이 일본에, 피부색이 다르다는 이유만으로 무고한 시민에게 총을 쏘는 경찰관이 있습니까? 성소수자라는 이유로 집단 폭행을 당해 죽는 사건이 있었습니까? 종교 문제로 교회나 모스크가 신자와 함께 불태워지는 사건이, 근대 이후에 있었습니까? 일본은 아직 한참 무릅니다. 우리는 자신을 가져도 됩니다."

여기에서 다이치는 동영상을 멈췄다. "이 녀석은 깨닫지 못한 채 말하고 있는 건지, 말한 뒤에 깨달았는지는 모르겠지만, 김마야 씨야말로 출신을 이유로 살해당했어. 게다가 신 군도 알다시피 가미지마가 말하는 미국에 대한 정보도 혹시 유학을 하면서 기분 나쁜 일이라도 겪은 건지 편견에 가득 차 있고 엉성할 따름이야. 그리고 이 논리 속에서는 관동대지진 당시의 조선인 학살 사건도 없는 셈으로 친 모양인데, 이 녀석들에게 이제 와서 그걸 알려줘 봤자 소용없는 일이겠지."

그리고 다이치는 동영상을 다시 재생했다.

고성능 마이크를 장착한 덕분도 있겠지만, 테너 가수를 꿈꾼 적이 있다는 가미지마의 목소리는 또렷했다.

"그런데도 스스로를 돌아보지도 않고 잘난 척, 우리 '화和의 나라'에게 국제기관을 통해 통고하고 지시하는 그런 외국 세력일수록, 자국 내의 헤이트 크라임과 흉악 범죄가 나날이 증가하는 압도적인 도덕 후진국이라는 점을, 우리 일본 국민을 향해서만이 아니라 전 세계에도 널리 알려야 합니다. 일본 바깥의 세계는 훨씬 더 지독합니다! 그러니, 일본의 상식을, 세계의 상식으로!"

청중의 박수.

'일본의 상식을, 세계의 상식으로!'라는 말은 현수막에도 적혀 있는 신당일본애의 슬로건 중 하나다.

다시 무대 중앙으로 돌아간 가미지마가 정면을 향해 빙글 돌아섰다.

"일본을 사랑한다는 것은 이 일본열도의 평화와 아름다움을, 야마토 민족[10]의 다정함을, 화목함을 제일로 여기는 전통 정신을 사랑하는 것입니다. 일본의 평온과 질서에 끈질기게 시비를 거는 무리에게는 이렇게 말합시다, '고 홈'이라고. 돌아가십시오, 각자의 조국으로. 다른 나라에 혼란을 초래하지 마십시오, 라고 말입니다. 일본을 사랑한다는 것은 그런 것입니다. 아시겠습니까, 여러분? 일본을 사랑하는 것이 무엇인지를 스스로에게 자문하는 것이, 일본 국민의 평범하고 당연한 모습입니다. 그러니 여러분, 아시겠습니까? 일본을 사랑하는가를, 물어라!"

"물어라!" 청중이 기다렸다는 듯 합창했다.

"일본을 사랑하는가를 물어라!"

"물어라!"

"좋습니다, 좋습니다. 멋집니다. 계속 물읍시다. 외국 세력에 휘둘리는 매스컴이나 기득권을 내려놓으려 하지 않는 욕망덩어리 지배자층, 권력투쟁에 세월을 허비하는 부패한 정당 정치가들이 하는 말이 아니라, 스스로, 스스로의 마음속 목소리를 향해 계속 물으십시오. 그게 바로 진실한 대답입니다. 어떻게 하는 것이 일본을 사랑하는 길일까? 어떻게 행동하면 결과적으로 일본을 사랑하는 일이 될까? 죽을 때까지 스스로에게 계속 질문합시다. 저 또한 죽는 순간까지 그렇게 하겠습니다, 계속 질문하겠습니다. 일본을 사랑하는가를, 물어라!"

"물어라!"

10 일본의 대다수를 이루는 민족. 대부분 일본어를 모어로 하며 일본열도에 거주하는 민족이다.

"일본을 사랑해라!"

"일본을 사랑해라!"

"여러분, 이번 중의원 선거에서는 부디 우리 '신당 일본을 사랑하는가를 물어라'에 절실한 피의 한 표를 던져주시기를 진심으로 부탁드립니다."

가미지마의 등 뒤에 있는 '피의 한 표를!'이라는 현수막이 카메라에 담겼다.

"충성을!"

"충성을!"

"그리고 우리 당의 새로운 공약인 '의원 정원 반감'을 반드시 실현시키겠습니다. 다음으로, 우리 당의 핵심 복지정책인 '기본소득 도입'은, 결코 외국인은 대상으로 하지 않겠다는 점을 확실하게 약속드리면서, 드디어 본격적으로 추진하려고 합니다. 이게 실현되면……."

다이치는 동영상을 멈췄다. 휴대폰을 테이블 위에 내려놓았다.

"이제 가미지마가 얼마나 스피치를 잘하는지는 알았을 거야. 내용은 엉망에다 눈속임이지만, 억양과 목소리와 보디랭귀지, 몸동작, 그리고 핸섬한 외모는……."

다이치 씨가 더 핸섬해요, 하고 그가 말했다. 신 군은 남은 순대를 떡볶이 국물에 찍어 먹고 있었다.

"뭐?" 놀란 다이치가 "아니, 그래도 가미지마만큼은 아니야" 하고 반사적으로 대꾸했다. 그렇게 말하고 나서, 그렇다면 나 스스로도 어느 정도는 잘생겼다고 무의식중에 생각하고 있었구나, 하고 어리석은 자기 인식을 즐겼다.

핸섬해요, 하고 그는 반복했다.

그를 만난 첫날부터 다이치는 눈치채고 있었지만, 미국에서 와서 특히 더 그런 것인지, 그는 영어를 발음할 때 굳이 일본어식 발음을 의식해서 말하는 것 같았다.

그는 연상인 다이치 앞에서 술을 마실 때 고개를 옆으로 돌리고 한 손으로 입가를 가린다. 다이치가 스스로 술을 따르게 내버려두지 않고, 잔이 비면 반드시 따라준다. 다이치는 그런 시대착오적인 한국의 풍습과 매너를 결코 긍정하지 않지만, 그렇게 하고 싶어 하는 그를 굳이 부정하지도 않는다.

그리고 그런 한국인스러운 행동에 뒷자리 남자들이 몹시 신기하다는 듯 눈을 크게 뜨고 있다는 걸 다이치는 느끼고 있었다. 손가락질을 하면서 저거 봐, 하고 친구에게 알려주는 모양이었다.

'재일 총과 귀화 총을[11] 순수 일본인과 구별하는 방법'이라는 매뉴얼이 인터넷에 떠돌고 있었는데, 그중 두 가지 예를 지금 그들은 목격한 것이다. 매뉴얼 중에는 술을 마실 때의 예시 말고도 연장자와 악수를 할 때 다른 손을 받친다는 것도 있었는데, 그 사이트에서는 상대의 뿌리가 한반도인지 '캐내기' 위해 악수를 해볼 것을 추천하고 있었다.

상대에게 의도를 감추고 악수를 청한 뒤, 정체를 판별하고 다음 행동을 결정한다. 그런 테스트가 얼마나 비인도적이고 잔혹한 행

11 일본에서 한국인을 비하할 때 쓰는 말.

위인지 알지 못하는 듯한—아니, 사실은 알고 있을 텐데도—어색하고 굳은 미소와 함께 그런 천박한 악수를 요청받은 적이 다이치도 몇 번인가 있었다.

"시우 사건으로 재일과 한국인에 대한 차별은 더 심각해졌어. 예를 들면 관광객 감소와 장난 방지를 이유로 전국의 전광판을 포함한 대부분의 안내판에서 한글이 사라졌어. 츠루하시나 신오쿠보에서는 아직 그런 일이 없지만, 다른 동네의 한국 음식점에서는 '우리는 일본을 사랑합니다'라든가 '다케시마는 일본 영토'라든가 '경영자는 일본인입니다' 같은 말이 적힌 종이나 스티커를 덕지덕지 붙이게 되었지. 그렇지만 효과는 없어서 대부분이 폐업에 내몰렸어. 한국식 고깃집에서는 '야키니쿠는 일본 음식입니다'라고 선전하고, '일본식 야키니쿠'라든가 '전통 일본식 야키니쿠'로 간판을 바꿔서 경영을 이어가는 곳도 있어. 한국어는 거의 적국의 언어가 되어서, '갈비'는 '늑골살'로 호칭이 바뀌었고 '김치'도 '매운 절임'이 되었는데, 이제 김치 같은 건 일본 슈퍼마켓에서 전혀 찾아볼 수 없지 않나? 그리고 세계적으로 유명한 만화가가 앞으로 한국어판을 출판하지 않겠다, 애니메이션 방영도 허가하지 않겠다고 발표하기도 했어. 혹시 알아? 신 군."

지금까지와 달리 몇 번이나 확실하게 고개를 끄덕이는 그의 반응을 보고 다이치는 "역시 미국에서도 유명하구나"라며 감탄했다.

"나는 만화나 애니메이션, 영화, 소설, 음악도 잘 모르지만, 최근에 그 만화가가 연재하는 엄청나게 인기 있는 작품에서, 한국인스러운 이름에 한국인을 나쁘게 캐리커처한 얼굴의 적군단을 몹시 천박하고 교활한 캐릭터로 등장시켰다는 얘기는 들었어. 코멘트에서도 '그 나라를 더 이상 참을 수가 없다'라든가 '그 나라의 폭거에 만화가로서 할 수 있는 일을 하고 싶다'라는 말을 실었다던데, 소년지에서 그러면 안 되지. 내가 아는 아이가, 뭐 이미 고등학생이지만, 걔가 말하기로는 다른 어떤 것보다도 그 만화가가 한국을 비판하기 시작한 것이 가장 쇼크였대. 신 군도 이해해? 이해하는구나. 뭐 그런 법일지도 모르지. 소설이나 영화에서는 한참 전부터 한국과 재일 한국인에 대한 비판적인 내용을 넣는 게 당연했던 모양인데, 만화는 아무래도 훨씬 메이저하고 국제적이니까. 문제의 만화도 기본적인 축은 확실하게 권선징악, 약자를 구하고 아이들에게 꿈을 주는 스토리였던지라, 재일 아이들이 이 일에 충격을 받은 모양이야. 뭐, 어른들도 적지 않았던 거 같고. 그 밖에도…… 응원하던 아이돌이 하는 말을 듣고 처음으로 재일 한국인이 전 일본에서 미움받고 있다는 걸 알고 자살한 아이도 있어. 뉴스에서는 다뤄지지 않았고, 나도 아는 사람에게서 들었을 뿐이야. 사실 나도 어렸을 때부터 장기가 취미였는데, 존경하던 장기 기사 중 하나가 잡지에서 극우 차별주의자인 소설가와 즐겁게 대담하는 걸 본 뒤로는 더 이상 말을 잡을 수 없게 됐지. 의외의 방면에서 의외일 정도로 커다란 데미지가 있어."

창밖에는 붉은 저녁놀이 완전히 사라져 있었다. 불이 밝혀진 JR 츠루하시역 플랫폼에 승객의 얼굴이 또렷하게 보이는 형형한 전차가 들어왔다. 상점가 쪽이 아닌 조용한 거리에는 사람 그림자도 전혀 보이지 않게 되었다.

"배외주의자들의 꿈은 이루어졌어." 다이치가 말했다. "기존 특별 영주자의 권리는 일반 영주자와 같아졌는데, 그러니까 재입국 수속은 번거로워지고 국외추방 처분은 용이해졌지. 귀화 신청에 기존 특별 영주자가 쇄도하고 있다는 뉴스가 보도되자 '생활보호를 노린 거다'라든가 '범죄 예비군이 강제송환되기 싫어서 줄을 서고 있다'라는 손가락질과 조소가 쏟아졌어. 그들은 재일 코리안에게 제 세상의 우대나 면피 수단, 생활보호를 받기 위한 뒷구멍이 있다고 여전히 믿고 있어. 이런 시대가 되었는데도 아직도 그렇게 믿고 있는 거야! 그런 녀석들이 사라지지 않고 항상 어느 정도 존재해."

다이치는 한숨을 쉬었다.

"그리고 한편으로, 일본 국적으로 귀화를 신청하는 과정에서 재일 코리안이 부당하게 배제되고 있다는 설에 '그건 올바른 행정 판단이다'라며 손뼉을 치는 무리도 굳건해. 재일 코리안에 의한 범죄율이 상승하고 있다는 조사 결과에는 눈살을 찌푸리면서도 내심 기뻐하는 것 같기도 하지. 유예 기간도 짧은데 갑작스럽게 생활보호까지 끊기면, 살아남기 위해 범죄에 손을 뻗는 재일 동포도 나오겠지. 그런데 그런 재일 동포가 체포되고 유기형 이상이 내려지면—이 엄벌화의 흐름에서는 그렇게 될 가능성이 높은데—법 개정 이후 '일반 영주자'로 강제송환되고 마는 거야. 이걸 뉴스에서 본 배외주의자들은 '오늘도 한 마리를 둥지로 돌려보냈다'라든가, '해충 퇴치 성공'이라며 기뻐하지. 공항에서 울면서 헤어지는 영상을 봐도, 가족과 뿔뿔이 흩어지는 케이스가 있는데도 그런 녀석들에겐 알 바가 아니야. 오히려 자업자득이라며 더욱 쾌재를 불러. 정당하게 받아왔던 생활보호비를 갑자기 빼앗기고 그에 항의하여 분신자살을 한 재일 동포 노인도 있는데, 이제는 국제사회를 포함한 그 누구도 노인 한 명이 분신자살을 한 정도로는 관심도 주지 않아."

다이치 일행은 가게를 나왔다. 어두운 밤거리 한편에 방치된 자전거들이 늘어서 있었다. 상점가에서 벗어난 자리에 혼자 뚝 떨어져 있는 한국 음식점이 새삼 위험해 보였지만, 장사에 방해가 된다며 자경단을 받아들이고 싶어 하지 않는 것은 이런 시대에 일본에서 장사를 하겠다며 새로이 건너온 한국인들에게 있을 법한 기개이기는 했다.

"신 군이 살던 신오쿠보와 비교하면 이 츠루하시는 올드커머가 훨씬 많아. 아까 전의 가게 주인은 달랐지만. 그래서 기존의 특별영주자들이 이쪽으로 흘러들어오는 경우도 많아. 김마야 씨의 오빠도 한참 먼 요코하마에서 친척 집에 의탁하는 형태로 이 지역으로 오게 됐어."

다이치와 그가 오사카에 온 가장 큰 목적은 어제 이루었다. 그 때문에 다이치가 정장을 입은 것이기도 했다. 설득에 며칠이 걸릴 것 같으면 내일 이후의 일정은 취소할 생각이었지만, 오히려 깔끔하게 끝났다. 오늘 하루의 일정이 비어서 남자 둘이 츠루하시 관광 비슷한 것을 하게 된 것도 그 이유였다.

가게에 있던 남자 세 명도 2층에서 내려왔다.

다이치는 오가는 사람이 없는 쪽으로 성큼성큼 걸었다. 남자 셋도 같은 방향으로 왔다.

지방 도시에 있던 소규모의 코리아타운은 차례차례 괴멸되었는데, 그에 불복한 일부 주민은 신오쿠보나 이곳 츠루하시로 보호와 단결을 바라고 이주했다. 말하자면 배외주의자들이 츠루하시나 신오쿠보를 요새 도시로 만든 셈인데, 그러한 경위와 관계없이 원래부터 이 마을에 살던 일본인 주민들은 불만과 불안과 거북함을 느끼게 되었다.

이를테면 저 패거리 세 명처럼.

그렇다고 해도 다이치는 털끝만큼도 동정하지 않는다. 그에게는 동정심에 이끌리는 마음이 없다.

"가시와기 씨."

"알아. 신 군."

"네."

"문제없겠어?"

"전혀 문제없어요."

그들 셋은 재일 동포를 일부러 괴롭히러 온 배외주의자 조직원은 아닐 것이다. 한국인 여자를 꼬드겼고, 근처에 산다고 했다. 뿌리부터 차별주의자라면 현지식 한국 음식점의 단골이 되지는 않을 것이다. 예쁜 점원에게는 물론, 한국어 억양이 남아 있는 중년 여성 주인에게도 알랑거렸다. 그저 여자가 목적인 이 지역 패거리다.

뒤를 돌아 그들을 새삼 살펴보니, 저마다 그을린 피부에 근육도 꽤나 붙어 있었다. 육탄전에 자신도 있어 보였다.

"너무 심하게 하지 마."

"알았어요."

"그리고 윤신, 먼저 손대지 마."

"알고 있어요."

그들과 그리 멀리 떨어지지 않은 곳에서 일부러 한국어를 사용한 것은 마지막 도발이었다.

아무리 그래도, 하고 다이치는 생각했다. 신 군을 보고도 셋이서 덤비면 이길 수 있을 거라 생각하다니, 한심한 판단력이란. 조금이라도 보는 눈이 있다면, 신 군을 정면에서 보고 소름이 끼치지 않는 게 이상하다. 그러나 저 셋은 세 명이기 때문에 더더욱 물러나지 못하게 된 것일 수도 있다.

"너희들 조선인이냐? 아까 반일적인 이야기를 했지? 공모죄 현행범으로 사인체포[12]할 테니까, 각오해."

'공모죄 현행범으로 사인체포'라는 문구는 한동안 인구에 회자되어, 이제는 중학생들도 사용하는 말이 되었다. 실제로 테러 등 준비죄 혐의로 취조를 받은 한국 출신의 당시 일본 대학에 적을 두고 있던 한 남성 교수가 있었다. 그는 해당 죄목에 대해서는 불기소가 되었지만, 압수된 컴퓨터에서 발견된 증거로 인해 아동 포르노 단순 소지죄로 체포되었다. 그는 인터넷에서 다운로드한 영상이라며 죄를 인정했고, 근무하던 대학에서 쫓겨나 한국으로 돌

12 경찰이 아닌 일반인이 하는 체포 행위.

아갔다. 이는 테러 등 준비죄의 용도가 일본 국내에 널리 알려지게 된 사례가 되었다.

"너희들 아까, 암살 계획 같은 걸……" 하고 말을 꺼낸 맨 앞의 남자에게 검은 그림자가 다가섰다. 그는 무심코 반사적으로, 아마 공포심에서 기인했을 주먹을 휘둘렀지만 금세 팔이 붙들렸다. 반대쪽 왼팔도 붙들려 크로스로 엇갈린 채 그대로 골목길로 끌려갔다. 잘하는걸, 하고 다이치는 크게 감탄했다. 츠루하시에 있는, 행정기관 등에서 설치한 감시 카메라의 대부분은 스프레이가 뿌려져서 사용할 수 없게 되었다는 얘기는 들었지만, 신 군은 만일을 위해 어두운 골목길로 끌고 간 것이다. 동료 두 명이 황급히 뒤를 쫓았다. 끝까지 지켜보기 위해 다이치도 골목길로 달려갔다.

다이치가 골목길로 들어갔을 때, 아르바이트생에게 추근대던 남자는 첫 번째 희생자(라고 해야 할지 가해자라고 해야 할지)가 되어 양팔이 비틀린 자세로 바닥에 엎어져 코에서 피를 줄줄 흘리고 있었다. 두 번째 남자가 과감하게, 혹은 패닉에 빠져 무조건 달려들듯이 태클을 걸러 갔지만, 윤신은 그의 머리를 붙잡고 발등을 있는 힘껏 밟았다. 그가 밟힌 발을 부여잡자, 몸을 지탱하던 반대쪽 발을 걷어찼다. 그가 그대로 넘어지며 옆머리를 아스팔트에 찧기 직전에 윤신이 그를 붙잡았다. 그리고 그대로 바닥에 눕힌 뒤, 발등을 밟았던 왼쪽 발이 아닌 오른쪽 발목 근처를, 또 온 체중을 실어 밟았다. 마치 그런 일을 하기 위해 만들어진 듯 창이 두툼한 부츠였다.

두 번째 남자를 그대로 밟고 넘어가 마주한 세 번째 남자가 완전히 전의를 상실한 채 꼼짝도 못 하고 서 있자, 윤신은 그의 어깨 너머로 골목길 입구에 있는 다이치를 바라보며 판단을 넘기려 했다. 심하게 하지 말라고 말해뒀는데도 이 정도라니, 나중에 제대로 말해두어야겠다고 생각하면서 다이치는 앞에 있는 그를 향해 고개를 끄덕였다. 가장 나약했던 세 번째 남자는 결국 주먹으로 세게 명치를 맞고 무릎을 꿇으려던 차에 양손으로 목덜미를 붙잡힌 채 허공에 매달렸으니, 셋 중 가장 큰 공포를 느꼈을 것이다.

"오케이. 가자."

골목을 돌아서 빠져나가 역으로 가려던 두 사람은 걸어오던 네 명의 사람과 딱 마주쳤다. 남자 셋에 여자 하나. 다이치는 한눈에 자경단이라는 걸 알아보았다.

"실례합니다, 저기, 저쪽 끝 골목길에 남자 셋이 다쳤는지 웅크리고 있어요." 다이치가 말을 건넸다. "무슨 일인지는 잘 모르겠는데, 저희도 무서워서."

자경단 중 여자가 "괜찮습니다, 나머지는 저희한테 맡겨주세요. 감사합니다"라고 대답하고 앞서갔다.

다이치는 그 말에 따라, 네 사람이 가는 쪽과는 반대인 역쪽으로 향했다. 재일에게 당해서 쓰러진 재일 혐오자가 재일에게 보살핌을 받게 되면 무슨 생각을 하고, 과연 무슨 말을 할까.

"신 군, 윤신 군. 널 만나서 정말 다행이야." 다이치가 말하자, 그는 굉장히 쑥스러워하면서도 기쁜 기색을 숨김없이 드러냈다. 그의 창백한 피부가 찬 바람이 부는 바깥 공기에 빛나고 있었다.

흥분할 때면 고무 같은 피부 위의 짙은 푸른빛 혈관이 번개처럼, 산호처럼 목에서 얼굴로 뻗어나간다. 방금 전 습격을 당했던 세 사람의 눈에는 그 모습이 또렷이 새겨졌을 것이다. 목숨이 끊어질지도 모른다는 공포에 직면했을 것이다. 다이치는 예전에 자신 또한 그에 직면했던 일을 떠올렸다. 윤신이 "너 따위 5분이면 죽일 수 있어"라며, 협박이 아니라 진심으로 그렇게 내뱉었던 것이 만남의 거의 첫 순간이었다.

그러나 다이치는 이렇게도 생각했다. 상대측에 윤신 같은 폭력 전문가가 없었던 것은 그저 운이다. 반대의 현실도 충분히 있을 수 있었다. 그리고 어리석은 아다치 츠바사가 좌파 진영이고, 처세에 능한 가미지마 신페이가 우파 진영이었던 것 또한 운이다.

그저 운이기 때문에 더더욱, 다이치는 말은 그렇게 하면서도 윤신과의 만남에 감사한 마음은 크게 들지 않았다. 만남에 감사하다는 발상 자체가 없다. 재일 한국인은 모두 지하조직과 연결되어 있다고 진심으로 생각하는 무지한 일본인이 가끔 있지만—아무리 숫자가 줄었다고는 해도 전체가 그렇게 이어져 있을 리도 없거니와—윤신과 만나게 된 건 아내의 인도였다. 굳이 행운을 따지자면 김마야 씨의 오빠와 만난 것이 행운이었는데, 그 역시도 지금은 오사카시 이쿠노구에 살고 있는 전 애인의 소개가 있었기에 가능한 일이었다. 즉 모든 것이 과거로부터의 질서 정연한 흐름이다.

다이치는 운명론 따윈 상대하지 않는다. 감사나 보은도, 인정에 이끌려 과하게 하는 일이 없다. 인간관계란 그저 축적이다. 타인의 덕분이라며 과대시하지도 않고, 남의 도움은 필요 없다며 자신을 과신하지도 않는다. 그러나 축적이란 시간 그 자체이며, 시간 자체는 결코 경시할 수 있는 것이 아니기에, 지금 이렇게 장기말이 셋이나 모이게 된 것이다.

필요한 말 중 셋, 혹은 셋하고 반인가. 아무튼 희생자의 유족이란 더없이 귀중하고 상징적인 말이다. 따라서 계획도 좀 더 현실성을 띠게 되었다. 아직 모이지 않은 나머지 두 말 중 하나는 거의 수중에 있는 것과 마찬가지이며, 그를 설득하는 일도 식은 죽 먹기일 것이다. 문제는 마지막 하나인데, 우선 사람을 찾는 일부터 시작해야 하고, 이미 대강 시작하기는 했지만 상당히 까다로웠다. 앞으로도 호랑이굴을 들락날락하지 않으면 안 된다. 또 사람을 고른 후에도 비정한 각오를 해야 한다. 시곗바늘이 흘러가지 않기를 바라는 마음도 없지 않다. 그러나 세계를 바꾸는 일이 사람이 할 수 있는 가장 큰 일이라, 그러니까 어쩌면 세계를 조금이라도 바꿀 수 있을지도 모른다는 희망을 보았을 때는, 광신적이라든가 비논리적이라는 비난을 받게 되더라도, 목숨을, 또는 목숨 이상의 것을 희생하게 되더라도, 그 가능성을 위해 몸을 바쳐야만 하는 것이다.

어느덧 JR츠루하시역 개찰구에 도착했다. 이대로 오사카 관광을 계속할까, 아니면 내일의 일정이 있으니 조금 이르지만 호텔로 돌아갈까.

"질문은 없어? 신 군" 하고 다이치가 물었다.

소년 시절부터 오랫동안 질문하는 것 자체를 부모에게 금지당했던 윤신은, 그것을 무제한으로 허용하는 상황에 망설이고 겸연쩍어하며, 익숙지 않은 일본어와도 씨름하다 겨우 입을 열어 연달아 물었다.

"자민당, 은 무슨 말의 약자예요? 그리고 괴뢰는? 또, 핑크워시는?"

다이치는 크게 웃었다. 그리고 기쁜 듯 말했다.

"역시 기억력이 굉장하네, 신 군. 그래, 제대로 알려줄게."

세계는 대중이고, 세계의 의지란 대중의 의지야. ……마지막 적은 항상 대중이지. 그들에게는 절대 이길 수 없어. 말해두겠지만, 절대 이기려고 해선 안 돼. 정면으로 부딪쳐선 안 돼. 그러니까, 다른 방식을 찾아야 해.

"신 군, 그래도 나는 대중을 이기고 싶어. 어떻게 해서든 이기고 싶어. 나는 역시 대중을, 이 세계를 무릎 꿇리고, 쓰러뜨리고, 우리의 승리를 알리고 싶어. 그런데 나더러 역사를 배우라고 하더군. 역사를 파악하면 나폴레옹의 등장과 퇴장도 대중의 의지라는 걸 알 수 있다면서. 모든 것은 대중의 의지지만, 우리도 거기에 참여할 수 있다고. 살아 있다는 것은 거기에 참여할 수 있다는 것이라고. ……그렇지만 말이야, 신 군. 참여하는 것 이상의 일을, 반격을, 우리는 결코 할 수 없는 걸까?"

박이화
가시와기 다이치
양선명(스기야마 노리아키)

야마구치현 시모노세키시
3월 31일

역에서 걸어서 10분이 채 걸리지 않는 항만 근처에는 사람들의 발길이 완전히 끊겼다. 모두 잠들어 고요한 컨테이너 부두에 홀로 불을 밝힌 식당을 이화가 집합 장소로 정한 건, 이곳이라면 배외주의 단체 녀석들과 맞부딪칠 가능성이 낮다고 판단했기 때문이다. 무슨 일이 생겼을 때 급히 페리 선착장으로 달려가기에도 최단 거리였다.

대중식당. 전통적인 분위기가 아닌 새것 같고 직원 식당 같은, 혹은 회의실이나 임상실험실 같은, 흰색을 기조로 한 간소한 인테리어. 흰 벽에 흰 천장. 넓은 직사각형 홀에 긴 테이블이 나란히 늘어서 있고, 카운터석은 벽을 보고 있다. 다른 곳보다 한 단 높은 조금 튀어 보이는 다다미방도 있다. 벽에 붙어 있는 메뉴는 종류가 적었다. 신단이 있고, 신단에 올리는 화병과 그 안엔 멋들어진 비쭈기나무가 꽂혀 있었는데, 그 아래에는 구식 디자인의 텔레비전이 놓여 있고 지금 같은 저녁 시간대에는 사극이 재방송되고 있었다.

계산대에는 '신용카드는 은련카드만 사용하실 수 있습니다'라는 스티커가 붙어 있다. 좋지 않은 입지 조건을 신경 쓰지 않는 듯한 운영 방침에서 자본력의 여유와 마치 남의 일이라는 듯한 무심함이 엿보인다. 미니멀한 만듦새이면서도 다다미방과 신단은 갖춘 인테리어는 신시대적 자포니즘(japonism)[13]이라 할 만했다.

최근에는 외국인 거리가 여기저기 늘어나고 있어서, 코리아타운이 있던 시모노세키에도 필리핀인 거리가 생겼다. 부산시와 자매도시 결연 35주년을 기념하여 세워졌던 훌륭한 '부산문'은 낙서 등의 훼손 행위가 잇따르자 '어디까지나 치안 유지와 지역의 안정을 위해'라는 명목으로 철거되었는데, 반글로벌리즘을 주장해야 할 배외주의자들도 이제는 한국인과 조선인만 배제되면 만족해 했다.

부산행 정기선(이 또한 존속이 위태롭다)은 오후 7시 45분에 출항하는 하루 한 편뿐으로, 배 안에서 아침을 맞고 다음 날 오전 8시에 도착하는 일정이다. 그래서 이화를 포함한 '귀국조' 멤버들은 이 가게에서 저녁을 먹고 있었다. 영업시간이 밤 9시까지라는 푯말이 있었는데, 그 이후에 방문하는 현지 손님들이 없기 때문이리라. 시모노세키역에서 걸어서 10분도 채 걸리지 않는 거리인데도 시모노세키항 국제 터미널 주변에는 불빛도 통행인의 모습도 없다. 그런 곳에 오늘 밤은 기동대의 대열과 경찰차와 대형 특수차

13 19세기 중반 이후 서양미술에 나타난, 일본의 화풍이나 문화를 선호하는 현상.

랑이 어둠 속에 불을 밝히고 있는 이상한 풍경이 펼쳐져 있었다.

이화와 2년 만에 만나는 다이치는—첫인상부터 많은 사람들이 그 눈동자에 빨려들어가는 귀여운 인상이지만 결코 경계심을 풀지 않는 듯한—굳이 말하자면 고양이 상에 속하는 생김새다. 그에 비해 3년 만에 보는 선명은 강아지 상이라고 할까, 도베르만 같은 맹견과 비슷한 생김새로, 키가 크고 손발도 길쭉하며, 늘 졸려 보인다. 야마구치현은 선명이 태어난 고향이기도 해서 그는 "고향 가는 길에 겸사겸사"라고 말했는데, 멋쩍음을 감추려는 게 아닌 있는 그대로의 사실일 것이다.

두 사람은 나란히 서 있으면 들쭉날쭉 콤비처럼 보였다. 선명이 190센티미터에 가까운 큰 키인데 반해, 다이치의 키는 170센티미터 정도였다.

"너 머리 길었구나. 금발로 염색도 했고." 이화가 선명에게 말했다. 그리고 자기 머리카락을 손가락으로 배배 꼬면서 물었다. "그거 원래 머리야? 아니면 파마한 거야?"

"원래 머리."

"여전히 곱슬이 심하네."

"예, 예." 가게의 불빛이 눈부신 듯 선명은 눈을 찌푸렸다. 눈앞 머리를 손가락으로 꾹꾹 누른다.

"오랜만이에요, 이화 씨" 하고 다이치가 감흥 없이 웃어 보였다.

지적받은 곱슬머리를 만지작거리며 선명이 말했다.

"마지막 만찬인데, 시모노세키까지 와서 이런 싸구려 식당이라니." 그는 눈부심 탓인지 기분이 조금 나빠 보였다. "애초에 왜 페리야? 비행기를 타면 되잖아."

그리고 권하지도 않았는데 이화의 앞자리에 앉았다. 그러고는 다시 일어서더니 붉은색 인조 가죽 롱코트를 벗어 등받이에 걸쳤다. 재킷 안에는 소매가 긴 셔츠 차림이었다. 길쭉한 양팔의 움직임이 우아해 보이지만, 이화는 그곳에 시선이 가지 않도록 조심했다.

"돈이 없는 애들도 있으니까. 그리고 도쿄에 사는 애들만 있는 것도 아니고, 집에 마지막 인사를 하고 싶다는 애들도 있어서 전원이 집합하는 장소로 시모노세키가 가장 나았어."

이화는 아직 서 있는 다이치에게 "자, 앉아, 다이치도"라며 미소를 지었다.

그리고 두 사람에게 물었다. "너희들, 밥은 먹었어?"

선명이 말했다. "간단하게, 회랑 일본주."

다이치는 스탠드칼라 코트를 벗고 정장 차림으로 선명의 옆자리에 앉으며 말했다. "경찰이 와 있네요."

선명이 "설마"라며 놀란 표정을 지었다. "어디?"

손님은 이들 셋을 제외하면 다다미방의 몇 명과, 벽을 보고 있는 카운터석의 남색 트렌치코트를 벗지 않은 채 앉아 있는 나이 차가 꽤 나 보이는 남녀 두 명이 다였다. 여성은 20대 초반 정도로 젊었다. 대화도 없는 것 같다.

"아는구나." 감탄하는 이화.

"알죠."

두 남녀는 술을 마시고 있지 않았다.

"SP[14] 사람이야. 우리들의 보호를 위해서, 혹은 소란 방지."

"소란이라니, 고작 이 정도 인원으로?" 선명이 코웃음을 쳤다. 가게 안쪽의 다다미방에 앉아 있는, 남녀 비율이 딱 반반인 사람들이 '귀국조'일 것이다.

선명을 손가락으로 가리키며 이화가 말했다. "그래도 경찰은 움직여."

"그야 인터넷에 그렇게나 선전을 했으니." 다이치가 어깨를 으쓱했다.

이화는 한숨을 쉬었다.

"그런데도 매스컴에서는 취재 의뢰도 없고, 알고 지내던 사람들한테 연락을 해도 뉴스 가치가 없다든가, 다른 일로 바쁘다면서 쌀쌀맞더라고. 그 사실이 지금 나를 엄청나게 낙담시키는 중이야. 이럴 리가 없는데, 이렇게까지 무관심할 줄은 솔직히 생각 못 했어."

"고작해야 열 명 규모니까." 선명은 아직 짜증이 가라앉지 않은 듯했다. "저기, 열 명이면 어느 정도예요? 더 모일 수 있었는데, 싶은가?"

"열 명이 아니라 정확하게는 일곱 명이야, 나까지 포함해서."

선명도 그 정도는 눈어림으로 알고 있었다. 알고 있으면서 일부

14 Security Police. 일본 경시청 소속으로 중요 인물 경호 임무에 종사하는 경찰관.

러 대충 말한 것이다.

“그 정도면 많나? 적나? 예상보다.”

“그냥 그렇지, 뭐.”

“다른 사람들은 다 탈퇴했고?”

“그렇다기보다는 해산이지. 일본에 남는 애들끼리 청년회를 이어갔으면 했는데, 다들 뿔뿔이 흩어지는 쪽을 택했어.”

청년회는 이화가 설립한 모임이었다.

“그래도 다들 젊네요, 너무 젊어.”

“일단은 청년회니까. 너만 해도 청년회에 있었을 땐 젊었잖아.”

“이화 씨는…….” 선명은 놀리려다 말았다. “그런데 왜 또, 굳이 이 추운 계절에 가려는 거예요?”

“저쪽에 가더라도 여러 가지 준비가 필요해. 공동생활, 그리고 자급자족을 목표로 하려면.”

“지옥이구만.”

“아, 말해두지만, 우리 중에는 농업대학 출신도 있고, 농사 경험이 있는 애도 있다고.”

다이치가 간신히 끼어들었다.

“그래도 무모하다는 사실은 변함없어요. 기껏해야 아마추어보다 조금 나은 사람이 몇 명 있을 뿐인데, 정말로 어리석은 자살행위에요, 이건.”

자살행위, 라는 말을 하는 다이치의 옆에서 선명은 쓴웃음을 지었다. 그리고 소매를 걷어 올려 자신의 왼팔을 흔들었다. 왼팔에는 수많은 자살 미수의 흔적이 빽빽하게 새겨져 있었다. 오른팔도 마찬가지였다. 그러나 다이치가 다른 의도로 그런 말을 한 게 아니란 건 선명도 안다. 오히려 다른 의도로 언급해주었으면 할 정도다.

다이치가 말을 이었다.

"라이베리아공화국에 대해서 모르지는 않겠죠."

"나는 모르는데. 뭔데, 그게." 선명이 끼어들었다.

"알아보는 게 좋아, 선명. 미국에서 해방된 흑인 노예가 아프리카 대륙으로 돌아가서 세운 독립국이야. 그 나라에는 네가 좋아할 만한 역사적 아이러니가 잔뜩 있으니까."

선명은 바로 휴대폰을 꺼내어 검색해본다.

이화가 말했다. "우리가 만들려고 하는 건 고작해야 자그마한 '마을'일 뿐인걸."

물론 그렇게 단순 비교할 문제가 아니라는 것을 알고 있는 다이치가 대꾸했다.

"어딜 가든 차별과 박해가 기다리고 있다는 말이에요. 원래 노예였던 자들이 노예제를 만들고, 내전을 일으키고, 예전에 선거권을 빼앗겼던 사람들이 다른 소수파에게서 선거권을 빼앗죠. 지금 있는 곳에서 차별과 박해에 맞서는 편이 훨씬 효율적이고 진지해요."

"효율적이라는 말을 하는 게 역시 다이치답네." 이화는 미소를 머금었다. "그리고 라이베리아도 지금은 어엿한 민주주의국가 아냐? 자세히는 모르지만."

휴대폰 화면을 조작하며 선명이 말했다. "공동생활 같은 건 지옥이야. 외국에서의 깡촌 생활도 지옥이고. 게다가 저렇게 젊은 나이면 남자들은 군복무도 해야 되잖아? 일본에서 자란 사람들한테 그게 얼마나 지옥일지, 어디까지 이해하고 있는 건지……."

"한국이 외국이라고? 아니, 모국이야."

"외국이지. 이화 씨, 그 부분은 이제 인정해야 돼. 억지로 애쓰다가 일을 그르치는 게, 위선적 이상주의자가 항상 빠지는 덫이라고요."

"아니, 한국은 모국이야. 오래 살아 정든 곳은 아니더라도 모국은 모국. 그건 양보 못 해, 선명."

선명이 고개를 들지 않은 채 물었다. "그럼 일본은?"

이화가 풋 웃었다.

"……오랜만이네, 선명, 이런 대화도."

휴대폰에 분풀이를 하는 것처럼, 선명은 화면을 끄고 테이블 끝으로 거칠게 밀어놓았다. 고개는 들었지만 다른 쪽을 바라보며 제멋대로 자란 턱수염을 매만졌다.

"선명, 네가 정말로 하고 싶은 말은 그런 게 아니잖아? 네가 나한테 하고 싶은 말, 여러 가지로 날 비난하고 싶은 게 있잖아?"

그 말을 들은 선명은 의자의 등받이에 무게를 실었다. 말을 꺼내려고 반동을 주어 몸을 일으킨 순간.

"주문하시겠어요?"라며 중년의 여성 점원이 말을 건넸다. 어깨가 넓고 머리를 틀어 올린 점원은 그렇지 않아도 애교가 없어 보이는 맨얼굴에 한층 불쾌하다는 듯한 표정으로 "이런 싸구려 식당이라 미안하지만"이라고 덧붙였다.

어색한 웃음을 짓는 선명의 얼굴에 다소 긴장이 감도는 듯했지만, 다음 순간 그는 여성 점원 너머로 다다미방의 광경을 발견하고는 비난하는 듯한 눈길로 다시 이화를 바라봤다.

"다른 사람들, 맥주도 안 시켰잖아요, 일본에서의 마지막 만찬인데."

그들이 우동이나 구운 주먹밥처럼 소박한 요리밖에 시키지 않았다는 사실도 선명은 깨달았다.

"절약하느라?"

"뭐, 그렇지. 저쪽에 가면 돈이 아무리 있어도 부족할 테니까."

"대체 뭘 하는 거람. 시모노세키까지 와서, 복어도 안 먹고 해산물도 안 먹다니." 다시금 기분이 고조된 선명이 점원을 향해 불퉁스럽게 말했다.

"아줌마."

"누가 아줌마야. 아직 40대야."

"그럼 40대인 분" 하고 선명은 고쳐 말했다. 점원이 혀를 찼다. 광대 언저리에 주근깨가 눈에 띄었다.

안쪽 다다미방을 가리키며 선명이 말했다. "저쪽에 병맥주를 우선 세 병. 잔은 인원수대로 줘. 그리고 복어 튀김이랑 모듬 회도."

"우리 가게에는 정식밖에 없는데."

"그러니까 정식에서 밥 같은 건 빼달라는 말이지. 대신 반찬을 많이 줘. 어차피 계산은 이쪽 테이블에서 할 거고, 바가지를 좀 씌워도 괜찮으니까 쩨쩨하게 아끼고 그러지 마."

"알겠습니다." 점원이 시원스럽게 대답했다. "2인분씩이면 될까?"

"그 정도면 충분한가?"

"충분해. 준비할게."

"그럼 그렇게."

태블릿 화면을 조작하는 점원의 손은 크고 손가락도 두툼했다.

"그리고 이쪽에도 마찬가지로 병맥주 두 병이랑 잔은 인원수대로. 복어 튀김 정식이랑, 이 녀석도(라며 다이치를 엄지로 가리킨다) 같은 걸로. 그러니까 복어 튀김 정식 두 개야, 이쪽은 정식."

"왜 멋대로 내 거까지 주문하는 거야?" 다이치가 헛웃음을 지었다.

"뭐 어때. 어차피 거의 정답이지? 회는 아까 먹었으니까."

"뭐, 거의 정답."

"그렇지? 그리고, 이화 씨는? 뭐 더 먹을래?"

면발이 부드러워 보이는 우동이 테이블에 놓여 있었지만, 이화는 거의 손을 대지 않았다. 우동은 완전히 식어 있었다.

"나는 필요 없어."

"맥주는?"

"맥주는 마실게. 고마워."

여성 점원은 이화를 바라보지 않고 쏘아붙이듯 "시모노세키까지 와서 복어를 안 먹다니" 하고 조금 전의 선명의 말을 되풀이하듯이 말했다.

"아, 죄송해요. 위가 약해서, 스트레스성이라." 이화가 반사적으로 사과했다. 쓸데없는 이유까지 대는 이화를 다이치가 흘깃 바라봤다. 선명이 몸을 일으켰다.

"그런데 이 지역 사람도 '후구'라고 하는구나, '후쿠[15]'가 아니라."

벽에 붙어 있는 메뉴판에도, 메뉴 책자에도, 요리 이름은 '후쿠'라고 되어 있었다.

그다지 흥미가 없는 듯이 선명에게 눈길을 주던 점원이, 그제야 선명의 손목 상처를 눈치챈 모양이었다. 흠칫하며 눈을 크게 떴다.

"됐으니까 빨리 맥주랑 음식이나 갖다 주쇼, 40대인 분. 우선 저쪽 다다미방을 먼저 줘."

그 소리를 듣고 점원은 또 혀를 차더니 안쪽으로 사라졌다.

이화가 선명을 제지하듯 지적했다.

"한동안 오사카에 있더니 이제 완전히 오사카 사투리가 배었네."

원래 오사카 사람도 아니고 오히려 도쿄에서 지낸 세월이 더 긴데도, 선명이 이렇게 오사카 억양을 강조하고 싶어 하는 것은 다른 사람들과의 차이를 드러내고 싶은 심리이리라고 이화는 느끼고 있었다.

15 복어는 일본어로 '후구'인데, 시모노세키나 기타큐슈 지역의 사람들은 '후쿠'라고 부른다. '후쿠'는 '복福'의 일본어 발음과도 같아서, 행운을 가져온다는 의미에서 그렇게 불렀다고 한다.

"다이치도 그 말 하던데, 그렇게 심한가?"

"그렇게까지 하면서 자각이 없다는 건 있을 수 없는 일이야."

"싫다, 간사이 사투리를 쓰는 재일이라니, 너무 전형적이잖아."

선명은 그렇게 말하면서도 이제 와서 오사카 사투리를 고칠 수는 없었다. 그래도 짜증 나던 기분은 가라앉아 있었다. 다시 이화를 향해 말했다.

"그것보다 이화 씨, 이번 일은 대체 뭐야? 애초에 왜 '귀국 사업' 같은 걸. 다이치는 이런저런 이야기를 들은 것 같던데, 나도 이화 씨의 입으로 제대로 듣고 싶어. 저런 어린애들을 다 끌어들이고, 대체 무슨 생각을 하는 건데요?"

"관심이 있었구나? 무슨 일에든 무관심한 선명 군답지 않게 웬 일이지."

그 말을 들은 선명은 확실히 이건 나답지 않을지도, 라며 한순간 머뭇거렸다. 그러나 선명보다 한 발 앞서 이화가, 오늘 밤은 두 사람이 맘껏 떠들도록 둘 생각이었는데 이래서야 옛날과 똑같은 패턴이라며 먼저 반성하고는 "미안, 신경 쓰지 마"라며 손을 저었다. 이어서 물었다. "질문에 대답하기 전에, 나도 질문이 하나 있어. 선명, 너는 왜 귀화하지 않는 거야? 귀화 안 했지? 아직도."

"안 했죠. 그 이유? 그냥, 귀찮으니까?" 선명은 벗어놓은 코트 안쪽 주머니에서 원통 케이스를 꺼내 그 안의 트로키 한 알을 엄지로 튕겨 입에 넣었다. 여전히 트로키 중독이구나, 하고 이화는 생각했다.

"그건 솔직한 대답이 아니잖아? 귀화하지 않은 채로 있는 게 더 귀찮잖아, 요즘은."

입안에서 트로키를 굴리며 선명이 말했다.

"아니, 진짜 사실이에요. 그냥 절차가 귀찮아서. 귀화 신청도 엄청 인기라 지금은 '대기' 상태라고 하고, 수수료도 비싸졌고. 나는 학생 때 단속에 걸린 적이 몇 번 있으니까, 신청해봤자 기각될지도 몰라. 그러면 기껏 들인 돈과 노력과 시간이 무용지물이 돼버리잖아. 아, 너무 귀찮아."

"너, 저거." 이화는 새하얀 벽 쪽, 신단 쪽에 놓인 텔레비전을 가리켰다. 화면에는 뉴스가 방송되고 있었는데, 신당일본애의 가미지마 당대표와 총리의 당대표 토론 영상이 흘러나오고 있었다.

이화가 물었다. "혹시 이대로 정말 기본소득이 외국인을 대상에서 제외하고 진행된다면, 대체 어떻게 할 거야?"

"어떻게라니?" 선명은 트로키를 혀끝으로 감아 일부러 발음하기 어렵다는 듯이 말했다.

"세금 부담이 엄청나게 커지고, 국민건강보험은 폐지돼서 의료비가 급등하고, 그런데 그 혜택을 대신하는 기본소득은 '일본 국적자에 한함'이니까 받을 수 없는데, 그래도 귀화하지 않을 거야?"

선명은 고개를 저으며 뭐, 하고 말했다.

"설마 그렇게까지는 안 되겠죠."

"만약에 말이야, 어디까지나 만약에."

"그러면 아무리 나라도 진지하게 귀화 신청을 하려나. 아니면 그때야말로, 다음번에야말로, 제대로 한번 해볼게요."

그리고 선명은 양쪽 손목 안쪽을 빙 돌려가며 이화의 눈앞에 들이댔다. 부풀어 오른 그 상흔을 진심으로 혐오하는 이화는 황급히 시선을 돌렸다. 헷, 하고 선명이 마른 웃음소리를 냈다. 다이치는 텔레비전을 보고 있었다. 당대표 토론에서는 외국인을 대상 외로 하는 기본소득 도입을 주장하는 야당의 가미지마 당대표에 대해 총리가 인권 침해라는 둥, 차별적 정책이라는 둥 반론하고 있었는데, 다이치는 그 장면에서도 세계가 거꾸로 돌아가고 있음을 느꼈다.

"이제 와서 통명 금지 따위 알 바 아니고." 선명이 말했지만, 그게 금지되기까지는 거의 평생 통명을 사용해왔었다.

"뭐 영업이나 전화 응대 일에는 채용되기 어려워지긴 했지."

"그렇구나" 하고 다이치가 텔레비전에서 시선을 돌렸다.

"그렇다니까. 그런 일을 하게 되더라도, 요즘은 이름을 밝히는 순간 클레임이 걸릴 가능성이 높아. 차별주의자가 아닌 고용주여도 아무래도 신중해지게 되지."

이화가 물었다.

"민간에서의 본명 사용은 권고 사항일 뿐 지키지 않아도 불이익은 없다고 관공서에서 그랬는데?"

"그런 공지를 현장 사람들이 얼마나 알고 있겠어, 특히 대기업이 아니면. 이제는요, 마이넘버 카드[16]를 제시하면 자동적으로 본명을 알게 되고, 그 본명으로 자기들 맘대로 명찰 같은 걸 만들어 준다니까. 나도 한번은 이력서에 통명을 썼다가 엄청나게 혼이 났

16 2016년부터 발부되기 시작한, 주민등록증과 비슷한 일본의 신분증.

던 적이 있어요. '이거 범죄예요, 신고할 거예요' 하고. 아니, 이력서는 공문서도 아닌데, 신고하고 싶으면 멋대로 하라지."

"마이넘버 카드 제시도 의무가 아닌데."

다이치가 재빠르게 정정했다. "아니요, 이화 씨, 그건 이제 의무예요."

"뭐? 아, 정말? 어느새."

이화 씨는 한동안 '회사원'으로 일하지 않았구나, 하고 다이치는 생각했다. 바로 이화에게 물었다.

"생활은 어떻게 할 거예요? 저쪽에 가서."

이화는 소리 없이 웃었다.

그래서 다이치는 조금 강하게 밀어붙였다.

"웃을 일이 아니에요, 이화 씨. 모르지 않잖아요, 지금 한국의 국내정세."

선명이 중얼거렸다. "보수 정권이어도 지옥, 진보 정권이어도 지옥."

"봐요." 다이치는 옆의 선명을 가리켰다. "평소에 뉴스를 전혀 안 보는 선명도 잘난 척하며 이 정도의 촌평을 하잖아요."

"그것참, 듣기 거북하네."

그때 아까 전의 어깨가 넓고 주근깨가 많은 여성 점원이 병맥주와 잔 세 개를 들고 왔다. 다다미방에는 이미 맥주가 나와 있었다. 선명은 빨아 먹던 트로키를 아작아작 씹어 삼켰다.

안쪽 다다미방에서 여섯 명의 귀국조 중 몇 명인가가 잔을 들어 올리며 다이치·일행에게 감사를 표했다. 거기에 대고 선명이 빈

잔을 들어 올리며 만면의 미소로 답했다. 미소를 띤 채 입을 움직이지 않으면서 그가 말했다.

"어차피 돈을 내는 건 다이치지만."

"그럴 것 같았어." 다이치는 고개를 들지 않은 채였다. "여전하구나, 너는."

"여전하네, 너는." 이화가 말한 뒤, 세 사람도 잔을 부딪쳤다.

"건배."

"건배."

"간파이." 선명만 일본어로 말했다.

"오늘은 일부러 와줘서 고마워. 다이치도, 선명도. 선명, 이치코 씨랑은 만났어? 아니면 이제부터?"

이치코는 선명의 헤어진 전 부인이다.

"녀석은 아직 미국이에요. 돌아오는 건 반년인가 1년 후. 만날 수 있는 건 그때밖에 없는데……. 그보다 이화 씨, 아까 했던 질문, 한국에서의 생활은?" 선명은 기회를 놓치지 않았다. "농업만으로 어떻게 살아가려는 건데요? 적어도 처음 몇 년은 무리잖아요?" 선명이 맥주를 마셨다. 선명은 연장자와 함께 술을 마실 때에도 입가를 손으로 가리지 않고, 악수할 때도 다른 손을 받치지 않는다. 애당초 태어난 뒤로 한국에 간 적이 한 번도 없으며 한글은 한 글자도 읽지 못한다.

"한국에서 어떻게 생활해나갈 거냐면." 이화는 크게 한숨을 쉬었다. "저 애들 중에 하나가"라며 뒤쪽을 가리켰다. "친척한테서 땅을 빌리기로 얘기를 해둔 것 같아. 뭐 확실히 시골이긴 해, 상당한 시골. 아무래도 저 애들은 어떻게든 자급자족을 할 수 있는 '새로운 마을' 같은 걸 만들고 싶은 모양이야."

"그건 아는데, '모양이야' 라든가 '같아' 라든가 '저 애들은' 이라니, 이화 씨, 꼭 남의 일처럼 말하네요." 선명이 트집을 잡았다. "이화 씨가 앞장서서 이번 '귀국 사업' 을 추진한 거 아니었어요?"

이화도 낚아채듯 자신의 컵과 맥주병을 손에 들었다. 그리고 단숨에 마셨다.

"이런 말은 하고 싶지 않지만, 이건 이제 더 이상 내 계획이라고 말할 수 없어." 그러면서 옷 위로 어깨를 문질렀다.

다이치가 물었다.

"그러면 이화 씨가 처음 세운 계획은 어떤 거였어요?"

"나는 그냥 평범하게 서울에서, 대학이나 어학당이나…… 저 아이들도 젊고, 전원이 한국어를 잘하는 건 아니니까 각자 그런 데를 다니고, 나도 옛날에 했던 농담처럼 '이화가 이화여대에' 다니면서, 그렇게 현지 한국인처럼 생활을 하는 게 정답이라고 생각했는데……."

"무슨 일이 있었어요?" 다이치가 거듭 물었다.

대답하기 어렵다는 듯이 아랫입술을 깨물며 테이블에 팔꿈치를 올린 이화가 창밖을 바라봤다. 창밖에는 어둠이 펼쳐져 있을 뿐이었다.

선명이 "들은 이야기인데요, 저 중에는 '일본인 아내' 도 있다던데"라며 말끝을 늘였다.

창밖을 향한 채로 이화가 말했다.

"그 애는 이미 귀화했어. 그러니까 국적은 이미 한국."

"귀화했다고 해도, 일본에 있는 부모님은? 제대로 설득한 거예요? 그렇게 납득한 거예요?"

이화가 또 입술을 깨무는 걸 보고 선명은 "뭐, 납득할 리가 없지" 하고 긴 머리를 긁적였다. "그렇게 또 다른 비극을 만드는 거네. 결국은 스스로가 만든 로망에 취해 있는 거야. 그래서야 역시 자살행위지, 심지어 개죽음에, 집단 동반자살."

"주도권을 빼앗긴 거군요?" 하고 다이치가 갑자기 물었다. "무슨 일이 있었다는 건, 그런 거죠?"

답을 기다릴 것도 없이 이화의 표정만 봐도 알 것 같아서, 다이치는 "그래, 그런 거구나, 어쩐지"라며 크게 한숨을 쉬었다. 예전에 내가 하려다 못 했던 것을 저 안의 누군가가 이루었구나, 하고 생각하며 다다미방 쪽을 흘깃 봤다. 아는 얼굴은 없는 것 같아서, 다이치는 마음을 굳게 먹고 확실하게 귀국조의 면면을 살폈다. 아는 얼굴이 한 명 있었다. 그러나 그는 다이치가 아는 사람 중에 가장 착한 사람이다.

주도권을 빼앗겼다는 말에, 이럴 때면 공연히 활기를 띠는 선명이 말했다.

"오타구의 맹호라고 불렸던 이화 씨를."

"대체 누가."

"재일계의 로자 룩셈부르크인 이화 씨를."

"나, 맞아 죽는 거야?"

"이야, 이 무시무시한 이화 씨를 무릎 꿇게 만든 녀석이 있다니,

대체 누구지." 선명은 엉거주춤 일어섰다. "겉보기로는 전혀 모르겠어. 다들 좀 궁상스러워 보이고, 아니, 뭐랄까 정말로 진정한 난민 같은데."

내가 있을 때와 비교해도 퍽 촌스럽고, 패기도 활력도 없는 초라한 사람들뿐이구나, 하고 선명은 생각했다. 나는 절대 이 녀석들과 같이 '귀국' 따위 하고 싶지 않아, 라고도 생각했다. 물론 아무도 권유하지 않았지만, 여하튼 선명에게는 여성 멤버 중 누구에게도 성적 매력을 느끼지 못한다는 점에서 절대 끼고 싶지 않다는 생각이 강하게 들었다. 사랑의 예감이 없는 곳에 대체 무슨 희망이 있지?

다이치가 이화에게 말했다.

"일본인 아내라고 해서 누군가 했더니."

"응? ……아, 그래, 맞아."

다이치가 유일하게 아는 얼굴, 오바 와카나를 말하는 것이다.

"와카나가 있으면 진작에 말해주셨으면 좋았을 텐데."

"아아, 응. 그렇네, 듣고 보니 확실히. 그런데 나, 솔직히 말해서 이제 누가 누구랑 아는 사이인지 다 파악할 수가 없어. 그렇지, 와카나랑 다이치는 아는 사이지, 당연히. 미안, 미안. 깜박했어."

"그렇구나. 와카나, 한국 국적을 얻었구나."

"와카나 씨라는 사람, 내가 아는 사람이야?"라고 선명이 물었다.

"아니야." 다이치가 대답했다. "네가 나가고 나서 들어온 친구니까."

"또 내가 알 만한 사람이 있어?"

"없어." 또 다이치가 대답했다. "오바 와카나 씨가 내가 알고 있는 유일한 사람이니까."

다이치와 선명은 이화가 설립한 청년회에 거의 동시기에 멤버로 들어갔지만, 먼저 탈퇴한, 이라기보다 먼저 모습을 감춘 것은 선명이었다.

오바 와카나. 다이치보다 두 살 아래. 한쪽 부모가 한국인인 다이치와는 달리 부모에도 친척에도 한국인은 한 명도 없는 소위 '순수한 일본인'인 그녀는 한국 연예계에 대한 흥미에서 시작하여 역사 문제로 빠져들었고, 결국 나갈 수 없게 되었다. 재일 한국인 사회를 위해 그녀가 분투할 필연적 이유는 당연히 없었지만, 그렇다고 마음속에 품은 정치의식을 드러내는 사람도 아니었다. 자기 주장이나 토론은 서툴고, 차분하면서도 압도적인 쾌활함이 흘러넘치는, 주먹코와 부드러운 미소의 귀여운 여자아이. 당시 다이치를 비롯한 몇몇은 그녀와 그녀의 가족을 생각해서 빨리 자진 탈퇴하기를 바라기도 했는데, 그런 그녀가 지금까지 청년회에 남아서 재일 한국인과 결혼을 해 이제는 무모한 귀국 사업에 동참하려고 하고 있다. 감동적인 사실이다. 감동적이지만, 안타까움도 느껴진다. 대체 그녀에게 있어 무엇이 '귀국'이라는 말인가?

다른 쪽을 보고 있던 선명이 이화를 돌아보며 말했다.

"질문에 대한 대답, 아직 못 들었는데요."

"무슨 질문?"

다이치가 말했다. "얼버무리는 건 상대를 심리적으로 유리하게 만들 뿐이고, 그저 시간 낭비에 불과해요."

"다이치가 그 '능력'을 써서 누군지 맞추면 되잖아."

"그만하세요." 다이치는 쓴웃음을 지으며 지긋지긋하다는 듯 고개를 흔들었다. "전혀 그렇게 과대평가할 만한 게 아니에요. 애초에 '능력'이라고 부르는 건 이화 씨밖에 없어요."

"에이, 거짓말. 꽤 편리하게 써먹었었고, 나도 몇 번인가 굉장한 상황을 목격했었는데."

"그냥 감이 좋은 것뿐이에요. 인간관계나 상대의 취향 같은 걸 조금 알 것 같을 뿐이지, 무슨 생각을 하는지 전혀 읽어낼 수 없는 사람도 있어요."

"다이치가 간파할 수 없는 사람도 있어?"

"물론 있어요, 당연히. ……이를테면, 저 여자." 다이치가 텔레비전을 가리켰다.

뉴스는 이미 당대표 토론에서 다른 토픽으로 넘어가서, 총리가 당대표 공관에서 애견 몇 마리와 함께 웃고 있는 모습이 흘러나오고 있었다.

"저 여자가 무슨 생각을 하는지, 저는 아직도 모르겠어요. 사상 없이 권력욕만 있는 야심가라면 오히려 알기 쉬워요. 그런데 저 여자는 달라요. 앞으로 어떻게 나올지 예측이 안 돼요. ……아아, 그리고 또, 예전의 이화 씨도 저는 파악할 수 없었어요. 설마 유리를 이용해서 그렇게까지 하리라고는, 저도 완전히 의표를 찔렸었죠. 굉장해요. 비꼬는 게 아니라, 정말 두 손 들었어요. 지금은 완전히 이빨 빠진 호랑이가 된 것 같지만."

이화는 손을 휘휘 저었다.

"질문이 뭐였지? 누가 나를 꺾었냐고, 그거였나? 이제 누구든 상관없잖아. 그걸 들어서 어쩌려고, 이제 와서." 그리고 이마에 손을 대고 코로 숨을 내쉬었다. "이제 내게는 선택권이 없고, 주도권도 빼앗겼어. 그저 명목뿐인 리더로서, 가장 연장자로서, 허울뿐인 대표 자리를 지키고 있을 뿐이야."

"한심하네." 그렇게 내뱉은 건 다이치였다. 예전에 그는 이화와 청년회의 방법론을 두고 일일이 대립했다. 때마침 나빠진 시국 탓에 눈에 띄는 활동을 하고 싶어 하지 않는 다른 멤버와의 균열도 명백해지면서(그 균열을 넓힌 것은 이화의 농간이었다고 다이치는 생각하고 있다) 다이치는 고립되었다. 그리고 마지막에 이화가 결정적으로 아주 화려한 간계를 펼친 뒤에는 완전히 전의를 상실해 전면 항복하고 청년회를 떠났다. 그러고는 '일본인'으로서 내부로부터의 정치운동을 해보고자, 도지사 선거에 스태프로 참가하게 되었다.

다이치가 눈앞의 이화에게 말했다.

"그렇게 말은 해도, 이 또한 이화 씨의 '로망'일 뿐 아닌가요? 사물놀이 발표회에, 한국 요리 노점에, 뿌리를 배우는 공부 모임에, 한글 강좌에, 열심히 노력했지만……."

"나 그거, 진짜 싫었어." 선명이 힘주어 말했다. "특히 사물놀이 발표회, 그거 뭐야? 진짜 '사무이[17] 놀이'였잖아. 지금도 떠올리면 죽고 싶어."

17 일본어로 '춥다'는 뜻.

"그런 말 하지 마!" 이화가 날카롭게 선명을 노려봤다. 그 박력은 선명을, 옆에 있던 다이치까지도 움찔하게 만들었다. "문화 활동에 너를 반강제로 참가시킨 건 내 잘못이야. 그래도 그런 식으로 말하지 마. 다른 사람들은 제대로, 진지하게 참여했으니까."

다이치가 이야기를 이어받았다. "그래도 그런 건 재일 사회 안에서만 즐길 뿐이지, 전혀 세상을 움직이지 못하는 활동이었다고, 지금도 저는 생각해요."

어디까지가 연출된 것인지 모를 지친 표정으로, 이화가 다이치에게 물었다.

"다이치는 지금 어떤 활동을 하고 있어?"

다이치는 바로 대답하지 않았다. 다른 소리라곤 텔레비전 소리밖에 없는 이 가게에, 높은 천장과 메뉴판도 거의 없는 흰 벽에 이들의 목소리가 또렷하게 울렸다. 남색 트렌치코트를 벗으려고도 하지 않는 남녀 경찰 두 명은 분명 귀를 기울이며, 녹음까지 하고 있을지도 모르고, 얼굴 사진도 이미 찍혔다고 생각하는 편이 좋을 것이다. 그렇다면 무엇을 어디까지 이야기하면 좋을까, 무엇을 이야기해야 반대로 이득이 될까.

일단은 "활동이라고 할 만한 건 아무것도요"라며 다이치는 고개를 저었다.

선명이 말했다. "그래도 뭔가, 제자 같은 사람이 한 명 있던데."

"그래?" 이화가 관심을 보였다.

"제자라고 할지, 보디가드 같은. 꼬맹이인데 엄청 싸움을 잘할 것 같았어. 온통 까만 옷을 입고, 그야말로 검은 옷의 수도사였다니까. 헤어스타일도 수도승 같았고. 신칸센에서도 우리랑 약간 떨어져 앉았는데, 신시모노세키에서 내릴 때까지는 같이 있다가 친척 집에 간다면서 헤어졌……."

다이치가 황급히 끼어들었다. "아, 맞다. 이화 씨, 저 결혼했어요."

"어머!" 재회한 뒤로 가장 큰 목소리로 이화가 말했다. "정말?"

"정말이에요."

말을 가로막힌 선명도 "진짜예요"라며 끼어들었다.

다이치를 향해 이화는 조금 화난 듯이 말했다.

"왜 넌 항상 그렇게 네 이야기는 뒤로 미루는 거야. 그런 이야기야말로 나를 가장 기운 나게 하는 건데."

쑥스러운 듯 미소를 머금으며 다이치는 빠른 말투로, 최소한의 필요한 정보만을 알렸다.

"죄송해요, 아무튼, 결혼했어요. 지난달에."

"그랬구나. 축하해."

연애나 결혼 이야기를 이화도 좋아하기는 한다. 특히 지금 같은 상황에서는 한숨 돌릴 수 있는 휴식처가 되기도 한다. 그러나 축복의 말을 던진 후에는 말이 이어지지 않았다. 미소 띤 얼굴이 굳어간다. 그걸 의식하고 있었던 것도 아닐 텐데, 그런 거 신경 안 써, 이제 와서 뭐 어떻다는 거야, 하고 생각하면 할수록 '결혼'이라는 두 글자가 머리 한구석을 무겁게 짓누른다. 난처하네, 하며 웃을 수도 없었다. 눈앞의 선명이 슬슬, 그 일에 관한 화제를 꺼낼 것이다. 어쩌면 아무리 선명이라도 지금 그 이야기를 꺼내진 않으려나.

“이건 차별이 아니라, 사실을 숨기고 있던 리카의 불성실함을 용서할 수 없어.” 이화를 현장에서는 야마다 씨, 사적으로는 리카라고 불렀던 남자. “나는 괜찮지만, 가족이나 친척들에게 폐가 돼.”

흔해빠진 실연 이야기다. 그렇지만.

이매창의 시가 떠오른다. 반복된다. 그때도, 머릿속에서 반복되던 시의 한 구절. 실제로 빗방울이 창문을 두드리는 것을 더 가까이에서 느끼고 싶어서 창문의 블라인드를 올린 채 이화는 쓰러져 울었다. 조선왕조 시대, 400년도 더 전의 기생이자 시인, 이매창의 시…….

눈물에
얼룩진 얼굴로
사창을 걷었네

파혼했던 일을 떠올리고 있는 거겠지, 하고 선명과 다이치는 추측하고 있었고, 그 일이 동시에 두 사람의 머리를 스쳤다는 것 또한 얼굴을 마주 보지 않아도 옆자리에서 느끼고 있었다.

“뭐, 그건 그렇고.” 선명은 다시 손목 상처를 비틀어 내보이며 말했다. “나한테 ‘또 자살하려고 하면 쳐 죽일 거야’ 라며 무섭게 위협하던 사람이 이런 자살행위라니, 그 모순에 저는 열이 받아요.”

“니들, 아까부터 정말.” 이화는 그렇게 말한 뒤 맥주병을 흔들어서 내용물이 남아 있는지를 확인했다. 지갑에서 1000엔짜리 지폐를 꺼내 테이블에 올리며 “다이치, 한 병 더 주문해줘”라고 부탁했다.

"두 병 더 추가할게요." 다이치가 점원을 불렀다.

맥주가 오기 전에 이화는 선명의 잔을 빼앗아 마셨다.

"아니, 이화 씨 괜찮아요? 이제부터 긴 여행이 될 텐데?"

"뭐라고?" 이화가 두 사람 앞에서 검지를 흔들었다. "내가 너희들보다 술이 약할 리가 없잖아, 벌써 잊었어?"

"안 잊었어요."

"잊을 수 있을 리가 없지, 이화 씨가 얼마나 술이 센지, 얼마나 오래 마시는지, 얼마나 술버릇이 고약한지."

이화는 선명의 얄미운 소리를 흘려 넘겼다.

"그러면 쓸데없는 걱정은 하지 말고, 빨리 술이나 따라. 그리고 내 이야기를 들어. 알겠지? 나의 이 청년회가…… 그래, 내 아이처럼 사랑하고, 아끼고, 키워왔던 청년회를 순식간에 빼앗겼는데, 그건 내가 나약해진 탓인지도 몰라. 그 점에서는 확실히 다이치의 말대로 '한심한' 일인지도 몰라, 그래도."

점원이 가져온 병맥주를, 다이치는 즉시 이화의 잔에 따랐다. 점원이 금세 다시 와서 복어 튀김 정식 2인분을 내려놓았다. 선명은 복어 튀김 한 개를 바로 입으로 가져가더니 과장되게 눈을 까뒤집었다. 다이치는 젓가락을 들지 않았다.

이화는 한 잔을 단숨에 들이켜더니 "그래도, 너희들의 누나가, 그 정도의 일로 축 처져서 계속 빈껍데기처럼 있어서야 쓰겠냐고. 응, 그렇지?"라며 다이치와 선명을 손가락으로 가리켰다.

거참, 알겠다니까, 하고 선명은 손을 저었다. 손가락질하지 마, 라고도 덧붙였다.

"이건 저 애들한테는." 이화는 등지고 있는 다다미방 쪽으로 머리를 조금 기울였다. "비밀로 해줬으면 좋겠는데, 이번 '귀국'에는 나만의 목적이 따로 있어. 밭을 경작하거나 채소를 팔러 가려고 일본해를 건너는 것만은 아냐."

"일본해? 동해라고 안 해도 돼?" 선명이 건넨 농담을 두 사람은 무시했다. 선명은 튀김을 하나 더 베어 문 뒤 흰 쌀밥을 입에 잔뜩 밀어 넣었다.

"나는 이번 일을, 앞으로의 인생도 전부 블로그에 적을 거야. 그걸 전 세계에 배포할 거야. ……물론 나도 알아, 선명, 아무 말 하지 마."

선명은 입에 음식을 잔뜩 넣은 채, 아무 말도 안 했거든, 하는 표정을 지었다.

"물론 그래, 맞아, 얼마만큼의 사람들이 읽어줄까, 기대하는 만큼 실망도 큰 법이지. 오늘 밤만 해도 그래, 나로서는 선전을 잔뜩 한 셈인데 매스컴은 물론 진드기 같은 배외주의자들조차 기대만큼 모이지 않았어. 나는 스포트라이트가 필요했는데. 창피해. 역시 장소가 안 좋은 탓일까, 하네다나 나리타로 했으면 좋았을까. 나는 정말 무력해. 그래도 말이야, 다이치."

"네."

"분명 나는 한동안 나약해졌고 썩어가고 있었어. 그래도 이제 괜찮아. 나는 내 인생의 목적을 다시 발견했거든. 자, 선명, 말해 봐. 내 인생의 가장 큰 목적은 과연 뭘까?" 이화가 손가락으로 선명을 가리켰다.

"갑자기 퀴즈 시작이네. ……뭐, 재일의 지위 향상 아냐?"

"그건 사회적인 목적. 내 개인적인 목적 말이야, 알고 있잖아, 선명."

"아아, 글 쓰는 거 말이지."

"그래, 나는 어릴 적부터 문학가 지망이었고, 여기저기 신인상에 마구 응모하기도 했지만 결국 어디서도 소식이 없었어. 그쪽 방면에서는 세계에 파문 하나도 일으키지 못했어. 사라의 '고스트 라이터 작전' 때가 반향은 훨씬 더 있었지. 아이러니하게도."

"아아, 그거 말이지. 난 좋았어. 청년회에서 경험한 것 중에서 가장 재밌었을지도."

당시에는 그것을 '고스트 라이터 작전'이라거나 '텔레비전 해설자 육성 작전'이라는 부끄러운 이름으로 부르지는 않았다. 아무튼 그 작전이란 것은, 재일 한국인 측을 대표하는 사람 중에서 대중에게 먹히는 '논객'을 인공적으로 만들어내자고 이화 일행이 계획했던 일이다. 창립 멤버 중 하나인 유사라가 좋은 미끼가 될 예쁜 얼굴과 눈에 띄는 모델 체형을 지니고 있었고, 마침 이화를 포함한 다른 멤버들이 각 장을 분담하여 저술한 정치논고집을 출판사에 투고하려던 참이었다. 그것을 사라가 단독으로 출판하기로 하고, 그렇게 '논픽션 라이터 유사라'를 만들어냈다.

다이치가 말했다.

"뭐, 그래도 진상이 드러나기 전에 철수할 수 있어서 다행이었는지도 몰라요. 그게 가짜였다는 걸 들켰다면, 엄청난 일이 됐을 테니까요."

세간이 비밀을 폭로할 수고를 할 틈도 없이, 그런 탁상공론에 소꿉놀이 같은 '작전'이 잘될 리가 없었다. 우선 유사라가 싫증을 잘 내는 본성을 숨길 수 없었다. 또 맹금류를 닮아 영리해 보이는 겉모습과 달리 사실 그녀는 논쟁을 좋아하지 않는 성격이었고, 세간을 속이는 것에 뒤늦게 양심이 찔려서 인터넷 방송의 토론 프로그램을 두 차례 소화한 뒤 지방 매체의 인터뷰 의뢰를 받은 단계에서 포기를 선언했다. 그녀는 어릴 적부터 가톨릭 신자로서 해오던 봉사활동 쪽으로 옮겨갔고, 이윽고 결혼해서는 파리로 이주, 지금은 스웨덴에서 가족과 함께 살고 있다.

유사라는 청년회의 가장 초기 멤버이자 최초의 탈락자가 되었다.

"그래, 나는 무엇보다 시인이 되고 싶었어. 그다음으로 소설가." 이화는 도도하게 말했다. "그중 어느 것도 될 수 없다는 걸 깨달은 뒤에도, ……선명, 그야말로 에밀리 디킨슨의 그 시처럼 말이야."

선명이 조금 생각하더니 말했다. "나는 무명인입니다, 하는 그거?"

"맞아."

그리고 이화는 치아 사이로 공기를 잔뜩 끌어모으는 듯이 숨을 훅 들이쉬었다. 다이치는 마음의 준비를 했다. 그건 전조다. 때때로 듣곤 했던, 이화의 시 낭독을 위한 준비 동작. 주위의 눈도 신경 쓰지 않는 듯 자기도취에 빠져, 목소리까지 바꾸며 읊어대는 이화의 제멋대로 시 낭독.

나는 무명인입니다! 당신은요?

당신도 무명인이신가요?

그럼 우리 둘이 똑같네요!

쉬! 말하지 마세요.

쫓겨날 테니까 말이에요.

이번에는 짧은 구절로 끝났다. 다이치는 안심했다. 다른 대부분의 일에는 둔할 정도로 동요하지 않는 다이치지만, 갑작스러운 이화의 시 낭독은 생리적으로 불쾌해서 늘 신경에 거슬렸다.

"그다음에 유명인이 되는 건 끔찍하다, 하고 이어졌던가?" 하며 선명이 팔짱을 꼈다. "애초에 디킨슨이 성공하지 못한 채 죽었으니까, 시도 빙빙 헛돌기만 하네." 팔짱을 낀 채, 손가락을 세워 돌린다. 다이치와 달리 선명은 문학과 영화와 만화를 잘 알았다. 다이치와 달리 늘 흠칫거리고 신경질적이고 대부분의 일이 신경에 거슬리는 선명이지만, 이화의 시 낭독, 이라기보다 노래가 시작되어도 특별히 귀를 틀어막거나 하진 않는다.

"그래도 나는 성공하고 싶었어." 이화가 말했다. "나는 문학으로 이름을 떨치고 싶었어. 그렇게만 된다면 악마에게 영혼이라도 팔았을 거고, 귀화도 했을 거야."

"얼씨구."

"아니, 정말이야. 일과 청년회로 아무리 바쁘더라도, 수면 시간을 깎아서라도, 하루에 30분씩은 창작에 할애했어. 신인상에 처음 투고했던 게 중학생 때니까, 얼마나 많은 작품을 허공에 날려 보냈는지 몰라. 강에 흘려보내고 돌아오지 않는 걸 얼마나 한탄했는지 몰라. 맞아, 누구에게도 내 이름을 알리지 못한 채 노바디인 채로 죽는 것이 얼마나 무서웠던지."

"얼씨구" 하고 이번에는 다이치가 선명의 말투를 흉내 냈는데, 그렇게 한 것은 이화의 말이 또 신경에 거슬렸기 때문이었다. "그러면 정치에서나 우리가 해온 사회운동에서 이름을 떨치면 되잖아요. 이화 씨는 예전부터 문화 활동을 정치운동보다 우위에 놓곤 한다니까."

"정치는 공명심으로 하는 게 아니야. 자기실현을 위해 하는 게 아니야."

"소설 쓰는 건 공명심이고?"

"예전의 나는 그랬어. 솔직히 말해서 나는 스스로를 '작가'라고 밝히는 것을 동경했어. 유명한 작가가 돼서 여러 사람이 뒤돌아보게 하고 싶었어. ……그래도, 레토릭을 늘어놓자면, 사심 없는 정신으로 시작해서 공명심에 이르는 것이 정치고, 공명심으로 시작해서 사심 없는 정신에 이르는 것이 문학이자 예술이야."

"그렇게 단순할까."

"그래, 이런 건 그냥 말장난이지. 그렇지만 나는 마지막으로 쓴 소설을 통해서, 내가 쓴 가장 긴 소설이고 소중하게 키운 아이였는데도 어떤 신인상에도 뽑히지 못하고 사산되어버렸지만, 그래도 나는 깨달았어. 직접적인 독자를 갖지 못하고 내 안에만 갇혀 있는 것처럼 생각되던 자칭 '창작 활동'이, 그럼에도 이 세계의 문을 두드렸구나, 이 세계에 직접 닿았구나, 이 세계에 참가했구나, 하는 사실을. 그렇지 않다면 에밀리 디킨슨이나 이매창이나 허난

설헌 같은 시인이 어떻게 보답받겠어? 혹은 후세에 작품을 남기지 못한 이름 없는 작가들의 목소리가, 어떻게 우리들의 초석이 되었다고 할 수 있겠어. 이 세계를 움직이는 거야. 우리들이 사는 이 거대한 구체를 어떻게든 움직이는 시작점이 되는 거야. 저마다의 목소리를 시로 만들거나 그림으로 만들거나 조각으로 만들거나 소설로 만듦으로써, 등장인물과 이야기를 바꾸어봄으로써, 이 거대한 행성을 다양한 각도에서 움직여볼 수가 있어. 시작점의 위치를 바꿔볼 수가 있어. 물론 독자가 많이 있는 편이 목소리를 널리 확산시키고 새로운 씨앗을 많이 낳을 수 있겠지만, 그렇지 않더라도…… 닿지 않은 목소리, 벽에 흡수된 목소리, 불태워진 목소리, 그런 것도 결코 제로는 아닐 거고, 문화나 예술에는 이름 없는 목소리들이 몇억 몇조 모여서, 세계를 좋은 방향으로 밀고 나가는 그런 힘이 있어. ……사회운동은, 더 직접적으로 세계에 참가하지. 그래도 그건 너무 구체적이야. 범위가 좁아. 창작 활동은 더 보편적이지만, 너무 추상적이라 지금 눈앞에 있는 사람을 구할 수가 없어. 그래서 나는 그 융합에서 활로를 찾아냈어. 그게 바로 이거야."

"그게 블로그라고? 그렇지만 지금까지와 뭐가 다른데요?"

"앞으로는 좀 더, 일종의 논픽션 소설처럼 써볼 생각이야. 전부 다 실명으로. 저 애들의 허락은 받았어. 그거야말로 우리들의 새로운 생활의 의의야. 어필, 홍보. 보잘것없는 우리들의 존재를, 그 전말을 세계에 알릴 거야. 다이치, 나는, 최종적으로는 승리자가 될 생각이야. 그건, 역사에 이름을 남긴다는 거야. 이렇게 호언장

담하면 두 사람은 웃을지도 모르지만, 우리 작은 존재들의 작은 역사를 남기기 위해서는 그걸 기록할 역사가가 필요해. 역사가만이 역사를 만들지. 그러니까 나는 저쪽에서 플레이어이자 서기가 될 생각이야. 인터넷에 우리들의 기록을 실시간으로, 매일은 무리겠지만 가능한 한 많이 남길 거야. 금방은 화제가 되지 못할지도 모르고, 어쩌면 우리들이 죽을 때까지, 혹은 죽고 나서도 영원히 무시당한 채 표류하는 언어의 쓰레기가 될지도 모르지. 그래도 나는 그 일에 걸어볼 거야. 어딘가에 닿는 것, 내 이름과 삶이 누군가의 눈에 띄는 것, 많은 사람이 그것을 읽고서 뉘우치고 반성하고, 혹은 감동의 눈물을 흘리거나 용기를 얻는, 그런 역사를 꿈꾸면서 나는 글을 쓸 거야."

"날조하거나 각색해서?" 선명이 잽싸게 말했다. "농담이에요, 농담. 그래도 나는, 이화 씨만은 언제까지든 꺾이지 않는 사회적 이념을 내세워줬으면 했는데, 내가 말하기도 뭐하지만. ……그, 파트너인 박열보다 훨씬 강철 같은 정신을 지녔던 가네코 후미코처럼."

"바로 그거야." 이화는 역사적인 인물의 이름이 나오자 기쁜 듯했는데, 이런 이야기를 누군가와 나누고 싶었던 것 같았다. "가네코 후미코가 자기 목소리를 후세에 남길 수 있었던 건, 우리가 그녀에게 깊이 감동하고 지금을 살아가는 우리들의 지침으로 삼을 수 있는 건, 그녀의 옥중 수기와 가집과 신문 조서가 있기 때문이야. 그게 현대에 남아 있으니까. 글이 곧 역사인 거야. 그러니까 내가 개인의 문학적 완성을 꿈꾸는 것과 그 마케팅, 더 넓게는 나의 사회적 이념까지도, 내가 목표하는 성공에 있어서 아무것도 모순되지 않아. 괜찮아, 나는 잘 알고 있어. 괜찮아."

선명이 "이화 씨가 괜찮다는 말을 연발할 때는 수상할 때인데"라고 말하자, 이화가 "그럼 말해줄게"라며 말소리를 한없이 작게 줄였다.

"나는 서울에 연줄이 있어. 나도 이 '귀국' 전에 몇 번인가 한국에 가서, 당연히 여러 가지로 조정을 해뒀어. 그 사람은 원래 재일코리안인데, 수십 년 전부터 여러 가지 방법으로 한국에 재산을 옮겼고, 그걸로 한국 본토에서도 나름대로 힘이 있어. 나한테는 그런 비장의 카드가 확실히 있으니까." 그리고 목소리의 크기를 원래대로 되돌렸다. "그건 그렇고, 너희들의 이 누나를, 그저 전원 생활로 허송세월할 할멈으로 보는 거야? 방금 말한 문학적 야심은 진심이고 정말로 죽을 만큼 진지하지만, 그렇다고 나를 그냥 맨손으로 한반도에 건너갈 정도로 머릿속이 꽃밭인 문학소녀라고 생각한 거야? 너희들, 날 너무 얕보지 마."

나왔다, 나왔어, 하고 선명이 웃었다. "자기를 할멈이라고 했다가 소녀라고 했다가." 다이치도 살짝 웃어버리고는 내처 물었다.

"그렇다면 아까 전에 '저 애들한테는 비밀로 해줘'라는 건 뭐예요? 뭘 비밀로?"

"동기겠지?" 선명이 대신 대답했다. "다른 멤버를 발판으로 삼는 그 문학적 야심을 발설하지 말라는 거겠지. 들킨다고 해도 하는 일은 똑같을 테니까 상관없을 것 같지만, 도덕적 부채감이 아니라 글쓰기가 불편해지는 걸 두려워하는 거겠지."

이화는 부정도 긍정도 하지 않았다.

"뭐, 그래도 괜찮잖아? 오히려 좀 안심했어. 이화 씨, 우리가 아까 신칸센에서도 얘기했거든, 이화 씨가 완전히 기력을 잃고 말라 비틀어져 있으면 재미없겠다고. 재미없다고 할까, 오히려 웃음이 난다고 할까. 뭐, 좋아요. 그런 시커먼 야심이야말로 이화 씨다우니까. 그렇지? 다이치."

"'귀국 사업' 자체가 너무나도 어리석고, 타이밍도 나쁘고, 한없이 무모하고 낙관적인 폭주, 집단적 동반자살일 뿐이라는 제 의견에는 변함이 없어요. 어리석어요, 그야말로 어리석음뿐이에요. 그래도 그런 건 이미 이화 씨와 몇 번이나 메일로 대화했으니, 저도 그만 이쯤에서 설득은 포기하겠지만. ……그래도 전의를 상실해서 그저 도망치는, 한국에 가서 메이저리티 안에 녹아들고 싶은, 소위 '보통 사람'이 되고 싶은 게 아니라는 걸 알았다는 것만으로도 수확은 있었어요. 또 혹시……."

"뭔가 그 말투도 잘난 척하는 것 같아서 열받네." 선명이 옆에서 가로막았다. "보통 사람이 되고 싶다는 게 그렇게 나쁜 일이야? 귀화를 부정하는 거야? 그런 말을 할 거라면 다이치, 너야말로 왜 '한국 국적'으로 귀화하지 않는 건데? 일본 국적이면서 재일을 위해 일한다니. 네가 좋아하던 어머니가 일본인이고, 서로 으르렁거리기만 하던 아버지가 재일 한국인이잖아? 네 스탠스야말로 어떻게 된 거야."

다이치는 눈을 감고 가슴에 슬쩍 손을 댔다. 아버지 이야기를 들으면 아직도 가슴이 술렁거리는 자신을 확인했다.

"아버지한테 심한 꼴을 당한 건 선명도 마찬가지면서"라며 이화가 찬물을 끼얹었다. "선명이 더 직접적이잖아? 폭력이라든가."

선명은 자기 입으로 "고등학교도 중간에 안 보내주고, 아르바이트비를 다 빼앗기기도 했었지"라며 설명했다. "그렇다고 내가 이 손목 상처를 주정뱅이 아버지 탓으로 돌리지는 않아. 오기로라도 그러고 싶지 않아. 이 손목 상처의 이유는, 이 세계가 전혀 살아갈 가치가 없으니까, 그저 그뿐이야."

"제대로 된 가정에서 자란 아이가 현대에는 소수파지." 이화가 말했다.

"내 이야기는 됐잖아." 다이치가 말했다.

"셋이서 대화하고 있는데, 뭐가 '내 이야기는 됐잖아'야."

다이치는 언젠가 다 이야기해줄게, 라고는 말하지 않았다.

"나는 왜 귀화하지 않는가." 이화가 말했다. "지금은 이미 과거형인 '하지 않았는가'이지만, 아무튼 계속 그렇게 자문했더니 한 가지 대답이 나왔는데, 들어봐. 귀화할 때는 어떤 나라든 그 귀속하는 나라에 대해 충성을 맹세하게 하잖아. 네이티브로 태어난 사람에게는 그런 걸 시키지 않아. 당연하지만. 그런데 우리들 같은 외국인은 그 부분이 달라. 그리고 나는 그게 공연히 싫어서, 어떤 국가에든 충성 따위 맹세하고 싶지 않고, 목숨을 바치고 싶지 않아. 그래서 나는 귀화 수속 같은 건 하고 싶지 않아."

"그런 이유로?" 선명은 놀란 듯했다.

"절차가 귀찮다는 이유도 꽤나 이상하다고 생각하는데?"

"귀찮다고 살해당하는 것과, 거짓일지언정 맹세를 하기 싫어서 살해당하는 것, 어느 쪽이 불건전할까."

"살해당한다고는 하지 않았어." 이화가 웃었다.

"제도적으로 천천히 질식사당하는 것과, 단두대에서 한 번에 목이 잘리는 것, 어느 쪽이 나을까" 하고 말하고 선명은 입을 크게 벌려 밥을 밀어 넣었다. 조개탕을 먹고는 물었다. "어때? 다이치."

"글쎄." 다이치도 그제야 복어 튀김을 한 입 베어 물었다.

"다이치는 내셔널리즘을 그렇게 싫어하지 않으니까"라고 선명이 평했다.

"아니, 정확하게는 귀속 의식에 있어서 그걸 인정한다는 거야." 다이치는 맥주를 마셨다. "결국 근대국가는 앞으로 100년은 굳건하게 이어질 테고, 그렇다면 인간이 체감할 수 있는 최대의 집단의식, 귀속 의식은 뭐 국가나 내셔널리즘이겠지. 인류애 따위는 실감하기에 아직 너무 광범위해. 그래서 나는 인간이, 개인이, 그가 속하는 집단의 이익을 위해 움직이는 것을 부정하지 않아."

"그게 다른 집단을 배제하거나 공격하는 일이 되어도?"라고 이화가 물었다.

"물론 융화를 꾀하는 것이 가장 좋죠. 공론이 아니라 장기적인 현실의 이해관계로 보자면. 그래도 어떻게 해도 그때그때 충돌하는 건 피할 수 없어요. 그러면 그때 개인은 어떻게 할 것인가. 동포들을 위해 일하는 것이 마땅한 의무예요. 그리고 봉사의 마음을 발휘해서 동료를 위해 일하는, 싸우는 자신들을 고양시키기 위한 각성제로써 말과 사상을 이용하는 것은 당연한 일이겠죠."

"동포라든가 의무라든가 봉사의 마음이라든가, 다 내가 싫어하는 말이네. 진짜 싫어. 그때 어떻게 하겠냐고 물으면 나는 그냥 개인으로서 도망칠래."

"선명은 그래, 그럴 거야."

"너는 그렇게 항상 쿨한 척이지." 선명은 조금 짜증을 냈다. "이화 씨, 이 녀석을 화나게 만들고 싶으면 '국적은 일본인 주제에'라고 말하고 아버지 이야기를 꺼내는 게 최고야."

"언제까지 옛날이야기를 할 셈이야." 다이치는 쓴웃음을 지었다. 이번에는 가슴이 술렁거리지 않았다.

이화도 또렷이 기억하고 있다. 평소부터 아슬아슬한 말들을 주고받던 선명과 다이치가, 딱 한 번 진심으로 치고받은 적이 있었다. 그때 발단이 된 일을 선명은 말하고 있는 것이다.

다이치는 일어서더니 선명에게 "너는 역시 머리를 자르는 게 좋겠어. 긴 머리도, 금발도 전혀 안 어울려"라며 되받아쳤다. 그리고 이화에게 말했다. "잠깐 와카나한테 인사하고 올게요. 오랜만이고, 또 언제 만날 수 있을지 모르니까."

다이치는 가게 입구 쪽의 다다미방으로 향했다.

이화가 선명에게 말했다. "이야기 중이었지."

"무슨?"

"선명은 내게 하고 싶은 말, 오늘 밤 안에 해두지 않으면 속이 시원하지 않은 말, 나한테 풀고 싶은 원한, 그런 게 있지 않아?"

긴 귀밑머리를 손가락으로 돌리면서 선명은 "원한?"이라고 새된 소리를 냈다. "뭐야, 그게."

다이치는 다다미방으로 다가갔다. 잘 보이지 않는 위치에, 기둥을 등진 채 옆얼굴만 언뜻 보이는 여성이 오바 와카나다.

다이치는 기둥 뒤로 돌아 들어가 그녀 앞에 모습을 드러냈다.

다이치가 등 뒤로 다가오는 걸 알고 있었으면서, 오바 와카나는 정장 차림의 다이치의 얼굴을 본 순간 앗 하고 놀란 표정을 짓더니, 스스로도 부자연스럽다는 걸 깨달았는지 촉촉한 미소를 머금었다. 이윽고 여러 가지 추억이 머리를 스쳤는지 울 것 같은 표정을 지었다. 귀여운 주먹코가 서서히 불룩해지고, 어깨를 늘어뜨리더니 순식간에 지친 표정이 떠올랐다. 거부할 수 없는 세월의 흐름이 그녀의 눈초리에 드러나 있었다.

수고했어, 하고 다이치는 무심코 말을 걸 뻔했다. 본가가 규슈의 고쿠라니까 지난밤은 분명 본가에서 보냈겠지. 부모님과는 무슨 이야기를 했을까.

"결국 한국인이 됐다면서." 다이치가 말했다.

그녀는 그 말을 듣지 못한 듯, "다이치 군! 가시와기 다이치 군!" 하고 웃으며 눈물을 흘렸다.

어째선지 풀 네임으로 부르기에 다이치도 재미있어하며 "와카나. 오바, 와카나" 하고 따라 했다.

와카나는 몸집이 작은 여성이다. 잘 웃고, 잘 운다. 다이치가 기억하는 에피소드 중 하나는, 위안부 주제의 한국 영화를 청년회에서 상영했을 때, 그날 밤 회식 자리에서 그녀가 밑도 끝도 없이 눈물을 흘린 일이었다. 누군가가 영화 이야기를 꺼냈던 것도 아니고, 이미 몇 시간이나 지났는데도 불구하고. 우는 소리가 새어 나오지도 않아서 울고 있다는 걸 주위에서도 한동안 눈치채지 못했다.

"가시와기 군, 나, 귀화했어. 한국인이 됐어."

그러니까 그렇게 말했잖아, 하고 무심코 다이치는 말할 뻔했지만 입을 다물고, 득의양양한 표정을 짓는 와카나에게 그저 미소를 지어 보였다.

그녀의 왼쪽 약지에서 빛나는 반지는 이미 눈에 들어왔다. 그리고 옆에 앉은 남자, 산에서 수행이라도 한 사람처럼 예리하고 사나운 얼굴에 덩치가 큰 그가 분명 남편일 것이다. 다이치가 모르는 사람이었고 처음 보는 얼굴이었다.

"소개할게." 눈물을 닦은 뒤 와카나가 손바닥으로 옆에 앉은 그를 가리켰다. "이쪽은 최동준. 제 남편입니다."

"처음 뵙겠습니다, 가시와기 다이치라고 합니다."

정중하게 고개를 숙였다.

상대방도 정좌로 고쳐 앉고 "최동준이라고 합니다. 인사가 늦어서 죄송합니다. 그리고 이렇게 얻어먹게 되었는데, 미처 감사 인사도 못 하고 실례가 많았습니다"라며 고개를 깊이 숙였다.

그러자 다른 사람들도 "잘 먹었습니다" "감사합니다"라며 저마다 인사를 했다.

"더 주문해." 다이치가 말했다. 가게 안쪽을 향해 "저기요" 하고 불렀더니, 선명과 험악하게 대화를 나누었던 중년 여성 점원이 지루해 죽을 것 같다는 발걸음으로 이쪽으로 다가오기에, 다이치는 먼저 여성 점원 쪽으로 다가가서 쾌활한 미소를 띠며 물었다.

"음식을 추가할 건데, 무언가 추천할 게 있나요?"

여성 점원은 그야말로 듣고 싶었던 질문이라는 듯 막힘없이 말했다.

“사실은 여기, 닭꼬치가 추천이야. 양계장이랑 연결돼 있으니까. 특히 닭껍질 꼬치가 독특해.”

그녀는 짧게 끊어 말한 뒤, 태블릿에서 고개를 들지 않고 주문을 기다렸다. 닭껍질 꼬치의 어디가 독특하다는 건지 다이치는 상상도 되지 않았다.

“그럼 그걸로. 인원수대로요. 음, 많아도 괜찮아요. 아, 네, 밥은 빼고요. 그리고 죄송하지만 가능하면 서둘러주세요. 아, 그리고 맥주 큰 걸로 세 병 추가요.”

그때 점원이 다이치의 얼굴을 흘깃 보더니 말했다.

“저쪽 자리에, 술 안 마시는 분도 있는 것 같은데?”

“그럼 우롱차도 적당히.”

“급하면 맥주는 저쪽 냉장고에서 직접 꺼내. 그게 빠르니까.”

그녀는 주방 쪽으로 사라졌다. 다이치는 시키는 대로 맥주 세 병을 손에 들고 냉장고 옆에 달린 병따개로 뚜껑을 따서 다다미방으로 돌아왔다.

“이거 추가했어. 그리고 우롱차랑 모둠 닭꼬치도 나올 거야.”

“안 그래도 되는데, 가시와기 군.” 와카나가 다이치의 정장 소매를 손끝으로 잡고 말했다. “그렇게 신경 쓰지 않아도 돼. 다들 이제 충분히 먹었으니까.”

“괜찮아, 보너스가 들어왔거든.”

거짓말은 아니었다. 회사원이 아니니까 회사에서 지급된 것은 아니지만, 아버지에게서 받은 꽤 큰 돈이 있었다.

"그리고 이건 내가 내고 싶어서 멋대로 시키는 거니까 먹든 말든 좋을 대로 해. 나는 모두와 운명을 함께하지 못한 사람으로서, 일종의 미안함에서 이렇게 하는 것뿐이니까, 모두가 내 행동에 맞춰줄 필요는 없어. 아, 혹시 오늘 자동차로 왔어? 페리를 타고 가니까 그럴 수도 있겠네. 국제 면허는 땄어?"

"면허는 저쪽에서 변경하는 게 좋아." 풍선의 파열음 같은 목소리가 났다. 물었구나, 하고 다이치는 생각했다. 점원을 상대로 과장되게 연극까지 한 보람이 있었다.

상석에 앉은 깡마른 남자가 딱딱한 얼굴로 다이치를 곁눈으로 노려보며 말했다.

"그리고 우리는 저쪽에서 차를 받기로 돼 있어. 아무 사정도 모르는 주제에, 시끄럽긴."

끝으로 갈수록 알아듣기 어렵게 목소리가 작아졌다. 실은 혼잣말이었을지도 몰라, 싶은 말투. 멀리서 관찰했을 때부터 이 녀석이겠지, 예상은 했다. 또 그 남자는, 다이치가 와카나에게 말을 건 순간부터 옆자리의 남편보다도 더 강한 경계심을 내비치고 있었다. 명백히 연장자가 따로 있는데도, 무의식을 가장한 셈인지 상석에 앉는 그 오기, 혹은 자각 없이 한 행동일 거라며 그걸 허용하고 있는 이 그룹 내의 역학.

와카나가 당황한 듯 말했다.

"아, 그래, 다른 사람도 소개할게." 그리고 멤버마다 이름과 간단한 프로필을 소개해나갔다. 다이치는 소개받은 사람들에게 웃는 얼굴로 인사하며 짧은 말을 나누고, 언젠가 도움이 될지도 모르기에 저마다의 이름을 뇌리에 새겼다. 그럼에도 의식은 그를 향해 쏠려 있었다. 그의 이름은, 이천성.

과연, 나와 같은 부류인가. 다이치는 생각했다. 같은 부류라고 해도, 어지간히 머리가 나쁜 사람에서부터 감정과 욕망을 억제하지 못하는 사람, 소심한 사람, 전혀 동요하지 않는 사람까지 저마다 차이는 있다. 거짓말을 하는 일에 태연한 건 대체로 공통적이지만, 모두가 임기응변적인 허언증은 아니다. 그는 머리는 나쁘지 않은 것 같지만, 통제력이 있는 타입은 아닌 것 같다. 이론을 내세우며 감정적으로 공격해서 사람과 장소를 지배하는 타입일 것이다. 이화 씨를 꺾은 사람, 청년회의 실질적인 지배력을 이화 씨에게서 빼앗은 사람이 이천성이라는 신경질적인 해골이라면, 그건 조금, 꽤나 안타까운 일이다. 나한테는 보기 좋게 역전의 펀치를 먹였으면서, 역시 나이를 먹은 건지, 시대와 상황에 지친 건지. 이화 씨는 우리들 같은 부류가 아니다. 그럼에도 경의를 표할 만한 끈기와 발상력, 리더의 자질과 후각을 겸비한 인물이었는데. 아니, 어쩌면 이건 그녀의 의도적인 굴종일까?

"앞으로 농촌주의, 탈정부주의로 나아가려고 하는데, 이렇게 처음부터 '부르주아의 바닷물'을 마셔도 되는 거야?"

천성의 말은 다이치가 아니라 다른 멤버를 향한 훈계처럼 들렸다. 완고하게 술을 마시지 않는 것은 이천성 부부뿐이었는데도, 그 말에 다른 네 명의 맥주를 마시려던 의지가 얼어붙었다. 컵을 든 손이 허공에서 멈췄다. 다이치에게 술을 권하려던 와카나 역시

선수를 빼앗긴 것처럼 보였다. 잠시 뒤에 점원이 가져온 우롱차를, 천성만이 보란 듯이 꿀꺽꿀꺽 마셨다.

다이치는 생각했다. 농촌주의? 농본주의가 아니라? 그리고 탈정부주의라는 건 또 뭐야? 그건 무정부주의나 탈국가주의와는 어떻게 다른데? 조어를 구사하고 싶어 하는 건 알겠다. 조어는 그 말의 뜻을 설명하는 과정도 포함해서, 허세를 부리기에도 눈속임하기에도 좋고, 다수를 서서히 선동하기에도 효과적이니까. 아무리 그래도 '부르주아의 바닷물'이라니. 네가 마시고 있는 그건 초거대 기업이 노동력을 헐값으로 후려쳐서 만든 거라고. 이 녀석은, 무리 안에서 '총괄'이라든가 '조직' 같은 어휘를 많이 쓰는 편일 것 같다. 신시대를 가장한, 단순한 복고사상으로서의 공산주의자, 그 경향. 농업에 대한 안이한 동경. 기분 나쁜 눈매와 겁먹은 공격성을 보자니 전형적인 교조주의자로 보인다.

다다미방에 넘쳐흐르는 긴장감을 모르는 듯 여성 점원이 말했다.

"기다리셨습니다, 모둠 닭꼬치 나왔습니다. 우선 3인분이고, 나머지 3인분은 조금만 기다리세요." 태도가 일변하여 붙임성 좋고 당당하기까지 했다. 확실히 다이치가 요구한 대로 빨리 나왔지만, 타이밍이 나빴다.

점원이 주방으로 돌아간 뒤, "아까부터 대체 뭐야"라며 또 파열음이 울렸다. 천성이 혼잣말처럼 중얼거렸다. "이런 거, 우리에 대한 일방적인 모멸이잖아."

눌러 죽인 작은 목소리였고 긴장하고 있는 것이 명백했지만, 몸집이 작고 깡마른 천성은 다이치와 정면으로 대치하고 있었다. 늙어 보이기도 하고 어려 보이기도 한데, 20대일 것이다. 피부가 거칠었다. 눈썹이 조금밖에 없는 건 깎은 게 아니라 원래부터 그럴 것이다. 얼굴은 작은데 턱뼈가 불거졌고 눈이 가늘었다. 다이치를 노려보는 눈빛은 가늘면서도 형형했고, 손을 대면 물어뜯을 듯한 인간에 대한 불신으로 가득 넘치고 있었다.

알아, 이천성 군. 다이치는 마음속으로 그렇게 말을 건넸다. 그러나 내가 만일 이 무리에 있었다면, 그래서 너와 정면 대결을 하게 된다면, 너를 어떻게 무너뜨려주면 좋았을까.

약점은 금세 파악했다. 그건 와카나가 멤버를 소개할 때 쉽게 읽어낼 수 있었다.

천성 옆에 앉은 여자는 그의 아내로 이름은 '지카'라고 했는데, 와카나가 지카를 소개할 때, 천성은 아내의 몸을 자기 쪽으로 꾹 끌어당겼다.

이 녀석은 아내를—신체적으로는 어떤지 모르겠지만 적어도 정신적으로는—폭력적으로 지배하고 있다. 아내의 표정, 동작, 남편이 어깨를 끌어안았을 때 '몸이 굳어져서는 안 된다'고 스스로 되뇌고 있는 듯 경직되던 모습, 처음 만나는 남자와는 눈을 맞추지 않으려는 자의식의 장벽.

와카나가 "자, 앉아, 가시와기 군. 앉아" 하고 다이치에게 권했다. 다이치는 신발을 벗지 않은 채 다다미방에 걸터앉았다. 상석에 앉은 천성과는 정면으로 마주 보는 위치로, 어깻죽지가 그쪽으로 비스듬하게 향하는 자세였다.

다이치는 와카나에게서 맥주를 받아 들었다. 와카나는 옆자리의 남편이 맥주를 따라주었다. 와카나와 와카나의 남편과 다이치가 잔을 맞댔다. 다른 네 명을 향해서는 허공에 대고 잔을 들어 올렸다.

"들어봐, 들어봐"라며 의식적으로 만면에 웃음을 띤 와카나가 "이쪽에 있는 장호 씨는 말이야, 정말 재미있는 사람이거든" 하고 갑자기 즐거운 듯 장호라는 남자를 화제로 끌어들였다. 그는 독신이었는데, 즉 귀국 사업 멤버 일곱 명은 두 쌍의 부부와 한 명의 독신 남성, 그리고 이화를 포함한 두 명의 독신 여성으로 구성되어 있었다. 장호라는 사람은 그중에서도 익살꾼인 듯, 와카나가 놀리는데도 비굴하게 웃으며 자리의 분위기를 전환시켰다. 눈이 처졌고, 아직 젊은데도 앞머리 숱이 적은 장호는 아무래도 와카나에게 연심을 품고 있는 것 같았는데, 와카나도 어렴풋이 눈치채고 있는 듯했다. 그래서 와카나는 연애 우위자의 잔혹함으로 지휘봉을 휘두르며 장호를 잔뜩 웃음거리로 만들고, 그렇게 해서 다이치를 대접함과 동시에 천성에게 대항하고 있는 것 같았다.

와카나는 '장호 씨'의 우스운 이야기에 이어, 멤버 중 독신 여성인 마수미라는 음침해 보이는 여자에 대해서도 이야기를 늘어놓았다. 다이치가 지루해하지 않도록 밝은 분위기를 자아내려 애쓰며, 얌전히 있으라는 천성의 무언의 압력에 대항하기 위해 노력하고 있었다.

그런 와카나의 애처로운 노력에도, 다이치의 흥미는 역시 계속 이천성에게 가 있었다. 그 또한 계속 다이치를 노려보고 있었다. 이 녀석도 이미 내가 자신과 동류라는 걸 깨달았겠지.

이천성, 너는 분명 단거리 주자형이야. 순발력과 기습전에는 상당히 자신이 있겠지. 제압하는 힘도 있을 것 같아. 너보다도 완력이 있어 보이는 남자들이 잠자코 따르고, 이화 씨가 굴복했다는 사실이 네 지배력의 우수함을 증명하지. 그러나 거기까지야. 장기적 전망은 결여되어 있을 테고. 인정 욕구는 여러 욕구 중에서도 저급한 것이니까. 또 자존심과 감정 컨트롤도 전혀 하지 못하는 너에게서 너의 아내를 시간을 들여 떼어놓는 것은 내게 불가능한 일이 아니고, 아내와 함께 처부수는 건 훨씬 간단해.

이윽고 다이치는 와카나에 대해, 그러고 보니 이 친구는 이야기를 시작하면 멈추지 않는 친구였지 하고 떠올리고는, 적당한 때를 봐서 "슬슬 가야겠다"라고 말하며 일어섰다.

"아직 괜찮잖아"라는 와카나에게 다이치는 "이화 씨랑도 아직 할 말이 남았고"라며 그럴듯한 거짓말을 했다.

와카나는 섭섭하다는 듯 동그란 눈동자를 적시며 주먹코를, 볼의 보조개를, 눈 밑의 다크서클을 다이치에게 향했다.

무언가 말해두는 게 좋을까, 하고 다이치는 생각하다, 결국 "그럼, 건강해"라는 말만 남기고 그 자리를 떠났다.

"원한이라니, 무슨 소리를 하는 건지."

선명은 남아 있던 조개탕을 싹 비우며, 건너편 다다미방에 서서 무언가 이야기하고 있는 다이치를 보고 있었다. 무슨 이야기를 하는지는 들리지 않았다. 조개탕을 다 먹은 뒤 선명은 바로 트로키를 입에 던져 넣었다.

그리고 다이치의 자리로 밀어두었던 병맥주를 당겨와 잔에 따랐다. 이화는 맥주와 트로키가 과연 어울리는지 잠깐 생각했지만, 그것보다, 하고 말을 꺼냈다.

"베트남이랑 인도네시아에 갈 수 있었던 건, 선명이 강하게 어필했기 때문이잖아? 그런 것도 전부 없었던 일이야? 가치 없는 일이야?"

"아니."

"의미는 있었잖아?"

"의미는……."

선명은 머뭇거렸다. 확실히 그건 청년회에 있을 때 그가 유일하게 냈던 기획이었다. 동남아시아에서의 현장 연구 따위 예산을 생각해도, 그리고 '베트남 전쟁에서의 한국군의 전쟁범죄를 알아보자'라는 기획 내용을 생각해도 통과될 리 없을 거라 얕보고 선명으로서는 드물게 회의에서 발언했던 것인데, 안 되면 말고 식의 무심함을 가장하면서 나름대로 도전해본 것이었는데 이화가 뜻밖에 적극적으로 응원했다. 베트남행뿐만 아니라 인도네시아의 전 위안부 유족 취재도 여정에 넣자고 아이디어를 낸 것은 이화였다. 한일 양국의 전쟁범죄를 취재한다, 라는 명목을 세움으로써 다른 멤버들의 거부반응을 진정시키는 효과를 노린 것이다.

다이치는 선명이 기획한 이 현장 연구에 일찌감치 불참을 표명했었다.

그리고 베트남. 여섯 시간 정도의 비행. 호치민 시내, 어마어마한 양의 바이크. 여기까지 와버렸구나, 정말 괜찮을까, 하는 생각에 참가자 전원이 움츠러들어 있었다.

"의미는 있었어. 그런데……" 하고 선명은 이화에게 말했다.

"그런데?"

"내가 기대한 결과는 얻지 못했어."

"그게 뭐야. ……뭘 기대했는데?"

"나는 진지하게, 발기부전이 되고 싶어서 그런 제안을 했었는데……."

"뭐?" 이화가 다이치의 결혼 소식을 들었을 때에 뒤지지 않는 새된 목소리, 그러나 질이 다른 비명 같은 소리를 질렀다. "아니, 갑자기 무슨 소리를 하는 거야."

"아니, 정말로. 나는 그때 성적 불능이 되고 싶어서 견딜 수가 없었어. 그때는 이미 내가 남자라는 것에 대한 죄, 라고 할까 존재 악이랄까 불결함에, 너무 지긋지긋했어. 그래서 진정한, 지나치게 리얼한, 피부로 느껴지는 성적 피해자, 역사의 피해자를, 그 가해국이 일본이든 한국이든 미국이든 어디든 상관없이 아무튼 남자들이 한 짓을, 내가 했을 짓을, 그 자리에 내가 있었다면 확실히 했을 짓, 지금의 일본에서도 내가 진행형으로 하고 있는 짓의 연장선상의 것, 그런 것을 보고, 아무튼 보고 싶었고, 보여주고 싶었어."

"누구한테? 보여주고 싶었다니 누구한테, 나한테?"

"아니, 그때 동행했던 남자들. 그 여행에서 걸작이었던 것 중 하나가, 베트남에서, 그것도 다낭이나 호치민 같은 평범한 도시에서 저녁 식사를 하고 있으면 베트남 사람이 웃는 얼굴로 다가와서 '일본인이에요?' 하고 영어로, 때로는 일본어로 말을 걸어. 그래서 내가 '아니, 한국인이에요'라고 대답하면, 그 베트남 사람의 표정이 순식간에 어두워지는…… 것처럼 우리에겐 보였어. 한국인으로서의 부채감이 있으니까. '우리는 재일 한국인이에요' 하고 고쳐 말하고는, 그게 얼간이 짓이라는 걸 스스로 깨닫고 고개를 떨구는 거야. 꼴좋다, 싶었지. 베트남의 피해자 할머니들을 만나서 물론 쇼크를 받았고, 그 뒤에 인도네시아에 건너가서 산속 마을에서 전 위안부 유족들의 이야기를 들을 때 남자들은 이미, 당시 그 소녀의 집에 들락거리면서 강간을 계속했던 일본군을, 그 일본인들을 책망할 기력도 없어 보였어. 뭐 강행 스케줄이었던 탓도 있었지만, 다들 웃음이 나올 정도로 녹초가 돼서, 그래서……."

"그래서 '꼴좋다'고 생각했어?"

"그런…… 건지 아닌지, 모르겠어요, 이제. 그 여행을 하면서도 알 수 없게 됐어. 솔직히 나는 스스로를 괴롭히기 위해, 그 사람들을 괴롭히기 위해…… 그래도 기껏 내 계획에 찬성해서 거금을 쓰면서 여행에 동행해준 사람들인데, 그치? 그땐 뭘 그렇게 적으로 대했었는지 몰라."

"창직이랑, 태양이랑, 아카게 군이랑……."

"아카게! 그립네, 그러고 보니 그 녀석이 있었지. 잊고 있었어."

별명 탓인지, 그는 소형견같이 재빠른 게 특징이었다. 물건을 자주 깜박하는 이화가 호치민시에서 저녁에는 인도네시아로 건너가야 하는 날에 여권을 잃어버렸을 때도, 아카게는 "잠깐만 기다리세요" 하고 이화만 데리고 사라지더니 약 네 시간 후, 탄손누트 국제공항에 먼저 들어가 있던 선명 일행 곁에, 여권과 함께 울어서 눈이 퉁퉁 부은 이화를 데리고 왔었다.

그러나 그는 일본에 귀국하고 얼마 지나지 않아 역시 타고난 재빠름을 발휘하여 전향하게 되었다. 일본 국적으로 귀화한 뒤 신당 일본애의 당원이 되어, 경박한 권유 메일을 이화에게 보내왔다.

"그때는 선명도 즐거워 보였지."

즐거웠는지 어땠는지. 그러나 선명은 '사상'이라는 것을 점차 욕망하게 되었다. 그것을 무기로 마음에 안 드는 상대를 그저 조롱하고 싶었다. 찬물을 끼얹고 싶었다. 감정을 노골적으로 들춰내서 본심을 지껄이게 만들고 싶었다. 정의란 이런 거야, 우리들이 옳아, 하고 앞을 향하는 당당한 모습을, 그 발을 걸어 자빠뜨리고 싶었다. 자기야말로 중도이며 완전히 공명정대한 생각의 소유자라고 믿어 의심치 않는 녀석에게, 네가 얼마나 편견에 빠져 있는지, 자립한 개인이면서 세상의 흐름에 영합하기만 하고, 기회주의적인 권력에 얼마나 세뇌되어 있는지, 얼마나 스스로 생각할 줄 모르는 사람인지를 들이대서 깨닫게 하고, 창피를 느끼게 하고 싶었다. 그런 욕구가 청년회에 있으면서 싹텄다.

일주일에 두 번 있던 '학습발표회'. 선명은 점차 "강제연행이 사실이라면, 대체 어느 정도의 숫자, 비율이었습니까?"라든가 "그럴 경우, 한국에서의 외국인 차별의 실태는?"이라든가 "한국에서의 입국관리법은? 난민 수용 인원수는?" 같은 질문을 던지게 되었다. 그뿐만 아니라 인격모독까지 하게 된 선명에게, 양태양이라는 행동파 남자가 주먹을 날렸다. 그리고 태양은 "저 녀석을 쫓아내지 않으면 내가 나갈 거야. 선택해!"라며 이화를 재촉했는데, 이화는 "아무도 누군가를 강제적으로 탈퇴시킬 수는 없어. 그게 우리들의 질서야"라며 거절했다. 태양도 나가지는 않았지만(그는 약 1년 후에 결혼을 계기로 탈퇴했다), 때마다 이화가 선명을 너무 감싸다 보니 두 사람이 남녀관계라는 소문이 퍼졌다. 좁은 인간관계 속에서 그런 소문을 어렴풋이 피부로 느끼고 이화는 슬퍼했다. 선명은 웃고 말았다. 엄마의 얼굴을 모르는 선명에게는 심플하게, 세상에는 두 종류의 여자밖에 없었다. 즉, 성의 대상이 되는 여자인지, 아닌지. 선명에게 있어서 이화는 명백히 후자였다.

태양에게 얻어맞고 나서 그리 시간이 흐르지 않았을 때, 이번에는 좀 더 평화주의자이던 남자, 동안에 긴 속눈썹을 가진 진창직이 선명을 때렸다. 그는 울면서 힘없이 몸을 부딪쳐 선명을 벽에 밀어붙였는데, 선명은 저항하지 않았다.

왜 창직이 선명에게 덤벼들었는가 하면, 창직의 '양심적 일본인'이라는 발언을 선명이 물고 늘어졌기 때문이었다.

"양심적, 뭐? 그럼 넌 양심적 총이냐? 양심적이라는 말이 붙지 않은 단순한 총은 어떤 존재인데? 넌 양심적 총이라는 말을 들으면 어떤데? 기뻐할 거야? 어?"

'양심적 일본인'이란 한국 저널리즘에서 쓰이는 관용구였기에,

그저 직접 쓴 원고를 낭독하고 있었을 뿐인 창직은 놀랐다. 긴 속눈썹을 깜박이며 겁먹은 눈길로 선명을 바라봤다.

"다들 너의 평범함과 무신경함에 완전히 질렸는데, 그런 주제에 말하기 좋아하고 끼어들기 좋아하고, 진짜 너는 구제 불능이야. 결국 넌……."

이런 식으로 자비 없는 폭언이 이어지자 결국 창직이 발끈하여 선명에게 달려들었다.

며칠 후, 대부분의 멤버가 이화를 규탄하는 가운데 선명은 스스로 모습을 감추었다.

베트남과 인도네시아를 순회하는 현장 연구에는 태양도 창직도 있었다. '태양도 창직도 있었다'는 사실은, 제아무리 선명이라 해도 복잡한 기분이 들게 했다. 베트남에서, 인도네시아에서, 너무나도 무거운 피해자의 목소리를 들었던 그 옆에, 열혈한이던 태양도, 다정하고 눈물 많던 창직도, 분명히 있었다.

창직에게 맞은 그날 밤, 사무소에 있던 선명은 잠이 오지 않았다. 불은 켜두었지만 소파 베드에서 일어날 힘도 없었다. 그 밤에 본 천장의 모습을, 선명은 지금도 확실히 기억한다. 기억하고 싶지 않은 일이지만 담뱃진으로 누렇게 물든 천장의—이제 아무도 실내에서는 담배를 피우지 않으니 이전에 살던 사람이 피운 흔적이겠지만—누렇게 바랜 색을 바라보며 조만간 도망치리라 결심하던 일을, 선명은 확실히 기억하고 있다.

"그때는 정말, 기분 좋았잖아?" 하고 이화가 선명에게 말했다.

자극이나 변색 따위 전혀 없는 새하얀 천장과 새하얀 벽, 회의

실과 비슷한 식당. 신단의 한 단 아래에 있는 텔레비전에서는 신당일본애에 지지를 표명한 젊은 여성 탤런트가 프로그램을 진행하고 있었다. 그녀는 스탠드업 코미디를 간신히 일본에 정착시키고 독자적으로 완성시킨 일인자로, 과격한 정치적 발언과 자신의 연애사 등도 태연하게 폭로하면서 세간의 이목을 끌고 있었다. 텔레비전에서는 "저 미친 여자가"라든가 "또 이 DV남이 거지새끼라서"라는 차별적 용어가 여과 없이 그대로 흘러나오고 있어서, 지상파 방송이 아니라 인터넷 방송이란 걸 알 수 있었다.

선명은 그때란 언제를 말하는 건가, 라고는 묻지 않고 무시한 채로 손을 들어 점원을 부르려 했다. 말을 걸기도 전에 아까 전의 무뚝뚝한 중년 여성 점원이 눈치채고 둥근 의자에서 귀찮은 듯 일어서서 걸어왔다. 그녀가 껄끄러운 선명은 달리 점원이 없는 건가, 하고 가게를 둘러봤지만 아무도 없었다.

"뭐 필요해?" 그녀는 퉁명스럽게 말했다. 그리고 깨끗하게 비운 선명의 접시를 보고 한쪽 눈을 찡긋하며 웃었다. 그 반응이 또 선명은 마음에 들지 않았다.

"음, 40대 후반인 분."

"마흔셋이야."

그 빠른 반응에 선명이 풋 웃으며 그대로 요청했다.

"맥주 한 병 추가해줘."

"다른 건?"

"다른 거? 이화 씨, 뭔가 안주라도?"

"됐어."

이화가 술을 제대로 마실 때는 아무것도 먹지 않는다는 걸 선명은 떠올렸다.

여성 점원이 "저쪽 손님은 모둠 닭꼬치를 시켰는데?" 하고 말했다.

"시켰는데?라고 해봤자." 선명이 말했다. "그럼 그게 추천 메뉴인가? 항구 마을이면서?"

"이 가게, 양계장과 연결돼 있어서. 닭껍질 꼬치가 독특해."

"독특할 게 있나? 뭐 됐어, 그럼 닭껍질 꼬치만 시킬 수 있어요? 모둠 말고."

"알겠습니다."

"알겠으면 빨리 가. 우리한테는 시간이 없으니까, 마지막 만찬이라고." 선명은 그녀를 쫓아내듯 손을 흔들었다.

여성 점원은 말없이 돌아섰다. 그녀는 들려오는 대화로 어느 정도 사정을 아는 것 같았고, 그렇게 엿듣고 있다는 것이 선명은 아무래도 짜증스러웠다.

"너 말이야." 이화가 말소리를 죽였다. "그게 항상 너의 나쁜 버릇인데, 저 사람이 대체 뭘 어쨌다고 그러는 거야. 그렇게 매번 적을 만들면 즐거워?"

"엥?" 선명은 진심으로 의외라는 체를 했다. "즐거워요. 엄청 즐거워."

"물어본 내가 바보지."

"나는 싸움 전력이 48전 전패인, 인생에 승리란 없는 남자예요. 태양 씨나 창직한테 맞아 쓰러졌을 때도 엄청 좋았어요. 그대로 때려 죽여줬으면 좋았을 텐데, 정말로."

이화가 미간을 찡그렸다. "선명, 너 혹시, 태양이랑 창직과의 일로 책임감을 느끼고 있는 거야?"

"책임?" 선명은 코웃음을 쳤다. "일방적으로 맞은 건 내 쪽이거든요."

다 알면서, 하고 이화는 선명에게 손가락을 들이밀었다. 손가락질하지 말라니까, 하고 선명이 말했다.

"뭐 그렇다면." 선명은 자신의 왼쪽 손목을 테이블에 올려놓았다. "아니, 이쪽이었나" 하고 이번에는 오른쪽 손목의 소매를 걷었다. 그걸 흘깃 본 이화는 불쾌한 얼굴로 눈을 질끈 감았다. 선명은 개의치 않고 가늘고 긴 상흔 하나를 가리키며 말했다. "여기 이게, 태양 씨랑 창직의 일을 계기로 만들었던 그거예요." 그리고 소매를 다시 내렸다. "뭐 다른 것과 비교하면 얕지만."

잠시 무언가를 생각하던 이화가 문득 말했다.

"옛날에는 36전 전패라고 하지 않았어? 그 뒤로 열두 번이나 더 싸움질을 한 거야?"

글쎄, 하고 선명은 고개를 흔들었다.

병맥주가 나왔다. 점원은 아무 말 없이 병을 내려놓고 바로 사라졌다. 선명이 병을 우선 이화에게 내밀었다.

맥주를 따르자마자 바로 들이켠 이화가 말했다. "넌 키도 크고, 얼굴도 입만 다물면 박력 있어 보이니까, 척 보기에 그럴 것 같진 않은데."

닭껍질 꼬치구이가 나왔다. 접시를 놓고 점원은 역시 바로 사라졌다. 납작하게 눌린 닭껍질이 바짝 구워져 있었다. 뭐야 이게, 하고 불평하면서 선명은 그중 하나를 입에 넣었다. 그러나 바로 "와, 진짜 맛있다" 하며 몸을 젖혔다. 그런 간사이식 반응을 이화는 완전히 무시했다.

"아무튼." 선명은 순식간에 먹어치운 꼬치를 접시에 던졌다. "오랜만에 그 이름을 불러보네."

"무슨 이름?"

"다들. 유사라 씨에, 태양 씨에, 창직에, 아카게. 그리고 준호에 유리도 있었지."

이화가 고개를 끄덕였다. "더 있었어"라고도 말했다.

"다 기억은 못 해요. 그래도 다들 있었지, 바보같이."

"다들 있었지."

선명은 트로키의 원통 케이스를 다시 손에 들었지만, 입에는 넣지 않고 다다미방 쪽을 가리키며 말했다.

"다들, 사라졌어."

"다들 사라져버렸지."

"사라 씨" 하고 선명은 원통 케이스에서 트로키 한 알을 꺼내 손가락으로 테이블에 튕겼다. "태양 씨" 하고 다른 한 알을 손가락으로 튕겼다. 그건 빈 그릇 위에 떨어졌다. 이어서 "창직, 아카게"라며 이름을 하나씩 부를 때마다 트로키를 한 알씩 엄지로 튕겼다. "준호" 하며 또 한 알. "유리" 하며 또 한 알. 차례차례 튕긴다. 지금은 없는 사람들의 이름을 부른다. 세게 튕겨져 테이블 밖으로 굴러간 트로키도 있다. 또 튕긴다. 이윽고 떠올릴 수 있는 이름의 한

계까지 왔는지, 아니면 트로키가 먼저 동이 난 건지 손이 멎었다. 선명은 뚜껑을 꼭 닫았다.

"다들 사라졌네. 그 사람들, 지금은 다들 무슨 생각을 하면서 살고 있으려나."

이화는 천천히 몇 번인가 고개를 주억거렸다.

선명은 닭꼬치를 하나 더 베어 문 뒤, 맥주를 흘려 넣었다.

"뭐, 사람은 사라지는 게 당연하지만."

다다미방 자리에서 이화 일행 쪽으로 돌아오던 다이치는 사복 경찰관 두 사람 중 남자와 스쳤다. 그는 바깥의 경찰 관계자로 보이는 사람과 연락을 취하며 그대로 가게를 빠져나갔다.

다이치와 교대하듯 선명이 화장실로 갔다. 그는 딱히 다다미방의 사람들에게 볼일은 없었다. 눈길을 주지도 않고 스쳐 지나갔다.

선명이 화장실에서 돌아오자, 이화와 다이치 두 사람 다 대화도 없이 휴대폰에 집중하고 있었다.

선명이 의자에 앉으려고 했을 때, 휴대폰을 손에 든 이화가 갑자기 "잠깐, 잠깐!" 하고 의자에서 벌떡 일어났다. 깜짝 놀랐네, 하고 선명이 앉다 말고 다시 일어섰다. 이화는 의자를 쓰러뜨릴 기세로 앞뒤로 우왕좌왕하면서, 심장 근처에 한 손을 대기도 하고 심호흡을 하기도 했다.

슬금슬금 자리에 앉은 선명이 "무슨 일이에요?" 하고 물었다.

"아, 아니, 괜찮아, 괜찮아."

"아니, 괜찮은지 어떤지가 아니라, 무슨 일이냐고 묻고 있잖아."
선명은 살짝 웃었다.

다이치가 "어디에서 온 연락이에요?" 하고 차분하게 물었다.

이화는 말없이, 고개를 몹시 작고 빠르게 주억거렸다.

"그러니까 누구냐고."

"매스컴, 매스컴."

"뭐?" 선명이 고개를 들었다.

"미안, 잠깐 나 저쪽에서……."

그렇게만 말하고 이화는 다다미방 쪽이 아니라 다른 테이블의, 아무도 앉지 않은 자리로 이동했다. "왜 그쪽으로 가는데?" 하는 선명의 외침도 들리지 않는 듯했다.

다이치의 시선이 또 휴대폰을 향했다. 그리고 문득 장지갑을 꺼내더니 그걸 선명에게 건네며 말했다.

"선명, 미안하지만 계산 좀 해줘."

"뭐? 내가 왜?"

선명은 그렇게 말하면서도 이런 심부름을 시킬 다이치가 아닌데, 하고 생각했다. 게다가 아까부터 대체 누구랑 뭘 그렇게 열심히 연락하는 건지, 캐내면 여러 가지가 얽혀서 흘러나올 것 같았지만, 그냥 일어서며 말했다.

"혹시 내가 안에 든 걸 빼 가면 어쩌려고."

그러면서 대답도 듣지 않고 다이치의 지갑을 들고 계산대로 향했다. 이걸로 다이치가 내는 게 확실해지는 데다, 다이치가 무언가를 부탁하는 드문 일이 일어났을 때는 그 말에 따르는 것이 정답이다.

풍채가 좋은 마흔세 살의 여성 점원이, 계산 내역을 태블릿에서 카운터로 전송했다. 다이치는 현금주의다. 선명은 지갑이 텅 비면 재밌을 텐데, 하고 생각했지만 물론 그럴 일은 없었다. 다이치가 항상 10만 엔 이상을 지니고 다닌다는 것도 알고 있다.

"저쪽 자리 사람들 것도요." 선명은 다다미방을 손가락으로 가리켰다.

"알아요." 점원은 말했다. 다이치가 이미 이야기를 해둔 모양이었다.

잔돈을 기다리던 선명이 돌아보니, 혼자 떨어진 자리에 있는 이화에게 여성 경찰관이 다가가는 것이 보였다. 무언가를 이화에게 전달하는 것 같았다. 올려다보는 이화의 표정을 보자니, 아무래도 심각한 사태가 발생한 모양이었다.

점원이 말을 걸었다.

"당신들, 일본을 떠나는 거야?"

선명이 그러면 어쩔 건데, 하는 표정으로 카운터를 돌아봤다.

테이블석에서 이화가 다이치에게 하는 말이 들렸다.

"나, 지금 가야 한다나 봐."

다이치가 "무슨 일 있어요?" 하고 물었다.

"조금 전에 자동차 폭발이 있었다는데, 대량의 폭죽도……."

"네?"

뭐야, 하고 선명도 멀리 떨어진 이화를 봤다.

무엇을 의미하는 건지, 이화는 검지를 들고 있었다.

"모르겠어, 폭탄이 아닐지도. 노상주차된 자동차인지 아니면 준비된 차인지, 그게 불타고 있대. ……그보다! 그보다 나, 텔레비전 방송국에서 인터뷰 의뢰가 왔어!"

"굉장하네요" 하는 다이치의 목소리.

어떻게 된 일이지, 이건 약간 긴급사태일지도 모르겠는데. 선명은 고양되는 기분에 저항하지 못하고, 재빨리 계산을 끝내고 이화에게로 가서 자세한 이야기를 듣고 싶다고 생각했다. 그러나 카운터에 서 있는 점원은 여전히 느긋한 말투였다.

"나는 젊을 적에는 시모노세키가 싫었어. 너무 많은 일이 있어서."

선명은 그녀를 흘긋 봤다. 갑자기 뭔 소리를 하는 거야, 하는 표정으로.

"나도 재일 친구가 있었어."

또 그런 하지 않아도 될 뻔한 말을. 선명은 딱히 화도 나지 않았다.

"최근에, 몇십 년 만에 이 시모노세키에 돌아왔거든."

그리고 그녀는 태어난 고향인 시모노세키에 대한 애증과 지난 반생, '재일 친구' 이야기를 선명에게 줄줄 늘어놓았다. 바로 귓전에서 들려오는 말소리가 성가신 데다, 흔해빠진 내용이라 흥미도 없었다. 됐으니까 빨리 잔돈이나 줬으면.

이화가 다이치에게 말하고 있었다.

"자동차도 두 대째 불타고 있다는데, 폭발음? 폭죽 같은 소리도 여기저기서 들린대."

홍분한 이화의 목소리를 달래듯 다이치가 말했다. "뭐, 그렇게 근처는 아니겠죠."

확실히 이 가게에선 어떤 폭발음도 들리지 않았다. 항만 근처는 휑한 공터뿐이라 고요했다.

미간에 주름을 잡는 이화에게 다이치가 물었다.

"텔레비전 인터뷰라니, 중앙 방송국? 도쿄의 방송국?"

"도쿄? 아, 아니, 야마구치 방송국 사람이야."

다다미방에 있던 멤버들이 채비를 했다. 신발을 신고 있었다.

저쪽에서 이화 일행이 허둥대는 것도 아랑곳 않고 점원은 이야기를 계속했다.

"몇십 년 만에 마을에 돌아왔어도 나는 보도블록 하나하나까지 다 기억하고 있었어. 저 건물 아직 있구나, 하고. 부산문이랑 그린몰은 안타깝게도 없어졌지만, 그래도 동남아시아 사람들이 와줘서 그걸로 어떻게든 시의 재정도 유지되는 것 같았고, 변화도 있지만 변하지 않는 것도 있어. 그러니까, 그리움이란 후지산이나 스카이트리처럼 눈에 띄는 것에서 느끼는 게 아니라, 블록 한 장이나 폐가 한 채, 그런 것에서 느껴지는 거잖아. 그러니까 다시 돌아오면 좋을 텐데. 당신들도 재일이든 뭐든, 내가 봐온 풍경과 그리 다르지 않은 걸 보고 살았잖아? 기분 나쁜 추억만 있는 땅일지도 모르지만, 그리움에는 죄가 없으니까. 그러니까 떠나더라도 꼭 다시 와. 그리운 풍경이 이 일본에도 있잖아? 다시 보러 와."

이 아줌마는 나도 함께 한국에 간다고 생각하고 있구나, 하고 선명은 생각했다. 이화는 귀국조의 동료들과 회의라도 하는 모양이었다. 그리고 선명이 들고 있는 리바이스 장지갑—물건을 오래 쓰는 다이치가 청년회 시절부터 계속 사용하던 체인이 달린—을 눈치챈 이화가, 다이치에게 자기들도 얼마 정도는 내겠다고 주장하고 있었다. 말싸움을 하고는 있지만 그건 결국 타임 오버로 다이치의 승리가 될 것이다. 이화가 다이치를 포옹했다. 취한 이화 씨가 끌어안는 건 진짜 싫은데, 오늘도 헤어질 때에는 조심해야지. 다이치는 다른 여자에게도 인사를 받고 포옹을 나눴다. 저건 좀 부럽다. 저기 있는 친밀함과 우정이, 내게는 영원히 얻을 수 없는 것이라 부럽다.

"나도 그리웠어. 딱히 특별할 것도 없는 바다의 풍경, 낡은 배가 출항하는 뒷모습, 버스 시각표, 시장과 상점가, 개성이 없다는 생각밖에 안 들던 역 빌딩 같은 것까지, 하나하나 한숨이 나왔어. 정말 싫었을 텐데."

사실 나도 야마구치현 출신이에요, 하고 겹치는 점을 말하자면 말할 수도 있었다. 그러나 선명은 말하지 않았다. 헤어진 아내와는 슈난시에 있는 같은 초등학교를 나온 게 인연이 됐어요, 하고 화제를 넓히기 쉬운 실마리도 꺼내지 않았다. 애초에 한국에 가지 않는다는 사실을 말하지 않았다. 아니면 전할 수 없는 걸까? 자신답지 않게 입이 무거워진 것을 선명은 느끼고 있었다.

"그러니까 시대가 바뀌면, 분명 바뀔 테니까, 그렇게 되면 또 관부 페리를 타고 일본에 와. 그때 다시 이 가게에 들러. 얼굴을 보여줘. 한턱낼 테니까. 그때까지 가게를 할지는 모르겠지만, 그래도 나도 당신들을 다시 만날 날을 기대하며 살 테니까. 알겠지? 또 얼굴 비추러 와."

내가 시모노세키에 오는 일은 이제 없겠지만, 이화 씨와 저 귀국조 아이들은 일본에 돌아올 때 또 페리를 타고 오게 될까.

귀국조 한 명이 신단 아래에 있는 가게의 텔레비전 채널을 인터넷 방송에서 지상파로 바꾸고 음량을 키웠다. 지역 방송국의 뉴스 보도가 흘러나왔고, 서로 다른 장소에서 불타는 두 대의 자동차를 중계 화면이 연달아 비췄다. 인적이 없는 쓸쓸하고 어두운 밤 속에서 화염이 치솟고 있었다. 그와는 또 별도로 시모노세키시의 여기저기에서 폭죽이 터지고 있다는 멘트가 흘러나왔다. 배외주의자들이 페리 선착장 부근에 결집해서 구호를 외치고 있었다. 그 항의 집단의 대표자에게 카메라와 마이크가 향했다. 현지 리포터가 폭죽 소리에 대해 묻자 그는 "글쎄요? 적어도 제 명령은 아닌데요"라고 천연덕스럽게 시치미를 떼는 듯한 미소를 보인 뒤 "그래도 이제야 반일분자를 쫓아낼 수 있으니까, 이런 축제의 소동 정도는 애국자라면 넘어가야죠! 노 코리안! 노 코리안! 세계에서 조선인을 쫓아내자!" 하고 갑자기 흥분해서 마이크를 빼앗으려고 했다. 순간적으로 스튜디오로 화면이 전환됐다. 캐스터가 "보도에 따르면 아무래도 드론을 이용해 폭죽이 투하된 것으로 보입니다. 근처에 계신 분은 위험하오니 주의하시기 바랍니다" 하고 말한 뒤 광고에 들어갔다.

선명은 잔돈을 받은 뒤, 점원이 거듭 반복해서 "다시 돌아와" 하고 외치는데도 돌아보지 않았다. 여성 경찰관이 하는 말을 들으며 앞장서서 걸어가는 이화는 그대로 선명과 스쳐서 가게를 나갔다. 다른 귀국조 멤버들도 긴장한 얼굴로 이화를 따랐다. 이미 코트를 입고 있는 다이치에게서 선명은 가게 근처에까지 촬영팀이 와 있다는 사실을 들었다. 걸어가면서 인터뷰를 하고, 시설에는 허가를 얻어두었으니 출국심사를 할 때까지 카메라에 담고 싶다는 것 같다. 선명은 장지갑 체인을 대롱대롱 들어서 다이치에게 돌려줬다. 다이치도 가게를 나섰다. 선명은 테이블로 돌아와 그곳에 걸려 있던 빨간 인조 가죽 롱코트를 걸쳤다. 다이치가 남긴 복어 튀김을 한 개, 또 한 개 손가락으로 집어 입에 넣었다. 남은 맥주를 마셨다. 아까 이화가 놓아둔 1000엔짜리 지폐를 코트 안주머니에 넣었다. 그리고 마지막 손님으로 가게를 나섰다. 돌아보지 않았다.

촬영팀이 있었다. 형형한 스포트라이트와 어느새 모여든 지나치게 많아 보이는 제복 경찰관들에 둘러싸여 어두운 밤길을 걸어가는 이화는, 이미 선명과 다이치와 멀어진 다른 사람이었다. 선명과 다이치도 이대로 멀어지는 것을 신경 쓰지 않았다. 실제로 폭죽 소리가 들려왔다. 오오, 대박, 하고 선명은 중얼거렸다. 앞서 걸어가는 무리와 충분히 떨어진 곳에서, 선명이 다이치에게 말했다.

"이게 네가 이화 씨에게 바치는 이별 선물이구나."

다이치가 엇, 하는 얼굴을 했다.

"내가 모를 줄 알았어?" 선명은 히힛 하고 웃었다. "당연히 알지. 신시모노세키역에서 갑자기 헤어진 신 군인가 하는 그 아이. 커다란 배낭. 계속되던 네 연락. 소형 드론을 이용한 폭죽 투하에, 자동차 폭발에, 이렇게 소동을 피워서 겨우 매스컴을 부를 수 있게 됐다는 사실."

"이제 그만해." 다이치는 입술에 검지를 대고 더 이상 말하지 말라는 표시를 했다.

"누가 듣는다고." 선명은 다시 한번 웃었지만, 그대로 입을 다물었다.

이화 일행과는 상당히 멀어졌지만 두 사람은 페리 선착장 쪽으로 계속 걸었다. 배외주의 단체가 고가도로 밑 길가에 줄지어 서 있는 게 보였다. 텔레비전에서 본 것보다 숫자가 적었다. 로켓형 폭죽을 쏘아올리는 소리도 들렸다. 드론은 여러 대일까. 여러 대를 혼자서 동시에 조종할 수 있는 걸까.

"뭐 그래도, 이화 씨한테는 최고의 선물일지도." 선명은 말했다. "가장 힘들게 고생한 건, 아무 관계도 없는 신 군이지만."

배에 탄 이화는 짐을 풀지도 않고 얼이 빠진 상태로 의자에 기대어 앉아 있었다. 출항까지는 시간이 많이 남았다. 정박해 있는데도 페리는 조금씩 흔들리고 있었다. 이층 침대가 두 개 있는 서양식 방. 세 평 남짓한 세로로 긴 방. 여자 넷이 이 일등실에, 남자 셋은 이등실인 큰 방에 나뉘어 있다. 페리는 3층까지 있는데, 이화가 있는 일등실은 2층에, 이등실은 1층에 있다. 3층에 있는 건 스위트룸 등의 특별실이다.

선실의 안쪽 모퉁이에 붙어 있는 책상과 의자. 벽에는 큰 거울이 있고, 책상에는 텔레비전이 놓여 있다. 인터넷 방송은 지원하지 않는다. 한국 방송국이 메인이고, 일본 채널은 NHK BS만 나온다. 한동안 채널을 돌리던 이화는 한국 방송국은 물론 NHK에서도 '귀국 사업' 얘기가 나오지 않자, 예상을 했으면서도 무척이나 실망했다. 한국 뉴스는 대부분 한국 국내의 스파이 의혹 사건이 점하고 있었다.

일등실에 있는 샤워실에서는 와카나가 씻고 있었다. 일등실이라고 해도 네 명이 쓰기엔 꽤나 좁다. 마수미는 이층 침대의 위쪽 자리에 짐만 놓고 어딘가로 나갔다. 샤워를 마치고 나온 와카나 다음으로 지카가 들어가려고 할 때 노크 소리가 들렸다.

"네" "네에" 하고 지카와 와카나가 동시에 답했는데, 문을 열지 않고 그 너머에서 "지카, 지카! 나야" 하고 다시 한번 세게 문을 두드리는 소리가 들렸다. 이천성이 아내인 지카를 부르고 있었다.

천성이 지카를 데리고 나갔다. 벽에 기댄 채 눈동자만 움직여 그 모습을 좇고 있던 이화는, 인사도 안 하다니 초지일관 무뚝뚝한 남자구나, 하고 멍하니 생각했다. 그래도 그 나이브한 남자가 데모 행진이나 세미나 등에서는 폭발적인 힘을 발휘하곤 했는데, 이제는 일본을 떠나는 것이다. 앞으로 향할 땅에서는 그가 바라는 것 같은 단순한 적은 없다. 차별주의자와 배외주의자는 있을 것이다. 그러나 그건 이제 내부의 적이다. 어떻게 싸워야 할지, 저 아이도 잘 모를 것이다.

이화는 몇 분 간격으로 휴대폰을 확인했는데, 기껏 한 인터뷰도 전국 방송은 되지 않은 듯했다. 일본에서의 인종차별 관련 뉴스는 김마야가 살해당한 사건처럼 사망자가 나오지 않는 한 대부분 보도도 되지 않았으니, 인터넷 토픽으로도 화제성이 떨어진다. 그럼에도 준법 감시가 느슨한 동영상 사이트에서는 "완전 승리, 총 바퀴벌레들을 반도로 내쫓았다"라든가, "재일 할멈이 귀국 전 인터뷰에서 수모를 당하다" 같은 캡션과 함께 야마구치 방송의 영상이 몇 개인가 무단으로 업로드되어 있었다. 이화는 이상한 기분에 사로잡혔다. 댓글창에는 심한 욕설과 차별 용어와 외모에 대한 야유뿐이었지만, 영상을 편집하고 업로드하는 수고를 아끼지 않은 녀석들이 없었다면, 오늘 밤 이화 일행의 모습이 인터넷 세계에 아카이브될 일은 없었을 것이다. 그래서 이화는 '그래, 좋다, 더 해라' 하고 속삭이는 마음이었다. 더 해봐, 우리들의 모습을 이 영원의 바다에 남길 수 있도록, 너희들 좀 더 힘내봐.

혼자 선실을 나갔던 마수미는 이불을 뒤집어쓰고 있었다. 그녀를 위로하며 사정을 듣고 있던 와카나도 지금은 휴대폰으로 남편인지 다른 누군가와 연락을 하고 있었다.

하필 왜 이 타이밍에, 하고 이화는 수미가 원망스러운 마음이었는데, 그녀가 장호에게 연심을 고백했다가 보기 좋게 거절당한 것이다. 수미에 따르면 장호는 "미안하지만, 너를 사랑할 일은 평생 없을 거야"라고 했다고 한다. 좀 더 다르게 말했어도 됐을 텐데,

이화는 장호 역시 원망스러웠다. 그는 꼭 필요한 분위기 메이커이지만, 유독 수미에게는 소홀하게 대하는 경우가 많았다.

와카나가 "이 커튼 닫자" 하고 창으로 다가갔다. 창은 이화의 바로 옆에 있었다. 갑판의 통로를 지나는 선객들에게 실내가 그대로 들여다보였다. 창을 닫은 와카나는 그대로 이화의 머리를 끌어안았다.

"오늘은 고생했어. 있잖아, 이화 씨, 전부 다 혼자서 끌어안으려고 하지 마, 나도 있으니까."

그리고 앞머리로 덮인 이화의 이마에 입을 맞췄다. "저기, 샤워하지 그래? 젖은 걸레 같은 냄새가 나."

때때로 악의 없이 막말을 하는 와카나다움에 쓴웃음을 지으며, 이화는 "알겠어"라고 대답했다.

그때였다. 이화의 휴대폰에 착신음이 울렸다.

'양선명'이라는 착신 표시.

서둘러 응답 버튼을 눌렀다.

"너 어디야?" 이화는 흥분 속에서 거의 소리치듯 말했다.

한 시간 즈음 전에 선명과 다이치가 터미널에 들어오지 못해서 이별다운 이별의 인사도 나누지 못했었다.

선명은 느긋한 목소리로 "아직 시모노세키에 있어" 하고 대답했다.

"시모노세키 어디?"

한 사람이 겨우 지나갈 정도의 이층 침대 두 개 사이를 이화는 왔다 갔다 했다. 선명은 아무래도 바깥에 있는 듯했다. 그리고 수

화기 너머의 그의 주위로 묘하게 어수선한 분위기가 감도는 것처럼 느껴졌다.

"너 거기는 위험하지 않아? 빨리 시모노세키를 떠나야지! 녀석들이 아직 그 부근에 있으니까."

커튼을 닫은 창을 등지고 팔짱을 낀 와카나가 이화를 바라보고 있었다. 벽을 향해 누에처럼 웅크리고 있는 수미는, 귀를 기울이고 있는 것 같았지만 이화 쪽을 보려고는 하지 않았다.

"선명, 또 이사하면 주소는 확실하게 알려줘. 네 방랑벽도 이젠 어떻게든 해야지."

"그런 거 어찌 되든 상관없잖아." 주위의 떠들썩함에 지지 않기 위함인지 선명은 외치고 있었는데, 그래도 목소리는 웃음을 머금고 있었다. "됐으니까 갑판으로 나와!"

"갑판?"

"그래 갑판! 항구 쪽으로. 배웅하러 왔으니까. 다이치도 있어!"

이화는 힘을 얻었다. 그의 목소리가 이끄는 대로 가자고 결심했다. 일단 방을 나갔다가 생각을 바꾸어 다시 방으로 돌아와, 와카나에게 "따라와, 다이치한테 마지막 인사"라고만 말하고 그녀를 잡아끌었다. 그리고 그대로 수미를 혼자 두었다.

반대쪽인 바다 쪽 갑판으로 잘못 나와버려서, 다시 빙 돌아 3층으로 올라가 항구 쪽으로 향했다. 바깥은 바람이 강하고 추웠다. 돌아보니 와카나는 너무 높아 겁이 나는지 발을 떼지 못하고 있었다. 그녀를 배려해 멈춰 있을 수는 없었다. 시간이 그리 많지도 않았다.

저 멀리 아래쪽에 모인 한 무리의 사람들을 발견했다. 꿈틀거리는 배외주의자들. 그리고 그들을 둘러싼 기동대와 제복 경찰관. 하얀 철책이 있는 그곳은 배웅을 위한 공간 같았는데 무척 협소했다. 그곳에 많은 사람들이 북적대고 있었는데, 배외주의자들의 수는 이화가 터미널에 들어오기 전에 본 것과 비교하면 훨씬 줄어 있었다.

"아, 있다. 어이! 여기, 여기!"

뛰어오르며 손을 흔드는 빨간 가죽 롱코트의 선명, 오른쪽에는 스탠드칼라 코트의 다이치가 있었다.

그들에게 인사하려고 한 손을 든 이화에게 격하게 반응한 것은, 이화가 볼 때 왼편에 죽 늘어선 기동대원의 벽에 가로막힌 배외주의자들이었다.

젊은 여자의 절규.

"가라앉아라! 가라앉아! 두 번 다시 돌아오지 마!"

중년 남자의 고성.

"리멤버 세월호!"

부자연스럽고 높은 웃음소리가 그 집단에서 터져 나왔다.

아아, 이제 이런 광경을 직접 눈앞에서 보는 일도 없겠구나, 하고 이화는 안심했다. 자신들의 추악함을 마지막 순간까지 여봐란 듯이 보여준 덕에, 앞날에 대해 우울하던 기분이 어느 정도 밝아졌다.

선명이 말했다.

“이화 씨, 우리는 손을 흔들지 말라네. ‘도발 행위’는 삼가달라고.”

“거기서 계속 기다린 거야?” 이화가 선명에게 물었다. 출항 시각이 지연되어 지금은 저녁 8시에 가까웠다.

“설마. 역 앞 가게에서 다이치랑 한잔하고 있었어.”

그때였다. 인종차별주의자 쪽에서 또다시 “죽어! 죽어!” 하는 합창이 일었다. 경찰이 “그만두십시오! 그만두십시오!” 하고 제지하면 바로 잦아들지만, 아무래도 일부가 공황 상태에 빠진 듯, 다시 또 “죽어!”라느니 “범죄자!”라느니 “좋은 꺼져라!” 같은 째지는 목소리가 터져 나왔다.

선명이 중얼거렸다.

“꺼지려는 사람한테 ‘꺼져’라고 해봤자.”

“응? 뭐라고? 안 들려.” 이화가 말했다. 소란스럽기도 했지만 바람도 강했다.

선명은 휴대폰 통화구를 향해 “살아!” 하고 외쳤다.

“살아, 살아, 반드시 살아! 절망해도 사는 거야! 끝까지 살아! 추해져도 살아, 죽어도 살아, 굶어 죽어도 살아야 돼!”

“너한테 그런 소리 듣고 싶지 않아, 선명.”

그야 그렇겠지, 하는 듯이 웃는 선명에게 이화는 말했다.

“너야말로 죽지 마, 이제 이상한 짓은 하지 않겠다고 마지막으로 누나한테 약속해.”

그러나 그 약속만은 절대 하고 싶지 않은 선명은 그저 입을 다물고 있었다. 그 반응도 예상하고 있던 이화는 선명의 지금 표정이, 한참 멀리 있어서 자세히 보일 리도 없는데 눈앞에 또렷이 그려지는 듯했다. 항상 누구에게건 비꼼과 경멸을 잊지 않겠다는 듯이 장착된 그 냉소.

처음 선명을 주웠을 때의 일을 이화는 떠올렸다. 그건 그야말로 '주웠다'고밖에 달리 말할 수 없다. 그때는 시우 사건 전으로, 그때만 해도 있었던 청년회 사무소에 출근해보니 무더운 여름날에 쓰레기장 쪽에서 키가 큰 남자가 코를 골며 당당하게 자고 있었는데, 이화는 비명을 지를 정도로 깜짝 놀랐다. 과격한 차별주의자가 취기에 행패를 부리러 사무소를 찾아왔다가 그대로 잠든 건가 생각했다. 그러나 양쪽 손목에서 어깨에 걸쳐 몇 줄이나 그어진 흉터를 발견하고는, 오히려 왠지 모르게 대화가 통하는 녀석일 거라는 생각이 들었다. 그래서 남자가 같은 재일 한국인이라는 걸 알게 되고, 잘 곳이 없다는 걸 알게 되자, 사무소에서 머물 수 있도록 독단으로 결정한 것이다.

"선명, 너는 내 아들이야. **우리 강아지**야." 이화는 말했다.

"또 그런 기분 나쁜 소리를 하네." 관용구라고는 해도 강아지 취급을 받는 것이 선명은 기분 나빴다. 그 말을 듣고 이화가 갑판 위에서 선명을 손가락으로 가리켰다. 선명이 바로 "손가락질하지 마" 하고 말했다. 이화는 웃었다. 이런 작은 움직임은 보이지 않을 거라고 생각했는데, 감으로 말한 걸까.

저 멀리 작은 점처럼 보이는 선명이 다이치에게 휴대폰을 내미는 것이 보였다.

"다이치, 너도 한마디 해" 하는 목소리가 새어 나왔다.

다이치가 선명의 휴대폰을 들고 말했다.

"건강하세요. 앞으로의 활약을 기대할게요."

이화가 물었다.

"다이치, 너 내가 밉지 않아?"

"정말로 이제 됐어요, 지나간 일보다는 미래예요."

"다이치, 알아주지 않았을지도 모르지만, 나는 너도 선명이나 다른 아이들과 마찬가지로 구별 없이 사랑했어. 기억해. **우리 아들, 우리 아들**이야!"

그렇게 말하는데 시끄럽게 기적이 울렸다. 이화는 기적 소리가 멈춘 뒤 와카나에게 전화를 바꿔주었다. 그리고 갑판 울타리에서 내려가 뒤쪽 벽에 기댔다. 전화를 하던 와카나가 몸을 웅크렸다. 높은 곳이 무서워서 그러나 잠시 생각했지만 아니었다. 그녀는 얼굴에 손을 대고 울고 있었다.

그래, 다이치는 말로 사람을 울리는 게 특기인 남자였지. 유일하게 나에게만 눈물 나는 말을 해주지 않네, 하고 이화는 생각했다. 와카나와 다이치 사이에도 여러 일이 있었다. 젊었던 청년회 시절을 함께했으니까.

배가 멀어진다. 이제 와카나는 충분한 듯, 휴대폰을 이화에게 돌려준 뒤 계단 아래로 돌아갔다.

시모노세키 항구가 멀어져간다. 이화는 다시 갑판 울타리에 몸을 기대어 휴대폰에 대고 "선명, 다이치" 하고 불러봤다.

"네네" "뭐예요" 하는 단조로운 대답이 돌아왔다. 배는 항구에서 빠르게 멀어졌다. 배외주의자들의 절규는 더 이상 말을 이루고 있지 않았다.

이화는 휴대폰을 계속 귀에 대고 있었다. 페리는 기적을 울리며 시모노세키 항구를 떠나간다.

휴대폰을 귀에 대고 있지만 이화는 더 이상, 선명에게도 다이치에게도 할 말이 없었다. 손을 흔들었다. 두 사람에게는 보이지 않는 듯했다. 두 사람이 손을 마주 흔들어주고 있다 해도, 너무 작아져서 더 이상 보이지 않았다. 또다시 기적이 울렸다. 아직 항구를 떠난 지 얼마 되지도 않은 데다 심지어 밤인데, 앞서가는 배라도 있는 걸까, 아니면 한국인 선장과 선원들의 분노에 찬 포효인 걸까(그렇게 상상하는 편이 선상의 이화는 즐거웠다).

배는 천천히, 그러나 착실하게, 시모노세키에서, 아니 일본에서, 일본적 건축에서, 부드러운 야경에서, 일본의 자연, 일본의 생활습관과 문화, 일본스러운 친절함, 일본스러운 차별, 배려와 수줍음, 깔끔함과 결벽증, 꼭 좋지만은 않은 협조성, 꼭 나쁘지만은 않은 폐쇄성, 일본의 오락, 일본의 식사, 매너, 그리고 일본인에게서, 대부분은 내가 소홀해서 소식불통이 된 일본의 친구들에게서, 과거의 일본의 연인, 인정하지 않을 수 없는 나의 많은 부분이기도 한 일본에서, 결국은 역시 사랑했던 나의 일본에서, 이렇게 멀어져간다. 떠나간다. 한반도에 **돌아간다**. 안녕, 나의 일본. 두 번 다시 이 땅을 밟는 일은 없을지도 모른다. 안녕, 닛폰.

야마다 리카(박이화)의 블로그

부산광역시
4월 7일

한국 상륙 첫날

우리들의 동료, 마수미가 죽었다. 한국에서의 새로운 생활이 생각할 수 있는 최악의 형태로 스타트를 끊은 셈이다. 나는 항상, 이 블로그에는 숨김없이 있는 그대로의 사실을 적겠다고 선언해왔다. 따라서 사랑하는 동지의 죽음에 대해서도 기록해야만 할 것이다.

나는 다른 멤버에게 "무슨 일이 있더라도 나는 그 일을 블로그에 쓸 거야. 나중에 '이건 적지 말아줘'라고 하는 건 금지야"라고 말해두었다. 그렇다고 다른 멤버들이 현시점에서 내게 그 사실을 거듭 확인한 것은 아니다. 다들 쇼크를 받아 그럴 정신이 없을 텐데, 그런 틈에서 나는 이 글을 쓰고 있다.

수미는 부산행 페리에서 바다에 몸을 던져 죽었다. 죽었다, 라고 적고는 있지만 시체를 본 사람은 아무도 없다. 그녀는 그저 홀연히 모습을 감췄다.

전날 밤에 페리가 출항한 직후, 수미는 실연의 아픔 때문에 침대에 엎드려 오열하고 있었다. 그녀는 이윽고 조용해졌고, 같은 방에 있던 우리 여자들은 흐느껴 울다가 그대로 지쳐 잠든 것이겠지, 라고만 생각했다. 왜냐하면 수미가 방 밖으로 나가는 것을 아무도 보지 못했고 또 이불이 봉긋했기 때문에, 소등 시간이 돼서 지카가 수미에게 "잘 자"라고 말을 걸었을 때 답이 없었어도 머리 위로 이불을 뒤집어쓰고 자고 있다고만 생각했다.

다음 날 아침, 우리는 이불 밑에 수미의 짐밖에 없다는 사실을 발견했다. 다른 층 방에 있는 남자들에게 연락해봤지만 아무도 수미가 어디로 갔는지 모른다고 했다.

수미가 사라졌다는 걸 알고, 우리들은 우선 그녀가 장난치는 건 아닌지 의심했다. 그런 장난을 할 아이가 아닌데도.

다음으로 누군가가, 그녀가 배의 어딘가에 몸을 숨긴 채 그대로 일본으로 돌아가려고 하는 것 아니냐는 말을 꺼냈다.

그러니까 우리들은 수미의 투신, 이라는 가능성을 머릿속에서 최대한 배제하고 있었다. 불안과 공포를 직시하지 않으면 없던 일이 되기라도 한다는 듯이.

그러나 하선 시간이 다가왔을 무렵 결국, 와카나가 수미의 짐 속에서 유서를 발견하고 말았다. 유서라고 해도 갈겨쓴 메모에 가까웠다. 아래에 전문을 싣는다.

아무도 잘못이 없어요. 내가 나약할 뿐.

여러분, 함께 한국 생활을 하지 못해서 미안해요. 저세상에서 응원할게요.

엄마, 약속을 지키지 못해서 죄송해요. 사랑해요. 아빠, 한국에서 만날 수 있다고 기대하셨을 텐데 죄송해요. 아무도 잘못이 없어요. 내가 나쁜 여자였어요.

블로그를 처음 방문한 분은 마수미를 잘 모르실 텐데, 그런 분은 부디 이곳의 포스팅을 참조해주십시오. 저를 포함한 총 7명의 귀국조 멤버가 직접 쓴 자기소개 글이 있습니다. 마수미의 소녀스럽고 귀여운 성격, 우아함과 섬세함을 꼭 느껴보셨으면 합니다. 그리고 부디 우리와 함께, 수미의 명복을 빌어주세요.

수미는 우리 그룹 중에서는 가장 신참이었고, 김지카와 같이 가장 어렸으며, 우리들과는 달리 재일 2세였다. 즉 아버지가 기존 특별 영주자가 아니라, 일 때문에 일본에 건너왔던 한국 출신의 한국인이다. 어머니는 일본인. 이미 이전의 포스팅에서 소개한 사실이지만, 부모님은 이미 이혼했고 아버지는 한국에, 어머니는 일본에 살고 있다.

수미의 실종과 그녀의 유서 비슷한 메모를 발견했다는 사실을 승무원에게 알린 뒤, 우리들은 오히려 다른 사람들의 소란에 에워싸였다. 배가 정박하고, 우리들은 입구 홀에 모여 앉아 대기하게 되었다. 설명하는 건 대체로 내 역할이었는데, 그러다 멤버 중 장호가 화장실에 가려고 일어서자 경비로 보이는 남자가 갑자기 "어딜 가!" 하고 호통을 쳤다. 장호는 한국어를 거의 몰랐지만, 그것이 움직임을 제지하는 말이며 지금까지 우리들을 손님 대접하며 하던 존댓말이 아닌 반말이라는 사실을 바로 이해한 듯했다.

"어딜 가냐는데." 나는 일단 통역을 했다. "화장실"이라고, 그는 알고 있는 몇 안 되는 단어 중 하나를 말했다. 작고 움츠러든 목소리였다. 화장실에 갈 때에도 동행자가 붙는 것을 보고 우리는 이것이 실질적으로 연금 상태라는 것을, 거의 용의자 취급을 받고 있다는 것을 깨달았다(참고로 관부 페리의 선박은 일본 선적과 한국 선적이 매일 교대로 운행되는데, 특별히 고른 것은 아니었지만 우리는 한국 배에 타고 있었다. 승무원은 다들 일본어를 잘하지만 한국인이었고, 선내 편의점도 한국 체인점이었다).

제복을 입은 한국 경찰 몇 명이 승선했다. 제복 완장에 **'해양경찰'**이라는 글자가 있었다. 그룹 안에서 특히 수미와 사이가 좋았던 김지카는 수미의 유서를 읽은 뒤로 내내 울고 있었는데, 그 얼굴이 점점 다른 종류의 공포스러운 표정으로 바뀌어갔다. '수미의 부모님께 어떻게 알려야 할까'만을 걱정하고 있었던 나도 점차 우리들의 신변이 우려되기 시작했다. 그러나 대체, 우리들 중 누가, 무슨 목적으로, 무슨 동기가 있어서 흔들리는 배 위에서 어둡고 차가운 바다로 수미를 밀어 떨어뜨린단 말인가.

한국 부산에 도착하자마자, 상륙 후 우리들이 처음 탄 교통수단은 흰색과 파란색 줄이 옆에 그려진 한국 경찰차였고, 처음으로 들어간 건물은 부산해양경찰서였다.

처음에는 관헌에 의한 연행과 취조도 어느 정도는 어쩔 수 없다고 받아들였다. 우리의 동료 중 하나가 배 위에서 실종되었고 유서가 발견되었으니까. 그들은 당연한 일을 하고 있으며, 게다가 역시 공적 기관의 명료한 보고가 아니면 수미의 부모님도 납득하기 어려울 테니까.

경찰서 안에서는 나 혼자만 취조실로 안내되었다. 그건 괜찮았다. 옆에서 다른 사람이 횡설수설하는 걸 보는 것보다는 혼자 조사받는 것이 훨씬 나았다.

한국에서는 취조실의 전면 가시화[18]가 실시된 지 오래인데 그 때문인지 아니면 그 방이 우연히 그런 방이었는지, 실내에 매직미러 따위는 없었다. 심플하게 카메라와 마이크가 놓여 있었다. 또 한국에는 '변호인 동석 제도'가 있다는 것을 나는 잘 알고 있었는데, 변호사 입회가 특별히 필요하지는 않을 거라고 생각하고 있었다.

그리고 실제로, 내 생각대로였다. 실내에 있는 남성 셋 중에서 자리에 앉은 두 사람이 취조관이었는데, 딱히 '좋은 경찰, 나쁜 경찰' 같은 역할은 아니었다. 주로 한 명만 질문을 했는데, 계속 존댓

18 밀실에서 이루어지는 수사기관의 용의자 조사 과정을 녹음 및 녹화하도록 의무화하는 것.

말이었고 신사적인 태도였으며 우리들 중 누군가가 살인자라고는 털끝만큼도 의심하지 않는다는 말투였다.

한 시간 정도 흐르자 두 남자는 취조실을 나갔다. 그때까지 벽에 기대어 있던 중년 남자만이 남았다. 무얼 어떻게 하라는 지시가 없어서 나는 당황했는데, 이것이 임의 조사라는 사실을 떠올리고 자리를 뜨려고 했다. 그러나 밖에 나가기에는 중년 남자가 방해가 되었다.

내가 앉은 채로 의자를 끌자, 중년 남자가 나와 마주 보는 자리에 슬쩍 앉았다. 나는 일어서기 어렵게 되었다.

그가 서툰 일본어로 "저는 박입니다" 하고 말했다. 일부러 강조한 것일까? 다음으로는 한국어로 "당신과 같은 성이군요"라고, 그리고 "본관은 어디입니까?"라고 물었다. 나는 대답했다. 그가 "한국어를 잘하시네요"라며 겉치레를 했다. 그러더니 물었다.

"왜 살기 좋은 일본에서 일부러 한국으로 오신 겁니까? 심지어 단체로."

그건 몇 번이나 반복해서 받았던 질문이어서, 나는 이미 정형화된 답변을 했다.

"일본에서는 지금 재일 교포에 대한 탄압이 심해서, 더 자유로운 사회를 찾아 모국에 돌아오기로 했습니다." 그렇게 차분한 말투로 답하는 한편, "새로운 인생과 새로운 생활, 그리고 약간의 모험을 꿈꾸며 왔습니다!"라며 쾌활한 수줍음도 연출했다.

그리고 중년 남성의 대답을 기다렸다. 그는 이렇게 말했다.

"왜 살기 좋은 일본에서 일부러 한국으로 오신 겁니까? 심지어 단체로."

토씨 하나 틀리지 않고 똑같은 말이었다. 게다가 그의 눈 속에서는 몹시 지루하다거나, 하는 그런 감응의 빛을 아무것도 찾아볼 수 없었다. 나는 스스로를 반성했다. 생각해보면 이것은 초면인 현지 한국인을 상대로, 우리들의 '귀국 사업'에 대해 이야기할 첫 기회였다. 지금까지 쌓아 정리해온 말을 기계적으로 읊을 게 아니라, 지금의 솔직한 심경을 볼품없더라도 실감 나는 언어로 토로하지 않으면, 우리의 행동 자체의 진정성이 의심받게 되는 것은 아닐까.

이 페이지를 읽으면 알 수 있지만, 초기의 포스팅에는 이 '귀국 사업'에 대한 내 생각이 길고 장황하기만 한 서툰 문장으로, 그러나 열정이 넘치는 문장으로 적혀 있다. 나는 그때의 초심을 떠올리며, 그리고 마수미를 잃은 현재의 심경까지도 포함해서 눈앞의 그에게 이야기했다.

새삼 생각해보면, 이건 단순한 도피가 아니다. 솔직히 말하면 처음에는 '날 맞이해줄 모국인 한국으로 가는 것'과 '태어난 곳이지만 날 배신한 일본을 떠나는 것'이 목적이었고, 그 생각이 굳어져서 확실히 이후의 일은 건성이었을지도 모른다. 그러나 이제는 다르다. 수미를 잃으면서까지 손에 넣으려는 이것은, 사람이 '살아간다'는 것이 어떤 것인지 스스로에게 질문하기 위한 여정, 마음속

어딘가에서 바라던, 다시 태어나는 것과도 비슷한 완전히 새로운 국면이다. 도피가 아닌 개척, 굴복이 아닌 시작, 슬픔이 아닌 투쟁심, 의지를 관철한 결과로서의, 아직은 위대한 과정일 것이었다.

나는 그에게 말했다. 농업, 경작, 집단생활을 통해 우리가 찾아내려는 것은 '우리 자신'입니다, 하고.

정치 활동, 인권 운동, 그러한 명분으로 우리는 어쩌면 '우리 자신'을 잃어가고 있었는지도 모른다. 그러니 이 기회에 우리들을 다시 확인할 것이다. '살아간다'는 단순한 영위를 철저히 재확인할 것이다. 그리고 '한반도의 피를 이었다는 것' '일본 열도에서 몇 세대에 걸쳐 살아온 한반도인'이라는 것, 또는 '재일 한국인과 결혼한 일본인(이는 우리 오바 와카나에 대한 것)'이라는 것은 어떤 것인가. 그런 것들을 한 발짝 떨어져서 다시 바라볼 것이다.

중년 남성에게 한 말 중에는 새로이 발견한 것도 있어서 내가 말하면서도 조금 감동적이기까지 했지만, 그는 한 마디도 끼어들지 않고 내 이야기를 들은 뒤 차분하게 이렇게 말했다.

"왜 살기 좋은 일본에서 일부러 한국으로 오신 겁니까? 심지어 단체로."

아무리 둔하고 어리석은 나라도, 사태가 불온하게 흘러가고 있다는 것을 겨우 깨달을 수 있었다. 이 사람은 정말 경찰인가? 그에 대한 답은 바로, 그의 입을 통해 밝혀졌다.

"저는 국가안보정보원 사람입니다."

순식간에 얼굴에서 핏기가 사라졌다는 것을, 긴장과 공포가 온몸을 휘감았다는 것을, 여기에 나는 솔직히 고백하겠다. 여유 있는 마음가짐 따위 전혀 없었다. 세 번이나 같은 질문을 들이밀면서도 결국 그는 답변 따위 아무래도 좋았던 것이다.

사정에 밝지 않은 독자를 위해 간단히 설명하자면, 국가안보정보원이란 한국의 정보기관이다. 조금 복잡하지만, 앞서 진보계 정권에 의해 '국가정보원'이 해체되면서, 대공수사권은 경찰로 이관되었고 그 이름이 '대외안보정보원'으로 변경되었는데, 그 뒤에 스파이 의혹 사건이라는 태풍이 몰아쳤다. 여론과 보수계 매스컴의 공격에 떠밀리는 형태로, 다시금 대통령 직속 기관으로서 '대외안보정보원'이 돌아왔다. 이후 명실공히 '대외'였던 것이 이름에서도 빠지면서, 다시금 국외, 국내를 불문하고 눈을 번뜩일 수 있게 권한이 강화되고 인원도 증가한 '국가'안보정보원이 되었다. 그러니까 국가정보원→(분산, 축소된) 대외안보정보원→(재결합하여 오히려 강화된) 국가안보정보원, 이것이 최근 단기간의 흐름이다.

정치가와 고위 관료를 수사, 기소할 수 있는 권한도 되찾아서, 이는 그야말로 KCIA의 부활이다, 라는 비판의 목소리도 있는 한편, 아직 부족하다, 진정한 의미에서의 KCIA의 부활이 필요하다, 라는 목소리도 한국에서는 뿌리 깊다.

지지율이 낮은 대통령으로서도 지금은 저자세를 보일 수 없는 상황일 것이다.

국가안보정보원 남자는 "재일 동포 유학생 간첩 사건, 이런 건 아마 당신은 모르시겠죠"라고 말했다. 숨김이 없으면서도 에두르는 화법이었다. 그러나 마침 나도 그 사건을 떠올리고 있었다. 조금이라도 역사를 알고 있는 재일 한국인이라면 당연한 일일 것이다. 참고로, 설명할 필요도 없겠지만 '간첩'이란 '스파이'를 뜻하고, 일본에서 이는 '학원 침투 스파이단 사건'이라고도 불린다(글자를 클릭하면 위키피디아로 이동합니다).

1975년, 21명의 재일 한국인 유학생이 스파이 의혹으로 당시의 KCIA(정식 명칭은 대한민국 중앙정보부)에 체포되었다. 사형 판결을 받은 자도 있었는데, 결론부터 말하면 억울한 죄였음이 후에 밝혀졌다. 군사정권하에서 발생한 권력자의 폭거와 무도이자 용서받기 어려운 인권 유린이었다고, 현재 한국에서도 그 견해가 거의 일치하고 있으며 물론 나도 그렇게 이해하고 있다.

그러나 눈앞의 남자는 달랐다. 위에 기술한 사건뿐만 아니라, 다른 원죄 사건을, 예를 들면 "민청학련사건. 이건 180명이 기소되었어요"라거나 "인민혁명당사건. 이건 1975년에 8명에게 즉시 사형이 집행되었고, 2007년이 되어서야 겨우 그 8명에게 무죄판결이 내려졌죠"라며, 내가 모른다고 생각하는 것인지, 혹은 나를 겁주기 위함인지 일부러 자세하게 설명했다.

실제로 나는 무서웠는데, 제아무리 나라도 한국 상륙 첫날부터 정보기관 사람과 대치하게 될 줄은 상상도 하지 못했다. 언젠가는, 어쩌면 접촉이 있을지도 모르겠다는 생각은 하고 있었지만.

윤동주의 유명한 시구가 떠오른다. (이와나미문고판의 김시종 선생 번역에서 인용)

창밖에 밤비가 속살거려
육첩방은 남의 나라,

과연 이 취조실은 육첩 정도일까. 그러나 창은 없고, 그리고 또 이곳은 내게 '남의 나라'일까. 모국일 텐데. 그럼에도 벽지의 뒤틀림이나 벽의 색깔과 재질과, 혹은 문구 등의 소품에 이르기까지, 내게 '남의 나라'와 같은 서먹함을 느끼게 하지 않는 것이 없었다.

그리고 국정원 남자도 그랬다. 한국인의 얼굴이다. 그리고 그건 안타깝게도, 내게는 서먹하다.

"살기 좋은 일본에서 왜 오신 겁니까?"라고 그가 다시 물었다.

"변호사를 불러주세요. 변호사가 오기 전까지는 아무 말도 하지 않겠습니다"라고 나는 말했다.

그는 "무슨 오해를 하신 건지"라며 웃고는, "이건 취조가 아닙니다"라고 말했다. "이런 건 그저 대화입니다. It's just a conversation." 그리고 말했다. "그러니까 카메라도 작동시키지 않았고, 녹음도 하지 않고 있습니다."

"그럼 저도 돌아가도 되겠네요?"

그는 정중하게 대답했다. "물론이죠."

그리고 지체 없이 내가 의자에서 일어서려고 하자, 그가 떠넘기듯 말했다.

"그렇지만 좀 더 국가를 사랑해야 할 텐데."

"뭐라고요?"

"국가를 사랑하는 태도를 좀 더 우리에게 보여야 한다는 말입니다. 여기서 제게 나쁜 인상을 남기고 그냥 떠난다는 건, 좋은 생각은 아닌 것 같군요. 말하자면 저는, 우리 대한민국을 대표해서 이 자리에 있는 것이니까요."

"당신이 국가인가요?" 말꼬리 잡기를 좋아하는 내 나쁜 버릇이 튀어나왔다.

"저는 대한민국의 일원이고, 한 명의 공무원에 지나지 않지만, 그럼에도 작은 대표로서 여기에 와 있습니다. 여기서 나쁜 점수를 받은 채 돌아가는 건 절대로 좋은 생각이 아닙니다."

그리고 남자는 "이해가 안 되네, 이해가 안 돼" 하고 반복했다.

나는 다시 앉았다. 바로 자리를 뜨는 것은 일단 보류했다. 남자가 정말로 새로 생긴 국가안보정보원 소속이라면(거짓은 아닐 것이다, 이곳은 경찰서 안이니까), 앞으로 바라지 않더라도 오래 볼 사이가 될 테니 조금이나마 순종하는 인상으로 이 자리를 마무리하는 편이 청년회 리더로서 올바른 행동이었다.

그리고 연장자에게는 논리보다 감정에 호소하는 것이 나을 듯

하여,

"아니, 막다른 곳에 몰린 연약한 아이들이 모국의 품에 뛰어드는 것은 당연하지 않나요?" 하고 말했다. 이렇게도 말했다.

"우리도 걱정이 없을 리가 있나요. 그렇지만 우리의 자식 세대, 그리고 손자 세대, 그다음 세대까지 생각하면 우리들 차례에서 모국에 돌아가자고 생각하는 것이, 그렇게 이해하기 어려운 일인가요?"

그는 반지를 끼고 있었다. 기혼자인가. 내 추측에 의하면 그는 애처가다. 국가공무원이고 수입도 높고 안정된 직장이니 아이가 여러 명 있다고 해도 이상하지 않다. 좋은 남편, 좋은 아빠, 좋은 이웃일 것이다. 차림새도 말끔하고, 적어도 불결함이나 단정치 못한 느낌은 없었다.

나는 자랑할 일은 아니지만(사실은 자랑이지만), 일본에 있을 때 경찰에게서, 혹은 공안 사람에게서 임의 취조를 받은 적이 한두 번이 아니다. 그러나 그 누구도 눈앞에 있는 그와는 달랐다. 실제로 생사여탈권을 쥐고 있을지도 모르는, 뱀 앞에 놓인 것 같은 공포가 있었다.

한국은 1987년까지 군사독재정권이 지배했다. 그리고 최근에는 그 복권을 바라는 목소리가 적지 않다는 경탄할 만한 사실(강권과 압정과 자유의 제한을 바라는 노예들이 많다는 사실에 정말로 놀라울 따름이다) 또한 가로놓여 있다.

그는 "재일 동포 중에는 북한에 동정적인 녀석도 적지 않으니까요"라고 말했다. 말하자면 그는 내가, 우리들이, 이런 시기에 한국에 건너오다니 공산주의 신봉자가 아닌가, 국가의 전복을 꾀하는 북측 진영의 스파이가 아닌가 하고 의심한 것이다. 다른 사람도 아니고, 내가?

그래서 나는 그에게 이렇게 말해주었다. 내가 사랑하는 정치 신조는 오직 하나, 민주주의입니다, 라고. 내가 생각하는 민주주의란 보통선거이고, 표현의 자유이고, 삼권분립이다. 기본적 인권의 존중이다. 노동삼권이며 생존권이며, 광의의 배리어 프리(barrier free)이며, 광의의 섹시즘을 없애려는 부단한 사회적 노력이다. 증거재판주의이며, 공문서의 보존과 정보 공개이며, 매스컴의 자립이며, 그러니까 공평성과 자정능력이다. 말할 것도 없이 국민주권이 절대적이며, 법 아래의, 진정한 의미에서의(난민과 이민 등의 외국 국적의 사람을 포함한) 평등 없이는 결코 민주주의라고는 할 수 없는 것이다.

자주 듣는 말이지만, 조선민주주의인민공화국은 결코 '민주주의'가 아니며 '인민'을 위한 '공화국'도 아니다. '북한에도 보통선거는 있다'는 주장에 나는 털끝만큼도 동의하지 않는다. 덧붙이자면, 공산주의의 애초의 이념과 발생 배경을 생각하면, 부모에게서 자식에게로 최고 권위를 이양하는 왕조정권은 도저히 그 정당성을 주장할 수 없다.

그러한 것들을 나는 그에게 이야기했다. 물론 공포에 휩싸여, 감정에 호소하려고 필사적이었다. 그 필사적인 말들은, 단적으로 말해 꼴불견이었다.

그런데도 아무것도 듣지 않았다는 듯이 그는 "로젠버그 부부에 대해서는 물론 아시죠?"라고 물었다.

한국 국내의 역사적 사실은 모를 거라고 치부하면서, 미국에서의 사건은 당연하게 아냐고 묻는 것은 무슨 종류의 겸손일까.

그러나 그가 '로젠버그 사건' 따위의 이야기를 꺼낸 것은, 내가 '증거재판주의'라는 단어를 꺼냈기 때문일 것이고, 그에 대한 찬물 끼얹기, 도발, 위협임이 뻔했다.

로젠버그 부부는 냉전시대의 미국에서 스파이 의혹으로 체포되었는데, 증거라고는 소련 측 스파이의 증언밖에 없었던 거의 부당 재판이었고, 체포된 지 불과 3년 만에 사형이 집행되었다. 옥중의 부부가 서로에게 남긴, 혹은 사랑하는 아이들을 포함한 사람들에게 남긴 정감 어린 편지는 사형 집행으로부터 반년 후에 책으로 출판되어 각국의 베스트셀러가 되었다.

그런데 1995년에 당시의 소련 측 계획이 밝혀지면서, 로젠버그 부부는 역시 정말로 스파이였다는 사실이 알려진다(부인인 에셀은 무고하다는 설도 있는 모양이지만).

그는 이 사건을 "아시죠?"라고 물으며 내게 미소 지었다.

어쩌면 그는 사르트르를 필두로 당시 부부의 해방을 주장한 '좌익적 지식인'들을 비아냥거린 것인지도 모른다. 그의 말에서는 우리들이 '학생 기분을 벗지 못한' '책에서 배운 지식만으로 움직이는' '몹시 좌익적 사상을 지닌 아이들'이라는 뉘앙스가 흘러나오고 있었다.

"로젠버그 부부가 아이들에게 보낸 마지막 편지가 있습니다." 그는 즐거워 보였다. "그 편지에는 '누가 뭐래도 아빠와 엄마는 죄가 없어. 그리고 양심에 어긋나는 일은 절대 하지 않았단다. 그 사실을 때때로 떠올려주렴' 같은 말이 적혀 있었습니다." 그리고 웃었다. "프랑스에서는 이 부부의 사형 집행에 반대한 격렬한 데모로 인해 한 10대 청년이 중태에 빠졌다고 하죠. 또 당시의 한 경박한 폴란드 작가가 부부의 사형 집행까지의 여섯 시간을 희곡으로 썼는데, 마지막에는 '전 세계의 여러분, 우리들은 결코 죄가 없습니다!' 하고 큰 소리로 외치는 장면이 있다고 해요. 그리고 또, 이 작품으로 그 폴란드인은 스탈린상을 받았다고 합니다. 스탈린상! 스탈린도 이 부부가 스파이라는 사실을 알고 있었을 텐데. 최고잖아요!"

나는 아무 말도 할 수 없었다. 이를테면 '그렇다고 해서 그 체포와 재판이 정당했는지는 별개의 문제입니다'라거나, 혹은 '그렇다고 해서 당시의 지식인들이 항의한 말과 정신이 조롱받아 마땅하다고는 생각하지 않습니다'라거나, 여러 가지 말이 떠오르기는 했지만 아무 반론도 하지 않았다.

나는 내 안경테를 가리키며(나는 특별히 시력이 나쁘지 않다. 그건 앞서 선내 입구 홀에 우리들이 모였을 때, 가방에서 꺼내 쓴 것이다), 한 번 숨을 쉰 뒤 "이거, 녹화해도 되나요?"라고 물었다. 테를 터치하면 녹화가 시작된다. 그는 그것이 웨어러블 글라스라고는 생각도 하지 못한 표정이었다.

그는 흔쾌히 "물론입니다"라고 말했다. 그러나 사실은 그렇게 말하지 않을 수 없는 난처한 상황으로 내가 몰아넣은 것뿐으로, 그와 동시에 내게도 그럼 이제 어떻게 하지, 라는 선택의 문제가 덮쳐 왔다.

그러나 그가 즉시 "그런데 그건 좋지 않은 행동이에요, 무척 좋지 않은 행동이에요"라며 자신의 손톱을 후 불었다. "저는 우리 대한민국의 공무원이니까요."

'대한민국'을 발음할 때, 그는 계속 '대'라는 부분을 공연히 길게 강조했다. 그것이 애국심에 의한 것인지, 나를 압박하려는 의도인지 '우리 대—한민국'이라며, 그곳만 치기 넘치게 강조했다.

"저는 우리 대한민국의 수위 같은 존재입니다. 제게 나쁜 인상을 주는 것은 절대 유리한 계책이 아닙니다."

나도 지식으로는 마음속에 새기고 있었다. 악명 높은 국가보안법은 아직 폐지되지 않았다. 지금의 대통령은 '국가보안법은 유익하며, 국가를 위해서는 유지해야만 한다'고 역설하고 있다. 그렇다. 우리들이 뛰어든 곳은 레드퍼지[19]가 휘몰아치는 나라다. 알고 있다. 각오는 했었다.

"좋으실 대로 하셔도 됩니다만" 하고 그는 팔짱을 꼈다. "그래도 다른 친구들이 아직 취조 중일 것 같은데요."

아아 그런가, 하고 나는 힘이 쭉 빠져버렸다. 그렇게 나오다니. 그들을 인질로 잡았으리라고는 생각하지 못했다. 일부러 "대표자가 어느 분이신가요?"라면서 나만 이 취조실로 안내했으니, 다른 아이들은 어딘가에서 나를 기다리고 있는 자유의 몸이라고 태평하게 생각했다.

그 아이들도 한 명씩 다른 방에서 취조를 받고 있는 걸까, 저마다 이렇게 국가안보정보원 사람이 붙어 있는 걸까, 한국어를 잘 못 하는 장호 같은 아이들에게는 제대로 통역이 붙어 있을까. 한국에 온 첫날이라 휴대폰 같은 연락 수단도 아직 없는 아이가 더 많은데, 내가 지금 여기서 나간다고 해도 어떻게 다시 모여야 하나…….

그래서 나는 웨어러블 글라스로 녹화하는 것을 단념했다.

이 남자는 우리들이 오늘 부산에 오는 것을 사전에 알고 있었을까, 나의 이 블로그도 읽었을까(읽었다면, 심리적 효과를 노려 그것을

19 1950년 연합국 점령 치하의 일본에서 일본공산당 당원 및 동조자가 공직에서 추방당한 사건.

시사했을 텐데 그러지는 않았다), 이 남자는 조직 안에서, 어느 정도의 위치일까.

한 가지 말할 수 있는 것은, 어떻든 간에 '국가권력을 깔봐선 안 된다'는 것이다. 나의(일본에서의 미미한) 경험에 비추어봐도, 국가권력이라는 것은 정말로 '뭐든지 알고 있다'. 어떤 황당무계한 일도 있을 수 있다. 아무리 경계해도 지나치지 않다.

그러나 내게는 한 가지 안심할 수 있는 이유, 비장의 카드가 하나 있었다. 이미 페리 안에서 메일을 보내두었다. 나는 서울 주재의 전 재일 코리안 유력자인 모 씨에게 '변호사를 보내달라고' 도움을 요청했다. 무슨 일이 있으면 바로 연락을 달라는 믿음직한 말에 기대어 이번에는 재빨리 부탁한 것인데, 염치를 차릴 상황이 아니었다.

조만간 그 변호사가 국가정보원 남자의 뒤에 있는 문을 갑자기 열고 들어와서 나와 우리들을 이 건물에서 안전하게 데리고 나가는 장면을 상상하면서, 나는 눈앞의 남자에게 내가 '용공분자라는 건 있을 수 없는 일'임을 설파하고 있었다.

내가 결백하다는 것을 증명하기 위해서 한국에 대한 애국심을 거침없이 말하는 것은, 개인주의에 대한 애착이 강한 내게는 어려운 일이었다. 그래서인지 나는 내 안에 있는 반공산주의 사상을 끊임없이 늘어놓고 있었다.

"제가 북한의 스파이라니, 절대 있을 수 없는 일입니다. 왜냐하면 저는 압정을 증오하는 사람입니다. 개인의 생활과 인생을 지극히 손쉽게 무너뜨리는 정치 시스템을 증오하는 사람입니다. 사상과 언론의 탄압을 증오합니다. 정치범 수용소를 증오하고, 유동성이 제한된 극단적 격차 사회를 증오합니다. 저는 개인숭배가 싫습니다. 매스게임이 싫고, 위에서 강제당하는 것이 싫고, 상호 감시 사회와 밀고를 장려하는 사회는 정말 싫다고요! 알겠어요? 당신이 뭐라고 하든, 뭐라고 위협하든 상관없이, 나를 둘러싼 이 환경이 어떻든 상관없이, 저는 말입니다, 저는 반드시, 자유주의와 민주주의 진영에 설 거예요, 기억해요!"

이러한 내용을 훨씬 많은 문장으로 열띠게 이야기했는데, 공포심이 내 자제심을 앗아갔는지, 하나하나의 말은 거짓이 아닌데도 왠지 모르게 내가 프로파간다의 인형으로 전락한 기분이 들어 견딜 수 없었다.

나는 울고 있었다. 울었다고 해도 눈물이 떨어질 정도는 아니었지만, 눈에 눈물이 가득 차올랐다. 정말로 나는 금방 눈물이 난다. 그래서 토론에 적합하지 않다. 남자들(혹은 순종적 여자들)에게 '참 감정적이다' '히스테릭하다' '이래서 냉정한 이야기는 할 수 없다'라는 공격 재료를 기꺼이 제공한다. 논의가 뜨거워지면 나는 아무리 애써도 분함과 자기연민과 나약함으로 말미암아 금세 눈시울이 뜨거워지고 코끝이 시큰거린다. 한심하게도.

그런데, 국정원 남자의 말은 이랬다.

"제가 언제 당신들을 '북한의 간첩일지도 모른다'고 했습니까? 앗, 혹시 그런 건가요? 그렇다면 큰 문제인데요?"

어이가 없었다. 더 이상 못 하겠다, 라고 생각했다. 무슨 소리를 듣게 되든 한시라도 빨리 이 방을 나가자, 하루 종일이 걸리든 며칠이 걸리든, 모두를 찾으러 가자.

그때였다. 나가려고 마음먹고 나서 10분 이상 망설인 다음이었는지도 모르지만, 아무튼 내게 있어서는 기적과도 같은 타이밍이었다.

"박이화 씨!" 하고 나를 한국어 이름으로 부르는 목소리. 들은 적이 있는 듯한, 굵고, 따뜻하고, 젊지 않은 남성의 목소리. 이제야 변호사가 온 걸까, 그러나 그렇다고 하기에는 전문가답지 않은 난폭한 고성이었다. 내가 어디에 있는지 닥치는 대로 찾아다니고 있는 걸로 보아 접수처 사람에게 방 번호를 듣지 못한 듯, 목소리의 주인은 어슬렁거리는 곰처럼 불안정했다.

다시 한번 소리가 들렸다. "박이화 씨!"

어쨌건 목소리의 주인이 내가 있는 방 앞을 지나친 것 같았으므로, 나는 기세를 몰아서 짐을 들고 일어나 몸을 기울여 문손잡이를 잡고 힘차게 돌려서 밖으로 나갔다.

어쩌면, 이라는 예감이 떠오른 것과 그 예감이 상을 맺은 것이 거의 동시인, 그런 체험이었다.

문 바깥, 햇살이 비치는 복도에는 마수미의 아버님이 와 있었다. 아버님이 내 이름을, 해양경찰서 내부에서 소리 높여 부르고 있었다.

나는 아버님의 발아래에 울며 주저앉았다. 안도감과 해방감도 있었다. 그러나 그보다도 내 무릎을 꺾은 것은 물론, 죄송함이었다. 다른 사람이 아닌 내가 최종 책임자다. 수미의 자살을, 내가 막지 못한 것이다.

※정말 죄송합니다. 이번에는 여기에서 힘이 다했습니다. 그럼에도 블로그로서는 이미 너무 긴 글이 되었네요. 늘 반성합니다.

적어도 수미의 아버님과 만나는 부분까지, 라는 생각으로 필사적으로 썼지만, 여기까지.

그렇지만 퇴고도 해야 하는데…….

머지않아 뒷이야기를 쓰겠습니다. 그런고로 이번에는 늘 하던 마지막 두 코너는 생략합니다. 윤동주의 시를 부분적으로 소개했으니 그걸로 만족하도록 하죠.

빠른 시일 내에 반드시 돌아오겠습니다. 그때까지 부디, 안녕하시길.

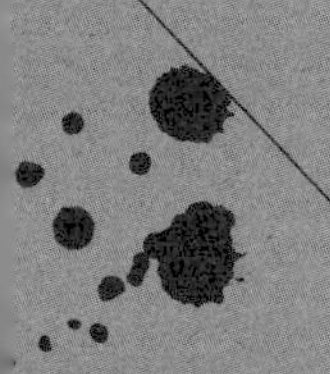

기지마 나리토시

도쿄도

4월 30일~9월 17일

"일본 국민 여러분! 지금까지 정말로 죄송했습니다!"

단상의 남자는 중앙 연단에서 내려와 무릎을 꿇고 엎드렸다.

"유전자 레벨부터 열등한 저희 조선 민족을, 지금까지 잘도 참아주셨습니다. 그야말로 아시아의 영웅, 아시아의 지배자 계급이어야 할 야마토 민족 여러분이, 어떻게 우리들 열등종자의 부당한 내정간섭, 부당한 권리주장, 부당한 역사왜곡을 참아오셨는지 오히려 이상할 정도입니다만, 그렇습니다, 저희처럼 노예가 어울리는 게으름뱅이 민족 따위는, 보십시오, 독립을 손에 넣은 순간 아시다시피 한국전쟁이라는 내전의 우를 범하여 꼴좋게도 분열해서, 한쪽에는 범죄 국가가 만들어지고, 다른 한쪽에는, 역시 범죄 국가가 만들어졌습니다."

이 마지막 문구에서 단상의 남자는 고개를 들고 객석에서 웃음이 터져 나오기를 기대한 듯했지만, 장내 정원의 40퍼센트 정도가 채워진 구민회관 안은 조용했다. 이윽고 "그래, 반성해라" "할복해, 집단 자결해" 하고, 그리 크지 않은 목소리로 야유가 날아왔다. 객석의 연령대는 꽤 높았다. 대부분이 남자였다.

단상의 남자는 또다시 머리를 숙이고(머리를 조아리고 있는데도 그의 목소리는 또렷했다. 미리 마이크를 준비해뒀음을 알 수 있다) 외쳤다.

"맞습니다! 이는 그야말로 죽음으로 사죄해야 하는 문제로, 전후에도 우리 조선인은 일본열도에 눌러앉아, 우리들이 전쟁에 승리한 것도 아니면서 온갖 방약무인한, 잔학무도한 짓을 저질렀습니다. 바로 조선진주군[20]입니다!"

장내에서 "썩을 놈들!" 하는 소리와 크게 혀를 차는 소리가 울렸다.

"일본 국민 여러분의 선조 대대로 내려온 토지를 빼앗고, 폭력집단을 결성하고 미풍양속을 해치고, 많은 일본 여성들의 순결을 빼앗았습니다. 그리고 사회를 뒤에서 좌지우지하고, 매스컴과 교육기관을 지배하고, 많은 정치가를 매수했습니다. 이게 조선진주군의 실태입니다."

"맞다!" "절대 용서 못 해!" 하는 소리가 또 터져 나왔다.

가시와기 다이치는 이미 익숙했다. '조선진주군'이라는 말을 교과서에 싣자는 운동이 일부에서 일어나고 있는데, 제아무리 신당일본애라도 그렇게까지는 움직이지 않으며 그렇게까지 국제사회를 무시하지는 않는다. 그러나 이곳은 야당 '제국복고당'이 주최하는 행사 현장이었다. 제국복고당은 신당일본애에서 추방당한, 또는 그 통제에 반대하는 의원들이 만든 소수 야당이었는데, 그러므

20 제2차 세계대전 후의 혼란기에 재일 조선인 단체가 일본 각지에서 범죄를 저질렀다는 극우세력의 주장.

로 '한국과 즉시 단교하자!' 라든가 '핵확산금지조약에서 즉시 탈퇴하자!' 라든가 '대일본제국 헌법을 부활시키자!' 등의 비현실적인 문구들이 팸플릿에 실려 있었다.

"귀화하기 전부터 반일 사상 따위에는 단 1초도 현혹되지 않았던 저였지만, 그럼에도 저와 같은 조선 민족의 피가 흐르는 그 무리들에게, 부디 그런 반일 행동을 하지 말아달라, 은혜를 원수로 갚는 짓을 하지 말라, 하고 인터넷을 통해 호소하고 있습니다. 그러나 슬프게도 그 무리들은 자존심만 세고 히스테릭한 데다, 빨갱이에게 완전히 세뇌되어 소용이 없습니다."

흥행인가, 하고 다이치는 생각했다. 아마 흥행이겠지. 무대 뒤에서 손익을 계산해보고, 지방을 순회하게 되겠지.

단상 위의 그 속셈이 빤한 어릿광대뿐만 아니라, 더 관심이 집중되는 장소에서, 그러니까 현대의 매스미디어에서 재일 한국인으로서 살아남았고 그로써 일당을 버는 패거리 중에는, 한국 이름을 갖고 있다는 점을 역이용해 한국 국내의 뉴스에서 한국과 한국인을 폄하하는 나쁜 인상을 주는 것만을 골라(특히 에로 기사를 선호한다. 자신은 어디까지나 중립이고 신사적이라는 태도를 가장하면서) 더없이 선정적인 말투와 문체로 유포하는 소위 '국제 저널리스트'나 '논픽션 라이터'도 여럿 확인할 수 있다. 그들은 그야말로 '명예 일본인'이며, 한심하게도 그렇게 간주되는 것에 반발심조차 없을지도 모른다.

"일본 국민 여러분, 정말 죄송합니다. 혹시 앞으로도 제게 이 신국 일본에 사는 것을 허락해주신다면, 일본의 여러분을 위해 분골

쇄신하고자 합니다." 연사는 머리를 거듭 조아렸다.

그런 그에게 "시끄러워, 네놈들의 면상은 보고 싶지도 않아" 하고 페트병을 던지는 자도 있는가 하면, "감동했다! 그 마음을 잊지 마"라며 손뼉을 치는 자도 있었다.

어디까지가 바람잡이인지, 다이치는 아무래도 상관없었지만 적어도 단상의 남자가 위장이 아니라는 것은 알고 싶지 않아도 느껴졌다. 그 남자는 굴욕만 느끼는 것도 아닐 것이다. 스스로의 프로의식을(달리 아무도 인정해주지 않으니 스스로가) 자부하거나 가끔은 정말로 사명감이나 충만감에 눈뜨는 순간이 있을지도 모른다. 먹고살기 위해서라며 뻔뻔해지거나 자기혐오에 시달리기도 하는 양가감정을 느끼면서도, 그 모든 것이 즐겁지 않다고만은 할 수 없을 것이다.

여하튼, 다이치에게는 상관없는 일이었다. 동정과 관심을 쏟고자 하는 마음은 전혀 일지 않았다. 이미 신물 나게 보아온 진부함이었다.

다이치는 팸플릿의 강연 순서를 살펴봤다. '여자인 내가 반대하는 부부별성의 근거—여자는 보조 역할에 적합한 생물이다'라는 제목으로 다음 순서를 기다리고 있는 자칭 여류 작가가 있었고, 그다음에는 '동성애는 변태적인 질병이며 치료할 수 있다! 신당일본애는 오히려 일본 헤이트다!'라는 제목을 내세운 대학 교수가 있었다. 제국복고당 국회의원의 스피치도 순서에 들어가 있었다.

사회를 보는 남성이 이렇게 말했다.

"정말로 이 대일본의 수호를 가슴에 새긴 자라면, 부부별성이나 동성혼 같은 걸 인정할 리가 없습니다. 그러니까 역시 가미지마 신페이는 단순한 오카마[21]일 뿐만 아니라, 반일분자, 그리고 아마 귀화 총임에 틀림없습니다. 스파이 의혹으로 공안이 예의주시하고 있다는 소식통의 정보도 있다고 합니다."

다이치는 구민회관의 관객석 쪽에 주의를 기울이고 있었는데, 이번에도 허탕이 분명해 보였다.

그렇지만 눈에 띄지 않도록 도중에 자리를 뜨는 것은 삼간다. 눈에 띄지 않도록 적당한 때에 미소와 박수를 보낸다. 그렇게 종막을 기다린다. 이러한 일을, 수도권으로 범위를 정해두기는 했으나 다이치는 새해 즈음부터 줄곧 계속하고 있었다. 효율이 나쁘다고 스스로도 자각하고 있지만, 실제로 행사 현장에 가서 그때그때의 반응을 보지 않으면 역시 판단이 어려운 부분이 있었다. 멀찌감치 떨어져서 입장하는 사람들을 관찰하는 것만으로는 아무래도 부족했다.

신당일본애가 주최하는 행사는 애초에 대상 외였다. 타깃은 남자로 한정했다. 신당일본애의 지지층은 남녀 비율이 그리 차이나지 않았고 연령대의 쏠림 현상도 적어서, 말하자면 단순한 논폴리인 '가미지마 신페이 팬'도 적지 않았다.

다이치가 고르고 싶은 사람은 더 단순하고 강고한 차별주의자다.

21 여장 남자, 트렌스젠더를 포함하여 남성 동성애자를 비하하는 말.

이번에는 윤신을 데려오지 않기로 했다. 장기말을 선별하는 일은 다이치 혼자로도 충분하고, 길거리의 카메라나 주최 측에서 촬영하는 카메라에 찍힐 위험을 고려하면 단독행동이 나을 것이다.

그렇게 6월 초순의 구름이 잔뜩 낀 일요일 오후. '아시아 코미디 영화제'라는 이름의 상영회에 다이치는 잠입했다. 20세기 후반의 변두리 영화관에 붙어 있었을 법한 포스터를 흉내 낸 광고가 사이트에 게재되어 있었다. 수용 인원이 백 명도 안 되는 행사 공간. 다이치는 접수처에서 가짜 이름을 적고, 음료값이 포함된 3000엔의 입장료를 지불했다.

판매용 서적과 팸플릿 등이 잔뜩 쌓여 비좁은 접수처에서 다이치는 "영수증을 받고 싶은데요"라고 부탁했다. 정말로 영수증이 필요한 것이 아니라, 계기를 만들기 위한 작은 미끼를 던진 것이다.

"영수증, 말이죠……." 익숙하지 않아 보이는 접수처의 여성이 뒤쪽에 있던 젊은 남성 스태프를 향해 말했다.

"기지마 군, 잠깐 니시 씨 좀 불러와."

"네?"

상자를 바닥에 내려놓은 자세 그대로 이쪽을 돌아본 그 청년이—다이치가 바라던 바로 그 이미지에 가까운 듯한—최근 몇 개월 동안의 노력 끝에 드디어 처음 발견한 타깃이었다.

나이가 많은 여성이 갑자기 화를 냈다.

"니시, 씨, 불러, 오! 라! 고!"

큰 소리를 내자 기지마라고 불린 청년은 "아, 아아, 니시 씨. 말이죠, 아아"라며 신음 소리 같기도 하고 한탄 같기도 한, 목이 졸린 닭 같은 새된 소리를 냈다. 그리고 이마를 손가락으로 톡톡 치면서 머리를 굴리는 듯했지만, 그저 시간을 벌기 위한 동작이었다. 손가락으로 이마를 치면서 허리를 뒤트는 것 같은 그의 산만한 거동. 20대 초반일까. 중학생 때부터 같은 옷을 입었다고 해도 이상하지 않을, 구깃구깃한 셔츠에 청바지 차림.

접수처의 여성이 "기지마 군!" 하고 다시 한번 호통 치자(자신은 제대로 된 인간이라는 듯 행세하지만, 이 여자 역시 상당히 머리가 이상하다. 성격이 거칠 뿐만 아니라 그에게 책임을 돌리고 자신은 도망치려고 하는 비열함까지 갖췄다) 기지마라는 청년은 허리를 쭉 폈지만, 그렇다고 시킨 대로 '니시 씨'를 부르러 가지도 않고 주위를 여기저기 뒤적거렸는데, 그러니까 그는 '영수증'이 근처에서 운 좋게 발견되기를 기대하는 것이었다.

"기지마 군!"

세 번째 외침을 듣자마자 그는 내몰린 사슴처럼 그 자리를 빠져나갔다. 접수처의 여성은 다이치에게 "죄송해요, 잠시만 기다려주세요"라고 말한 것으로 자신의 임무는 완수했다는 듯, 이미 신경 쓰지 않기로 결심한 얼굴로 다이치의 뒤에 있는 손님에게 말을 걸었다.

티켓을 받은 뒤 다이치는 그 자리에서 영수증을 기다리지도, 장내에 들어가지도 않고 기지마라는 청년이 사라진 쪽으로 향했다. 그는 계단을 내려가 그대로 밖에 나가 있었다.

협소한 행사장은 러브호텔에 둘러싸여 있었다. 다이치의 발치로 커다란 까마귀 두 마리가 다가왔다. 지금까지 행정기관이 기울여온 노력을 비웃기라도 하듯 원인을 알 수 없이 엄청나게 증식한 까마귀가 툭하면 눈에 띄었다. 본격적인 장마도 시작되지 않았는데 아침부터 꽤나 무더웠다.

옆의 러브호텔과의 사이에 있는 골목길에 요즘은 보기 드문 재떨이가 설치되어 있었다. 그곳에서 연기를 뿜고 있던, 마찬가지로 운영 스태프일 남자 두 명에게 기지마가 다가갔지만 겁먹어서 질문은 하지 못하는 모습이었다. 다이치는 조금 떨어진 곳에서 관찰해봤다. 그는 계속 땅의 한 점을 응시할 뿐 말을 걸지 못했고, 명백하게 난처해하고 있는 그를 빤히 바라보면서도 남자 둘 역시 먼저 말을 걸어주지 않았다. 이윽고 담배를 다 피운 남자 두 명이 그의 어깨를 거의 부딪치다시피 하며 자리를 떠나 건물 안으로 들어갔다. 남겨진 그는 누가 봐도 난처한 모습으로 머리를 감쌌다. 중얼중얼 혼잣말을 늘어놓았다. 관자놀이를 손가락으로 두드리고, 그 손가락의 두 번째 관절 부근을 이빨로 꽉 물었다. 그리고 그는 구깃한 셔츠 주머니에서 담뱃갑을 꺼내어 담배를 입에 물었다.

갑자기 담배를 피우는 건가, 찾던 사람은 어쩌고. 다이치도 조금 질린 듯 웃고 말았는데, 그러나 이건 좋은 타이밍이었다.

라이터에 불을 붙이는 데 약간 어려움을 겪고 있던 그의 옆으로 다가가, 다이치는 슬쩍 자신의 라이터 불을 내밀었다. "아, 감사합니다"라고 그가 말했다. 그리고 담배를 한 모금 빨고 나서 다이치를 발견하고는, 그제야 처음 보는 얼굴에 놀라는 기색이었다. 느린 반응이었다.

"영수증은 이제 괜찮아요." 다이치가 말했다.

무슨 소리를 하는 건지 잘 이해가 안 된다는 표정이었으므로, 다이치는 가슴에 손을 대고 "제가 영수증을 부탁한 사람입니다. 그런데 영수증은 이제 필요 없어요. 그러니까 '니시 씨'라는 분을 찾지 않아도 됩니다" 하고 말했다.

다이치도 담배를 꺼내어 불을 붙이고 빨았다.

다이치는 한 갑에 1000엔씩이나 하는 담배 애호가는 아니었다. 이 '장기말 찾기'를 하기 전까지는 한 번도 피운 적이 없었다. 그러나 제국복고당의 대표가 굉장한 애연가라, 혐연가들을 '파시스트에 페미니스트에 리버럴 여자 아니면 오카마들'이라고 규정지었고, 마초이즘을 추구하는 당의 방침으로서도 '애연가의 자유해방'을 주장하고 있었다. 요컨대 자신의 취향과 매니페스토[22]를 공사 혼동하는 한심한 꼴이었는데, 금연법을 폐지하고 담뱃값을 낮춰 준다면 어떤 당에든 투표하겠다는 지지자들도 있기는 했다. 전자 담배나 가열식 담배 등도 진보적이라는 이유로 복고당에서는 권련을 장려했다.

다이치가 "영수증은 이제 필요 없어요" 하고 못을 박았다.

영수증이 필요 없다는 말을 듣는 것이 세상에서 가장 바라던 일이기라도 한 듯, 진심에서 우러나온 안도와 행복이 그의 표정에

22 예산 확보 및 구체적인 실행 계획 따위가 마련되어 있어 이행이 가능한 선거 공약.

드러났다.

“죄송합니다, 지금 명함이 다 떨어져서요.”

다이치가 그렇게 말한 것은 상대에게 명함을 재촉하기 위함이었지만, 이러한 간접 표현도 그에게는 잘 전달되지 않은 듯했다.

다이치는 다시 한번 말했다. “혹시 괜찮으시면 명함을 받을 수 있을지…….”

“아, 아아.”

그렇게 ‘제국복고당’이라는 당명과 지부명이 인쇄된 명함을 받았다. ‘기지마 나리토시’라는 풀네임과 한자 표기, 그리고 휴대전화와 유선전화 번호도 확인할 수 있었다.

기지마는 이렇게 가까이에 잘 모르는 사람이 서 있는 것이 불편한 듯했다. 그러나 그를 궁지에서 구한 것은 이 남자였으며(궁지로 몰아넣은 것 역시 이 남자였지만), 비싼 담배도 막 피우기 시작한 참이었다.

다이치가 확실하게 상대의 눈을 바라보며, 그러나 자못 자신 없는 말투를 연출하며 말했다.

“저는 제국복고당에 무척 관심이 있고 지지할 마음도 있는데요, 스스로에게 자신이 없어서 행동으로 옮길 수가 없었어요. 그래서 오늘 처음으로 이 행사에 왔습니다.”

그리고 상대의 반응을 관찰했다. 무언가 말을 꺼낼 것 같은 분위기는 아니었다. 아직 겁먹은 듯했다.

“정치운동이란 건 왠지 무섭잖아요. 무섭다고 할까, 나 같은 게 정말로 도움이 될까, 오히려 발목을 잡는 건 아닐까 하고 겁쟁이가 되더군요. 그래도 오늘은 용기를 내서 와봤습니다. 영화 상영회이기도 하고, 영화라면 다소 흥미가 있어서." 영화 같은 건 조금도 흥미가 없다. 그러나 지금 상영하는 영화와 관련 정보는 사전에 인터넷으로 조사해두었다. 메일을 통해 선명에게도 물어보았다.

기지마의 상태는 어떠한가. 속도는 느리지만, 다이치가 하는 말을 찬찬히 이해하고 있는 듯했다. 주저하면서도 힐끔거리며 다이치와 눈을 맞추는 것 같기도 했다.

"저도 마찬가지예요."

그가 말했다. 마치 기계음을 통한 발화 같은, 주위에 사람이 있었다면 뒤돌아봤을 높은 목소리였다.

누가 쳐다보든 업신여기든 다이치는 신경도 쓰지 않을 뿐더러, 청년이 그 점에서 소외감을 느낀다면 더더욱 이 특성은 이용 가치가 있었다.

"영화를 좋아하시나요?" 다이치가 물었다.

"영화는 좋아해요오."

"어떤 영화를 좋아하세요?"

기지마에게서 들은 영화 제목 중에는 다이치도 이름은 아는 작품도 있었지만, 본 적은 없었다. 다소 흥미가 있다고 방금 전에 거짓말을 한 참이라 망설였지만, 여기선 솔직하게 너무도 유명한 그 작품조차 본 적이 없다고 자백했다.

그러자 그에게서 최초의 변화가 보였다. 뒤로 몸을 조금 젖히더니 눈을 무척 동그랗게 뜨고, 말하자면 다이치를 바보 취급하듯 깔깔 웃기 시작했는데(글자로 표현하자면 '케헥, 캭'이라고 적어야 할 법한 기침과도 같은 웃음), 누군가를 자신보다 낮게 취급할 기회가 주어져서 즐거워하는, 그럴 때는 기쁜 웃음을 숨길 수 없다는 그의 특성을 보여주었다.

"그런 것도 모르시나요오"라며 놀라는 그의 금속성 파열음과 같은 목소리.

"죄송해요, 잘 몰라요. 그러니까 이것저것 가르쳐주셨으면 해서."

그는 우물거리며 입꼬리를 올렸다 내렸다 했다. 입을 다물고 있으면 미청년으로 보일 법도 한데. 이런 평가 자체가 몹시 차별적인 시선이지만, 아무튼 다이치는 기지마에 대한 정보를 충분히 얻어 만족했다.

자신보다 무지한 인간을 상대로 할 때 가장 즐거워하고, 고양이가 쥐를 희롱하는 것처럼 즐거워하는 성격이라면 그걸로 됐다. 다이치는 오늘 행사의 1부에서 상영되는, 21세기 들어서 가장 높은 국내 흥행 실적을 기록한 일본 영화(엄밀히 말하면 중일 공동제작이지만, 이 행사에서는 그 사실은 언급하지 않는다)도 실제로 다 본 것은 아니라서, 담배연기를 내뿜는 기지마에게 해설을 부탁했다.

그러나 이야기 주제는 금세 영화의 줄거리 소개에서 벗어났다.

"우리 대일본제국의, 야마토 민족의 우수함을 깨달은 코민테른과 프리메이슨에 의한 모략 때문에에." 그는 아무리 봐도 옆에서 내용을 일러주며 암기하게 한 듯한 문구를 늘어놓았다. 암기시킨 문구라면 술술 말할 수 있는 모양이었지만, 그게 아니라면 몇 가지 단어만의 대답으로 일관하거나, 입을 다물어버리거나, 고집스러운(그렇다고는 해도 이건 완고한 성격 때문이 아니라 단순하게 완전히 긴장해서) 침묵을 계속 지켰다.

기지마에게서 명함을 받았다는 사실이 중요하다. 행사 시작 시간이 되자 다이치는 앞으로의 계획을 짜기 위해서 일단 자리로 돌아갔다.

행사 1부의 영화가 흘러나왔다. 상영 허가는 제대로 받은 걸까. 흥행 수입의 역사를 갈아치운 일본 영화. 서부극 스타일을 답습한 것이라고 한다.

제2차 세계대전 말기, 무대는 만주. 당시의 소비에트 연방군이 중립 조약을 깨고 남하해 오는 영화의 전반에서는 백인 배우가 일본인 거류민을 학살, 약탈하고 일본인 여성을 강간하는 장면이 약 30분에 걸쳐 이어지는데, 그중에 또 '폭발한 조선인들'이 등장한다. 그럴듯한 생김새의 배우(전 재일 한국인인 모양이다)를 고용해서 강간과 학살하는 역할을 맡겼다. 조선어를 일부러 큰 소리로 꽥꽥거린다. 참고 견딜 수밖에 없는 폭력적인 장면으로 가득한 초반이 겨우 끝나면, 드디어 일본군의 복수극이 막을 올린다. 본토 작전 본부의 명령을 무시하고(여기서 마치 알리바이처럼 당시 일본군 상층부의 어리석음을 표현한 장면이 있다. 그러나 영화 전체를 통틀어 자국에 비판적인 묘사는 이 하나뿐이다) 마지막까지 남은 뜻있는 관동군과 그 '사무라이혼'에 이끌린, 역시 러시아와 조선 민족에 적대적인 현지 중국인이 함께 싸우며 첨병인 러시아인을 공격하고, 추하게 목숨을 구걸해서 살려줬는데도 불구하고 등 뒤에서 습격해 온 조선 게

릴라단 리더의 목을 쳐서 하늘 높이 날린다. 그러나 영화 후반에서는 수많은 전투를 거치며 단련된 개성파 동료들도 수적 열세에 몰려 한두 명씩 줄어들고, 그럼에도 그들 유지군의 활약으로 많은 일본인을 본국으로 귀향시킬 수 있었다는 스토리에 이어, 마지막 귀국선을 무사히 보내기 위해서는 자신들의 목숨을 걸어야 한다는 필연적인 클라이맥스가 기다리고 있다. 몹시도 아름답게 흐르는 BGM과 눈물 흘리는 연기, 탄환을 맞는 장면의 슬로모션. 예산을 들인 폭파 신, 도로를 달리는 전차. 그때까지 함께 싸워온 현지 중국인들에게 "자네들은 다음 세대의 중국을 위해 대륙 중앙으로 향하게"라며 이별을 고하는 장면에서, 관동군의 대장인 주인공이 그때까지 일본군이 저지른 무도한 짓을 사죄하고 중일 양국의 미래를 위한 연설을 한다, 라는 신이 일본 개봉 버전에서는 편집되었다. 반대로 그 이후 관동군의 자결 신과 마지막 일본 귀국선이 아슬아슬하게 출항할 수 있었다는 신은 완전히 삭제되고, 대신 그때까지 등장하지 않았던 국민혁명군이 갑자기 나와서 그들과의 갑작스러운 전투 신이 펼쳐지는 것이 중국 개봉 버전이었다. 그렇지만 일본에서의 대성공에 비하면, 어째선지 처음부터 개봉 규모를 극히 제한한 중국 국내판은 흥행 수입 면에서도 평점 면에서도 전혀 화제가 되지 못했다고 한다.

다이치가 이렇게 처음 감상하고 있는 것은 물론 일본 국내 버전으로, 엔딩크레디트가 올라간 뒤에는 '모든 국가의 모든 영령에 기도와 감사를 바칩니다'라는 자막으로 끝을 맺는다.

사전에 선명에게 설명을 듣지 못했다면 그저 어안이 벙벙했겠지만, 선명의 말에 따르면 '예전에 한국 영화에서 자주 사용되었지만 지금은 한국에서도 유행이 지난 기법'을 뒤늦게 도입한 것이라고 한다. 그러니까 '이 작품은 실화를 바탕으로 하고 있습니다' 하고 서두에 예고하면 어떤 역사왜곡도, 설령 '관동대지진 이후의 조선인 학살은 사실 국무대신이 직접 명령한 것이다, 같은 바보 같은 설정'조차 허용된다. 지금의 한국 영화는 물론 오락 영화도 있지만 그보다 '코리안 네오리얼리즘'이라 불리는 수수한 신사실주의, 또는 어둡고 시리어스하고 구원이 있는 건지 없는 건지도 불분명한 종교 영화와 같은 미니멀한 경향의 독자 노선을 걷고 있는데, 선명은 그 점이 흥미로운 모양이었다. 아무튼 일본 영화는(중국 자본의 힘도 빌려서) 대작 지향이며 몇 개인가 히트작도 있었다. 역사적 사실 왜곡에 대해서는 해외의 항의가 있어도 시장이 거대한 중국 쪽의 반발이 아닌 이상 무시로 일관했는데, 그것은 최근 일본 엔터테인먼트계 전체의 자세를 답습하는 것이기도 했다.

그러나 다이치가 이번에 방문한 '코미디 영화제'에서는 역시 콩가루 야당이 주최한 행사답게 한국 비판뿐만 아니라 중국 비판도 태연하게 했다. 2부에서는 쇼와[23] 시대에 아시아 각국에서 만들어진 이른바 '반일 영화'를 '비웃자'는 취지의 상영회가 열렸는데, 전

23 1926년 12월 25일부터 1989년 1월 7일까지의 기간을 이르는 일본의 연호.

체가 아닌 일부 장면을 발췌해서, 이를테면 731부대의 소행을 그린 중국 영화에 대해서는 이렇게 말했다.

"보셨습니까? 여러분. 이런 바보 같고 한가한 실험 따위, 당시의 바쁘던 일본군이 일부러 할 리가 없잖습니까."

그렇게 장내의 웃음을 유발하자, 게스트인 영화 평론가가 "게다가 실험이라면서 의사들은 차트도 기록할 것도 아무것도 들고 있지 않네요"라며 맞장구쳤다.

"이 장면이 또, 시대고증이 엉망이에요!"라는 말에 또다시 웃음이 터져 나왔다. 1부에서 본 최신 일본 영화의 시대고증은 과연 어떠했나.

스크린에서는 실험 대상인 중국인 포로의 팔을 얼려서 일본 병사가 때려 부수는 장면이 나왔다. 유리처럼 산산조각 나는 팔, 얼어붙은 피의 빨간 파편, 홍콩 배우의 울부짖는 연기, 장내에는 웃음이 터진다. 사회자인 남자(그가 '니시 씨'다)가 마이크를 통해 관객들을 유도하고 있었는데, "봐요, 이 부분!"이라든가 "아냐, 아냐, 그게 아니지"라고 부채질하면서 열기를 끌어올렸다. 웃지 않으면 촌스럽다, 라는 분위기가 처음부터 현장에 가득 차 있어서, 다들 자기 어필이라도 하듯 한 박자 빠른 웃음, 주위보다 살짝 높은 목소리를 연출하며 자신들을 호사가라고 자처하는 듯한 그런 집단 속에, 다이치는 있었다.

목적은 거의 달성했다. 휘파람 섞인 환성이 객석에서 일어날 때쯤 다이치도 웃는 얼굴을 만들며 손뼉을 쳤다. 기지마라는 남자에게서 명함을 받았을 뿐이지만 이미 마음이 놓였다. 약간의 해방감까지 느껴져서 다이치는 의외라는 기분도 들었다. 낡은 시어터 세트를 사용한 스크린은 위안부를 다룬 한국 영화 코너로 넘어가 있었다. 위안소를 무대로 한 성폭력 신. 정의로운 분노로 엄숙한 얼굴을 한 채 사실은 포르노를 즐기는, 기분 나쁜 속내를 애국심으로 가장한 남자들이 숨을 죽였다. 10대라는 설정의 소녀를 일본군 역할의 배우가 줄지어 몹시 가학적으로 범하는, 그런 폭력 묘사가 끈질기고 길게 이어지는 것은 과거 한국 영화의 특징인 것 같은데, 그 부분을 주최 측에서도 끊지 않았다. 다음 신으로 바뀔 때까지 상영한 뒤 그제야 일시정지를 하고는, 사회자인 니시가 갑자기 큰 소리로 호통 쳤다.

"긍지 높은 일본군이 이런 짓을 할 리가 없어!" 마이크가 메아리쳤다. 섹스 묘사에 빠져 있던 남자들이 순식간에 정신을 차리는 것을 다이치도 느낄 수 있었다.

사회자가 특별히 각성 효과를 노리고 큰 소리를 낸 것은 아닐 것이다. 그의 숨길 수 없는 성정인 짜증을 또 한번 폭발시킨 것에 지나지 않는다. 그렇기에 바로 "그렇죠?"라며 꾸며낸 굳은 미소로 사람들을 바라본다. 뜨뜻미지근한 동의의 권유였지만 사람들도 응답하여 하하, 하고 드문드문 웃음으로 답했다. 웃는 쪽에 속해 있기만 하면 건전한, 일반 시민이라는 인식. 유머 감각이 정말로 그렇게 중요한 것인가, 예전부터 다이치는 의문이었다. 해학과 풍자와 냉소와 희화화 등이 결국 반권력으로서는 아무 도움도 되지 않았던 현실. 오히려 이렇게, 웃음의 폭력은 파시즘과 많이 닮았다.

단상의 영화평론가가 “전투에서 지쳐 돌아왔을 텐데 말이야” 하고 대충 갖다 붙인 듯한 이유를 댔는데, 본인도 그렇게 믿고 있는 것 같지는 않았다. 아무리 지쳤던들 사지에 있다 한들 상관없이 남자의 성욕은 발동할 때는 발동한다고 확실하게 알고 있을 것이다. 그래선지 영화평론가는 또 “사실 저는 이 영화가 좋은데 말이죠. 사랑스러운 B급 영화로서”라고 작은 소리로 태도를 표명했는데, 그것이 영화의 신에 대한 면죄부가 되리라 기대라도 하는 것일까.

이 또한 선명에게서 들은 정보인데, 단상의 남성 영화평론가는 시우 사건 전에는 오히려 한국 영화의 대부분을 칭찬했고, 일본에서 개봉하지 않은 작품까지 포함해서 적극적이고 호의적으로 소개했다. 그런데 지금은 역시 ‘살아남기 위함’인지 완전히 정반대의 태도였다(이전에 그가 쓴 인터넷 기사는 대부분 삭제된 상태다). 한국 영화에 관한 풍부한 지식을 지금은 그저, 한국인과 한국 문화를 공격하는 무기로 삼고 있다. 그러나 때때로 보이는 그의 쓸쓸한 표정은, 이건 본심이 아니라는 듯 혹은 이 의견에는 동의하지 않는다는 듯 순간적으로 웃는 얼굴이 굳어지기도 했는데, 다이치로서는 그렇게 여봐란듯이 굴지 마, 하는 생각에 성가실 따름이었다. 고작 그 정도로 위안을 받을 수 있는 양심이란 말인가. 그리고 덧붙이자면, 그건 시대의 조류가 다시 바뀌었을 때 “아니, 사실 나는 사소하게 저항하기도 했어”라며 누구에게랄 것도 없이 주장하기 위한 작은 밑밥에 불과하다.

다이치의 시선은, 눈치채지 못할 정도이기는 하지만 계속 기지마에게 쏠려 있었다. 똑같은 배지를 단 당원 동료들 중 기지마에게 친근하게 대하는 사람은 한 명도 없어 보였다. 좋은 일이다.

행사가 끝났다. 기지마에게는 인사를 하지도 눈길을 주지도 않은 채 다이치는 자리를 빠져나갔다. 그러나 건너편에 있는 완전 셀프인 무인 카페에서 테이블 키핑 추가 요금을 프리페이드 카드로 몇 번씩 결제하면서 주시하고 있었다. 기지마는 마지막까지 정리를 하기 위해 남았지만 회식에는 초대받지 못한 채 홀로 주오선 역을 향해 걸었다. 해가 기우는 저녁 무렵, 다이치도 가게를 나섰다. 플랫폼에 서서 다음 열차를 기다리는 기지마에게 슬쩍 뒤에서 말을 걸었다.

"저, 혹시 기지마 씨?"

다이치는 조심스럽게, 장기판에서 돌이킬 수 없는 한 수를 두는 것처럼 모든 행동을 신중하게 의식했다. 상대는 갑자기 말을 걸어오는 사람이 나타나자 경계심이 이미 높은 방벽을 이루고 있었다. 조금 전 흡연소에서 대화를 나눈 사람이에요, 하고 우선 기억을 상기시키려고 했지만 그조차도 귀에 잘 들어오지 않는 듯, 당장이라도 뛰어 달아날 것처럼 허둥지둥했다.

그래서 몇 번이고 반복해서 설명했다. 저예요, 저요, 흡연소에서, 네, 영수증, 맞아요. 아까 영화 상영회는 성공적이었죠, 정말 재미있었어요.

“아아, 아아.” 기지마는 겨우 긴장을 풀었다. 입가를 실룩거렸다.

다이치는 “어때요, 혹시 괜찮으면 같이 식사라도 하실래요?”라고 어미를 또렷하게 발음하며, 확실하게 권유하고 있다는 의사가 명확하게 전달되도록 허리를 낮추어 상대의 눈을 보며 미소까지 지었다. 애매함이 일절 없도록 주의했다.

“아아, 그런가요오”라는 말은 했지만 그다음 대답이 없었다. 바로 다이치의 시선을 피했다. 상기된 볼, 끊임없이 깜박이는 눈, 나부끼는 긴 속눈썹이 어쩐지 울 것 같은 표정처럼도 보였다.

좀처럼 대답을 하지 않는 그에게 다이치는 “함께 식사라도 어떠세요”라고 말한 뒤 또 몇 초 간격을 두고 “이야기를 나눴으면 해서”라며 속을 떠봤는데, 그사이에 열차가 한 대 들어왔다. 승객들이 그들을 마치 강 한가운데의 모래섬처럼 두고 좌우로 갈라졌다가 다시 합쳐져 계단 아래로 우르르 빠져나갔다. 주오선의 신형 차량, 빛의 선이 그려진 열차는 잠깐 멈춰 섰을 뿐 기다리는 아량을 보여주지 않은 채 금세 떠나갔다. 그 순간 가까이에서 바람이 일어, 다이치는 기지마의 독특한 체취를 맡을 수 있었다. 조금 전 흡연소에서는 그렇지 않았는데, 아마 철수 작업 때 흘린 땀 때문인 듯했다.

히죽거리며, 그걸 히죽거리는 웃음으로 봐야 할지 방긋거리는 애교로 봐야 할지, 아마 긴장한 탓에 일종의 도피로서 지어본 어색한 웃음이겠지만, 그는 다이치를 빤히 보고 있었다. 눈을 마주치지 않는 남자라고 생각했던 것과 달리, 다이치가 주춤할 정도로 정반대의 태도였다. 계속 눈을 떼지 않았다.

대각선으로 선 각도와 그 위에 비쳐 든 저녁노을 때문일까, 땀에 젖어 달라붙은 앞머리 아래, 기지마는 미목수려하게 보였다.

이윽고 점자 블록을 밟으며 기지마가 헤헷, 하고 입가에 웃음을 띠었지만 표정은 딱딱했다.

"저도, 마침 한가해서요오."

다이치는 일부러 호들갑스럽게 "그럼, 그럼 어떠신가요?"라며 플랫폼 쪽으로 몸을 기울이면서 "제가 아는 가게가 있으니, 거기 같이 가지 않으실래요? 여러 가지 여쭙고 싶은 것도 있고, 돌아갈 때는 댁까지 택시로 바래다드릴게요, 반드시" 하고 말했다.

또 약간의 시간이 흐르고, 다음 열차가 플랫폼에 도착한다는 방송이 나온 뒤.

"좋아요오." 기지마가 그렇게 말했다. 입에서 나온 음성은 역시 전자음처럼 억양이 없었다.

"저도오, 한가하고요." 다시 한번 그렇게 말했다.

다이치의 휴대폰에는 아내의 지인이 경영하는 음식점들의 지도 정보가 저장되어 있었는데, 그중에서 가장 가깝고 개인실이 있는 멕시코 음식점을 골랐다.

미리 연락해 아내의 이름을 대자 바로 모든 것을 이해한 듯, 가게에 가보니 개인실이 준비되어 있었다.

개인실에 들어가자 바로 "이건 서비스"라며 콧수염을 기른 점주(그는 귀화한 전 재일 한국인이다)가 블랙 올리브와 나초와 초리소 타코와 아보카도 타코를 내왔다. 지나친데, 하고 다이치는 쓴웃음을 지었지만 눈앞의 기지마가 그걸 눈치챈 것 같지는 않았다. 술도 한두 잔은 마실 수 있다고 들었으므로 솔과 코로나를 한 병씩 주문했다.

어떠한 계기로 제국복고당의 당원이 되었는지 물었다.

"당연한 일이죠오." 그렇게 말하는 그의 이야기에 귀를 기울인다.

말하는 게 익숙하지 않은지, 머릿속에서 정리가 되지 않은 듯 우왕좌왕했지만, 그 안에서 다이치가 파악한 유용한 포인트는 이랬다.

그의 부모는 나쁜 부모는 아니었다. 그러나 너무 생각이 없었다. 둘 다 생각이 없었던 부모에게, 친척들이 합세해서 나리토시를 위험인물 취급했다. 그렇다고 특별학급이나 특수학교에 보내지도 않았다. 나리토시는 오히려 유치원 시절 첫사랑이었던 여자아이가 그런 종류의 멀리 있는 학교에 갔다는 사실을 알고 있어서 그쪽에 다니고 싶었지만, 의견이라고는 없던 부모가 친척들(주로 아버지 쪽)의 말에 휘둘렸다.

타깃이 가족의 사랑을 받고 있는가 하는 문제는 계획을 세우기 시작했을 때부터 다이치가 중요시하던 부분으로, 애정 깊은 가족이 있다면 계획 수행 후에 예기치 못한 방해 요인이 될 수 있었다. 그 점에서 기지마 나리토시는 미묘했다. 부모에게서 전혀 사랑받지 못한다고 단언할 수도 없지만, 그렇다고 친척들의 횡포에 부모가 방패막이가 되어 도와주는 것도 아니었으며 오히려 그의 기분은 완전히 무시당하기 일쑤였다. 그에게는 남동생과 여동생이 한 명씩 있는데 둘 다 부모와 마찬가지로 장남을 부끄러운 존재로만 취급했으며, 죽었으면 좋겠다고 직접 말한 적이 최근에도 있었다고 한다.

"어쩔 수 없는 일이지만요오." 기지마는 그런 남동생과 여동생을 두둔했다.

이야기는 요령부득이었고 주어가 때때로 불분명하거나 시간의 흐름이 어긋나거나, 더욱이 자유롭게 말하는 걸 방해받으면 감정적 거부반응을 보이는 경우가 종종 있었다. 그럼에도 그의 이야기를 차분하게 반복해서 들으며 다이치가 생각한 것은, 일견 정상인으로 취급되는, 이를테면 지나치게 간섭하는 그의 친척들(심지어 집단적으로)이나, 무슨 노예근성인지 친척 회의의 결정에 실실거리며 따르는 그의 부모나, 약한 형을 아무렇지도 않게 매도하고 부끄러운 존재로 치부하는 동생들, 나아가서는 보통학교 보통학급에 다닌 그를 몇 년에 걸쳐 괴롭혀온 동급생들, 그 '정상인'들의 행동에서야말로 훨씬 더 비정상성이 엿보인다는 것이었다. 그러니까 비정상과 정상이 혼재를 넘어 전도되어 있었는데, 그 점에서는 자신이 하려는 일 또한 어지간히 비정상적이었으므로, 다이치는 쓸모없는 생각을 펼치는 것을 그만두었다.

"그렇지만 그때는 저도 어떻게 됐었으니까아." 그건 학생 시절에 당했던 괴롭힘에 대해 이야기하던 중에 그가 한 발언이었다.

고등학교를 졸업한 뒤에는 '시민단체에서 소개받은 직장'에서 근무했는데, 상사와 동료들의 '괴롭힘'으로 인해 '그만둘 수밖에 없었고', 그렇다고 집에 처박혀 있을 환경도 아니어서 다시 일하게 되었지만 다 얼마 못 가고 그만두고 말았다. 그럴 때 우연히 중학교 시절 '친구'와 만났다. 그들이 그를 '나쁜 길'로 끌어들였다. 경마와 경정 등의 도박에 데려간 건데, 겨우 외로움에서 해방되어 또다시 원래의 고독하고 무미건조한 나날로 돌아가고 싶지 않았던 그는 '친구'들의 '세뇌'에 점점 더 빠져들었고, 그들에게 고액의, 그리고 폭리의 빚을 지게 되었다.

"그때 구세주가 나타났어요."

'구세주'라는 단어는 '구세주' 본인이 스스로를 그렇게 부르라고 명한 것인데, 기지마가 아르바이트를 하던 곳에 손님으로 오던 제국복고당의 '높으신 분'을 알게 되었고, 그 '높으신 분'이 젊은 당원들을 파견해준 덕분에 기지마의 빚이 조건 없이 청산된 것이다.

'높으신 분'이라는 인물에게 다이치는 흥미를 느꼈는데, 누군가 했더니 조금 전에 상영회에서 사회를 보던 '니시'라는 남자였다. 그러니까, 그냥 낙선 의원일 뿐이다. 행사 중에 달리 볼 것도 없어서 다이치는 그 인물을 계속 관찰할 기회를 얻었는데, 그냥 별 볼 일 없는 사람이었다. 그러니까 잔챙이가 더 잔챙이들에게 소속 단체의 위광을 등에 업고 겁을 준 것에 불과했는데도 기지마에게는 하늘의 도움과 마찬가지였을 것이다. 그대로 극우 단체에 들어가 극우 배외사상에 자연스럽게 물들게 되었다.

"저는 이제 옛날의 저와는 달라요. 긍지 높은 대일본제국의 신민인 우리들이, 반일 세력의 침략과 공작을 타파하고 진정한 독립을 쟁취하기 위해서는……."

그렇게 정형 문구가 시작되자 그의 이야기는 막힘없이 술술 이어졌고 또 흥분해서 성량도 커졌다. 그럼에도 신경 쓰지 않아도 된다는 것이 이 가게의 좋은 점이다. 음식과 음료는 점주가 직접 날라 준다. 다른 점원은 들어오지 않는다. 쓸데없는 참견은 물론, 기지마가 한없이 기괴한 의견을 한없이 기이한 말투로 늘어놓아도 표정을 바꾸지 않는다. 그저 개인실을 구분 짓는 푸른 반투명 비닐 커튼을 열고 들어왔을 때, 기지마의 체취가 코를 찌른 듯 아주 약간 콧구멍을 벌름거렸을 뿐이었다.

괴롭힘을 당했을 때나 지금도 매일같이 여동생에게서 "냄새나, 씻어, 저리 가"라는 말을 듣는다고 하는데, 기지마의 말투에서는 다른 사람들이 과민할 뿐이라는 항의의 심정이 엿보였다. 그러나 유감스럽게도 실제로 그에게서는 냄새가 났다. 기지마를 털끝만치도 존중하고 있는 것 같지 않던 복고당 당원 동료들이 막말을 안 했을 리도 없을 텐데, 기지마는 그만큼 목욕을 싫어하는 것일까, 아니면 목욕을 몇 번씩 해도 체취가 사라지지 않는 것일까. 계속 본가에서 살고 있다는데, 부모는 아무 말도 안 하는 것일까.

악취를 전혀 신경 쓰지 않는다는 듯한 포즈를 유지하면 손쉽게 점수를 딸 수 있으므로 다이치는 괴롭지 않았다. 다른 일도 그랬다. 기지마가 내는 높은 목소리나, 때때로 제어하지 못하는 우렁찬 목소리도 신경 쓰지 않고, 다른 사람의 시선은 상관없이 그저 기지마만을 똑바로 보고 신경 쓰고 집중하고 있다는 태도를 관철하는 것이 성공의 길로 이어질 것은 분명했다.

기지마가 아보카도 타코를 먹고 있을 때였다. 지나치게 많이 넣은 속재료가 소스와 함께 비어져 나와 기지마의 옷에 잔뜩 묻었다. 다이치는 즉시 티슈로 그것을 문지르지 않고 걷어냈다. 화장실에서 손 세정제를 가져와서 우선은 손수건을 기지마의 셔츠 안쪽에 대고(그러니까 그때 기지마와의 거리를 확 좁혔고 또 셔츠의 버튼을 몇 개 풀었다), 손 세정제를 묻힌 티슈를 이용해서 꼼꼼히 몇 번이고 얼룩과 더러움이 없어지도록 반복 작업을 했다. 그다음 남은 손 세정제를 천천히 물로 닦아내고 마지막으로 마른 티슈로 수분을 제거했다.

"이거, 집에 가면 바로 세탁을, 손빨래를 하는 편이 좋겠어요."

그리고 얼룩을 제거하고 색이 변하지 않도록 하는 세탁 방법을 설명했는데, 이미 기지마는 듣고 있지 않은 것 같았다. 그저 갑자기 거리가 좁혀진 데다 정성껏 보살펴주는 다이치에게 당황하고 있는 것 같았는데, 그 모습에는 이미 경계심 같은 것은 남아 있지 않았다.

가게를 나온 뒤 다이치는 반드시 말해둬야 하는 주의사항을, 기지마에게 잘 침투하도록 한 글자씩 꼭꼭 씹어 전달했다.

"기지마 씨, 부디, 오늘 밤 저와 만났다는 사실이나 제 존재 자체도 비밀로 해주셨으면 해요. 그 이유나 자세한 설명은 지금은 아직 말할 수 없지만, 결과적으로는 전부, 이 일본을 위한 일이에요. 부디, 저에 대해서는 누구에게도 말하지 마세요, 비밀로 해주세요."

갑자기 영문 모를 말을 들은 기지마는 멍한 표정을 지었지만, 그건 그것대로 괜찮았다. 다이치는 그저 이렇게 반복했다.

"그게 일본을 위한 일이에요. 저에 대해서는 비밀로 해주세요. 저에 대해서 다른 누군가에게 말하는 순간, 일본을 위한 계획이 전부 엉망이 되고 말아요. 당분간 비밀로만 해주시면, 제국복고당의 간부에게서 기지마 씨에게 직접, 조만간 감사 인사가 있을 거예요. 기지마 씨의 당내 출세도 보장될 거예요. 일본을 위한 징검다리 역할을 기지마 씨가 맡은 거니까요."

다이치는 원래부터 거짓말을 하는 데에 거부감이 없지만, '일본을 위한' 일이라는 것이 꼭 거짓말은 아니었다.

"좋아요오." 맥 빠진 말투로 기지마가 말했다. "그런데, 또 만날 수 있나요오." 그리고 그렇게 말하는 기지마의 표정. 그 말을 그의 입에서 끌어냈을 때 다이치는 하루 동안 애쓴 보람을 느꼈다.

"물론 만날 수 있죠. 기지마 씨가 저에 대한 걸 비밀로만 해주신다면." 끈질길 정도로 다짐을 받는다. 물론 그건 앞으로도 계속 못을 박아야 한다. 안이하게 신뢰하는 일 따위는 결코 없을 것이다.

다음 만남은 일주일 후. "누가 일정이 없냐고 물으면, 그쪽을 우선해주세요. 저는 언제든지 시간을 조정할 수 있으니까요." 이렇게 말했지만, 대체 누가 그에게 주말 일정을 물을까.

가시와기 다이치는 겉으로 드러나지 않는, 마음속으로만 하는 차별은 차별이 아니라고 생각하는 쪽이었다. 그 생각을 그야말로 마음속의 비밀로 간직한 채, 지금껏 재일 한국인 청년회의 멤버에게도, 아내에게도 드러낸 적이 없었다.

박이화라면 절대 이런 의견을 인정하지 않을 것이다. LGBTQ

나 다른 외국 국적의 사람들, 나아가서는 지적장애인, 신체장애인 등 다른 마이너리티와 공동으로 보조를 맞추는 활동에서 그녀는 그야말로 그녀답게 온몸을 던지는 동정심으로 참여했다. 소수파 각각의 역사나 의견 등에 대해 열심히 공부해서 임했다. 다이치가 하는 것처럼, 다른 단체와의 연대는 인원수를 불리는 것이 주목적인 공리주의와는 완전히 달랐다. 이화 씨는 속으로만 하는 차별은 차별이 아니라는 의견에 절대 동의하지 않겠지. 어쩌면 선명 역시 그럴지도. 그 녀석은 청년회에서 방문한 지적장애아 입소 시설에서, 다른 멤버 누구보다도 빨리 아이들과 속을 터놓고 친해져서는 함께 여기저기 뛰어다니며 놀았었다. 그런 선명에게는 의견을 말하더라도 "그럴 거면 처음부터 차별 문제에 관여하지 마"라는 반발을 들을 것 같지만, 아무튼 자신들을 공격하는 녀석들에게 전력으로 맞선다, 오로지 그것뿐이며, 그러기 위해서 이용할 수 있는 것은 전부 이용하는, 그런 심플한 행동 규범 아래 다이치는 움직이고 있었다.

속으로만 하는 차별은 차별이 아니다. 염력이 없는 인간은 마음속 생각만으로 다른 사람을 공격할 수 없으니까.

여기에, 한 인간을 상정해본다. 그 인물이 학교나 직장, 가정에서, 인터넷에서의 익명 발언에서도, 차별하는 마음을 외부세계에 조금도 누설하지 않는다면 그건 결코 차별주의자라고는 할 수 없다. 설령 전자책으로 몰래 혐한嫌韓 서적을 사 모아서 읽는다 한들, 투표에서 타인에게 동조를 강요하지 않는다면 어떤 당에 한 표를 던진들, 그건 당연히 자유다. 그 행동의 결과가 차별주의자들에게 이익이 되더라도, 구체적인 이름을 지닌 특정 인물에게 말이나 행동으로 보이지 않는 한, 겉으로 드러내지 않는 한 그건 차별이 아니다. 차별이란, 바깥 공기와 접촉했을 때 비로소 악취를 띤다. 이렇듯 장황한 것을, 사실은 그렇게 단단한 지론도 아니면서 다이치가 몇 번이고 스스로에게 반복해서 설명하고 확인하는 것은, 역시 최근 자신의 행동에 부지불식간에 양심의 가책을 느끼고 있기 때문이다.

그러니까 다이치는 이번 사람 찾기에서, 극우 조직과 관련된 행사나 집회 등을 찾아다니면서 마음속으로 '정신박약자, 정신박약자' 하고 되뇌며, '다루기 쉬운 정신박약자는 어디 없나' 하고 눈을 빛내며 물색하고 있었던 것이다.

물론 이것은 차별 의식이다. 그걸 지적당해도 다이치는 딱히 부정하지 않는다. 머릿속에서 하는 생각일 뿐 확실하게 언어화하는 것도 아니니까, 차별 용어에 대한 정치적 배려까지 일일이 할 수는 없다. 사인회에 줄을 선 사람들을 보고 '저 녀석은 멍청해 보여. 머리숱이 적고 살쪘고 옷이 너무 화려해. 아, 여자였구나' 하고 생각하거나, 행사 종료 후에 한없이 행사장 밖에서 서성이는 사람을 보고 '이 녀석은 꽤나 흉폭할 것 같은데. 누가 봐도 살인범처럼 보여. 그렇지만 애초에 이야기가 통할 것 같지 않아. 탈락'이라며 머릿속에서 버리곤 했다.

사상의 좌우를 불문하고 더러는 종교단체에도 그런 일이 많이 있는데 대부분의 폐쇄적인 단체에서 지적장애인은 그저 숫자를 맞추기 위해서 혹은 단순 노동력으로, 때로는 마스코트로, 때로는 미담을 퍼뜨리기 위한 소재로, 또 때로는 위법 행위를 슬쩍 떠넘겨서 죄를 뒤집어씌우는 일회용 요원으로, 이용하기 쉽고 또 처리하기 쉽다는 이유로 몇 명씩 끌어들이는 것이 사실이었다. 그들에게는 사회로부터의 피난처가 되어주는 측면 또한 있겠지만.

그래서 기지마 나리토시로 말할 것 같으면, 고작해야 8만 6000엔의 빚을 탕감해주었다는 사소한 은혜 때문에 제국복고당에 들어가게 된 것이다. 감쪽같이 이용당하고 있다. 그러나 그를 이용하려고 하는 것은 자신도 마찬가지다.

다음 주 금요일 밤에 기지마를 초대한 곳은 이탈리안 레스토랑으로, 코스도 7000엔 이하인 서민적 가게다. 기지마가 살고 있는 아카바네와도 가깝다.

레스토랑에서 가장 가까운 역에 기지마가 약속 시간에 맞춰 모습을 드러냈을 때는, 연락도 없이 나타나지 않아서 그의 집까지 데리러 가야 하는 사태나 그대로 인연이 끊기는 결말까지 생각했던 다이치였기에 일단은 안심했다. 그뿐 아니라 가게에 자리를 잡고 마주 보고 앉은 그의 성장이 멈춘 듯한 앳된 얼굴과 전체적으로 노란 피부를 바라보면서는 계획이 문제없이 진행되고 있다는 안도감과는 또 다른 종류의 안도가 자신 안에 솟아오르는 것을 다이치는 느꼈다.

여전히 그에게서는 어렴풋이 시큼한 체취가 났다. 이탈리안 레스토랑은 장사가 잘되는 편이어서, 억지를 써서 30분 정도 빨리 가게를 열어달라고 했다.

탈리아텔레. 그보다도 좀 더 폭이 넓고 두툼한 파스타인 파파르델레. 기지마는 먹어본 적이 없다며 푸아그라가 듬뿍 얹힌 크림소스 탈리아텔레를 골랐는데, 실제로 음식이 서빙되자 그는 다이치가 주문한 좀 더 면이 납작하고 식감이 좋아 보이는 파파르델레를 목을 빼고 들여다보며 다짐육이 들어간 윤기 나는 볼로네제 소스를 먹고 싶어 하는 표정을 감추지 않았다. 다이치는 접시를 교환해주었다. 기지마는 솔직하게 기뻐했다. 다이치는 자신의 푸아그라도 양보했다.

세 번째는 그리스 음식점에 갔다. 한국에서 먹은 그리스 요리의 맛에 감동해서 귀국 후 일본에서 가게를 열었다는 점주는, 귀화한 전 재일 한국인이었다. 다이치는 기본 메뉴로 푸짐한 무사카를 주문했다. 기지마는 와인도 안 마시는 건 아니라며 그리스와 키프로스 와인을 마셨는데, 그 말이 허세라는 것을 금세 알 수 있었다. 테이블까지 적극적으로 말을 건네러 오는 점주를 보고 기지마는 얼굴이 새빨개졌다. 스스로는 절대 말을 걸 수 없으니까 대신 말해주길 바라는 듯한 모양새를 알아챈 다이치가 대화를 이어갔다. 가끔 말할 차례가 되어도 그는 고개를 끄덕이는 것밖에 할 수 없었지만, 그럼에도 기쁨의 한복판에 있는 것처럼 보였다. 장을 보러 갔던 여동생이 돌아와서 자매가 경영한다는 사실을 알게 되자 그는 더욱 흥분했다. 오텔로가 들어 있는 글라스를 쓰러뜨렸다. 레드와인이 테이블 크로스에 번지는 것을 보면서도 그는 글라스를 쓰러뜨린 모습 그대로 굳어 있었다. 다이치가 글라스를 세웠다. 기지마는 다가온 여동생 쪽 점원에게 하는 말인지, 다이치에게 하는 말인지 "아니, 이건 가시와기 씨도 잘못이에요. 가시와기 씨가, 먼저"라며 맥락 없는 변명을 늘어놓았다. 무엇을 먼저 했다는 걸까? 와인을 엎지르라고 유도한 것은 아니었지만 다이치는 순순히 기지마에게, 그리고 가게 측에 사과를 했다.

죄송합니다, 죄송합니다. 괜찮으세요? 아니, 괜찮아요. 기지마 씨는 그대로 있어요, 아무 잘못 없어요. 물론이죠, 꼭 또 만나요, 매주 만나요, 항상 대접할게요, 힘들게 오셔서 이야기도 들려주시니까, 재미있어요, 듣고 있으면 지루하지도 않고, 그건 다른 사람들이 뭘 모르는 거예요, 아무도 기지마 씨를 이해 못 해요, 기지마 씨의 대단함, 헌신, 충성심, 깊은 마음 씀씀이, 기지마 씨의 파란만장한 인생도, 사실 무척 남자답다는 것도, 정말 아무도 몰라주죠. 결코 불평도 안 하고, 푸념도, 그리고 뒷말도 하지 않잖아요. 실제로 기지마 씨는 지금까지 아무도 배신한 적이 없지 않나요? 기지마 씨가 누군가에게 배신당한 적은 있어도, 다른 사람에게 같은 일을 되갚아주지는 않아요. 저는 알아요. 그리고 저 역시, 기지마 씨를 배신하는 일은 절대 없을 거예요. 뭐 아무에게도 저에 대해 말하지 않고 비밀로 해줘야 한다는 조건은 있지만, 그것만, 우정의 약속만 지켜주신다면, 저는 평생 기지마 씨의 옆에 있을 거예요, 맹세해요. 저는 결코 기지마 씨를 버리지 않을 거예요.

멕시코 요리, 이탈리아 요리, 그리스 요리, 세 가게를 돌아가며 방문했다. 이탈리안 음식점에서 기지마는 파파르델레를 마음에 들어 했고, 두 번째 갔을 때부터는 젓가락을 이용해서 먹었다. 그리스 음식점에서는 카운터석을 좋아하게 되었다. 여전히 자매와의 대화가 두 마디 이상 이어지지 않았지만, 그녀들이 다른 곳을 바라볼 때 몰래 빤히 응시했다. 무사카에서 가지를 빼달라고 부탁하고, 대신 감자와 고기 양을 늘려서 이미 '무사카'라고 부를 수 없을 듯한 거의 미트파이 같은 요리였는데도 기지마는 그걸 거칠게 잘라서 흘러내리는 치즈와 육즙을 혀로 맞이하며 일사불란하게 먹어치웠다.

유일하게 개인실이 있는 멕시코 음식점에서는—세 번째 방문부터 서빙이 완전히 끝나서 점원이 올 기색이 없어지면—다이치의 옆자리에 앉고 싶어 했다. 몸을 붙여 온다. 전부터 은근슬쩍 테이블에 놓인 다이치의 손 위에 자신의 손을 올리거나, 식사를 마치고 가는 길에 다이치의 팔을 만지거나 어깨를 끌어안기도 했다. 신체접촉을 무척 원하는 인물이라는 것은 알고 있었다. 급기야 어깨에 머리를 기대거나 다이치의 허벅지에 슬쩍 손을 얹기도 했다. 다이치는 하고 싶은 대로 하게 놔두었다. 다이치에게는 다른 큰 목적의식이 있었고, 또 그런 인물이라는 것은 거의 처음부터 알고 있었기에 별로 혐오감도 없었다. 있는 그대로 말하자면, 거부만 당했던 인생이었으므로 무조건적으로 받아들여주는 사람을 바라 마지않았을 것이다. 원하는 걸 준다. 냄새난다고도, 입 다물라고도, 같이 있으면 부끄럽다고도 말하지 않는다. 말하는 내용이 알아듣기 어려우면 알 때까지 참을성 있게 기다리면 된다. 귀를 기울인다. 먼저 한 발짝 다가가서 무엇을 말하고 싶어 하는지 파악한다. 기지마 나리토시라는 남자를 이해하는 데 노력을 아끼지 않는다. 부정하지 않는다, 아무튼 부정하지 않는다. 줄곧 부정당하기만 했던 인생이었으니까.

그런데 기지마 나리토시와 보낸 몇 주간, 몇 개월간 일어난 변화에는 다이치도 상처 입지 않을 수 없었다.

다이치는 자기 분석을 즐기지 않는다. 점이나 사주와 마찬가지로 생리적으로 싫어하고 시간 낭비라고 생각한다. 말하자면, 자신보다 다른 사람에 대한 것이 훨씬 알기 쉽다.

윤신에 대해 생각한다, 그는 결코 지능에 문제가 있는 것은 아니다. 부모가 올바른 학교교육을 받게만 해주었더라면, 지금쯤 미국에서 고액 연봉을 받는 직업인으로 순조롭게 살아가고 있었을 것이다. 그 정도의 재능은 있었다.

그러나 윤신과 기지마 나리토시의 공통점이 아플 정도로, 즉 직시하고 싶지 않을 정도로 다이치에게는 보였다.

그걸 '순수성'이라고는 결코 부르고 싶지 않지만, 그렇게밖에 표현할 수가 없다. 그렇다 해도 너무 잔인한 단어 선택이다. 특히 기지마와 같은 일종의 장애인에게 '순수함'을 강요하는 것은 그야말로 폭력이다. 실제로 기지마는 능력에 문제가 있기는 해도 복잡하고 다면적인, 그러니까 '인간'일 뿐인데, 그럼에도…….

그의 어머니는 그가 초등학교 고학년이 될 즈음까지는—그가 학교에서 '괴롭힘을 당한다'는 사실을 알기 전까지는—장남인 그를 계속 '(우리) 천사'라고 불렀다고 한다. 심한 괴롭힘을 당한다는 사실이 알려진 뒤, 어머니는 어째선지 아들을 지키려는 쪽으로는 생각이 나아가지 않은 채, 마치 꿈에서 깨어난 것처럼 천사 취급을 싹 그만두었다. 그뿐만 아니라 완전히 무시하는 태도로 차남과 장녀에게만 애정을 쏟아붓게 되었다고 하는데, 그런 어머니가 정말로 있는 것일까. 어쨌든 사실보다는 기지마가 하고 싶어 하는 말이 더 중요하다. 괴롭힘에 대한 이야기도 듣다 보면 그가 말하는 내용과 사실이 어디까지 일치하는지 불명확해지면서 연쇄적으로 모든 이야기의 사실관계가 의심스러워지지만, 역시 중요치 않다.

다이치의 손을 잡는 기지마 나리토시, 그건 손을 잡고 싶어 하던 윤신의 모습과 겹쳐졌다.

기지마를 단골인 '일본식 야키니쿠집'에 데려온 것도, 확실히 말해서 쓸데없는 일이었다.

이 가게 앞에도 '다케시마는 일본 영토입니다'라는 스티커가 붙어 있다. 제국복고당의 충실한 신봉자라면 야키니쿠집 근처에도 가고 싶지 않겠지만, 기지마는 아무렇지 않아 보였다. 다이치는 시험 삼아 겉모습만 봐도 한국인처럼 보이는 점장을 가리키며 "저 사람, 귀화한 재일 한국인이라고 하더라고요"라고 말해봤지만 기지마는 전혀 흥미가 없는 듯했고 마치 귀에 들어오지도 않는 듯했다.

"야키니쿠인데 먹을 수 있어요?" 그렇게 물어봤다.

그는 쓸데없는 질문이라는 듯 "네, 물론"이라고 대답했다.

고급 안창살 소금구이를 정말 맛있게 먹었다. 기지마는 그때까지 다녔던 가게 중에서 가장 편안해 보이기도 했다. 다다미방에 책상다리를 하고 앉아 가스식 화로와 흡연기 너머에서 시종 웃는 얼굴로 곱창을 먹고, 늑골살을 굽고, 메뉴판에 없는 메뉴인 오이김치와 창난젓도 전혀 거리낌 없이 계속 웃는 얼굴로 먹었다.

이제 와 그런 걸 확인하는 게 의미가 있을까, 스스로도 알 수 없는 마음으로 다이치는 기지마에게 물어보았다.

"지금, 눈앞에 식칼이 있고, 또 눈앞에 재일 한국인이 있다면, 기지마 씨는 그 재일 한국인을 찌를 수 있어요?"

기지마는 눈을 동그랗게 떴다.

"사람을 찌르면 경찰한테 잡혀가요오."

야키니쿠집에서, 큰 목소리였다. 다른 손님과 점원까지 이쪽을 봤다.

너무 타버린 안창살을 다이치는 자신의 양념 접시에 올려놨다.

"그럼 경찰에게 결코 들키지 않는다면? 기지마 씨, 거기 있는 재일 한국인을 찔러 죽일 수 있겠어요?"

은근히 답을 기다렸는데 눈을 빙글빙글(글자 그대로) 돌리기만 하는 긴 침묵이 이어졌고, 꼭 이 질문만이 아니라 그에게는 '가정의 질문'이 어려운 모양이었다. 가정의 세계란 존재하지 않는 세계와 마찬가지 아닌가, 라고 말하는 태도였고, 그것은 다이치도 조금은 알 것 같은 기분이었다.

그가 진정한 차별주의자였다면 납득하기 쉬울까. 애초에 진정한 차별주의란 또 무엇인가. 농담으로 하는 차별주의도, 물론 만 번 죽어 마땅하다. 기지마는, 그러면 만 번 죽어 마땅한 것일까?

어쨌든 이미 '마지막 장기말'은 결정됐다. 선별부터 다시 시작하는 것도 불가능하진 않지만, 끝이 없을 것이다.

문제는 내가 그걸 정말로 할 수 있을까, 하는 점이다. 다이치는 몇 번이나 스스로에게 질문하고 있었다.

정말로 나는 기지마 나리토시를 죽일 수 있을까?

매주 하루나 이틀, 날을 정해 만난다. 의무적으로 반드시 만난다. 그리고 이야기를 듣는다. 오로지 듣기만 한다. 시간은 두 시간을 넘기지 않도록 한다. 상대의 집에는 아무리 초대받아도 가지 않는다(본가니까 갈 수 없다). 다이치의 집에도 당연히 들이지 않는다. 식사 비용은 반드시 다이치가 낸다. 택시로 집 근처까지 반드시 바래다준다. 이야기를 들은 바로는, 적어도 매스컴 등이 정보를 캐낼 수 있는 범위 내에서는 그에게 한반도 출신의 선조는 없는 것 같았다.

파란 반투명 비닐 커튼으로 구분된 멕시코 음식점의 개인실에서는 이제 그에게 마음껏 손을 잡게 한다. 마음껏 목에 매달리게 한다. "같이 이불 속에서 자고 싶어요오"라는 자신의 발언에 스스로도 놀란 듯, 눈을 마주치자 기지마는 "……그런 의견도 있긴 한데"라며 얼버무렸다. 다이치는 미소를 지어준다. 이탈리안 음식점에서는 파스타와 와인의 종류에 대해서 알려주고, 그리스 음식점에서는 여성과 자연스럽게 대화할 수 있도록 이끈다. 그가 계속 원하던 것, 무조건적으로 사랑하고 받아들여주는 '부모' 같은 존재가 되어준다.

시간이 임박해 있었다. 기한이 있는 일은 아니지만, 여러 가지 것들이 병행적으로 일어나고 있어서, 그 **때**가 다가와 있었다. 말하자면 이 이상적인 관계도, 기한이 있다는 걸 알기에 이렇게 아낌없이 줄 수 있는 것이다. 아니라면 이 남자 따위 평생 거들떠도 보지 않았을 것이다.

그러나 이미 알게 되고 말았다. 끌어안기고, 그에게 '아빠'라고 불리게 되었다. '형'이라고 불린 적도 있다. 그때그때 다르다.

그가 제국복고당에서 발을 빼게 만드는 것, 배외주의 사상과 결별하게 만드는 것은 쉬울 것이다. 어쩌면 그렇게 해야 하는 것 아닐까. 그런 것이야말로 계획하고 실행하는 게 좋지 않았을까. 기지마 같은 사람에게 한 명씩 파고들어서, 친해져서, 이야기를 잘 들어주고, 그리고 슬쩍 설득하는 것이다.

그러나 물론, 그런 활동은 제한적이다. 언제까지고 비밀리에 행동할 수 있는 것도 아니고, 리스크가 커진다. 효과도 급속하게 떨어진다. 게다가 그러한 꾸준한 활동은 분명, **우리들의 취향도 아닐 것이다**.

"아빠, 라고 불러도 되나요." 기지마가 말했다. 다이치에게 매달린다.

"우리 천사" 하고 불러주었다. 무척 기쁜 듯이 이를 드러내고 웃는다.

이런 그를, 나는 정말로 찔러 죽일 수 있을까? 나이프를 가슴에 몇 번이고 찌를 수 있을까? ……그건, 그 때가 오면 알게 되는 일이겠지만.

박이화(야마다 리카)의 블로그

부산광역시
5월 2일

한국 상륙 첫날로부터 약 1개월 후

지난 포스팅에서는 실례가 많았습니다. 그 뒤로 저는 고열이 나서(지혜열이겠죠) 앓아누웠는데, 그간의 사정은, 그래요, 아무래도 상관없는 일이겠지요. 오늘은 꼭 써야지, 이번 주는 꼭 써야지, 그렇게 생각만 하다가 겨우 일본의 골든위크[24] 시기에 맞출 수 있었습니다.

저는 완전히(체력적으로는) 회복했고, 그래서 지난 포스팅에서 미처 하지 못한, 늘 하던 '그 코멘트에 공식적으로 답하겠습니다' 코너를 조금 앞으로 가져와서 변칙적으로 이 포스팅 서두에 두 건만 소개하고자 합니다.

우선 'ttsnow' 님, 지적하신 대로 한국 국가안보정보원 사람과

24 4월 말부터 5월 초까지 공휴일이 모여 있는 일주일을 말함.

의 대화를 그대로 블로그에 공개하다니, 저희들에게 이익이 되기는커녕 압력이 되어 우리 스스로를 괴롭히는 일이 될지도 모르겠습니다만, 지난 포스팅에서도 적었듯 저는 민주주의의 신봉자입니다. 그렇다면 그 근간인 표현의 자유를 우리 스스로가 솔선해서 실천해야 하지 않겠는가 하는 생각이 저를 어쩔 수 없이 움직이게 했습니다.

물론 프라이버시 보호에는 최대한 유의하겠지만, 상대는 직함이 있는 공인입니다. 권력 측 사람입니다. 저는 있었던 사실을 글로 쓸 것입니다. 그것을 백일하에 드러낼 것입니다. 우리들이 한국에 온 것은 폐쇄적인 집단생활을 하기 위해서만은 아닙니다. 그저 도망친 것도 아닙니다.

글을 쓸 겁니다, 앞으로도.

다음으로 '나카세네카' 님, 역시 지적하신 바와 같이, 그래요, 저는 전혀 리더 자질이 없는 '약해빠진 여자'입니다. 말씀대로 '끌려온 다른 녀석들도 불쌍하다'고도 생각합니다, 정말로.

그래도 뭐, 제가 눈물이 많은 건 사실이지만 한편으로는 냉철하고 무감정한 면도 있거든요. 사실 일본에서 나름대로 이름이 알려진 기업의 정사원으로 일하던 무렵, 파견 종료를 통보하는 역할을 아무렇지도 않게 척척 했으니까요. 그리고 청년회만 해도, 동료에게 추방을 선언하거나 힐책하는 일을, 눈물 한 방울도 머금지 않고 해냈으니, 제가 나카세네카 님이 지적하신 것보다 훨씬 '뱀 같은 여자'라는 사실은 말씀드려야 할 것 같군요.

그리고 참, 메이드 인 재팬이 '세계 제일'이던 시대는 이미 한참 전에 지났답니다(라고 저는 생각합니다). 디자인은 제가 어린 시절부터도 촌스러웠지만, 지금은 품질 면에서도 그 신화가 무너지고 있어요. 어떨까요, 제 현실 인식과 나카세네카 님의 생각 중 어느 쪽이 맞을까요.

단, 당신들을 기분 좋게 만들 제 솔직한 심정을 한 가지 말씀드리자면, 일본 맥주의 맛과 '다양성'은 틀림없이 세계 최고 수준이라는 것에, 저는 조금의 망설임도 없이 찬성을 표하겠습니다. 그 부분은 백기를 들고 전면 항복합니다. 그 점에서 한국 맥주는 지금도 아주 보수적이고 배타적이고 다양성을 받아들이려고 하지 않아요. 진화가 없고 갈라파고스적입니다. 매일 밤 실망하고 있어요. 여기 와서 저는 완전히 벨기에 맥주파가 되었습니다.

그럼 슬슬 지난번의 뒷이야기를 하도록 하죠(지난번에 했던 이야기는 다시 하지 않겠습니다). 한국 상륙 첫날, 부산해양경찰서. 취조실에서 겨우 나온 저는, 그곳에 오신 마수미 아버님의 발아래 엎드려 엉엉 울었었지요.

그러나 물론 그 눈물은 아무것도 씻어가지 못했다. 용서받을 수 있을 리가 없었다. 그저 내게 떠오른 것은 예전에 수미가 했던 말.

수미의 아버님은 한국의 우수한 엔지니어로 일본 회사에 스카우트된 분이었고, 어머님은 일본인이었다. 말하자면 믹스. 수미가 괴로운 후회의 심정으로 해주었던 이야기 중에는, 도저히 한국어 억양을 고치지 못하는 아버님의 일본어가 너무 싫어서, 어릴 적에는 줄곧 아버님과 밖에서 함께 있는 것을 피했다고 한다. 가족 여행도 어머님과 둘이서만 가고 아버님은 늘 집을 지켰다. "아빠 싫어, 창피해"라고, 어렸던 수미는 수도 없이 말했다고 한다.

그러나 그 일로 수미의 아버님이 불만스러워했던 적은 한 번도 없었다고 한다. 다정한 눈빛으로 알겠다고 했을 뿐.

이제야 딸이 아버지의 관대함과 고독함을 깨닫고, 그 사랑에 응답하려고 한 지 몇 년도 되지 않았는데. 여러 사정이 있었음에도 딸이 자신이 사는 한국에 오는 것이 좋다며 기뻐했던 아버님이었는데, 하필 이때.

내친김에 말하자면, 수미의 아버님과 어머님이 이혼하신 것은 애정이 파탄에 이르렀기 때문은 아니다. 계기는 치과의사였다.

정기검진차 치과를 처음 방문한 아버님은, 충치가 발견되었다며 그날 이를 두 개나 발치하게 되었다. 고액의 치료비가 청구되었다.

아버님이 그 의사가 차별주의자라고 단정한 것은 아니었다. 그게 아니라, 혹시 차별적 대우를 받은 건 아닐까, 하는 의심과 공포, 그런 생각을 도저히 떨쳐버릴 수 없는 환경이, 아버님은 끝내 지긋지긋해진 것이다.

그 기분은 나도 잘 안다. 이 부당한(혹은 부당할지도 모르는) 취급은 과연 차별을 바탕에 둔 것일까? 알 수 없다. 병원 대기실에서 나보다 뒤에 온 사람의 이름이 먼저 불리는 것이 과연 정당한 것일까, 구청 직원의 냉정한 태도는 나 말고 다른 구민에게도 똑같을까, 콜센터에서 전화로 이름을 밝힌 뒤에 태도가 변한 것 같은 건 내 신경이 과민한 탓일까, 재일 코리안끼리 갔던 음식점에서 나온 이 음식은 과연 깨끗할까, 하나하나 의심하게 되는 그런 세계, 그런 환경.

수미의 어머님은 함께 한반도로 건너오기를 선택하지 않았다. 그렇다고 어떻게 어머님을 원망할 수 있을까. 그리 간단한 일이 아니다.

그리고 이러한 이별에 내몰린 한일 부부의 사례는 이 밖에도 훨씬 많다. 이런 일에 상상력을 발휘하려고 하지 않고 오로지 개선가를 부르는 얄팍한 차별주의자들이여. 당신들은 무엇이 그렇게 기쁘고 신이 나는가. 어떻게 그렇게 아무렇지 않을 수 있는가. 한 가족이, 혹은 여러 가족이, 실제의, 현실의, 방금까지 확실히 그곳에 존재했던 가족과 아이들이 절망에 내몰리는데도, 당신들은 어떻게 그렇게 코웃음 치며 박수갈채를 보낼 수 있는가. 어떻게 '한국인과 결혼한 게 잘못'이라거나 '이런 시대니까'라며, 스스로의 차별하는 마음을 얼버무리기 위한 자기변호를 준비할 수 있는가.

수미 아버님의 발 앞에 한동안 엎드려 울다 일어난 내 뒤에는 우리 아이들이 한데 모여 있었다.

우리 아이들. 그렇구나, 단순히 내게 거짓말을 한 것이다. 역시 취조받은 건 나 혼자였다.

나는 국가안보정보원 남자 쪽을 돌아보지 않았다.

시간을 계산해보면 수미의 아버님은 내가 연락을 드린 뒤 바로 이쪽으로 오신 셈이었다.

물론 딸이 행방불명됐다는 통보를 받았으니 허겁지겁 달려오신 건 아버지로서 당연한 일이었을 것이다. 그러나 우리를 원망하면 모를까 보호할 의무는 없을 텐데도, 아버님은 우리들을 경찰서에서 빼내주셨을 뿐만 아니라 무척 배가 고프던 우리들에게 명물 전복죽(또는 해산물을 못 먹는 아이에게는 야채죽)을 결코 싼값이 아닌데도 하나씩 사주셨다.

식당에서 물이 든 스테인리스 컵을 들어 올리는데 손이 덜덜 떨려 창피했다. 식욕 따위 있을 리가 없다고 생각했고, 실제로 눈앞에 차려진 죽을 봐도 조금도 식욕이 돋지 않았다. 입에 넣어도 아무 맛도 나지 않을 것 같았다.

전복 내장이 들어간 황금색 죽을 먹으며, 처음 몇 입은 역시 '싱겁네, 소금 좀 넣을까'와 '전복 살이 들어갔다는데 작게 다진 거라 아쉽네' 하는 건조한 감상만 들었는데, 나는 금세 그 깊은 맛에 빠져들었다. 숟가락이 멈추지 않았다. 아버님과 수미의 이야기를 하는 일에 집중하면서도, 한편으로 입맛을 다시는 일에도 몰두하고 있는 나의 끔찍한 생존 본능. 다진 전복 살은 쫄깃하니 맛있었고, 입안에 바다의 맛이 펼쳐졌다. 조만간 또 먹으러 오고 싶었다. 바다에 면한 이렇게 가까운 나라에서도 일본과는, 우열이나 좋고 나쁨의 문제가 아니라 맛이 다르다. 나의 생명력이 천박하다는 생각도 들었지만 맛있는 것은 맛있는 것이다. 몸도 따뜻해졌고, 단순하게도 떨림도 멎었고, 배 속에 무언가 들어 있다는 것은 좋은 일이라고, 시시한 생각이지만 정말로 그렇게 생각했다.

수미의 아버님께선 우리들 전원의 고속버스 요금까지 내주셨다(6명분. 꽤 큰 금액이다. 이 지나친 후의를 우리는 도저히 거절할 수 없었다).

아버님과 이별할 때도, 나는 리더라는 위치에 있으면서 스스로가 울보라는 게 견딜 수 없었다. 그렇지만 지카나 와카나 등 다른 멤버도 울고 있었다. "이대로 혼자가 되는 게 두려워"라고 말씀하셨던 아버님께는 "빠른 시일 내에 꼭 찾아뵙겠습니다"라고 약속을 하고, 잠깐의 이별을 하기로 했다.

남성 멤버 수준으로 짐이 적었던 수미의 유일한 짐인 륙색을 아버님이 메고 있었다. 여성용이니까 아무래도 작아 보였다.

나일론 재질의 륙색. 오랫동안 봐온—그것이 사무소 안에 있으면 '아아, 수미가 벌써 왔구나' 하고 알 수 있었던—익숙한 그것. 푸른색의 조금 낡은 륙색은 늘 내팽개쳐진 것처럼 굴러다녔는데, 대체로 수미는 물건을 험하게 쓰는 편이었다. 수미가 가까이 있다는 걸 알 수 있었던, 모습은 보이지 않아도 조만간 돌아오리란 것을 알 수 있었던, 그녀의 분신 같은 표지였던 륙색은 아버님이 잘 가지고 가셨다.

고속버스에서 내려서 시내버스를 두 번 갈아탈 쯤에는 이미 날이 저물어 있었다. 한국은 역시 언덕이 많다. 길의 포장은 점점 나빠지기만 했다. 가로등도 적고, 나무로 된 전신주는 기울어 있었다. 차체가 낡고 길이 나빠도 앱이 잘되어 있어서 지금 어디를 달리고 있으며 몇 시쯤에 목적지에 도착할 것인지, 운전기사의 이름과 자기소개까지 알 수 있었다.

식비는 일본과 다름없을 정도로 한국도 급등했지만, 시내버스 등의 교통비는 여전히 저렴했다. 전자화폐는 일본보다 보급되어 있다. 그러나 '버스가 정차한 뒤 자리에서 일어나주십시오'라는 일본 문화와는 정반대로, 내릴 때는 운행 중이라도 문 가까이에 서 있어야 하는 것도 변함없었다. 또 '유교에 지배된 한국인'이라고 야유를 받기도 하지만, 사실 나는 버스 안에서 중학생 정도의 남자아이에게 자리를 양보받았다. 그 일로 완전히 감동함과 동시에 낯간지럽기도 하고 쓴웃음이 나오기도 해서 다른 멤버의 얼굴을 볼 수가 없었다.

긴 하루였다. 그러나 목적지에 도착했다고 바로 쉴 수 있는 것은 아니었다.

우리들은 천성의 친척 집 별채에 살기로 되어 있었는데, 나와 멤버 몇 명은 작년에 미리 방문을 해서 어떤 느낌으로 생활하게 될지 확인했고, 전기, 가스, 수도 등은 도착 당일까지 연결되도록 부탁해두었다. 그렇다고 가자마자 바로 새로운 생활이 시작되는 것은 아니었으며, 먼저 보내둔 짐을 풀지 않으면 침구도 없었는데, 그것만 해도 가벼운 노동은 아니다.

그런데 우리들은 힘들게 도착하자마자 천성의 친척에게서 꾸중을 듣게 되었다.

그것도 어쩔 수 없는 일인지도 모른다. 천성이 전화로 사태를 자세히 보고했지만, 그럼에도 도착 첫날부터 자살한 사람이 나오지 않나 경찰 신세를 지지 않나, 친척의 이야기에 따르면 '환영식을 위한 식사도 준비했는데' 도착한 것이 밤 11시경이었으니, 기껏 준비한 환대가 엉망이 된 것에 분노하는 것도 당연할 것이다.

천성의 아내인 지카가 빈혈로 인해 현기증을 보이는 바람에 우리들은 꾸중에서 일단 해방되었는데, 그 뒤 별채에 들어가니 또 아연실색할 사태가 기다리고 있었다.

별채의 창문이 일부 깨져 있었다. 다들 얼어붙었다. 받은 열쇠로 문을 따고 들어가 불을 켰다(전기는 들어와 있었다). 그리고 확인을 거쳐 파악한 사실은, 일본에서 미리 보내놓은 짐이 전부 풀어져 있었고, 그중 몇 가지는 도둑맞아 있었다.

장호의 오디오 세트 등 딱 봐도 비싸 보이는 물건만 골라서 훔쳐 갔다.

가엽게도 장호는 본인의 말에 따르면 대학생 시절부터 모아온 '케이블 하나에 2만이나 3만 엔은 하는', 총액이 '100만 엔은 훌쩍 넘는다'는, 그렇지만 금액이 문제가 아니라 이제 두 번 다시 손에 넣을 수 없는 귀한 기기도 들어 있었다는 그 짐을 도둑맞고 말았다. 희귀한 레코드나 CD가 빼곡하게 들어찬 상자도 마찬가지였다.

"가져가봤자 가치도 모르는 것들이!" 그때까지 쌓인 울분도 있어서인지, 장호는 웬일로 감정을 분출했고 심하게 낙담했다.

동준과 와카나 부부가 보낸 텔레비전과 녹화기 세트도 도둑맞았지만 버리기 아까워 보냈던 것이기에, 역시 안타까운 것은 수집가 기질이 있는 장호였다.

그렇다고 수미를 잃은 지 얼마 되지도 않았는데 고작 '물건'을 잃은 것 가지고 오늘 아침보다도 큰 소리로 한탄하지는 마, 울부짖지는 마, 가볍게 절망을 입에 담지는 마, 하는 생각도 들었지만, 그가 오디오 마니아임을 오래전부터 알고 있던 우리들로서는 가볍게 충고할 수는 없었다. 진정한 가치는 모르지만 덩달아 어깨가 무거워질 만한, 가여운 이야기이기는 했다.

……그래도 조금만 조용히 해, 라는 생각도 들었다.

본채로 가서 천성의 친척에게 도난 사실을 알리고 "내일 경찰에 신고하려고 해요"라고 전하자, 그는 엄청난 기세로 반발했다. 요는 소란을 피우지 말라는 것이었는데, 도난은 도난이므로 나는 물러서지 않았다. 이 경우 재난을 당한 것은 우리들 쪽일까, 관대한 마음으로 우리를 받아들이기로 결정한 친척 쪽일까.

이 또한 친척인 그로서는 당연한 생각이지만, 별채를 무상으로 제공하는 것이 불안하다며 보증금 조로 월 30만 원은 냈으면 좋겠다는 이야기가 나왔다. 애초에 무상이라는 것이(별채 건물을 생활할 수 있도록 수리하는 것도 전부 알아서 한다는 전제가 있기는 했으나) 너무 좋은 조건임을 우리들은 자각하고 있었으므로, 모두와 상의하에 기꺼이 지불하기로 다음 날 아침에 동의했다.

별채에서는 유리창의 응급처치와 짐 풀기, 수미의 유품을 아버님께 보내기 위한 작업 등을 했다. 지친 가운데에서도 다들 야무지게 움직여주어서 어떻게든 오늘 밤은 잘 수 있을 것 같았다. 도둑맞은 것은 가전제품 등의 눈에 띄는 고급품뿐이었고, 다행히 의류나 침구 등은 무사했다. 그 사실은 장호 이외의 모두를 안심시켰다.

이윽고 순서대로 샤워를 했다. 따뜻한 물도 무사히 나왔다. 이 또한 진정으로 안심되는 일이었다. 일본에서 가져온 변압기와 변환 플러그를 사용해 충전도 문제없을 것 같았고, 더 필요한 물건은 내일이라도 사러 가면 된다고 결론지었다. 샤워를 기다리는 사람, 샤워를 끝내고 나온 사람, 저마다 분주하게 일본에 남겨두고 온 가족과 친구들에게 전화를 하거나 메시지를 보냈다.

내 휴대폰이 울렸다. 발신자는 서울에 사는, 오늘 아침 내가 변호사 파견을 부탁했던 분이었다. 내용은 연락이 늦었다는 것과 '도움이 되지 못한 것'에 대해 사과하는 메일이었다.

천만의 말씀이다. 상하이로 이동 중이라 메일을 확인하지 못했다는데, 그런 일은 당연히 있을 수 있다. 갑자기 무례한 부탁을 한 건 내 쪽이다. 나는 저야말로 죄송했다고 사과하며 앞으로의 오랜 인연을 모쪼록 잘 부탁드린다는 메일을 서둘러 보냈다.

그리고 거의 다 잠자리에 들었다. 불쌍한 장호는 아직 잠이 오지 않는 모양이었다. 수미가 없는 대신 그가 좀 더 큰 개인실을 사용하게 되었는데, 그날 밤은 원래 그에게 할당되었던 비교적 좁은 방, 이제는 창고로 사용하기로 한 길쭉한 공간에서 책상다리를 하고 술을 마시고 있었다.

이상한 예감이 들어 그 방을 노크하고 들여다보니 면세점에서 인원수만큼(마시지 않는 아이도 포함해서 구입할 수 있는 한계까지) 사온 시바스 리갈 중 한 병을 따서 마시고 있었다. 나는 쓴웃음을 짓고 "스트레이트로 마시지 마"라고 말했다. "여기 수돗물은 맛있으니까 희석해서 마셔."

그리고 마루로 나가서, 한국에서 사기에는 관세가 너무 비싸서 무척 귀중한 양주를 나도 함께 마셨다. 그러는 사이에 오바 와카나가 웃는 얼굴로 불쑥 나타나서(술꾼은 술에 관한 후각만은 예리하다. 참고로 와카나의 남편, 곰처럼 커다란 남자인 동준은 맥주 한 잔이나 두 잔이 한계다) 우리들 셋은 안뜰을 비추는, 단단하게 빛나는 달을 올려다보며 잘도 마셨다. 다른 멤버는 푹 잠들어 있었다. 우리들은 말을 거의 하지 않고 술만 마셨다.

그런데 현실이란 참 다양한 색의 그라데이션으로 이루어져 있다. 나는 이번 포스팅을 이대로 어두침침하고 시리어스한 톤으로 끝낼 생각이었지만, 그렇지 않은 현실이 최근 며칠 사이에 일어났다.

재일이 아닌, 한반도에서 태어나서 자란 한국인을 실제로 아시는 분은 익숙할지도 모르지만, 그들은(특히 윗세대일수록) 실로 배려가 없다. 깜짝 놀랄 정도로 주저가 없고, 물론 친절한 마음으로 그러는 것이겠지만, 아무튼 우리들의 정신 구조로는 그 열의에 화들짝 놀라고 만다.

그렇다, '우리들의 정신 구조'라는 점이 포인트인데, 그러니까 우리들은 역시 '문화적'으로는 '일본인'이었던 것이다. 아무리 부정하려 해도 그건 사실이다. 한국에 오기 전부터 알고 있던 사실.

아무튼 '오지랖'이라고 해야 할까, 고작해야 이삼일 전에 알게 된 우리들에게 가까운 상점가의 아주머니들이 채소를 잔뜩 가져다주셨는데, 이게 또 깜짝 놀랄 정도로 맛있었다(음식 이야기뿐이구나, 나는……).

첫날은 아주머니가 집에 성큼성큼 들어와 부엌을 사용하시는 것도 "예, 쓰세요" 하며 넘어갔다. 채소로 '튀김'이라는, 일본의 덴푸라와 비슷한 것을 만들어주셨는데 이게 더할 나위 없이 맛있었다. 물론 생채소로 만든 한국식 샐러드도 최고. 일본의 시골에 가면 이에 뒤지지 않는(혹은 전 세계 어느 나라에서도) 맛있는 채소를 먹을 수 있겠지만, 아무튼 우리들에게는 첫 체험이었고, 새로운 맛이었고, 과장이 아니라 하나하나 먹을 때마다 눈이 휘둥그레져서 서로를 바라봤다.

말하자면 한국으로 이주해서 처음으로 '이렇게나 채소가 맛있다!'라는 장점 하나를 금세 발견한 것이다.

그리고 이건 바로 어제 있었던 일인데, 또 다른 이웃 아주머님이 내가 그분의 아이에게 어학 과외를 해줄 수 있는지(물론 유료로) 제안하셨다.

며칠 전에 그 어머님과 오다가다 만나서 이야기를 나누게 되었을 때, 나는 그분이 묻는 대로 내 토익과 토플 점수를 대답했다.

"그러면 우리 딸이랑 아들한테 과외를 해주지 않겠어요?"

그렇게 말씀하셔서, 나는 그냥 인사치레일 거라고 생각했었다. 이야기가 있은 뒤 며칠 후였던 어제, 그분이 갑자기 아이 둘을 데리고 우리 집을 방문했다. 어머님의 말씀으로는, 중학생과 초등학생인 아이 둘의 공부 지도와 더불어, 맞벌이인 부모 중 하나가 집에 돌아올 때까지 아이를 돌봐주지 않겠느냐는 것이었다.

구체적인 금액(한일 어느 쪽의 수준으로 봐도 결코 적지 않은 시급이었다)까지 포함한 정말로 '구체적'인 이야기가 갑자기 나와서, 정말이지 한국적인 급속 전개구나, 하고 쓴웃음을 지었는데, 어찌 되었든 한국에 온 지 한 달 만에 안정적인 수입원을 얻게 된 것이다.

한국에 오기 전부터 약속했던 인터넷을 통한 번역 일도 합하면 우리의 '농업 생활'이 결실을 맺기 전이라도—물론 조금 더 수입을 늘려야 할 필요는 있지만—저금으로 생활하는 상황에서 어쩌면 예정보다 빨리 벗어날 수도 있겠다. 그런 희망적 관측이 생겼다.

현실이란 신기하게도, 불과 한 달 전에 우리들은 한 동포를 잃고, 국정원 사람에게 심문당하고, 일본에서 보낸 짐 중에서 고급품만 도둑맞은 한편, 지역 사람들에게는 묘하게 환대받고 새로운 일도 차츰 들어오고 있으니, 사람의 일이란 참 알 수가 없다.

그러니까 마수미. 너는 역시 경솔했어. 아무리 눈앞의, 한때의 상황에 절망했다 한들, 앞으로의 다양한 가능성까지 내던질 건 없었는데.

이 마을은 고령화가 심각하다고는 해도 젊은 친구들도 아예 없지는 않고, 생각보다 민족적, 문화적으로 다양해, 외부인인 우리들도 지역 사람들과의 교류에 적극적으로 참여하려는 의지로 가득 차 있어. 우리들은 앞으로 나아갈 거야, 수미.

마수미. 너의 섬세함, 우리가 아무리 걱정해도 받아들이지 않던 너의 고집스러움, 사랑을 위해서는 먼저 고백하는 당찬 성격이기도 했지. 그리고 이해관계가 없는 자원봉사일수록 더욱 힘쓰기도 했지, 수미. 노래방을 좋아했고, 혼자 밥을 먹는 게 아무렇지도 않다며 혼자서 고깃집에도 몇 번이나 갔고, 과거에 대해서 툭 터놓고 이야기하는 것에 전혀 거리낌이 없었던, 수미.

거의 항상 쓰고 있었던 마스크 아래의 귀여운 미소를, 잘 어울리고 사랑스러웠던 안경 쓴 모습(그걸 벗었을 때 좀 더 앳되어 보이는 생김새도 포함해서)을, 우리는 영원히 잊지 않을 거야.

수미가 편안히 잠들기를, 나는 오로지 기도한다. 우리 모두 그렇지만, 수미에게도 이 현세가 평온하게 지낼 수 있는 곳은 아니었다는 뜻이겠지. 힘들었지, 수미. 저세상에서는 부디 수미를 위한, 한없이 평화로운 세계가 기다리고 있기를. 그렇지 않다면 신이나 천국이라는 개념이 무슨 소용일까?

이 세상을 등진 모든 여린 아이들을 위해 가장 멋진 낙원을 준비하길. 신이 있다면 적어도 그 정도는 해야 할 것이다.

그럼 지난번에 하지 못한 두 코너를 이번 포스팅에서는 진행하겠습니다.

우선, ……이건 매번 평판이 좋지 않지만 저로서는 꼭 하고 싶은 좋아하는 시의 인용과 소개인데, 아무리 비판받고 놀림당해도 이것만은 꼭 하겠습니다.

이번에 소개하고 싶은 것은 안나 아흐마토바라는 1889년생 러시아 시인의 작품입니다. 여느 때처럼 생애 등의 정보는 이곳의, 안나에 대한 사랑으로 가득한 한 개인이 소개하는 사이트로 이동해서 읽어주시면 좋겠는데, 요약하자면 그녀는 스탈린주의 아래 전 남편이 총살되고 아들이 투옥되었으며, 스스로도 창작에 있어서 침묵을 강요당했습니다. 작품도 발매 금지 처분이 내려졌는데, 1953년 스탈린이 사망한 이후에야 겨우 따뜻한 햇살을 쬘 수 있게 되었습니다.

인용하는 것은 시집 《갈대》 중 〈마지막 축배〉라는 제목이 붙은 시로, 기노시타 하루요 씨의 번역입니다.

급하게 주석부터 달자면, 이 시에 있는 '폐허가 된 집'을 저는 '일본'이나 '한국'이나, 혹은 이천성의 친척에게 제공받은 이 '별채'라고 암시하는 것은, 물론 절대 아닙니다!

이때다 싶어 '반일'이라든가 '반국가'라든가, '너는 어느 쪽 진영이냐'라며 품위 없이 손가락질하는 행동은 부디 삼가주시기 바랍니다.

'폐허가 된 집'이란 추상적인 시구로서의 '폐허가 된 집'이며, 혹은 이 세계 전체이며, 혹은 저나 여러분의 마음속에 눌어붙은 '낡고 한동안 보살피지 않아 황폐해져버린 부분'이라고 할 수 있을지도 모릅니다.

폐허가 된 집을 위하여
지친 내 삶을 위하여
늘 따라다니는 고독을 위하여
당신을 위하여 축배의 잔을 마신다.
나를 배신한 입술의 거짓을 위하여
죽음의 냉기 서린 눈동자를 위하여
거칠고 잔인한 세상을 위하여
우리를 저버린 신을 위하여 이 잔을 마신다.

그럼 다음은, 이제 정말 마지막인 '장문으로 코멘트에 답장하기' 코너입니다. 이번 글에서는 변칙적으로 서두에서 이미 두 분께 답장을 했는데, 여기서도 마찬가지로 변칙적으로, 지난번 포스팅뿐만 아니라 지지난번 포스팅에 대한 코멘트도 포함해서 답을 하겠습니다.

그럼 여러분, 일단 잠시 이별입니다. 다음 기회에 또 뵙지요. '안녕 독자여, 살아 있다면 언젠가 또. 힘내서 가자. 절망하지 마라. 그럼 실례.' ……아니, 다소의 절망은 어쩔 수 없고 오히려 지성적이며 건강한 것이라고도 할 수 있지만, 그래도 여러분, 저도 당신도, 계속 절망만 하지는 말도록 합시다.

■ 시라카미 구니히코 님

시라카미 씨와의 인연도 오래되었네요. 처음부터 닉네임이 아닌 본명으로(본명이겠죠, 아마. 아니, 통명이라도 상관없어요. 저도 오랜 세월을 야마다 리카라는 통명으로 살았고, 통명 시절을 지금도 여전히 사랑하고 있으니까요. 이 블로그의 타이틀도 그걸 기념해서, 순서는 반대로 바꾸었지만 앞으로도 '야마다 리카'라는 문구는 지우지 않을 생각입니다) 저와 교류해주신 점, 그리고 지난번 블로그 코멘트란에 제가 일본을 떠나는 것에 사정없이 욕을 하시더니 끝에는 '솔직히 말해서 외로워!'라는 코멘트를 남겨주신 점, 저는 평생 잊지 않겠지요.

시라카미 님은 제 블로그 초창기부터 단골이신데, 솔직히 말씀드리면, 처음에 저는 '아아, 이 사람과는 평생 이야기가 통하지 않을 거야'라고 생각했습니다. 그런데 어떤가요. 시라카미 씨, 저는 오히려 제게 편견이 잔뜩 있었다는 걸 솔직히 고백하고, 순순히 제 어리석음을 사죄드립니다. 그도 그럴 것이, 지금은 이렇게 제가 일본을 떠나는 걸 시라카미 씨가 쓸쓸해하실 정도니까요.

저는 분명 오만했습니다. 그건 지금도 그렇겠죠. '공부하고 다시 와'라는 말이, 지금도 입버릇처럼 튀어나올 것만 같은 때도 있습니다.

우리는 서로 다가설 수 있을까요. 개인적 차원에서는 답이 간단합니다. 그래요, 우리들은 개인 차원에서는 너무나도 간단하게 다가설 수 있고, 서로 이해할 수 있고, '세상에는 여러 가지 일이 있지'라며 손쉽게 어깨를 끌어안을 수 있습니다.

시라카미 씨. 어떤 의미에서는 제게 있어서 일종의 누름돌이 시라카미 씨, 당신입니다. 앞으로도 부디, 제가 현실을 무시하고 이론으로 치우치려고 할 때는, 혹은 현실을 비관만 하는 몽상가가 되었다고 생각될 때는, 부디 인생의 선배로서 저를 꾸짖어주세요. 부탁드립니다.

■ xenev64 님

말씀대로 저는 '분명 나이보다 한참 촌스러운 할멈'이고, 사고나 기술이나 방법론이나 어휘까지 금세기 초반에 멈춰 있습니다. 간파당해서 부끄러울 따름이네요.

블로그라니, 그야말로 비효율적인 데다 많은 사람들에게서 버려져서 거미줄이 쳐진 이 도구를 저는 지금도 사용하고 있고, 심지어 이게 마음이 편한 수준이니, 제게는 약도 없습니다. 새로운 도구를 이용한 새로운 발신 방법은 다음 세대에게 맡기도록 하겠습니다.

■ JP.Roulette 님

말씀하시는 '재일로서의 인과응보'가 대체 무엇을 가리키는지 모르겠지만(아니, 사실은 알고 있지만 상대하지 않는 것이 가장 좋은 처세술이라고 수도 없이 배웠으니 저는 모르는 척을 하겠습니다. 애초에 당신들 일본인이 침략 행위라는 인과의 씨앗을……블라 블라 블라), 그렇지만 '동정받으려고 한다'는 문구에는 조금 끌렸습니다.

동정. 어떤가요? 경멸해야 할 단어일까요? 동정. 저도 10대 시절에는 정말 싫었습니다, 그 말이. JP 님도 문체를 보면 꽤나 젊은 분으로 짐작되는데, 역시 싫으신가요. 동정이란 게.

20대 중반 정도 되자 다른 관점이 생겼다고 할까, 저는 '동정'이라는 말에 그리 저항감을 느끼지 않게 되었고 '좋잖아, 동정. 동정하는 것도, 동정받는 것도. 그걸로 그럭저럭 세상이 잘 돌아간다면, 동정, 아주 환영할 만한데'라고 생각하게 되었습니다.

그리고 현재, 저는 이 '동정'에 대해서 어떻게 생각할까요. 동정이, 너무 받고 싶어요! 특히 JP 님, 당신 같은 분의 동정이, 과장 없이 빈정거림이나 비아냥도 일절 없이, 정말로 받고 싶어요! 당신에게서 동정받는다면 제 인생도 괴로웠지만 살아온 보람이 있었다고 생각할 수 있을 텐데. 그런 문장, 당신의 마음을 조금이라도 움직일 수 있는 문장을 저는 쓰고 싶습니다. 정진할게요.

■ @kinossii 님

네, 징병제에 대해서는 저희도 많이 이야기를 나눴고, 그 경위와 자세한 내용은 이 글과 이 글을 참조해주시면 좋겠습니다. 분명 우리 멤버 중 남자 셋은 모두 입대 연령에 해당하므로(한국 병역법이 최근 개정된 것은 저희도 알고 있습니다), 한국으로 '영주 귀국'을 신고하면 지적하신 대로 조만간 병역의무를 수행해야 합니다.

그러니까 이를테면, 남성 멤버만은 재외국민 자격을 유지한 채, 5년에 한 번씩 일본에 돌아가 영주권을 위한 수속을 하면서 지내다가 병역의무 연령 제한을 넘긴 시점에서 저마다 순차적으로 한국에 영주 귀국을 신고한다는 그런 방법도 생각했지만, 그들은 그런 선택은 하지 않기로 결정했습니다. 이는 그들 저마다의 자유의지입니다.

우리 그룹 남성 중에서 가장 연장자이자 또 한국어도 좀처럼 늘지 않는 사람인 구장호도 말로는 '각오하고 있다'지만 저는 회의적입니다. 그도 보게 될 이 블로그에 이런 걸 적어도 될지 모르겠지만, 우리 멤버 중에서 가장 지옥을 경험할 것은 장호일 것입니다. 적어도 입대 전까지는 필사적으로 한국어를 공부하고 몸을 단련해둬야 하겠지요. 저는 그걸 사전에 몇 번이나 그에게 경고해두었습니다.

■ 창매 님

미안해요, 창매. 특히 지난번 포스팅을 읽는 게 당신한테는 부담스러웠겠죠. 나도 쓸 때는 계속 창매(를 비롯한, 일본에서 사이좋게 지냈던 조선 국적 사람들)를 생각하면서도 어쩔 수 없다고 반은 포기한 채 썼습니다.

정말 미안해요, 창매. 구체적인 변명은 다음에 직접 메일을 보낼게요. 그래도 그것과는 별개로, 창매와 마찬가지로 '조선 국적'이면서 조선민주주의인민공화국에 대해서 동정심이랄까 애착을 느끼고 있는 사람들에게 저는 여기서 호소하고 싶은데요, 확실히 저는 일본에서는 당신들의 편인 것 같은 언행을 했습니다. 배외주의에 대항하는 데모 행진 등에서 함께 행동하기도 했죠. 조선 학교에 대한, 오늘날 일본 정부의 더욱 부당해진 차별 정책(심지어 외교적 성과에는 전혀 기여하지 않는, 그저 약한 자 괴롭히기)에 대해서도 우리 청년회 전체의 참가는 이루지 못했지만, 저는 개인적으로 참가하여 함께 구호를 외쳤습니다. 온 마음을 다했던 그때의 공동 투쟁 정신에 거짓은 없습니다, 정말로.

재일 코리안이, 한반도에서의 정세에도 불구하고 일본 국내에서는 남북 간에 큰 충돌이 없었던 것은 정말로 희한하고 멋진 일이라고 생각합니다. 또 제2차 세계대전 후의 혼란기 얼마간은 조직력이 보다 강고했던 조선총련 분들의 분투 덕분에 얼마나 많은 재일 코리안(그 소속의 남북을 막론하고)이 굶지 않을 수 있었는지, 인간으로서의 존엄을 지킬 수 있었는지, 법적 조력이나 인적 조력이나, 살아가기 위해 필요한 커뮤니티 서포트가 실제로 어떻게 이루어졌는지, 그게 얼마나 의지가 되었는지 하는 일화도, 저는 조부모나 증조부모 세대에게서 들어 알고 있습니다. 그 은혜에 빚을 졌다는 마음을 잊어서는 안 된다고, 몇 세대 아래인 저도 생각하고 있습니다.

그러니까 제가 쓴 글이 재일 코리안 안의 분단을 낳는 작은 단초, 상처의 시작이 된다면 그보다 슬픈 일은 없을 겁니다(그런 영향력이 저 따위에게 있을 리도 없지만, 그럼에도). 애초에 우리들의 이번 행동을 '귀국 사업'이라고 제가 유머 삼아 자칭한 것이, 조선 국적의 분들에게서(어떤 면에서는 정당한) 비판을 초래한 것도 사실입니다. 한편으로는 그럼에도 그 센스 없는 명칭을, 현시점까지도 제가 사죄하고 철회하지 않는 것은, 즉 제 의지입니다.

일본에서 얼굴을 마주하고 창매, 당신과(당신들과) 이야기를 할 때는, 저는 구태여 제 '반공' 사상 따위를 입에 담지 않았습니다(할 리가 없죠). 그게 당연한 예의라고 생각했습니다. 당신들은 38도선 이북에 지금도 친척들이 있거나 혹은 몇 세대에 걸친 정이 있기에(정은 결코 경시할 수 있는 게 아닙니다), 그래서 더더욱 저는 일본에서는 창매에게 그런 마음을 내보이지 않았고, 절도를 지켰습니다. 그리고 그건 옳은 행동이었다고 생각합니다.

그래도 우리들은 이제 다른 국면에 접어들었습니다. 우리들은 한국에 영주 귀국했습니다. 그리고 한국 국가안보정보원 사람에게(그가 소속명을 속이지 않은 한은) 분명히 경고를 받은 입장입니다. 그렇다고 해서 바로 창매가 우리들의 '적의 편'이 되는 건 아닙니다. 결코 아닙니다. 그러나 이제는 저도 공동 투쟁이나 예의라는 방패막이 뒤에 숨어 제 입장을 애매하게 유지할 수 있는 단계는 아니라고도 생각합니다.

그렇다고 해도, 역시 원망해야 할 것은 국가나 이데올로기에 의해 사람들이 단절되는 이 비극입니다. 원래대로라면 우리가 서로 마주 보며 웃고, 서로 양보하고 돕고, 함께 살아가는 것이 당연한데, 그게 허무하게 단절되고 말았지요.

창매, 그러니까 우리 이 허무하고 괴로운 세계에 함께 허무해하고 괴로워하면서, 그럼에도 함께 살아갑시다. 너무 절망하지 말고, 현실도피도 하지 말고, 가끔은 웃고, 가끔은 후련하게 울면서, 어떻게든 살아남아주세요. 저도 무슨 일이 있어도 살아남겠습니다.

또 메일 보내겠습니다. 사실 창매와는 다카라즈카 이야기를 하고 싶은데! 정치 이야기는 지긋지긋해요. 그야말로 '개벽 이래'라고 평가되는 톱 콤비(연기, 가창, 용모, 댄스, 존재감과 카리스마, 말발, 둘 다 정말 퍼펙트!)의 황금기인데, 그 점에서는 동시대의 일본에 태어나서 정말 다행이라고 무심코 말해버릴 정도였는데(아아, 한국 공연 같은 건 이제 불가능하겠지), 정말 안타깝습니다.

꼭 메일 할게요. 창매가 답장해주기를 저는 가슴을 에는 심정으로 바라지만, 설령 답장이 없더라도 창매를 정말 좋아했고 앞으로도 계속 좋아한다는 마음은 변함이 없다는 걸, 이곳에서 확실하게 선언해두겠습니다. 안녕! 당신이 조선 국적이고 내가 한국 국적인 게 뭐 어때서. 안 그래요? 안녕!

다우치 마코토(윤신)

도쿄도 신주쿠구
7월 17일

신오쿠보 전쟁이 시작되었다.

공식적으로는 '평화 데모 행진'이라고 주장하지만, 배외주의자들이 인터넷에서 공공연하게 '전쟁'이라고 부르는 것에서도 알 수 있듯, 혹은 타 도시의 코리아타운도 그렇게 망하게 한 경위에서도 알 수 있듯, 축제 분위기를 타고 헤이트 크라임을 하려는 비겁한 핑계에 불과하다. 엄청난 대인원이 참가한 행진에서 경찰과 기동대의 눈을 피한 몇 명의 광란자들이 근처에 있는 한국계 가게에서, 인권 지원단체 시설에서, 학교에서 난동을 피운다. 그 폭발적인 행동은 조직의 명령을 받은 것도 아니기에, 단체 상층부는 아무도 책임을 지지 않는다. 자기방어를 위해 뛰쳐나간 재일 한국인이 조금이라도 폭력을 휘두르면(당연히 그렇게 된다) 뒤늦게 도착한 기동대에게 제압당하거나 혹은 며칠 뒤 영장을 가지고 자택을 찾아온 경찰관에게 체포, 연행되는 것이다.

그날, 윤신은 오전부터 다이치의 맨션에 가 있었다.

나가고 싶어서 안절부절못하면서도 먼저 말을 꺼내지 못하는 윤신의 마음을 파악한 다이치는 "일부러 들러줘서 고마워"라고 말하며 그를 배웅했다. 아내와는 의논하지 않았다. 아침부터 병원에 간 그녀에게 물어볼 방법도 없었지만, 그게 아니라도 의견을 묻지 않았을 것이다.

윤신에게는 '린치 사건' 이후 처음 방문하는 신오쿠보였다. 그런 의미에서의 긴장이, 전투에 대비하는 마음보다 또렷했다.

윤신은 지금 그쪽으로 갈게, 라는 연락을 임슬기에게 보냈다. 신오쿠보를 떠난 윤신에게 일방적으로 근황을 보고하던 '오쿠보 수비대'의 유일한 멤버다. 같은 수비대의 주력팀인 가와토 형제에게는 간다는 말을 하지 않았다. 힘이 약한 임슬기는 당연히 후방부대에 속한다. 반대로 완력밖에 내세울 게 없는 주력팀은 이미 전선에 나가 있을 테고, 그래서 방해가 되지 않도록 연락은 하지 않는다, 라는 변명거리가 있어서 다행이었다. 신오쿠보를 떠난 지 2년이 채 되지 않았다고는 하나, 슬기 이외에게 연락을 하는 건 조금 부담스러웠다. 배신했다, 이 마을과 수비대를 버렸다, 그런 의식이 역시 조금은 있는 모양이다.

세이부 신주쿠역으로 내려간 윤신은 그곳의 칸막이 화장실에서 지문 방지 스티커를 열손가락에 붙였다. 안경은 아직 꺼내지 않았다. 너무 눈에 띄지 않게 빠른 걸음으로 걸었다. 그러나 내친김에 데모대의 출발점인 오쿠보 공원을 엿보았다. 배외주의자들로 보이는 사람들의 모습은 없었다. 축구 코트와 농구 코트에서 겉보기에 다양한 민족으로 보이는 청년들(소년들은 아니다. 그리고 코리안은 없을 것이다)이 게임에 열중하고 있었다. 근처에선 하나밖에 남지 않은 흡연소가 공원 안에 있는데, 몇 명이 웅성대고 있었다. 데모에 관련된 모습처럼은 도저히 보이지 않았다. 그러니까, 완전한 일상이었다. 공원 주변에는 호스트처럼 보이는 남자들이 모여 있었다. 경찰관 같은 모습은 한 명도 보이지 않았다.

공원을 벗어난 거리에, 일장기를 든 젊은이들이 세 명 있었다. 여자가 한 명, 남자가 두 명. 아직 10대일 것이다. 데모에는 기가 죽어서 참가하지 못했거나, 단순히 질렸거나. 남자아이는 일장기를 레이싱 깃발처럼 흔들었고, 여자아이는 머리에 둘러 햇빛을 가리고 있었다.

이 동네는 분명 우리들의 동네였다고, 윤신은 생각할 것도 없이 그저 느꼈다. 그러나 미국 출신인 윤신뿐만 아니라, 당시의 동료들 대부분이 신오쿠보 출신이 아닌 외부인이었다.

양국의 관계 악화와, 도쿄도의 헤이트 규제 조례가 새 도지사 아래에서 '표현의 자유에 저촉될 가능성이 있다'는 이유로 다시 폐지된 것, 그리고 배외주의자들에 의한 집요한 괴롭힘과, 손님의 발길이 끊기면서 격감한 수익 등의 원인으로 인해 뉴커머 한국인들은 신오쿠보에서 서서히 떠났고, 대신 다른, 대부분 관동 지방의 코리아타운에서 온 가와토 형제 같은 올드커머들이 모여들어 있었다.

그야말로 엎어지면 코 닿을 거리인 가부키초의, 구루스가 안내

해준 저렴한 룸살롱에서 가와토 아츠시는 이렇게 말했었다.

"나는 신오쿠보에 오길 잘했다고 생각해. 그대로 그 슬럼에 있어봤자, 결국은 누군가를 죽였거나 내가 죽었을 거야."

가와토 겐이 말했다.

"죽이지 못해서 상해죄로 체포되어도 우리들은 강제송환되겠지."

가와토 형제는 둘 다 한국 국적이었다.

"그때는 우리 조직에서 어떻게든 대처할 거야."

그렇게 말한 것은 일본인인, 폭력단 조직원 구루스였다. 그만은 신오쿠보 출신이다. 신오쿠보를 포함한 신주쿠에 대한 애착이 각별히 깊고, 그래서 공권력에 대한 반항 의식이 과민할 정도로 강했다. 그 두 가지 심성과, 야쿠자스러운 의협심이 그를 배외주의 운동에 대한 분노로 몰아넣은 모양이었다.

당시 뚱보인 혼조를 포함한 이곳의 녀석들은 야비한 행동에 험한 말투를 쓰는 것이 '상식'이었다. 겉보기에도 흉폭 그 자체였고, 타투가 없는 자는 전무했다. 피어스도 여기저기 하고 있었다. 또 저마다 무언가에 베인 상처나 다양한 화상 자국이 있었고, 정수리의 수술 자국으로 인해 머리가 벗어졌거나(가와토 아츠시) 한쪽 눈의 시력이 거의 없는(구루스) 녀석들뿐이었는데, 그건 그것대로, 검은색 트라이벌 타투가 목 뒤에서부터 뻗어 있는 윤신으로서는 꽤나 마음 편한 곳이었다.

싸움 실력이 가장 중시된다는 점도 심플했는데, 그래서 더더욱 그들은 윤신을 거두어서 애지중지했다. 당시에는 최연소였지만 커뮤니티에 스며드는 단계에서 여러 명의 남자에게 아픈 꼴을 보게 한 것만으로도 우대받을 수 있었다.

옆자리의 호스티스를 난폭하게 끌어안으며 가와토 아츠시가 말했다.

"태어난 고향을 버렸다면서 고향 녀석들이 우리를 욕하는 모양인데, 그딴 동네, 버리는 게 당연하지. 완전 지옥도였고, 미래도 없고, 눈앞의 돈만 좇고 다른 노력도 안 해. 대안도 내지 않는 주제에 불평만 하지."

가와토 겐이 말했다.

"나쁜 건 생활보호를 갑자기 끊은 일본 정부잖아."

"알아! 그 정도는." 아츠시는 조금 격노했다. 금세 목소리가 거칠어지는 게 여기 녀석들의 특징이다. "알지만, 당하고만 있을 순 없잖아. 한국 정부가 우리를 구해줄 것도 아니고."

왜 이 사람들은 냉큼 일본으로 귀화하지 않는 걸까? 미국 국적과의 두 선택지 중에서 일본 국적을 택한 윤신의 머리를 이 의문이 몇 번이나 스쳤는지 모른다. 실제로 입 밖에 내어 물어본 적도 있지만, 항상 대답들이 애매했고 어쩐지 감정적이었다. 윤신이 이해한 바에 따르면, 그것은 타당한 이유가 없는 단순한 아집이나 자존심이었다. 착각에 지나지 않는 아집에, 근거 없는 자존심. 그러나 그런 핑곗거리가 없는 단순한 아집과 자존심이 행동 지침으로 굳어져버리는 것은, 윤신으로서도 크게 공감할 수 있는 부분이었다.

혼조가 호스티스 대신 가와토 아츠시의 위스키를 물에 희석하며 말했다.

"우리 친아버지는 생활보호가 없어져서 다행이었지만요. 성실히 일하게 됐으니까. 성실히, 라고 해봤자 러브호텔의 청소 말고도 운반책 같은 일도 하는 것 같긴 한데, 덕분에 정신장애가 있는 척하던 때에 비하면 꽤나 성실해졌어요."

"그 얘기는 몇 번이나 들었어, 뚱땡아! 생활보호가 없어져서 다행이라든가, 덕분이라든가 그런 소리 지껄이지 마. 네놈의 젠장맞을 애비 이야기를 다른 사람들한테 갖다 붙이지 마, 죽여버린다!" 아츠시는 또 큰 소리를 냈다. "그렇게까지 화낼 건 없잖아"라며 혼조는 입술을 삐죽였다. 찢어진 청바지 차림의 거한은 그 당시 20대 후반이었는데, 윤신에게 처음으로 시비를 걸어온 남자이기도 했다. 윤신의 힘을 처음으로 모두에게 알린 남자이기도 한데, 100킬로그램이 넘는데도 몸놀림이 잽싸서 싸움에도 꽤나 자신 있어 했지만, 일본 국적인데도 '다우치 마코토'라는 일본 이름을 대고 싶어 하지 않는 윤신에게 그 일로 끈질기게 시비를 건 결과, 무자비하게 발을 공격당해 한동안 지팡이 없이는 걷지 못하게 되었다.

"자, 자." 구루스가 달랬다. "가이라, 아츠시 군한테 술 좀 만들어줘. 하는 김에 가슴도 살짝 보여주고."

구루스는 일본의 진짜 야쿠자인데, 윤신과는 10대 때 처음 얼굴을 마주한 이후 계속 불쾌하지 않을 정도의 적당한 거리감을 유지했다. 평소에는 "잘 지내? 윤 군"이라는 한두 마디 인사를 건넬 뿐인데, 아주 가끔 갑자기 다가와서는 "윤 군, 일본에서 경찰한테 불심검문당하면 이렇게 하면 돼"라며 알려주거나, 그가 소속된 조직 사무소의 고문 변호사 명함을 "무슨 일이 있으면 내 이름을 대"라며 건네주기도 했다. 외국에서 돌아올 때마다 러시아산이라는 '얼굴 인식 방지 안경'이나 지문 방지 스티커 등의 새로운 장비를 소개하고 선물해줬다.

그때 신오쿠보에서 윤신이 알게 된 남자들은 대체로 술버릇이 나빴는데, 그중에서도 구루스는 심각했다. 그렇다고 윤신에게 덤벼드는 일은 없었다. 한번은 늘상하는 술버릇으로 윤신에게 수만 엔의 현금을 주려고 한 적이 있었지만, 윤신은 그것을 그 자리에서 확실하게 거절했다. 그러자 이후로는 아무리 취해도 한 번도 같은 행동을 한 적이 없었다.

가와토 형제, 구루스, 혼조를 중심으로 하는 '오쿠보 수비대'의 결성. 참고로 '가와토 형제'는 정확하게는 사촌 간이다. 얼굴도 닮았고 이름의 한자가 한 글자라는 공통점도 있고, 두 사람도 오해를 일일이 정정하지 않아서 고참 수비대원 중에서도 사실을 모르는 사람도 있었다.

이곳에 정착한 재일 한국인들은, 그렇다고 바로 도심 한복판에서 살아갈 수 있는 형편이 아니었으므로 옹색한 공동생활을 하게 되었는데, 그곳에는 지원자들도 있었다.

자갈길에 납작한 돌이 깔린 좁은 길을, 윤신은 북쪽을 향해 걸었다. 길가의 그늘 속, 원주형 차막이에 네팔인 남자가 앉아 있었다. 윤신도 자주 갔던 유명한 가게에서 일하는 사람이라, 그의 국적이 네팔인 것도 알고 있다. 상대도 윤신을 기억하고 있을 텐데, 아는 얼굴이라는 표정을 조금도 내비치지 않는다. 옆을 스쳐 지나가는 윤신을 그저 눈의 움직임만으로 좇을 뿐이다.

주변 방범 카메라의 위치는 기억하고 있었다. 새로 설치된 초소형 타입이 있다면 피할 방법이 없겠지만. 얼굴 인식 방지 안경을 사용하면 오히려 눈에 띄어서 경로를 파악당할 수 있다. 그래서 윤신은 오로지 빠른 걸음으로 야마노테선 고가 아래를 빠져나가, 신오쿠보역과 소부선 오쿠보역의 딱 중간에 있는 한 낡은 민가, 통칭 '이씨 일가'로 불리는 '(햐쿠닌초) 중계점'으로 발걸음을 서둘렀다.

도중에 임슬기로부터 스테멘 거리(구 이케멘 거리)를 빠져나온 곳에서 데모대와의 작은 충돌이 시작되었다는 소식을 받았다. 드론은 아직 보이지 않는다는 보고. 다이치와 대화를 나누는 스위스산 통신 앱과는 달리, 오쿠보 수비대 안에서 공유하는 앱은 미국산으로 여느 때처럼 소식통인 구루스가 알려준 것인데, 둘 다 정보 기밀성은 신뢰도가 높다.

오쿠보 수비대를 한 사람이라도 많이 관헌의 손에 체포, 구금시키려는 의도를 배외 단체 측도 숨기지 않았으므로, 스테멘 거리 출구의 좁은 장소에서 발생한 작은 충돌은 말하자면 소극적인 시간 벌기였다. 가와토 겐과 혼조가 그곳에 참가했는지는 불분명했지만, 알았다 해도 윤신은 최전선에 나설 수 없었다.

할랄 푸드를 취급하는 식재료 상점과 슈퍼마켓이 늘어선 거리 안에 세워진 낡은 민가, 할머니의 집, '이씨 일가'의 현관문을 윤신은 열었다.

오랜만에 그리운 얼굴을 볼지도 모른다는 생각에 조금 긴장해 있었지만, 집 안에는 "누구우!" 하고 묻는 목소리만으로도 존재감이 충만한 할머니 외에는, 거실에 처음 보는 얼굴의 소년과 소녀가 있을 뿐이었다. 넓지만 어수선한 거실에는 뜯은 채로 둔 우편물과 약 뭉치가 어질러져 있었고, 책상에는 컬러풀한 아동용 옷이 개켜져 쌓여 있었다. 선반에는 만화책과 패션 잡지가 엉망으로 꽂혀 있기는 해도 구색을 갖추고 있었다.

안뜰 쪽 복도 가까이에서 일인용 소파와 등받이 의자에 대각선으로 마주 보고 앉아 있는 소년 소녀도 어떤 사정이 있어서 숨어 있는 것일까. 갑자기 집에 들어온 윤신을 보아도 무표정이었다. 여자아이 쪽은 등받이 의자 위에서 무릎을 끌어안고 있었다. 여성과 아이들이 자신을 처음 봤을 때 겁을 먹는 일에 익숙한 윤신인데, 그들의 무반응은 신선했다. 가혹한 환경 탓에 감정이 사라진 안타까운 모습은 아니었고, 오히려 태연함에 가까웠다. 도발적이지 않은 또렷하고 커다란 눈동자로, 고양이처럼 빤히 윤신의 움직임을 그저 눈으로 좇았다. 가까이 다가간다고 해서 고양이처럼 도망칠 것 같지는 않았다. 소녀는 다리를 끌어안은 자세를 풀지 않을 것이다. 소년과는 혈육인지 닮았다고 하면 닮았고, 머리모양과 입고 있는 옷을 바꾸면 성별도 모를 것 같았다.

초목들로 어수선한 안뜰에서부터 햇살이 잔뜩 쏟아져 들어와, 소년과 소녀 사이에 있는 직경 20센티미터 정도의 금붕어 어항에 반짝거리며 비치고 있었다. 헤엄치는 수많은 금붕어는 윤신이 마지막으로 봤을 때보다 커져 있었는데 성장을 한 것인지 새로 사 넣은 것인지는 알 수 없었다.

등 뒤에서 "윤신아!" 하고 할머니가 불렀다. 돌아보니 딸기색으로 물든 정겨운 파마머리가 있었다.

이 하우스는 아이들의 피난처이자 수비대를 위한 중계 스테이션이기도 하다. 할머니의 남편은 일찍 돌아가셨다고 하는데, 실제로는 고인이 된 게 아니라 증발한 것이며, '이씨 일가'란 즉 '이산離散[25] 일가'라는 그럴듯한 설명을 구루스가 했었다.

한국어 억양이 남아 있는 할머니는 아흔 살은 족히 넘었다는 말도 있는데, 물어봐도 매번 다른 나이를 답한다. 허리가 조금 굽었고 무릎 관절의 통증이 심하다고 하는데, 목소리만은 무섭도록 또렷하다. 딸기색 머리카락도, 다섯 손가락 대부분에 끼워진 반지도, 이곳에서 한때 돌본 아이들 중에서 미용사가 된 아이나 액세서리 디자이너가 된 아이들이 할머니에게 은혜를 갚은 것이었다. 주름투성이 손에 끼고 있는 해골 모양 반지는 불량 할멈 이미지에

25 '이씨'의 일본어 발음과 같다.

도 잘 어울렸다.

할머니가 호통 치듯 “윤신아! 비빔국수 먹을래?” 하고 물어서 “안 먹어”라고 바로 대답했다. “맥주 마실래?”라는 질문에는 “안 마셔!” 하고 큰 소리로 답했다. 뭘 하러 여기 왔다고 생각하는 건지.

윤신은 2층에서 옷을 갈아입었다. 이 하우스에 들어온 가장 큰 목적이다. 2층 방에는 갈아입을 옷이 사이즈별로 항상 준비되어 있다. 몇 년 전에 넣어둔 점퍼를 발견한 윤신은 피식 웃으며 그것을 입었다.

다음 상자를 꺼냈다. 놓여 있는 장소는 전과 변함이 없었다. 상자에서 케이블 타이를 꺼내어 넣을 수 있는 만큼 주머니에 쑤셔 넣었다. 무기는 필요 없다. 필요하면 빼앗으면 된다.

거실로 돌아갔다. 소년과 소녀의 시선이 맞아주었다. 소년도 무릎을 끌어안은 자세로 소파에 몸을 기대고 있었다.

윤신은 그들에게 등을 돌리고 집에서 챙겨 온 얼굴 인식 방지 안경과 마스크를 썼다. 점퍼 모자를 머리 위로 뒤집어썼다. 너무나도 전형적인 수상한 사람의 모습이지만, 주변 카메라에 찍히지 않고 이 ‘중계점’에 들어오기만 하면, 그 뒤로는 여기로 돌아오기까지 아무리 눈에 띄는 모습이더라도 얼굴만 보이지 않으면 상관없었다.

윤신은 소년과 소녀 쪽을 향해 돌아서서 허리에 손을 올렸다.

“어울려?” 하고 물었다. 최신식 얼굴 인식 방지 안경은 고성능이면서 패션성도 높다, 라는 것이 선전 문구였다. 그러나 두 사람은 대답이 없었다. 미동도 없다. 마스크 아래에서 윤신은 얼굴이 붉어졌다. 문득 생각했다. 이 녀석들, 그냥 할머니의 증손주인 건 아닐까.

현관은 누가 벗어두었다 그대로 잊었는지 알 수 없는 신발들로 가득했다. 부츠 끈을 다시 묶고 있는데, 뒤에서 또다시 소리가 들렸다.

"윤신아!" 집을 나설 때 할머니가 불러 세우는 건 그리 좋지 않은 징후다.

돌아보니 모양이 망가진 주먹밥이 놓인 접시를 들고 할머니가 서 있었다. 참깨를 뿌리고 김으로 싼 큼직한 주먹밥 두 개. 꽉 뭉치지 않아서 연어와 다시마가 보였다.

평소라면 그녀에게 경의를 표하기 위해서 억지로라도 주먹밥을 베어 물었을 윤신이지만, 이번에는 그럴 수 없었다. 무릎걸음으로 다가가 허리가 굽은 그녀의 이마에 입을 맞췄다. 그녀가 그저 귀찮다는 듯 소리를 높이며 "윤신아! 먹고 가!" 하고 깜짝 놀랄 정도로 또렷한 성량으로 호통을 쳤지만, 이미 윤신은 대문을 열고 밖으로 나가 있었다. 형태가 무너진 그 주먹밥이 이상하게도 맛있단 말이지, 하고 달리면서 생각했다.

할머니의 파워풀함은 전혀 녹슬지 않았다. 나이를 알 수 없는 불량한 딸기 할멈. 저 사람은 분명, 갑자기 심장이 멎어 죽겠지.

감상에 젖는 것은 좋은 걸까 나쁜 걸까, 심지어 지금 같은 상황에서.

아니, 오히려 지금 같은 상황에서 빠르고 착실하게 행동하고 있기 때문에 감상의 달콤함이 특별히 용서되는 것이다.

'이씨 일가'와는 또 다른, 윤신과 인연이 있는 집이 오쿠보 거리로 나가는 최단거리 길에 있지 않았다면, 돌아가는 건 조금도 용납하지 않는 윤신은 그 집 앞을 지나지 않았을 것이다.

좀 더럽고 금도 가 있는 흰 벽돌집에 걸린 '미즈노'라는 문패. 윤신은 지나가면서 문패에 그저 살짝 손을 댔다. 멈춰 서거나 집 안을 엿보거나 하물며 초인종을 누르지도 않았다.

그렇게 순식간에 흰 벽돌집에서 멀어졌다. 예전에는 그 집에 일주일에 이틀씩 주말마다 다녀야 했다. 가와토 아츠시의 지시였다. 그곳에서 일본어와 다른 기초 교과와 일본에서 살기 위해 필요한 상식을 확실하게 배우라는 의도로 아츠시가 '선생님'이라고 부르는 미즈노라는 이름의 은퇴 교사에게 윤신을 보낸 것이다. 주말마다 다니도록 명령했다. 강제하는 것, 거북한 것을 무엇보다 질색하던 윤신이었지만, 그것들을 제대로 배우지 않으면 일본에서 살아남을 수 없다는 자각도 있었다. 유년 시절 일본이나 한국에서 일정 기간 지내며 어느 정도는 몸에 익혔지만 문법적으로는 어설펐던 일본어와 중급 이상의 한국어도 다시 강의를 들으며 배웠다.

미즈노 노인을 '망할 할아범'이라고 부르거나 '닥쳐, 죽어!'라고 욕하거나, 사소한 거 하나라도 마음에 들지 않으면 이틀 동안 말 한 마디 하지 않는 등, 자신이 생각해도 꽤나 다루기 어려운 진절

머리 나는 악동이었던 것 같은데, 미즈노 노인의 태평한 인내력은 끝이 없었다. '망할 할아범'이 '할아범'이 되고, 이윽고 '할아버지'라는 호칭이 정착했다. 괜히 마음이 들뜰 때나 칭찬을 받아서 쑥스러울 때는 또 예전처럼 '닥쳐, 망할 할아범!'이라고 지껄였지만, 윤신은 옛날에는 결코 보이지 않았던 미소를 얼굴 한가득 짓게 되었다.

미즈노 노인이 사실은 은퇴 교사가 아니라 '징계면직 처분'을 받은 전 교사였다는 사실을, 그리고 면직 이유가 '남학생에 대한 외설 행위'였다는 사실을 한참 나중에 가와토 아츠시에게서 들었다. 그런 곳에 잘도 나를 보냈구나, 게다가 이제 와서 그런 비밀을 폭로하다니, 하고 이중으로 어이없다는 생각이 들었지만, 아무튼 미즈노의 집에 다녔던 것은 옳았다고 생각한다. 그 개인 교습은 무료였을까, 아니면 가와토 형제들이 몰래 수업료를 냈을까. 주말을 전부 쏟아부어 애써 가르쳐준 일본어와 한국어인데, 정확하고 아름다운 말씨들이 그다지 입에 붙지 않은 것에 대한 미안함도 있었다. 쓰기와 읽기에는 자신감이 붙었지만, 말하기는 아무리 지나도 어느 수준 이상은 발전이 없어서 답답했다.

딱 한 번 윤신은 교원 면직 건의 진상에 대해 미즈노 노인에게 물어본 적이 있었다. 그는 인터넷상에 남아 있는 보도 내용을 일체 부정하지 않고 말했다.

"혹시 내가 네게 무언가 그런 짓을 할 것 같으면, 그때는 나를 때려 죽여도 된다."

자신은 이제 절대 그런 짓을 하지 않는 인간이라고는 말하지 않았다.

수비대를 나온 뒤 윤신은 미즈노 노인과도 연락이 끊겼다. 최근 몸 상태가 나빠졌다는 이야기는 간접적으로 들었다. 그래서 괜히 더 연락하기 어려웠다. 만나서 무슨 말을 할 수 있을까? 나이가 들었다든가 기력이 떨어졌다든가, 마음처럼 흘러가지 않는 인생의, 마음처럼 흘러가지 않는 것들을 보게 되는 것은 싫었다. 아는 사람이라면 더더욱. 의리가 없다는 건 안다. 마음이 질질 끌릴 정도로 무거웠다. 그러나 문패를 살짝 손으로 쓰다듬는 것이 지금의 자신이 할 수 있는 최선의 인사였다.

린치 사건 이후, 윤신은 아무것도 할 기력이 없어서 연락을 차단하고 미즈노 노인 집에서 잠만 잤는데, 그곳에 불려 와서 소개받은 것이 가시와기 다이치였다.

윤신은 휴대폰으로 인터넷 방송 앱을 실행해서 현재 데모대의 모습을 확인했다. 한쪽 귀에만 장착한 무선 이어폰으로 음성도 들었다.

구 이케멘 거리를 북상하고 있는 데모대는 참가 인원이 너무 많았고, 사상적으로 통일되어 있다기보다는 관광 기분을 내거나 조롱을 할 목적으로 참가한 사람도 있는가 하면 대열 중간 즈음에는 아기를 어깨에 태우거나 유모차를 미는 부모도 보였는데, 가장 앞줄과 가장 뒷줄에는 기이한 녀석들이 모여 있었다.

가장 뒤쪽에는 한국 아이돌 사진과 그 이름을 한글로 적은 보드나 부채를 든 무리가 있었는데, 자신들이 응원하는 그룹이 더 이상 일본 공연도 하지 않고 일본어 버전의 곡을 판매하지 않는 것은 '한국 정부의 국책' 또는 '재일에 의한 방해 공작 때문'이라고 진심으로 믿고 있는 듯이 절규하며 외치고 있었다. 이 특이한 '과격파'에 대해서는 다른 데모 참가자들도 거리를 두는 듯했고, 완벽하게 외워서 합창하는 한국어 노래를 차별주의자 중 누구도 제지하지 못하는 모양새였다.

선두의 스킨헤드들은 기동대의 것 같은 투명 폴리카보네이트제 폭주 진압용 방패를 끌어안고 있었다. 그 뒤를 따르는 욱일기 반다나를 두른 남자가 확성기로 "한국!" 하고 외치면 스킨헤드들은 "단교!"라며 방패를 두드렸다. "재일!" 하고 확성기로 외치면 "추방!" 하며 방패를 두드렸다. 이어서 반다나 선동가가 말했다.

"너희들에게 몇 번이나 최후통첩을 했지만, 오늘이 마지막이다. 너희들에게 오늘, 사형선고를 내리겠다."

그리고 "반일!" 하고 외쳤다. 스킨헤드들이 "사형!" 하고 고함쳤다. "반한!"이라고 외치면 "무죄!"라고 응답한다.

"진정한 애국자라면 더 이상 일한 우호는 불가능하다는 걸 알고 있을 것이다." 선동가가 연설했다. "진정한 애국자라면 재일과의 공생 따위 불가능하다는 걸 잘 알고 있을 것이다!"

애국, 이라고 하면 윤신에게는 한 우익단체를 방문했을 때의 일이 떠오른다. 수비대를 결성한 지 얼마 되지 않았을 무렵, 가와토 형제들은 여기저기에 지원과 기부금을 부탁하고 의견을 물으러 출장을 다녔는데, 윤신도 몇 번인가 함께 데려갔다. 짜증 날 정도로 지겹고 굴욕적이기까지 했는데, 딱 한 곳만은 윤신에게 인상 깊게 남았다. 그 우익단체의 사무소를 찾아갔을 때, 그들은 자사 빌딩의 1층 응접실로 안내되었다.

그들을 맞이한 것은 아직 20대 초반 정도의 승려복을 입은 청년이었다. 검고 짧은 머리에, 물론 타투나 피어스도 없었다. 그가 직접 차를 내왔다. 아무리 정장과 재킷을 입고 있어도 험하게 자란 티가 나는 네 명의 남자에게 그는 꼿꼿한 자세와 부드러운 말씨, 끊임없이 미소를 보이면서도 흐트러지지 않는 예의 바른 태도로 정중하게 응대했다. 총 다섯 명의 남자는 그렇게, 일장기 액자가 걸린 응접실 소파에 앉았다.

침묵의 물방울이 껄끄러움으로 번지기 전에, 승려복 청년이 입을 열었다. 나이와는 어울리지 않는 당당한 태도였다.

"저희는 사실 '우익'이라고 불리는 걸 좋아하지 않습니다." 그가 말했다. "우리는 분명 애국 단체고, 일본의 미를 사랑하고, 일본의 풍토를 사랑하고, 국체 수호를 가장 근본으로 삼는 단체이지만, '국가'란 대체 무엇일까요? 그건 고작해야 최근 200년의 짧은 시기에 급조된 근대적 틀에 지나지 않습니다. 일본은 그렇게 역사가 얕은 나라가 아닙니다. 국체[26]라는 말조차 신어에 불과한데, 스승님께선 일단은 일부러 그 말을 쓰자며 선을 긋고 있어요. 신어

26 만세일계의 천황이 영구히 일본을 통치한다는, 천황제를 중심으로 한 일본의 통치 체제를 말한다. 근대 일본의 형성에 있어 국가 통합의 핵심적 수단으로 등장했다.

에 신어로 대항하면 품위가 떨어질 뿐이라면서요. 그래서 우리들은 일단 '애국 단체'를 표방하고 있지만, 아까도 말했듯이 그건 결코 근대국가로서의 틀만 유지하면 된다는, 그런 근시안적 태도는 아닙니다. 안이한 연대만 바라는 건 주의하고 멀리해야 합니다. 그래서 우리는 '우익'이라는, 일본의 유구한 역사에 비하면 너무나 어린 그 신어에 끌려다닐 이유가 없습니다."

가와토 겐이 끼어들었다.

"그렇지만 '일본'이라는 국가의 이름도, 열도의 긴 역사에 비하면 새로운 것 아닙니까?"

승려복 청년이 약간 의외라는 듯 웃음을 흘렸다. 아마 그는 손안에 달걀을 쥔 것처럼 섬세하게 예의를 차렸겠지만, 방문객의 이름과 험악한 겉모습을 보고 얕보는 마음이 전혀 없었다고는 할 수 없을 것이다. 그러나 겐으로부터 생각지 못한 반론이 돌아오자, 오늘은 자신이 일방적으로 이야기하게 되리라는 예상이 어긋난 듯했다. 의표를 찔렸지만 기쁜 눈치였다.

"그렇다고 '왜국'이라는 바깥으로부터의 멸칭을 애지중지할 생각은 없습니다. 온당한 겸허함과 과도한 자기 비하는 다르다는 것 또한 스승님께 배운 우리의 총의입니다. 우리는 이 '일본'이라는, 하늘의 계시처럼 자연적으로 발생함과 동시에 자발적으로 선택했다고도 할 수 있는 호칭을 국호로 받잡고 모시는 것에 대해서는 조금의 망설임도 없습니다."

그날 방문자는 가와토 형제와 구루스, 혼조, 그리고 윤신까지 당시의 주력 멤버 거의 전원이었는데, 윤신 이외의 모두가 긴장한 얼굴이었다. 겨우 예약을 잡은 귀중한 기회라는 것을 미루어 짐작할 수 있었다.

"일본인이란 무엇인가, 그걸 파헤치려면 혼란이 발생합니다. 순수주의는 어디까지나 망상이고, 예를 들면 우리들이 일상에서 사용하는 한자만 해도 중국에서 전해진 것이며, 당신들의 한반도를 경유한 것이니까요. 어쩌면 제게도 1000년 전에 한반도에서 건너온 선조가 있을지도 모릅니다. 근원을 묻는 것은 샘물을 떠서 이 물이 어디에서 왔는지 묻는 것처럼 어리석은 일입니다. 우리가 믿는 일본의 미란, 그런 아욕과 자기현시의 정신과는 무척 거리가 먼 것입니다. 일본인이라는 것은, 그저 일본의 국토에서 태어난 호적상의 기득권에 목을 매는, 그런 비열한 사고방식과는 완전히 다릅니다. 일본인이라는 것은 끊임없는 노력에 의해 배양되는 영혼을 말합니다. 조상의 혼과 연결되어 있을지도 모르는 우리의 영혼이, 그저 가만히 있는 것만으로는 도달하지 못하는, 그러니까 항상 기도와 단련과 행동거지를 철저히 해야만 궁극의 맑은 정신에 다가갈 수 있다는, 그런 영위를 말하는 것입니다."

승려복 청년에게 빌딩 안의 여기저기를 안내받았다. 그는 사람들이 검도에 열중하고 있는 도장을 소개했다.

"영혼, 마음이 전부입니다. 우리들이 임시로 부르는 '국체'란 그런 것이죠. 일본을 수호하고 있는 것은 그 절대성입니다. 우리는 결코 상대성의 모래폭풍에 몸을 맡길 생각이 없습니다. 일본은,

있습니다. 일본의 미는 있습니다. 일본의 덕과 일본의 법은 있습니다. 이 유구한 역사의 물결 속에서 일본인으로서 수행을 게을리하지 않는 것, 힘써 노력해서 일본인이 되는 것, 그것이 스승님의 가르침입니다. 그러니 여기에서는 우연하게 타고난 출신으로 사람을 특별시하지 않습니다. 보시다시피 결코 여인 금제도 아니고, 아버님과 어머님이 외국 출신인 동지도 있습니다."

도장에 있는 모두는 승려복을 입고 있었다. 남자들은 안내인처럼 짧게 깎았고 여자들은 단발머리로 통일되어 있었는데, 그럼에도 분명 성별과 민족은 섞여 있었다.

"문신이 있는 녀석은? 있어?"

그렇게 물은 것은 윤신이었는데, 놀란 것은 오히려 가와토 형제였다. 지원을 부탁하러 방문한 곳에서 지금까지 윤신이 적극적으로 말을 한 적은 없었기 때문이다.

하하, 하고 승려복 청년은 웃었다.

"그러네요." 그가 말했다. "지금으로서는 분명 그런 사람은 없습니다. 그렇다고 특별히 저희가 그런 사람들을 배제한 것은 아닙니다. 우연이지요. 그것도 앞으로는 사정이 달라지겠지요. 덧붙이자면, 이건 자주 궁금해하시는 점인데, 저희의 머리모양이 똑같은 것도, 동지들이 자발적으로 그렇게 한 것뿐이지 결코 강제는 아닙니다. 이곳에 입문해서 스승님의 가르침을 듣고 그 가르침을 실천하면 저절로 그렇게 되어지는 것이죠."

슬슬 가와토 아츠시가 "지난번에도 말씀드린 것 같은데……"라며 방문한 이유를 내비쳤다.

"아아, 네." 승려복 청년이 그들을 이끌었다. "그럼 번거로우시겠지만, 1층으로 돌아가시죠."

도장을 나올 때 가와토 겐이 승려복 청년에게는 들리지 않는 작은 소리로 "어디든 저출산에 따른 인재 부족으로 힘든가 보네"라며 중얼거렸다. "역시 현실이 사상을 디자인하는 건가. 그 반대는 좀처럼 없으니 말이야."

그 말의 의도를 윤신은 잠시 이해하지 못했는데(인재 부족? 소속된 인원은 적지 않은데?), 걸어서 엘리베이터를 탄 다음에야 그걸 이해하지 못한 이유가 자신이 다민족이 한곳에 있는 것에 익숙해진 탓이라는 걸 깨달았다. 그러니까 겐은 이렇게까지 일본주의를 표방하면서도 '순일본인'만으로 이루어지지 않은 것을, 비꼬는 뉘앙스로 분석한 것이었다. 리얼리즘에 따른 견해일지도 모르지만, 윤신으로서는 그것이 조금 안타까웠다.

1층에 멈춘 엘리베이터 안에서 승려복 청년은 말했다.

"저희는 정치에 대해서는 신경 쓰지 않으려고 매일 의식적으로 노력하고 있습니다. 정치란 결국 분노의 표명이에요. 분노는 그저 금강석처럼 빛나기만 해야 한다, 라고 스승님은 말씀하셨습니다. 이곳에 도장이 있는 것에서 알 수 있듯이, 저희는 결코 비폭력, 무저항주의자가 될 생각은 없습니다. 평화가 최고, 융화가 최고, 그건 물론입니다. 그러나 영혼을 흐리는 어리석은 행동은 절대 용서해서는 안 됩니다. 그때야말로 지금껏 쌓아온 힘을 발휘해야 한다는 것이 스승님의 가르침입니다. 분노는 쓸데없이 분산하면 아욕이 됩니다. 힘을 축적하는 사이에 그 힘을 발휘하고 싶은 욕구에 지는 것, 그때가 바로 그 집단이 멸망하는 순간이라는 걸 역사가 증명한다, 이 또한 스승님의 가르침입니다. 그러니 힘을 발휘하는 것은 최후의 수단이고, 최후의 수단이란 결코 가벼운 말이 아니라 그야말로 최후의 각오를 의미하지요."

그리고 깊이, 청년은 탄식했다.

"아십니까? 불과 얼마 전에 너무나도 심각한, 도저히 간과할 수 없는, 단체를 더럽히는 추문 기사를 한 주간잡지가 실었는데, 그에 대해서는 우선 언론에 확실히 항의했습니다. 그러나 안타깝게도 그들은 저희의 주장을 무시하는 모양입니다. 눈앞의 금전욕에 눈이 멀어 있으니까요. 저희는 다음 단계로 넘어가야 할지 고민했지만, 스승님은 명확히 아니라고 명하셨습니다. 아직은 인내가 필요한 기다림의 시간이 이어지겠지만, 스승님도 저희도, 일본인들이 일본인으로서 각성하기를 촉구하는 일을 완전히 포기한 것은 아닙니다. 지금은 기다림의 시간일 뿐입니다. 때가 되면 저희들은 일어설 것이고, 그때를 위한 수양은 매일 거르지 않고 있습니다."

1층의 응접실로 돌아왔다. 또 그가 직접 다섯 사람에게 차를 준비해주었다. 그저 차를 내는 것뿐인데 확실히 동작이 우아했다. 이런 동작에도 무언가 방법이 있는 것일까.

"아아, 말을 너무 많이 했군요. 말은 영혼의 일부이니 삼가라고 스승님께서도 훈계하셨는데, 저도 참, 젊은 혈기의 소치였습니다. 갑자기 기뻐서요. 저희와 영역은 다르지만 늠름하게 싸우고 계신 외부분들과 이렇게 이야기를 나눌 기회가 생겨서. ……부디 용서해주십시오."

그는 책상 선반에서 봉투 한 장을 꺼냈다.

"요청하신 인적 원조나 단체로서의 지지 선언에 대해서는 그런 연유로 만족하실 만한 답변을 드릴 수 없겠지만, 스승님을 포함한 저희는 모두 당신들을 진심으로 동정하고 있습니다. 일본을 더럽히는 무리에 대항하고 계신 여러분을 응원하고 싶다고도 늘 생각하고 있습니다. 이건 스승님께 직접 허가를 얻어서, 저희 동지들 중에서 하고 싶다고 자발적으로 나선 분들로부터, 약소하지만 성의를 모을 수 있었는데요, 염치없지만 부디 받아주시고, 저희들의 무례를 관대히 용서해주시기를 바랍니다."

가와토 아츠시는 봉투를 받아 들었다. 물론 그 자리에서 열어볼 수는 없어서, 오쿠보 수비대의 멤버는 인사를 하고 그 자리를 떠났다.

소부선 전차 안에서 봉투를 연 아츠시가 소리쳤다.

"10만 엔이야."

"위자료야." 건물 안에서는 거의 입을 다물고 있던 구루스가 말했다. "실제로 너희들, 두 번 다시 그곳에 갈 생각 없잖아?" 그답지 않게 전날 술을 한 방울도 먹지 않은 구루스는 "아아, 맥주 당긴다"라며 넥타이를 느슨하게 끌어 내렸다.

나는 거기 또 가도 되는데, 하고 윤신은 생각했다. 이런 느낌도 들었다. 혹시 내가 일본에서 태어나 저 단체를 먼저 만났다면, 저 녀석들의 동료가 되고 싶다고 바랐을지도 몰라.

그렇게 느꼈기 때문에 더더욱, 기억력이 뛰어난 윤신은 그다음 날부터 한동안 승려복 청년이 했던 말 중에서 음은 기억해도 의미를 전혀 몰랐던 단어를 가와토 겐과 미즈노 노인에게 묻거나, 스스로 인터넷에서 검색해보는 나날을 보냈다. 신도神道[27]나 일본의 역사를 알고 싶어서 도서관에도 다녔다.

그렇게 집착한 열원은 무엇이었을까. 그 정체를 밝혀주고 그 열을 또 다른 착화점으로 옮겨준 것도 가시와기 다이치와의 만남이었다. 열에 들뜬 것은 '멸사의 정신'에 끌렸기 때문이었다. 윤신은 자각 없이 줄곧, 몸 안에 소용돌이치는 제어 불가능한 자아를 없애고 싶었던 것이다. 그 사실을 깨달았다. 그리고 자신을 위해서가 아닌 남을 위해 몸을 바치는 일을, 가시와기 다이치는 훌륭하게 이루어주려 하고 있다. 그렇게 지금의 자신이 있는 것이다. 보잘것없는 극히 작은 존재인 개인일지라도, 모든 것은 연속하는 역사의 물결이었다.

연상은 한순간이다. 이제부터 전쟁터로 향한다는 그 집중력이 오히려 동시에 그를 오래된 추억으로 초대해서, 윤신은 확실하게 행동하면서도 추억에 잠기는 이상한 시간 감각에 빠져 있었다.

구 이케멘 거리가 데모대에 의해 돌파되었다는 연락을 받았다.

27 일본 고유의 민족 신앙. 일본에서 예부터 내려오던 민간신앙이 외래 종교인 유교·불교의 영향을 받아 성립한 것으로, 자연이나 선조를 숭배하는 문화로 자리 잡았다.

그 거리가 주전장이었던 당시, 드론 조작과 지식, 그리고 격투술에 있어서 수비대 중 윤신을 능가할 자는 없었다. 수비대도 그때는 도로에 면한 아파트의 한 방을 기지로 삼고 있었다.

습격자를 잡아서 내키는 대로 집단 폭행을 가하면 끝도 없는 과잉 방어가 될 우려가 있어서, 가와토 겐의 제안으로 스티그마로서 앞니 하나를 빼앗기로 했다. 윤신도 발치 기구를 들고 다니게 되었다. 이빨 하나라는 목적의식이 있으면 난폭한 자들도 감정을 금세 억누르고 재빨리 철수할 수 있었다.

적의 드론에 값싼 장난감 드론을 그대로 부딪치거나 네트건으로 그물을 발사하는 등, 전술에서는 오쿠보 수비대 쪽이 압도하고 있었다. 국소적인 연전연승을 올리고 있었다.

지킨다, 라는 것이 꼭 물리적 보호에만 국한된 것은 아니어서, 거리의 한국계 가게를 평소 고객으로 이용하고, 선전에도 협력하고, 최대한 인건비를 지출하지 않도록 노동 지원도 신청했다.

그럼에도 한계였다. 수비대가 아무리 노력해도 가게의 매상 격감을 거스를 수는 없었고, 결국 뉴커머들의 가게는 하나둘 철수했다. 구 이케멘 거리의 마지막 한국계 가게, 노점식 한국 음식점이 폐업하기로 정해진 날, 그곳에 윤신의 모습은 없었다. 예의 린치 사건 이후였기 때문이다. 수비대를 중심으로 공동 출자해서 그 음식점만이라도 남기자는 방안도 나왔지만 결말이 나지 않은 채 흐지부지되었다고 한다.

배외주의자들은 자신들의 사이트에 '노 코리안!'이라며 승리 선언을 드높였다. 사이트에 게시한 지도에는 이 라인까지 탈환했다는 표시가 색칠되어 있었다. 그것은 다른 코리아타운도 마찬가지였다. 코리안을 살 수 없게 만들고, 승리 선언을 하고, 그리고 지도를 색칠한다.

신오쿠보에 있는 다른 골목도 마찬가지로 칠해졌다.

신주쿠구에서 남아 있는 것은 오쿠보 거리, 하나뿐이다.

윤신은 오쿠보 거리로 나섰다. 기온은 38도였고, 더위와 추위에 강한 그조차도 땀을 흘릴 정도였다.

관광객, 앵글로색슨계, 아프리카계, 동남아시아계, 전단지 나눠주는 사람, 요즘 유행하는 대만 화장품 가게에서 호객 행위를 하는 사람. 여러 가지 개성적인 옷차림의 사람들이 북적거리고 있었는데, 원색의 화려한 복장도 있는가 하면 윤신보다도 옷을 더 많이 껴입은 사람도 있었다.

아직 데모대의 소음은 들리지 않았다. 그러나 통행인의 흐름이 이쪽으로, 코리아타운 쪽에서 서쪽 방면으로 점점 흘러들어왔다.

"아직도 데모를 한대."

"우리랑은 상관도 없는데, 민폐야."

신오쿠보역 주변에 있는 무리들은 데모에 익숙한 티를 내며 여유를 부렸다.

그러나 고가 너머에서 이쪽으로 흘러들어오는 사람들의 표정은 명백하게 일종의 흥분 상태였다. 공황 상태라고까지는 할 수 없지만 진지한 표정이었고, 도망쳐 온 것처럼 발걸음이 빨랐다. 숫자도 많아졌다. 새로 지은 역 빌딩 앞에서 죽치고 있던 사람들이 "잠깐" "아니, 이게 뭐야"라며 목소리를 높였다. 고가 아래로 건너편 동쪽을 살펴보려고 해도, 어두컴컴한 데다 오르내리는 머리 숫자도 많아서 잘 알 수 없다. 올려다보면 하늘은 그저 파랄 뿐이고, 구름만이 떠다니고 있을 뿐인데, 사람들의 물결이 어쩐지 불온했다. 대체 무슨 일이 일어나고 있는 건가, 하고 길가의 사람들이 휴대폰 화면을 켰다. 반대로 윤신은 앞으로 직접 목격할 것이기에 휴대폰 화면을 껐다. 한쪽 귀의 이어폰도 빼서 주머니에 넣었다.

신오쿠보역의 고가 아래를 빠져나갔다. 시야가 탁 트이면서 거의 동시에 돌이 날아왔다. 미처 몸을 뒤로 피하기도 전에, 그 돌은 바로 앞에서 커브를 그리며 그대로 공중에 정지했다. 날갯소리가 났다. 돌도 새도 아니고, 벌새형 드론이었다. 손바닥에 놓을 수 있을 정도의 소형기. 램프가 빨갛게 점멸하고 있었다. 지지지 소리를 내며 기체를 돌려 날아온 방향으로 돌아갔다.

점프해서 손을 뻗으면 잡을 수 있었을지도 모르는 벌새형 드론은, 과연 적기였을까 아군기였을까. 오토매틱한 움직임을 보건대 자동 추미 상태였다가 버그가 발생해서 궤도를 벗어났고, 통신권 밖에 도달하자 귀소 모드가 작동했을 것이다.

윤신은 목적지인 오야마칸 아파트를 향해 오쿠보 거리를 나아갔다. 꽤나 시끌벅적한 주위 대화 속에서, 한 남자가 늦게 온 애인에게 설명하는 말이 귀에 들어왔다.

"엄청나게 거대한 드론이 이렇게 눈앞에서, 엄청난 스피드로 도로의 자동차를 거의 스칠 듯이 아슬아슬하게 날더니, 회전하면서 작은 드론들을 날려버렸어."

아마 그 유명한 '헤론'일 것이다.

딱 이틀 전, 드론 애호가가 모이는 인터넷 사이트에서 '전달'이라는 형태로 선동문이 올라왔다.

'일본 국내에 석 대도 존재하지 않는 그 시판 헤론이 드디어 첫 출전!……할지도?'

명백한 범행 성명문이었지만 그를 비난하는 댓글은 달리지 않았고 당국에 신고하겠다는 사람도 없었다. 윤신도 이를 증거로 신고하지는 않았다. 꼬리가 잡힐 것을 경계하기도 했지만, 그게 정말이라면 헤론을 직접 볼 수 있다는 기대감 쪽이 더 크기도 했다.

예전 군용 드론기를 작은 사이즈로 커스터마이즈한 것으로, 수직이착륙(VTOL) 능력도 장착한 하이브리드식 구동 방식이고, 별도로 전용 드론을 준비하면 공중 무선 충전도 가능하다고 한다. 물론 군사 목적 따위가 아니라 경비용이나 항공촬영용, 농약 살포 목적으로 판매하는 기기인데, 그걸 다시 군용으로, 습격용으로 개조하는 것은 손쉬울 것이다. 수백만 엔은 가볍게 넘는 최신 기기를 마음대로 개조하는 것은 윤신도 꼭 해보고 싶은 일이었고, 조종도 꼭 해보고 싶었다.

아니면 꼭, 격추하고 싶었다. 쳐부수기 위해 요격하고 싶었다. 그러기 위한 계획을 이것저것 머릿속에서 짜는 것만으로도 흥분돼 희미한 미소가 떠올랐다.

가까이에서 보면 박력 넘치는 폭 3미터의 날개를 단 기체가, 법령을 무시한 초저공비행을 하며 법령을 무시하고 드론을 격추했다. 그래서 방금 전의 패닉에 가까운 사람들의 물결이 만들어졌을 텐데, 다른 드론과는 차원이 다른 최고 속도에다 자세 제어의 안정성이 뛰어나서 곡예비행 정도는 아무렇지도 않을 것이다. 경찰대가 이미 시험해보고 있겠지만, 공중에서 포착해 조종 능력을 빼앗는 방해 전파를 쏘아도, 이를 차단하는 최신 기능이 갖춰져 있다고 영문 공식 홈페이지에 적혀 있었다.

인터넷 중계와 슬기의 연락으로 알고 있었지만, 경찰대와 기동대가 현재 주력하고 있는 쪽은 데모대와 수비대(및 신오쿠보에 사는 일반인)의 인적 충돌이었다. 그러니까 적측의 드론 부대 조종사들도, 한편에서는 헤론의 곡예비행으로 이목을 집중시키면서, 한편으로는 다른 중형 드론으로 한국계 가게에 폭죽 사격 등의 공격을 가하고 있었다. 통행인이 맞을 수도 있는 위험한 행위지만, 그들의 사이트에 올라온 논리에 따르면 이렇게 주의를 환기하는데도 당일 그곳에 있다는 것은, '말려들어도 불평하지 않겠다고 동의한 자'이거나 '일본국에 검을 들이대는 괘씸한 조선인' 중 하나일 수밖에 없다는 것이다. 이곳의 생활권을 멋대로 침략해 온 그들다운 논리였다.

마스크를 조금 내리니 분명하게 화약 냄새가 났다. 그러나 윤신은 현장으로는 향하지 않았다. 가봤자 의미가 없다.

오야마칸 아파트의 입구 쪽에 와서야 윤신은 그 시판 헤론을 직접 볼 수 있었다. 공중에 정지해 있었다. 한참 상공이지만.

와우, 하고 감탄했다. 그야말로 전투기다. 저 악마 같은 형태. 하계의 어리석은 하등 생물에게 공포를 선사하는 식인 왜가리(헤론). 최고로 멋지다.

그리고 동시에, 저 조종사들은 제정신이 아니구나, 라고도 생각했다. 스스로의 목을 조르는 행위다. 저렇게 눈에 띄는 대형기로, 이렇게 인구가 밀집된 지역의 상공을 자유분방하게 날아다니면, 드론 규제법 개정에는 더욱 박차가 가해질 것이다. 지금도 명백하게 150미터를 넘는 상공에 있는데, 항공법 금지 조항을 어디까지 어길 수 있는지 도전이라도 하고 있는 걸까. 대중들의 면전이고, 매스컴의 카메라도 있고, 경찰도 주시하고 있는데.

엉망진창이다. 이래서야 가까운 미래에는 특별 인가를 얻은 기업과 단체 아니면 경찰 등의 공권력만이 드론을 날릴 수 있게 될 것이다. 그리고 하늘에 경찰 드론이 보이지 않는 날이 없을 것이다. 개인이 조종하는 것은 깊은 산속이든 사유지든 금지될 것이다. 드론은 권총이나 마약 수준으로 엄격한 규제 대상이 될 것이고, 그 계기가 되는 것이 바로 오늘, 저 아름다운 헤론과 전혀 아름답지 않은 어리석은 조종사들의 속내일 것이다.

그러나 알고는 있지만, 알고 있기 때문에 더더욱 이런 종류의 어리석은 행동이 정말 기분 좋은 일이라는 걸 윤신도 이해한다. 일본 국내의 모든 드론 애호가에게 원망을 받는다 해도, 이 찰나

적이고 이기적인 욕망에 패배하고 마는 것이 얼마나 최고로 기분 좋은 일인지. 그야말로 악마에게 영혼을 파는 쾌락일 것이다. 미래의 일 따위, 다른 동호인이나 업계 따위, 어떻게 되든 좋다. 지금의 이 찰나, 휴일 오후 신주쿠구의 파란 하늘에, 사람들이 밀집해 있는 상공에, 헤론을 날리고 있는 것이 바로 자신이라는 쾌락은 다른 무엇으로도 대체하기 어렵다. 하물며 어차피 장난감에 불과한 드론들을 날려버리고 유린하며, 공중을, 하늘을 손에 넣는 기분을 실감할 수 있으니까. 어차피 언젠가 누군가가 이 자유와 향락에 사형선고를 내릴 것이라면, 자신의 손으로 끝장내고 싶다는 마음도 있을 것이다.

오야마칸 아파트는 지은 지 40년이 넘은 낡은 건물이지만 입구의 보안만은 최신식이었다.

입구를 열기 위해 마스크를 벗고 카메라에 얼굴을 보이려고 할 때, 임슬기에게서 연락이 왔다. 메시지가 아니라 전화였다.

"신 씨." 목소리를 듣는 것은 오랜만이었다. 항상 자신만만하고 명료한 목소리. 몸은 마르고 작고 피부는 거친데, 성장이 멈춘 소녀 같으면서도 목소리와 눈빛만은 늘 강렬했다.

"상대의 거점을 알았어요. 가짜 정보는 아닌 것 같은데……."

슬기가 일러준 그 다트 바는, 이전부터 점주의 SNS 글이 수상해서 수비대가 마크하던 곳이었다. 임대 빌딩 3층에 있는, 번창하고 있다고는 도저히 생각되지 않는 가게.

오늘은 이대로 임슬기와는 만나지 못하는 건가, 하고 아쉬워하는 마음이 과연 윤신에게 있었을까. 최상층의 방에는 슬기뿐만 아니라 많은 수비대 멤버가 대기하고 있을 테지만, 오늘은 이로써 그들과도 얼굴을 마주하지 않게 되었다. 재회의 낯간지러움이 계속 부담스럽기도 했기에 한결 가벼워진 마음도 있는 한편 역시 쓸쓸함이 코끝을 스쳤다.

그러나 윤신의 몸은 이미 오야마칸 아파트의 계단을 내려가고 있었다.

휴대폰에서 슬기가 말을 이었다. 소리가 울려서 스피커폰 모드라는 걸 알 수 있었다.

"그런데 일단 이쪽으로 와주세요. 건 오빠 일행은 데모에 휘말려서 도착이 늦어질 것 같으니까, 와서 우리들에게 지시를 내려주세요."

그러나 오야마칸 아파트로 돌아가지는 않는다.

하늘을 바라봤다. 날개 폭 3미터의 헤론이 새 무리에 둘러싸여 있었다. 그렇게 보이는 것은 소형 드론 '찌르레기'가 컴퓨터의 제어로 군체 비행을 하고 있기 때문이다. 모여서 부풀었다가 한 곳으로 수렴하고, 비틀렸다가 V자 모양이 되고, 또다시 부풀면서 거대한 헤론을 놓치지 않는다. 물론 헤론이 돌진하면 경량인 찌르레기형 드론 따위는 순식간에 흩어지겠지만, 장소가 나빴다.

적의 조종사들은 아무 생각 없이 마음 가는 대로 헤론을 날리고 있었겠지만, 찌르레기들에게 둘러싸인 곳이 마침 데모대 위였다. 데모대 위라는 것은, 경찰대의 위이기도 하다. 아무리 그래도 한

참 높은 상공에서 여러 대의 드론을 비처럼 쏟아지게 할 수는 없을 것이다. 그뿐 아니라 헤론에겐 원래 군용기에는 없었던 수직이착륙 능력을 갖추기 위해 추가로 장착된 프로펠러가 있었다. 기체의 내구성이 아무리 높다고 해도, 수십 대가 한꺼번에 프로펠러에 휘감긴다면 균형을 잃는 것 이상의 일이 일어날 수 있었다.

상공의 헤론은 방향을 전환하고 페인트 모션을 취하며 드론들을 피해 도망가려고 했지만, 찌르레기 떼는 그를 능숙하게 앞질러 차단했다. 진짜 야생의 새만큼 자연스러운 군체 비행은 아닐지라도, 매끄럽고 재빠르게, 훌륭하게 통솔하고 있었다.

아무 걱정 할 필요 없군. 윤신은 남쪽으로 발걸음을 서두르며 더 이상 하늘을 돌아보지 않았다.

임슬기. 그녀는 윤신이 신오쿠보를 떠나기 몇 개월 전에 들어왔다. 당시 수비대에서 윤신보다 어린 사람은 처음이었는데, 윤신이 드론 조작 등을 가르친 최후의 제자이기도 했다. 다른 사람을 가르치는 것이 서툰 데다 성미가 급해 다들 질색하곤 했는데, 임슬기는 잘 버텼다. 버텼다기보다 인내력에 끝이 없는 듯한, 감정 기복이 옅은 소녀였다. 이해력과 기억력, 손재주에 재능이 있었다.

임슬기는 가와토 형제와 같은 동네 출신으로, 중학생 무렵에는 '거리 매춘'을 하기도 했다. 갑자기 생활보호비가 끊겼는데 어머니는 중증의 우울증을 앓고 있어서 일할 수 없었고, 한 부모 가정이라 달리 의지할 친척도 없던 슬기는 동급생의 소개로 밤마다 역

앞이나 상점가 입구에 서서 말을 걸어오는 사람을 기다렸다. 그렇게 생활비와 학비와 어머니의 치료비 등을 벌었다.

수비대 중 한 사람이 "너 같은 땅딸보를 누가 사냐. 얼마에 팔았는데?" 하고 무신경한 소리를 해서, 윤신은 그 남자의 배를 때렸다. 그래 봤자 고작 수십 초 뒹굴고 말 정도로 약하게 때린 것이었고, 그 남자가 윤신을 올려다봤을 때도 마주 노려보지는 않았다. 그러나 윤신은 내심, 미개한 아시아인, 하고 싸늘하게 깔봤다. 그런 한편으로 분위기를 파악해야 한다는 아시아의 방식도 그즈음에는 몸에 배어 있었다.

가와토 형제는 임슬기와 동향이긴 했지만, 슬기가 어머니와 함께 신오쿠보에 오기 전까지는 그녀의 존재를 몰랐다.

도쿄 근교의 코리아타운, 그곳의 변두리에는 아직도 함석지붕의 판잣집이 즐비하다. 정부가 갑작스럽게 외국인에 대한 생활보호급부 금지령을 내리자, 그곳처럼 원래부터 빈곤한 지역은 직격탄을 맞았다. 이건 인재人災야, 하고 가와토 겐은 마을이 황폐해져가는 광경을 보며 아연해졌다. 이건 그냥 학살이구나, 라며, 두 번째로 동반 자살한 가정의 뒤처리를 하러 간 가와토 아츠시도 전율을 느꼈다. 슬기 또한 어머니로부터 "이제 저금이 안 남았어"라며 함께 자살하자는 말을 들었을 때, 무슨 일을 해서라도 돈을 벌어 살아가겠다고 결심한 거였다. 중학교 3학년, 만 14세의 나이였다.

소년은 길거리에서 강도짓을 하고, 소녀는 몸을 팔기 위해 길거리로 나선다. 부모는 아이에게 도둑질을 명령하고, 손주는 조부모에게서 금품을 빼앗는다. 아무것도 할 수 없는 마음 약한 자들은 자살로 내몰린다. 현 정권이 취한 정책의 당연한 귀결인데, 매스컴은 어째서 그렇게 되었는가 하는 원인의 추궁보다는 범행 내용의 구체적 묘사와 치안 악화 수치만 다루며 쓸데없이 한국인 혐오를 증폭시키기만 했다.

그 사이트를 찾아냈을 때, 가와토 아츠시는 분노한 나머지 키보드를 주먹으로 내리쳤다. 그리고 근처에 사는 사촌 동생인 가와토 겐에게 바로 연락했다.

아츠시가 인터넷에서 발견한 것은 자신들의 동네를 지명해서 '낚시터'로 삼은, 은어투성이지만 조금 읽다 보면 '싼 값에 미성년자를 살 수 있는 장소'로 소개하고 있는 사이트였다. 내용을 읽어보니 '생활보호 금지 덕분'이라는 문구가 눈에 띄었다. '해외에 가지 않아도'라는 둥 '스릴과 쾌락을 동시에 느낄 수 있는 딥 타운'이라는 둥 조롱과 차별 의식으로 가득했고, 자신들의 소아성애 성향은 아무렇지도 않게 생각했다.

분노를 원동력으로 삼은 가와토 형제가 우선 생각한 것은, 사이트에 낚여서 찾아온 남자들을 '사냥'하는 것이었다. 육체에 확실하게 죄가 새겨지도록 고통을 주고, 확실하게 돈을 빼앗는다. 그렇게 돈을 꽤 많이 쓸어 담았다.

그러나 한심하게도, 빼앗은 지갑 속에 영주자 증명서가 있는 남자도 있었다. 재일 한국인이라는 걸 들킨 남자는 비굴해지면서 뻔뻔한 태도로 "그냥 못 본 척해줘. 남자라면 무슨 마음인지 알잖아"

라며 부탁했는데, 물론 호되게 혼내주고 돈도 전부 빼앗았다. 신분증도 사진으로 찍어 남겼다.

그런데 어느 날 밤의 일을 계기로 가와토 형제는 생각을 바꾸게 되었다. 평소처럼 막차가 끊긴 뒤 역 앞에서 사냥할 대상을 찾고 있는데, 헐렁하고 낡아빠진 정장 차림의 중년 남성이 그 지역 고등학교 교복을 입은 여자아이에게 직접 교섭하고 있었다. 여느 때처럼 사각지대인 코너로 끌고 가서 펀치를 먹였는데, 저항한 것이 의외로 몸을 파는 여자아이였다. 아이는 겐의 등에 달려들고 아츠시의 팔을 잡아챘다.

"뭐야 너는!" 하고 아츠시가 호통을 치자, 교복 차림의 여자아이는 "장사 방해하지 마! 좋은 손님이란 말이야, 이 사람은"이라며 도리어 화를 냈다.

얼굴을 살펴보니 화장이 익숙해 보였다.

"너 그 모습은 뭐야, 코스프레야?" 겐이 일부러 도발했다.

"시끄러워, 스물둘이야! 신분증 보여줘?"

스물두 살 여자의 주장에 따르면, 약속을 어기지 않으며 병이 있는 것도 아니고 위험한 변태 플레이도 하지 않고, 하물며 행위 후에 트집을 잡아 돈을 돌려달라는 요구도 짜증 나는 설교도 하지 않고 그저 말없이 돌아가는, 맞거나 도둑맞거나 살해당할 우려가 적은, 그런 안면이 있는 손님은 그녀에게 너무나 귀중한 존재였다. 가끔 미리 가격을 협상하려고 하지만, 수중에 돈이 적을 때조차 "이렇게 만나러 와주는 게 고맙잖아! 서비스업으로서"라는 것이었다.

"이걸로 나는 남동생들을 학교에 보낼 수 있다고! 갑자기 튀어나와서 망치지 마! 이 사람은, 이 일본인은, 좋은 손님이란 말이야!"

그녀의 날카로운 외침에 압도당한 가와토 형제는 그 일을 계기로 반성하고 자신들의 동네가 대체 어떻게 돌아가고 있는지 다시 살펴보았다. 그곳에는 몸을 파는 동포 소녀들로부터 이런저런 명목으로 수입의 대부분을 갈취하려는 불량배 무리가 존재했다. 그들도 굶주려서 한계에 내몰린 것이겠지만, 자신들보다 더 약한 자에게서 뽑아낼 수 있을 만큼 뽑아먹으려는 밑바닥 인생이었다.

그 불량배 무리의 구성 멤버를 가와토 형제도 모르지 않았다. 학창 시절부터의 친구도 속해 있었다. 그러나 무리를 이룬 그들이 가와토 형제의 설득에 응할 리도 없었고, 하물며 정면충돌을 해본들 아무것도 얻을 게 없었다.

가와토 형제는 태어나고 자란 마을을 버리기로 했다. 속박과 타성과 체념을, 마을째로 버렸다. 많은 동지와 많은 가족을 설득해서 코리아타운의 상징으로 빛나는 신오쿠보로 대거 이동했다. 날카롭게 외치던 스물두 살의 여자도 함께 데려오려고 꽤나 수소문했다. 아츠시의 개인적인 마음이 다분히 포함되어 있었는데, 그는 사실 그날 밤 이후 그녀를 도저히 잊을 수가 없었고 괴로울 정도의 연애 감정에 빠져 있었지만, 그녀의 모습은 두 번 다시 볼 수 없었다. 그녀는 그녀대로 '남동생들'을 데리고 다른 마을로 간 것일까.

그런데 신오쿠보에 집단으로 이주한 뒤, 가와토 아츠시는 조직

매춘을 생업으로 시작했다. 몸을 파는 일 말고는 돈을 벌기가 아무래도 어렵다고 호소하는 자들이 있고, 심지어 그런 사람들이 한둘이 아니라는 핑계였다. 수비대 전체의 운영비도 벌어야 했다. 언제까지 기부금에 의지할 수도 없었다. 폭력 단원인 구루스와의 만남이 그 방면의 활동에 큰 도움이 되었다.

윤신도 트러블 대처 요원으로 출장 성매매단에 대동했는데, 밴에서 나와 현장에 투입된 적은 한 번도 없었다. 아츠시 일행은 좋은 고객을 잘 선별하고 있는 것 같았다. 또 출장 성매매단의 멤버(당시 미성년인 임슬기는 그곳에 들어가지 않았다. 신오쿠보에 와서는 모두의 보호와 장학금의 도움으로 학교를 졸업했다)가 무언가 불만을 토로하는 일도 없었는데, 그건 그러한 알력이 생겨나기도 전에 갑자기 린치 사건에 의해 해산되었기 때문이라고도 할 수 있다.

자칫하면 윤신도 말려들 뻔했던 '오쿠보 린치 사건'을 일으킨 것은 가와토 아츠시였으며, 그 자리에 겐은 없었지만 구루스는 있었다. 피해자 중 하나는 수비대 내의 또래 중에서 윤신이 가장 자주 함께 행동했던 우베 덴유라는 재일 중국인이었다.

우베 덴유는 시원스러운 남자였다. 그 지나친 시원스러움이 독이 되었는지도 모른다. 신입으로 들어와서 인사할 때 그는 '일본이 좋다'고 말했다. "중국도 좋고, 한국도 좋아요. 제가 좋아하는 모두가 공생할 수 있도록 이 마을을 지켜나가고 싶어요"라고. 아버지는 한민족이었고 어머니는 조선족이었다. "물론 다른 민족의 피도 더 많이 섞여 있겠지만요." 그는 말했다. 그는 제2차 세계대

전 전에 중국의 화둥과 동북부에서 일본으로 건너온 올드커머의 자손이었는데, 가족 모두가 일본 국적을 취득한 상태였다.

미국 태생인 윤신에게는 이해하기 어려운 점이었는데, 가와토 아츠시에게는 뿌리 깊은 일본 혐오가 있었다. 그 말을 입에 올리는 것은 금기라고 들은 뒤에도 윤신은 "그렇게 이 나라가 싫으면 나가면 될 텐데"라고 말하고 싶은 순간을 몇 번이나 맞닥뜨렸다. 그리고 또 아츠시 본인은 강하게 부정하겠지만, 그는 너무나도 시대착오적인 '순혈주의자'였다. 한국인의 피가 흐르고 있는지 일본인의 피가 흐르고 있는지, 어느 민족의 피가 흐르고 있는지, 얼마나 섞여 있는지, 그런 것에 집착하는 남자였다.

우베 덴유의 첫인사에 대해서 아츠시는 "나도 일본, 좋아해. 정부와 그 국민은 구별해야 하니까. 게다가 일본의 만화와 AV는 세계 최강이지"라며 엄지를 치켜세웠지만, 한편으로 수비대 안의 어린 친구가 재해 시에도 질서를 지키는 일본인의 경향을 칭찬했을 때는, "뭐야? 너 배신자냐? 그 재해 때 일본인에게 당한 일을 잊었어? 네놈도 한국인이라면 일본인한테 알랑거리지 마"라며 멱살을 잡았던 적이 있었다. 그밖에도 술만 취하면 "일본인에게는 무슨 일이 있어도 지지 마"라는 말을 했다. 그 정도로 고집스러운 이유는 무엇일까. 부모의 교육 때문에 그리되었으리라고 윤신은 추측했다. 왜냐하면 사촌 동생인 겐에게는 아츠시만큼 교조적인 반일 감정은 없었다.

한 술자리에서 아츠시는 우베 덴유에게 "타이완의 독립에 대해서는 어떻게 생각해?"라든가 "신장 위구르 자치구 문제에 대해서는 어떻게 생각해?" 같은 답하기 어려운 질문을 짓궂게 던지는 한편, 다른 술자리에서는 "중국인인데 고마워! 우리랑 함께 싸워줘서 고마워"라며 그다운 정서불안으로 갑자기 울어대서 덴유를 당혹시켰다. 덴유에게는 조선족의 피도 흐르고 있다는 것을 매번 설명해도 안 듣는 것 같았는데, 아무래도 아츠시에게는 '중국의 조선족과 한국인은 다르다'라는 의식이 있는 모양이었다. 그것이야말로 차별의식이 아니면 뭐란 말인가, 이 또한 윤신에게는 이상한 점이었다.

덴유도 그저 듣기만 하는 남자는 아니라, 논리정연하면서도 따뜻하게 반론하는 차분함이 있었다. 그 영리함과 시원스러운 성격이 문제가 되었다고도 할 수 있지만.

덴유는 "일본, 혹은 서방국가에 있는 사람은 모를 수도 있겠지만, 중국공산당에도 긍정적인 면은 있어요. 그렇지 않으면 그 엄청난 인구에 엄청난 면적, 심지어 다민족국가를 어떻게 통일해서 운영할 수 있겠어요? 적어도 '성별 격차 순위'에서는 일본보다도 한국보다도, 중국이 훨씬 상위니까요."

"그렇게 중국이 좋은 나라라면……" 하고 말을 꺼내다 가와토 아츠시는 입술을 깨물었다. 위험한 순간이었다.

"중국은 좋은 나라예요. 한국도 좋은 나라고, 일본도 멋진 나라예요." 덴유는 어디까지나 명랑하게 그렇게 말했다.

덴유의 그 구김살 없는 성격이랄까 기품에 기가 죽었는지, 아츠시도 계속 격식을 차린 말투였다. 린치 사건 전까지는.

덴유가 없는 곳에서는 중국 험담을 실컷 했다. 가와토 형제가 나고 자란 코리아타운은 지금은 완전히 차이나타운으로 변해 있었다. 그렇다고 해서 중국인 전반에 원한을 품는 건 말도 안 된다는 걸 아츠시도 알고 있었지만, 우베 덴유의 등장은 불만을 배출할 절호의 기회이기도 했다. 그러나 덴유를 실제로 마주하면 난징 대학살이나 충칭 대공습 같은, 일본에 대한 악담을 공통 화제로 꺼냈다. 그러니까 자신이 없는 곳에서는 미국 험담을 잔뜩 했으리라는 걸 윤신도 알 수 있었다.

그렇다고 해도 우베 덴유를, 다른 단체의 스파이라고 의심하는 것은 너무 심한 비약이었다. 거의 병적인 피해망상이거나 과도한 음주로 인한 독이 뇌에 퍼진 것이다. 스리슬쩍 퍼져나간 그 의혹을 알게 된 윤신은 즉시 '있을 수 없다'며 반발했고, 증거도 없는 일이므로 '절대 손을 대지 말라'고 부탁해두었을 터였다.

사건 현장은 가와토 아츠시가 사는 아파트의 한 방으로, 당시 수비대의 모임 장소이기도 했다. 그때 그곳에 윤신은 없었다. 가와토 겐도 없었다. 아츠시가 몇 명의 동료와 함께 덴유에게 정말 가볍게 물어볼 셈이었는데, 몇 시간이나 이어진 밀실에서의 군중심리가 점점 악화되어 오히려 그 자리에 있던 다른 젊은 녀석들에게 "너도 의심받고 싶지 않으면 알지?"라며 린치를 반강제하기에 이르렀다고 한다. 도중에 참가하게 된 구루스는 회식이 끝나고 돌아가던 길에 들렀다고 하는데, 취기에 휘두른 폭행도 도저히 간과

할 수는 없지만, 그가 늘 그렇듯 지레짐작으로 상황을 파악하고 섣부르게 폭행에 가담하지 않았다면, 늘 그렇듯 소동을 피우는 바람에 근처 주민이 신고하지 않았다면, 오히려 상황은 더욱 음습하고 비참한 결과를 낳았을 것이다.

그들에게는 죄가 무거운 '조직범죄처벌법'이 적용되었고, 살인을 저지른 것도 아닌데(그렇다고 해도 평생 장애를 남길 정도의 폭행이었다) 주범 격으로 지목된 가와토 아츠시와 구루스에게는 최대 형기 10년 판결이 내려졌다. 한국 국적인 가와토 아츠시에게는 형기가 만료되는 10년 후에 강제송환이 기다리고 있다.

윤신은 덴유의 병문안조차 갈 수 없었다. 아무리 해도 입원한 곳을 알 수 없었다. 연락을 해도 답이 없었고, 모든 연줄을 동원해도 도저히 덴유의 병실을 알아낼 수 없었다.

린치 사건으로 인해 윤신은 수비대에서 떠나기로 결심했지만, 그 이전부터, 이를테면 가와토 아츠시가 사는 아파트의 임대료를 '아지트도 겸하고 있으니까'라는 이유로 다른 멤버에게서 두루 징수하거나, 미팅을 세팅해달라고 끈질기게 부탁하는 등 명령조의 착취와 강요가 거슬릴 때가 많았다.

또 구루스가 체포되면서 구루스의 조직 관계자와 '아우'들도 오쿠보 수비대에는 일절 관여하지 않게 되었다. 구루스 한 명이 없어지면 그렇게 되리라는 것은 린치 사건 전부터 수비대 멤버 누구라도 쉽게 상상할 수 있는 일이었지만.

다트 바가 있는 임대 빌딩 옆에는 러브호텔이 있다. 호텔 건물의 비상계단에서 빌딩으로 점프해서 벽을 타고 이동했다. 뒷문으로 향했다.

문은 잠겨 있지 않았다. 에어컨 냉기가 끼쳐 왔다. 문 바로 옆에 두 사람이 서 있었는데, 방심하며 담소를 나누고 있다가 침입한 윤신을 보자 웃고 있던 얼굴이 굳어졌다.

우선 벽에 기대 있던 남자의 심장 근처를 손바닥으로 때렸다. 그리고 반대쪽에 있던, 윤신 쪽에서 볼 때 오른쪽 남자의 한쪽 발을 걷어차고, 쓰러지자 부츠로 밟고, 또 밟고, 턱을 짓밟았다. 심장을 부여잡고 있는 남자의 머리카락을 움켜잡고 무릎 킥을 먹인 다음 받다리후리기로 집어 던졌다.

우렁찬 외침이 들렸다. 소리 난 쪽을 보자 한 남자가 경찰봉을 들고 서 있었다. 패닉으로 표정이 일그러진 남자를 향해, 윤신은 망설임 없이 거리를 좁혔다.

오히려 조심해야 하는 것은 숨통을 끊지 않도록 적당히 힘 조절을 하는 것이다. 그렇지만 다수를 상대하다 보면 사소한 실수도 위험으로 이어지므로 허투루 할 수는 없다. 한 명씩 확실하게 반격 능력을 빼앗는다. 그러나 죽이지는 않는다.

유도 기술과 격투기는 가와토 아츠시에게 배웠다. 무기의 사용법과 조달 수단과 개조하는 법 등은 구루스에게 배웠다. 이 철판이 든 부츠도 구루스가 준 선물이다. 가와토 겐에게서는 가라테와 웨이트 트레이닝을, 용혁에게서는 태권도를 각각 배웠다.

내려차기는 실전용이 아닌 보여주기식 기술이다. 이렇게 적이 많이 남아 있는 상황에서는 윤신도 자주 사용했다. 상대가 앞으로 몸을 숙였을 때 마지막 일격으로 등에 뒷굽을 내려찍으면, 화려하게 쓰러져줘서 다른 상대와 거리를 두기에도 좋았다.

정면 입구 쪽을 살펴봤다. 그대로 일제히 덮쳐 오면 좋았을 텐데, 차분하게 일렬종대로 재정비하고 있었다. 그들과 윤신 사이에 있는 테이블에는 멀티 모니터가 있고, 그 앞에 앉아 있는 네 명이 조종간을 쥐고 있거나 키보드에 손가락을 올리고 있었는데, 그러니까 그들이 드론 조종사일 것이다. 방에 냉방을 해둔 것도 정밀기기의 열폭주를 방지하기 위함이다. 바닥에 앉아 또 다른 노트북을 보고 있는 두 명을 포함해 다들 몹시 약골처럼 보였다. 이 녀석들 중 한 명을 노려서 집중적으로 패고, 그걸로 전선을 흐트러뜨릴까. 뒷문까지 끌어들여서 좁은 곳에서 개별로 처리하자.

윤신이 한 발짝 들어선 순간 입구의 유리문이 와장창 깨졌다. 가게 안에 굴러들어온 것은 빌딩 1층에 오브제로 장식되어 있던 알몸 여인의 석고상이었다. 왔구나, 하고 윤신은 주먹을 내렸다. 저렇게 무거워 보이는 것을 잘도 3층까지 가져왔네, 하고 쓴웃음을 지었다.

윤신에게는 익숙한, 몹시 깔끔한 태권도 찌르기 기술 두 번(어차피 쿠보탄을 쥐고 있겠지)으로 가장 가까이 있던 남자를 재빠르게 쓰러뜨리고 선두에 모습을 드러낸 것은 가와토 겐이었다.

오랜만의 만남. 윤신이 얼굴을 거의 가리고 있는데도 체격으로 알았는지, 겐은 크게 입을 벌려 웃었다. 배외주의 단체의 남자들(적과 우리 편 어디에도 여자는 한 명도 없다)을 사이에 두고 겐은 큰 소리로 외쳤다.

"Son of a 개!" 그리고 또 소리 높여 웃었다. 윤신과는 서로 통하는 욕이었으므로 윤신도 무심코 마스크 아래에서 "하핫" 하고 소리를 흘렸다. 본명을 부르지 않는 것은 역시 '가와토 형제 중 똑똑한 쪽'다웠다.

겐의 뒤쪽에서 혼조와 다른 얼굴이 차례로 등장하자 윤신은 완전히 승리를 확신하고 쓰러져 있는 자들에게 아직 반격 능력이 있는지를 확인했다.

조종사를 포함한 드론 요원은 총 여섯 명. 양손을 앞으로 결박당한 그들에게서 스티그마를 어떻게 받아낼지, 수비대 남자들은 이야기를 나누고 있었다. 윤신은 그 틈에는 끼지 않았다. 아무래도 상관없었다.

결국 그들에게서 자주 쓰는 손의 엄지를 빼앗기로 했다. 그렇다고 해서 '손가락을 받아 간다'는 고전적 방식은 아니고, 뼈를 부수는 것이다.

가게에 들어섰을 때부터 가와토 겐의 머릿속에는 바 카운터에서 그것을 꺼내 올 생각이 있었던 듯하다. 다른 누가 먼저 가져가기 전에 서두르려는 초조함마저 느껴지는 발걸음으로 똑바로 걸어가 루이 13세 매그넘 병을 집어 들었다. 케이블 타이와 재갈로 결박당한 채 뒹굴고 있던 점주가 그걸 깨닫고 항의의 신음 소리를 내자 겐 일행은 점주에게 발차기를 날리고 짓밟기를 반복했다. 누구보다도 가장 고통받는 것은 점주다. 앞니 하나도 이미 플라이어로 뽑힌 뒤였다.

이를 하나 뽑는 것과 엄지 뼈를 부수는 것, 어느 쪽이 더 무거운 응보일까.

1.5리터짜리 술병은 자루가 길어서 들기 쉽고, 용량도 꽤 돼서 휘두르기 좋은 무게였으며, 무엇보다 양쪽에 여러 개 튀어나와 있는 돌기 부분이 몹시 잔학성을 자아내는 디자인이었다.

등 뒤에서 울려 퍼지는 비명을 들으며 윤신은 헤론의 조종간이 딸린 제어판을 다시금 황홀하게 바라보았다. 헤론은 이미 윤신이 조작해서 지상에 천천히 착륙시켜두었다. 적측의 조종사가 조종해본 적이 있냐고 물을 정도로 매끄러운 연착륙이었는데, 광고 동영상을 취미 삼아 반복해서 본 덕분이었다. 어찌 됐든 단순 조작이지만 그 몇 초는 그야말로 하늘을 달리는 것 같은 쾌감이 느껴졌다.

임슬기에게도 연락해서 헤론이 착륙한 것과 거의 동지점에, 그러니까 경찰대의 눈앞에 '찌르레기'를 포함해서 공중에 있는 자군 드론을 전부 위험하지 않게 착륙시켰다. 기체 회수를 욕심내다 추적당하는 것보다 훨씬 안전하다. 지문 대책도 당연히 빠짐없이 해두었다.

다트 바의 창틀 쪽에 대형 해머가 세워져 있었다. 그걸 무기로 사용할 필요가 없을 정도로 급습이 성공했던 것인데, 윤신은 그것을 들어 올려 제어판을 향해 내리쳤다. 부품이 튀었다. 한 번 더 휘둘러 내리쳤다.

자신이 무슨 짓을 당할지 잘 알고 있는 조종사 중 한 명이 양손을 결박당한 채, 가와토 겐의 무릎 언저리에 매달려 외치고 있었다.

"아니, 잠깐! 우리들은 애초에 당신들 재일이 어떻게 되든 상관없어요. 진짜로 정치 따위 전혀, 관심 없어요, 정말로! 드론만 자유롭게 조종하고 싶었던 것뿐이에요. 그러니까 봐주세요!"

뭐 진심이겠지, 하고 윤신은 생각했다. 인터넷의 드론 애호가 게시판만 봐도 알 수 있다. 드론을 자유롭게 조종할 수만 있다면 정치적 구실 따위, 아무래도 상관없어 보였다.

그러나.

"그러니까 이렇게 낙인을 찍는 거야, 이 쓰레기야! 소풍 가는 기분으로 헤이트나 하고 말이야!" 가와토 겐에게 하는 탄원으로는 역효과다. 양손의 케이블 타이를 풀자마자 뒤에서 다른 두 명이 남자를 바닥에 쓰러뜨렸다. 왼손잡이인지 오른손잡이인지 일일이 묻지 않고 근육이 붙은 정도를 보고 겐이 알아서 판단했다. "주먹 쥐고 있으면 주먹째로 한다?"라는 말로 손을 펴게 만들었다.

"아니, 잠깐, 그만, 그만둬"라며 떠는 남자의 등 뒤에서 혼조가 재갈을 물렸다. 그건 오히려 녀석의 혀를 보호하기 위함이었다. 치켜든 술병. 살과 뼈를 동시에 치는 소리. 안으로 먹히는 비명. "역시 안 되겠어, 이거"라며 술병을 멀리 집어 던지고, 겐은 가져온 쿠보탄을 꺼내 누르고 있던 상대의 엄지손가락을 찌르고 또 찔렀다. 그때마다 또렷하지 않은 비명 소리가 새어 나왔다.

윤신이 대형 해머를 양손으로 크게 휘둘러 또 조종간을 내리쳤다. 이미 충분히 파괴되기는 했다.

문득 기척을 느끼고 돌아보니 겐이 다가와 있었다. 윤신에게 한쪽 눈을 찡긋하며 대형 해머를 받아 돌아섰다. 조종사들의 얼굴이 공포로 경련했다.

그와 동시에 "그만둬!" "그렇게까지 할 거야?" "너무하잖아"라며 일제히 외치기 시작했는데, 그 외침은 겐이 아니라 그의 등 뒤를 향하는 것 같았으므로 겐도 뒤를 돌아봤다.

윤신이 헤론을 수납하기 위한 두랄루민 케이스를 열어서 내장된 우레탄제 스펀지를 찢어대고 있었다. 날개와 동체의 형태 등에 맞추어 파인 스펀지를 집요하게 찢어발겼다. 식칼은 바의 부엌에서 가져왔다. 조종사들 거의 모두가 일제히 한탄했다. 드론 애호가인 그들이 무엇을 진정으로 싫어하는지, 윤신은 잘 알고 있었다. 닉네임을 물으면 아는 이름도 있을 것이다. 유익한 정보를 우호적으로 나누던 자도 있을지 모른다.

"아~아." 들으라는 듯 소리를 낸 것은 다음으로 엄지를 짓눌릴 차례의 남자였다. 소년처럼 높은 목소리, 소년처럼 작은 몸집이었지만 거의 백발이었고 얼굴도 잘 보면 주름투성이였다. "이로써 너희들의 정의도 땅에 떨어졌구나. 우리는 너희들 불법이민자에게 빼앗긴 일본 땅을 되찾으러 왔을 뿐인데, 너희들의 정의는 뭐야? ……이런 건 포로 학대야!" 그렇게 갑자기 고함을 쳤는데 그건 겐 일행을 실소하게 만드는 기행일 뿐이었다. 겐이 실소를 띠운 채 케이블 타이를 풀자 두 사람이 그를 바닥에 쓰러뜨렸다.

겐을 올려다보며 초로라고도 할 수 있는 남자가 연호했다.

"포로 학대! 포로 학대!" 목소리나 말하는 내용은 어린아이다. 그러나 목덜미에는 검버섯이 눈에 띄었다.

"이런 학대 행위를 하다니, 우리 일본인은 이 극악무도함을 절대 잊지 않을 거야. 몇 배로 되돌려줄 테다. 폭력의 연쇄야! 너희들이 시작한 일이야."

"아니거든." 겐이 웃었다. "네놈들이 1875년에 강화도 바다에서 시작한 거잖아."

그리고 겐은 등 뒤의 혼조에게 눈짓을 해서 발버둥 치는 백발 남자에게 재갈을 물렸다. "너 같은 녀석들을 보면, 과도한 제노포비아는 역시 뇌기능 저하의 일종이구나, 하고 절실히 느낀다니까. 전두엽 쇠퇴가 안이한 차별로 이어진 거지. 욕망에 진 거야, 네놈은. 이성의 브레이크가 고장 난 거지, 네놈들은. 위축된 뇌에는 차별하고 싶은 욕구가 숨어들어. 너희들은 지배욕과 의존 본능을 그저 방출하고 있을 뿐이지, 결코 정의가 아니야."

그렇게 말하고 가와토 겐은 살이 없어 뼈가 앙상한 백발 남자의 손을 향해 해머를 내리쳤다. 또다시 들어 올리고, 내리쳤다.

이들이 만일 오야마칸 아파트 쪽으로 쳐들어왔다면 어땠을까. 혹은 나중에 또 한번 '신오쿠보 전쟁'이 일어난다면, 그때 압도적 인원이 쳐들어오더라도 윤신은 이미 없을 것이다. 폭력의 연쇄에서, 이를테면 임슬기를 더 이상 지켜줄 수 없다. 그러나 우리들이 한 짓의 업보는 확실하게 메이저리티 측의 증오를 증폭시키고, 집단적 욕망을 긍정하고, 그야말로 '몇 배로 갚아주자'는 깃발 아래 광분을 촉구할 것이다. 그때 녀석들은 신나서 제정신이 아닐 것이고, 여자라고 용서하지 않을 것이다. 엄지를 부서뜨리는 것 이상의 고통을 슬기가 대신 겪을 것이다. 그건 대체 어떤 세계일까. 그러나 지금 있는 이 다트 바와 같은 지평선상에 확실하게 존재하는 세계이며, 슬기의 양손 양발의 뼈가 부서지고 울부짖는 미래의 세계는, 이곳의 세계와 맞닿아 있다.

재갈이 물리지 않은, 순서로는 마지막 남자. 그는 제압 직후부터 거동이 이상했다. 양손을 묶이면서도 전후좌우로 크게 흔들거나 오뚝이처럼 굴렀다 일어나기도 하고, 갑자기 웃음을 터뜨리기도 했다. 혼조에게 일으켜 세워지자 갑자기 등을 꼿꼿하게 세우더니 늠름한 표정으로 굵고 명료한 목소리로 외치기 시작했다.

"저는! 어머니가 거의 누워 계시는데! 보살펴드릴 사람이 저뿐인데요!" 조건반사적으로 윤신은 슬기의 신세를 떠올린다. "그러니까 제 엄지가 그렇게 되면, 늙고 마음 약한 할머니도 함께 죽이는 거라고요! 그래도 괜찮아요? 게다가 이 손가락을 쓸 수 없게 되면 일도 제대로 할 수 없어요. 경제적으로도 사활이 걸린 문제인데, 누가 보상해줍니까? 가족까지 함께 죽일 생각입니까?"

마지막 순서의 남자가 필사적으로 '목숨 구걸'을 하는 가운데, 혼조가 웃는 얼굴로 윤신에게 다가왔다. 재갈 물리는 역할을 다른 사람과 교대하고, 윤신과 악수와 포옹을 나눴다. 혼조는 그대로 윤신의 어깨를 끌어안고 바를 걸으며 지금까지의 경위를 이야기했다.

자칭 타칭 '움직일 수 있는 뚱보'인 혼조. 그는 신오쿠보 출신이다. 바의 카운터 안쪽에서 벽에 기댄 채, 입에서 피를 흘리며 그걸 타월로 누르고 있는 남자를 가리키며 혼조가 소개했다.

"이 녀석, 내 초중 동창." 피 흘리는 남자는 헤이트 측이다.

"이 녀석, 이걸로 이가 뽑힌 게 벌써 세 번째야. 대체 얼마나 한국인이 싫은 건지." 혼조는 희미하게 웃었다. "학생 때는 이 녀석이 날 괴롭혔는데 말이야, 운동회나 합창에서 '춍 죽어라, 춍 꺼져라' 하고 부채질했는데, 그걸 선창하던 녀석이 지금은 이 모양이라니까." 그리고 남자의 옆에 앉아 어깨를 세게 주물렀다. 남자는 몸을 뒤틀며 괴로워했다. "이래 봬도 이 녀석은 반의 인기인이었어. 학교에서 거의 청춘의 정점에 있던 녀석이었는데, 지금은 이런 꼴이라니." 집요하게 어깨를 주물렀다. 살을 꾹꾹 쥐었다. 남자는 피로 물든 타월을 입에 댄 채 몸을 ㄱ자로 꺾어 몸부림쳤다. 이런 연약한 남자에게 커다란 몸집의 혼조가 괴롭힘을 당했다니, 쉽사리 믿기 어려운 사실이었다.

겐이 또 해머를 휘둘렀다. 다른 동물의 뼈와 살을 내리쳐서는 나올 것 같지 않은 둔탁한 소리가 울렸다. 이제 세 번째 조종사의 엄지가 부서졌다.

남은 것도 이제 세 명.

가장 마지막 순서의 남자들이 으레 그렇듯, 그 조종사는 과호흡을 일으킬 기미를 보이면서 일방적으로 지껄이고 있었다.

"우, 우리한테 그런 짓을 해도, 아, 아, 아무 생산성도 없어요! 그리고, 그리고, 관용적인 사회를 바라는 당신들, 당신들이니까, 그 관용 정신을 우리들에게도 보여줘야죠. 우리들의 모범이 되어야 해요. 모범! 그, 마이너리티 사람들은. 아니, 음, ……우리 가족을 죽이지 마요! 제발, 제발, 부탁합니다."

그리고 숙인 머리를 세차게 들어 올리더니 말했다.

"아니, 아니, 아니야, 그게 아니야. 그러니까, 역시 아무리 해도 우리 메이저리티가, 세계의 중심이야. 그도 그럴 게, 민주주의란 건 여러 정치형태의 최종 결론 같은 것이고, 그건 역시, 세계는 다수파의 것이라는 말이잖아? 아무리 그럴듯한 말로 꾸며대도 그래. 그런 거야……."

잠에 빠져드는 듯 눈을 감는가 싶더니 또 머리를 들었다.

"아니, 아냐, 아냐! 그래, 이 세계를 인체에 비유하면, 메이저리티는 혈액이야. 그, 그리고 너희들 마이너리티는, 백신이거나 바이러스야. 나쁠 때는 백혈병처럼 폭주하지만, 그래도, 그것도 세계의 루틴이지. 너희들은 세계의 흐름을, 그 유동성을, 가끔 들쑤시는 존재인 거예요, 말하자면."

"그럼 나는 바이러스 할래." 가와토 겐은 해머를 휘둘렀다.

"기다려!" 남자는 장난치듯 머리를 도리도리 흔들면서 "잠깐 기다려어"라며 히죽 웃어 보였다.

그러나 겐은 기다리지 않고 네 번째 조종사의 엄지에 해머를 내리쳤다. 꽉 막힌 비명. 그에 호응하듯 마지막 남자가 또 빠른 말투로 지껄였다.

"아냐, 아냐! 당신들은! ……당신들은 입장을 고를 수 있으니까, 그 점이 우리들 메이저리티와는 다르니까, 그러니까 백신이어야 해. 우리들을 고쳐줘! 모범을 보여! 그런 거야 세계는. 이제 알겠어. 오오, 알겠다. 그러니까 신은, 얼핏 보면 짓궂어 보이지만, 신이 가장 차별주의자처럼 보이지만, 그렇지 않아. 이건, 이 세계는, 거대한 하나의 인체인 거야. 알겠어, 이제 알 것 같아. 우리들은 그런 거야. 세계의 중심은 역시 우리들 메이저리티야. 우리들이 세계를 견인하고, 세계를 돌아가게 해. 우리들의 움직임이야말로 세계야. 그, 그렇지만, 우리들은 자유롭지 않아. 우리들은 흐름 그 자체일 뿐이니까. 그래서, 바이러스? 폭주하는 백혈구? 당신들, 어느 시대에, 어느 땅에 출현해도 차별받는 마이너리티라는 존재, 그 존재의 필요성이란 건, 존재 가치란 건 뭐야? 아니, 알 것 같아! 그래, 이거야말로 세계의 시스템이야."

네 번째 엄지의 처치가 끝났다. 얼음통 쪽으로 끌려갔다. 다섯 번째의, 그러니까 과호흡 남자 바로 앞의 남자에게 재갈이 물려졌다.

겐은 해머를 집어 들었다. 그리고 다섯 번째 남자가 아니라, 마지막 여섯 번째인 과호흡 남자에게 이렇게 말했다.

"안 되겠군. 역시 네놈들 같은 쓰레기에게는 스티그마가 필요해. 다시금 깨달았어. 네놈들한테는 정말로 몇 번씩 그걸 새겨줘야만 해." 그리고 해머를 휘둘렀다. "몇 번이고 반복해서, 몇 번이고 몇 번이고 강렬한 고통을 줘서, 교훈을 처벌과 세트로 기억하게 하지 않으면 안 통하는구나. 잘 알았어."

"아니, 아니, 아니야. 나는." 그리고 그는 후후후, 웃기 시작했다. "재미있네, 어째서 나, 그런 말을 한 거지, 응? 나는 우선 거짓말을 했습니다. 거짓말을, 했어, 미안, 미안. 그래, 나한테는, 간호가 필요한 어머니 같은 건 없어, 이 멍청아."

하하하핫, 하고 소리 높여 웃었다. 결박된 채로 옆으로 눕더니 몸을 뒤틀면서 마른 웃음소리를 내며 콜록거렸다. 기침이 멎자 "아~" 하고 일어서더니 바로 말을 이었다.

"나는 말이에요, 사실 보면 알잖아? 그런 고급 드론을 살 수 있었던 녀석들이, 가난하고 불쌍한 하층민일 리가 없잖아. 다들 부자야, 쌤통이네. 당신들, 다들 가난하지? 우리들은 돈이 많아. 그게 현실이고 역할이야. 고정적이면서도 유동적이고, 유동적이지만 고정적이기도 하지. 알겠어?"

다섯 번째 남자의 엄지에 해머가 내리쳐졌다.

"알았으니까 이제 갈까?" 겐은 해머의 자루를 짧게 쥐고, 그걸 여섯 번째 남자에게 들이밀며 물었다.

그는 눈을 피하더니 "우리들은! 그러니까! 그러니까! ……평등한 거야"라며, 묶여 있는 손 대신 어깻죽지로 턱을 긁었다. "그런 거야. 우리들은 다들, 다들 말이야, 평등해. 같은 공통 목적으로 움직이지. 그러니까, 그래, 적혈구 쪽이 성분이 많다고 해서, 어떻게 적혈구가 백혈구보다 대단하다고 할 수 있겠어? 아니지? 안 그래, 안 그래. 그러니까 우리들은, 그래, 같은 목적을 위해 함께 춤을 추는 완전히 평등한 존재인 거야."

다시 한번, 또다시 한번 해머가 내리쳐지고, 재갈 속에서 울리는 비명이 가냘픈 신음으로 바뀌며 다섯 번째 남자도 실려 갔다.

드디어 차례가 된 남자는 냉방 속에서도 땀을 흘리며 또 빨라진 말투로 말했다.

"이제 알겠어! 평등하지만, 내가 역시 메이저리티야. 평등하지만, 내가 역시 세계의 중심에서 세계를 굴러가게 하는 존재였어."

겐이 말했다. "그렇지만 이 자리에서는 너야말로 마이너리티네. 너야말로 앞으로 우리들에게 벌을 받을, 연약한 소수파야."

"그, 그래!" 호흡이 또 거칠어졌다. "그, 그래서, 다수파도 소수파도, 유, 유동적이고, 이 자리에서는, 이런 좁은 곳에서는, 내가 죽임을 당하는 소수파지만, 너희들은 말이야, 이 가게를 나가서, 이 일본 전체에서 보면, 너희들이야말로 죽임을 당하는 입장이잖아?"

"안 죽거든." 겐이 코웃음 쳤다.

"역할 말이야!" 남자는 갑자기 큰 소리로 외쳤다. "우리들은 하나의 인체야. 다들 평등해. 그렇지만 뭘 위해서 하나의 인체를 움직여야만 하냐면, 그래, 그건 '왜 살아야 하지?' 같은, 그, 근원적인 물음도 마찬가지인데, 왜 우리들은, 이렇게까지 해서, 어딘가로 함께 향하려는 거지? ……으응? 조금만 있으면 다 알 것 같다고! 방해하지 마, 까불지 마! 나를 죽이지 마!"

등 뒤에서 재갈이 물려지고, 해머가 내리쳐졌다. 가와토 겐도 슬슬 짜증이 극에 달했는데, 그렇다고 다른 자보다 특별히 강하고 집요하게 그의 엄지를 짓이기는 짓은 하지 않았다.

뒤처리가 모두 끝나고 휴대폰을 보고 있던 가와토 겐이 슬쩍 윤신 가까이 와서 말했다.

"너, 슬슬 돌아가."

윤신은 왜, 하는 표정을 지었다.

"보고가 있어서. 이쪽으로 적이 열 명 정도 오고 있대."

"문제없어, 열 명이라면."

"그래, 문제없지. 그러니까 너는 이제 가. 돌아가. 나머지는 우리들이 어떻게든 할 수 있으니까."

"뭐?"

"돌아가, 그 '문신 없는' 도련님을 수행하러."

"그게 뭐야."

"됐으니까. 그 도련님이랑 뭔가 못된 계획을 꾸미고 있지? 네가 있어야 할 장소는 이제 여기가 아니잖아."

둘러보니 다른 남자들도 가와토 겐의 의견에 동조하는 듯했다. 혼조는 윤신을 향해 빨리 가, 하는 듯이 손을 흔들었다.

"우리들만 있어도 괜찮아." 가와토 겐은 말했다.

아웃사이더 몇 명으로 세운 '오쿠보 수비대'였지만, 현장의 폭력에 현장에서 대항한 것은 그들뿐이었다. 논리보다 몸이 먼저 움직이고, 주관적인 정의에 굴하지 않고, 눈앞의 약자를 지키지 못하는 정론은 무시하고, 악은 용서하지 않는다.

수비대 결성 당시 마을의 상점 사람들이, 한국계 주민들이, 여성, 노인, 아이들이, 그 뒤로 한동안은 안전하게 살 수 있게 됐던 것도 수비대와 그 지원자들이 애쓴 덕분이었다. 이것만은 틀림없는 사실이다. 그 당시, 시우 사건 직후 혼란기의 이야기다.

오쿠보 수비대의 존재가 있든 없든 역사의 방향은 변하지 않았다, 오히려 나쁜 쪽으로 가속시켰을 뿐이다, 라고 평하는 것은 당시의 무도한 폭력에 노출되어 있던 마을의 현장을 모르는 자가 지껄일 수 있는 허튼소리다. 그러나 허튼소리더라도 그 또한 사실의 일면이기도 했다.

'이씨 일가'에서 윤신은 다시 옷을 갈아입었다. 입고 왔던 옷을 입지 않고 다른 캐주얼 셔츠를 입었다. 얼굴 인식 방지 안경도 버렸다. 해가 저물고 있었다. 노을이 정원에서 실내로 쏟아져 들어왔다. 할머니가 "밥 먹을 거지?" 하고 물어서 조용히 부엌으로 돌려보내기 위해 "응" 하고 대답해두었다. 소녀와 소년은 여전히 거실에 있었다. 오렌지색 빛에 둘러싸여, 앉아 있는 위치가 서로 바뀌었을 뿐이었다. 정말로 할머니의 증손주일지도 모른다. 중앙의 금붕어 어항이 둥글게 빛나고 있었다.

옷을 갈아입은 뒤 윤신은 지갑을 꺼내어 수중에 있던 돈을 테이블 위에 전부 내려놓았다. 미닫이문을 열고 밖으로 나갔다. "윤신아!" 하는 외침이 등 뒤에서 울렸다. 이제 만날 일은 없겠지, 하고 생각했다.

미즈노 노인의 집에는 불이 켜져 있었다.

히가시나카노역으로 향했다.

가는 길에 있는 중국인 고급 주택가는 최신 방범 카메라가 무수하게 갖춰진 구역이기도 해서 우회했다. 예전에는 '일본어가 통하지 않는 마을'이라고 하면 비하하는 뉘앙스가 있었는데, 지금은 이렇게 외국인밖에 살지 않는 고급 주택가도 일본 국내에 몇 곳인가 생겨났다.

집에 돌아왔다.

다이치에게는 "무사히 귀가했습니다"라고 전화 연락을 했는데, 이 경우 무사란 과연 무엇일까. 조심은 했지만 그럼에도 카메라에 전혀 찍히지 않는 기적은 있을 수 없고, 얼굴을 반 이상 가렸다고 해도 다트 바 습격에서 뒷모습과 복장과 성별 등을 정보로 제공하고 말았다.

다이치에게 연락한 뒤에는 바로 휴대폰을 소파에 집어 던졌다. 그곳은 무선 충전 범위 안이었지만, 오늘 밤은 배터리가 다 닳으면 닳는 대로 전파의 수신을 전부 차단하고 싶은 기분이었다.

적당한 비율로 적당히 만든 진라임을 마셨다. 음악을 틀었다. 격한 뇌우 소리만이 울려 퍼지는 환경 음악. 불면증은 그냥 허세라는 말을 일본에 막 건너왔을 때 누군가에게 듣고 놀란 적이 있는데, 실제로 윤신은 잠들지 못하는 것이 가장 큰 고민이었다. 혼자 마시는 주량이 늘었다.

수십 분 정도 자고 일어나서 텔레비전을 켰다. 지상파 뉴스에서 속보가 흘러나왔다. 재일 한국인의 체포극은 확실한 시청률 보증수표다. 데모대 측의 폭력 행위와 헤이트 스피치는 보도하지 않은 채 "감금치상 혐의로 한국 국적 남성들이 체포되었습니다" 하고 아나운서가 담담히 읽어나갔다.

용의자들이 경찰서 안을 이동해서 차량에 태워지는 모습이 차례로 실명과 함께 방송되었다. 가와토 겐(하건)을 포함해 다트 바에 있던 대부분이 연행되고 있었는데, 그 뒤로 무슨 일이 있었는지 그들의 얼굴은 퉁퉁 부어 있었고 찰과상 등 심한 폭행을 당한 흔적이 있었다. 혼조 히데오(강영웅)는 팔에 깁스를 하고 있었다. 텔레비전으로 보는 그들은 그야말로 흉악범처럼 보여서 윤신은 허탈하게 쓴웃음을 지었다. 지금까지의 사례와 마찬가지로 아마 보석은 인정되지 않을 것이고, 형기도 검찰 측이 청구하는 최대형이 내려질 것이다. 그리고 한국 국적인 그들은 형기를 채우면 강제송환된다. 저마다 약 10년 후, 한국에서 어떻게 살아가게 될까.

대형 드론이 무법으로 날아다녔다는 뉴스도 시청자가 제공한 화면을 소개하며 일단 다루어졌지만, 헤론을 날린 것이 데모대 측이며 중형기로 로켓형 폭죽을 이용해 상점을 습격하기도 했다는 또 다른 사실은 보도하지 않았다. 그저 "이번 다트 바를 습격한 외국인 집단과의 관련성에 대해, 경찰에서는 신중한 수사를 진행하고 있습니다"라는 형식적 멘트를 끝으로 스포츠 뉴스로 화면이 전환되었다. 후속 보도는 분명 없을 것이다.

밤 10시가 지나, 겨우 확인할 마음이 되어 임슬기가 보낸 메시지를 읽으니, 윤신이 떠난 다음 열 명 정도의 배외주의자들의 공격이 있었고, 그걸 바로 뒤쫓듯이 기동대가 돌입했다고 한다. 뒷문의 도주 루트까지 차단당한 그 습격으로 인해, 손쓸 틈도 없이 겐과 혼조 일행은 체포된 것이었다. 배외주의 단체의 유인이었을까. 어디까지 기동대와 손을 잡고 협력체제를 갖춘 걸까.

이로써 오쿠보 수비대의 무장투쟁 그룹은 거의 괴멸되었다. 육체적으로 빈약한 후방지원 멤버만 남았으니, 밤낮 가리지 않는 괴롭힘에는 대항할 수 없을 것이다. 앞으로 한국계 가게는 더욱 모습을 감추게 될 것이 눈에 선했고, 그렇게 되면 그 신오쿠보는 급기야 코리아타운이라 부를 수 없게 될 것이다. 그곳에 살고 있던 재일 한국인들은 완전히 모습을 감추고 아이덴티티를 숨기게 되거나, 오사카의 츠루하시를 최종 방어 라인으로 삼아 서쪽까지 철수하거나 둘 중 하나다. 그 뒤에는 다른 외국인 거리가 이 신주쿠구 한구석에 생겨나겠지만, 윤신은 '제2의 고향'인 이 마을에 애착이 강했다는 것을 새삼 깨달았고, 이 마을을 지키기 위해서라면 무엇이든 하고 싶다는 마음도 샘솟았다. 역시 자신은 신오쿠보라는 마을에, 그곳에 사는 사람들에게, 오쿠보 수비대에 인생을 구원받았다. 그러니 그 은혜를 갚아야 한다. 다이치에게 심취해서 다이치의 명령이라면 무엇이든 따르리라는 결심, 그것이 그의 첫 번째 행동 지침이지만 동시에, 더 넓은 의미에서의 은원의 감정이 솟는 것 또한 몸속에서 느껴졌다.

슬기에게서 온 메시지의 마지막에는 "신 씨, 돌아와주세요. 이 마을에는, 우리들에게는 신 씨가 필요해요"라고 적혀 있었다. 아무래도 윤신을 영웅시하고 있는 것 같았는데, 미국 시절에 스토커 행위로 경찰에 고발된 과거 등을 전부 털어놓고, 그녀에게서 완전히 경멸당하고 싶은 기분도 맴도는, 그런 밤이었다.

설령 돌아간들 자신도 언젠가는 체포될 거고, 일본 국적이라 강제 퇴거는 없겠지만 그 이외에는 가와토 형제나 혼조와 같은 전철을 밟을 뿐이다. 다이치의 말처럼(이번 일로 그는 아무 말도 하지 않았지만) 보다 광범위하고, 보다 보편적인 목적을 위해서는 현명하게 싸워야 한다. 그렇다면 다이치의 계획에 이대로 몸을 던지는 것이 최선이며, 그를 위해서 자신이 지금 할 수 있는 것은, 그저 기다리는 일뿐이다.

기다리다 안달이 날 것 같은 심리 상태가 되기 전에, 다이치가 시원스럽게 결행일을 통보했다. 그날까지 해두고 싶은 것은 없는지 다이치가 묻기에, 윤신도 긴 시간을 들여 자문해보았지만 특별히 아무것도 떠오르지 않았다.

김태수(기무라 야스모리)

가나가와현 요코하마시
~3월 29일

복수극은, 현실에서는 왜 어려운가?

와신상담. 섶나무 위에 눕는 고통, 쓸개를 핥는 씁쓸함을 몸으로 계속 느끼지 않으면, 복수심은 세월과 함께 옅어진다. 그것이 진실이다.

그래서 요즘 일과는 인터넷에서 녀석들의 댓글을 읽는 것이다. 녀석들이라고 해도 그 세 명을 가리키는 건 아니지만, 정신적으로는 거의 동일 인물일 것이다. 익명의 녀석들. 익명의 악의.

'일본인한테 그렇게 헤이트 크라임을 하더니, 그야말로 자업자득.'

'인간 같지도 않은 조선인 한 마리가 죽은 것 가지고, 우리 일본인이 이렇게까지 소란을 피울 필요는 없어!'

'그냥 사소한 의문인데, 지금의 일본에 집착하지 말고 왜 빨리 한국으로 돌아가지 않은 거야? 가족들이 죽인 거나 다름없잖아.'

이것들이, 내게는 쓸개다. 핥고 씹어서 그 즙을 삼키며 복수의 마음을 되새긴다.

여동생이 살해당했을 때의 일은 몇 번이나 다시 떠올리게 된다. 의도적으로, 혹은 의도하지 않고도, 문득.

눈물이 흘러나온다. 공공장소에서는 난처한 일이다. 출근 전철에서도 운다. 회사에서 장기 휴가를 권한 것도 갑자기 눈물을 흘리는 모습을 수도 없이 보였기 때문이다. 회의 중에도 대화 중에도, 사건 후에 처음으로 거래처와 만나는 자리에서도, "어이, 기무라"라는 말을 듣고 정신을 차려보면 눈물을 흘리고 있었다.

마야의 입버릇은 "괜찮아, 아무 문제 없어"였다. "긍정적으로 생각하자"라든가, "반드시 잘될 거야"라든가. 무슨 근거로 그렇게 거침없이 대답하는 건지 모르겠지만, 신기하게도 그녀가 그렇게 말하면 그렇게 될 것 같은 기분이 들었다.

그날, 마야의 마지막 말은 "무서워"였다.

회식 도중에 동생에게서 연락이 왔다. 내 일정은 미리 이야기해두었고, 그럴 때는 방해하지 않고 연락을 하더라도 메시지만 남기는 것이 평상시의 그녀였는데, 그날은 이상하게 전화로 연락했다. 나는 바로 통화 버튼을 눌렀다.

"오빠, 무서워."

특징 있는 마야의 목소리. 이제 그 목소리는 평생 잊을 수 없겠지.

"뭐야, 갑자기."

내가 뱉은 첫마디는 조금 장난치는 듯한 말투였는데, 회식 중에 걸려 온 전화이니만큼, 다소 안 좋은 소식이라 해도 그 자리에서 웃음거리 삼아 흘려보내고 싶은 마음이었다. 그러나 그건 안 좋은 소식 정도가 아니었다. 다음의 대화가 마야와 마지막으로 나눈 대화의 전부다.

"이상한 남자들이 쫓아와!" 거친 숨소리가 섞인 절박한 목소리. 달리고 있는 걸까.

나는 "어이"라고 말했다.

뭐가 어이, 란 말인가. 그런 얼빠진 추임새를 넣을 거라면 1초라도 빨리 상황을 물었어야지.

"오빠, 남자 세 명이, 따라와. 무서워!"

"어디야, 너."

어딘지를 묻기보다 좀 더 적확한 지시를 할 수 있었을 텐데.

"집 앞에, 언덕 아래쪽!"

"그럼 집까지 뛰어!"

이것이 최악의 지시였다. 그러지 말고 "근처의 아무 집에나 뛰어들어가"라고 말하는 게 좋았을 것이다. 그 언덕길, 우리 집에 도착하기까지는 좌우로 주택이 늘어서 있다. 저녁 시간대라 그 집들에는 누군가 있었을 텐데. 혹은 "소리쳐"라든가, "공원 쪽으로 빠져나가"라든가, 그렇게 지시했으면 좋았을 텐데. 머리가 돌아가지 않았다. 그게 너무나도, 괴롭다. 평생 후회하게 될 판단 미스. 비단 그 지시 하나만이 아니라, 마지막이 된 동생과의 모든 대화가, 나의 후회다. 내 인간성의 수준. 나라는 인간의 결론.

집까지 달려서, 그렇게 마야는 집에 들어갔지만 미처 현관문을 닫기 전에 녀석들이 우리 집에 침입했다.

그리고 그 뒤의 일은…….

나중에 전해 들은, 범인 중 하나가 이야기한 당시의 상황 설명.

처음에는 그냥 겁만 줄 생각이었다고 한다. 전화를 하며 당당하게 한국어로 말하는 마야에게, 범인들은 "어이, 조센진"이라든가 "너, 춍코의 스파이냐?"라며 시비를 걸었다. 그걸 들은 마야가 그들에게 가운뎃손가락을 들어 올렸다고 한다.

언덕 아래의 편의점을 나왔을 때 마야는 전화를 받았다. 앱을 이용한 무료 국제전화로, 상대는 한국인, 우리들의 먼 친척 아주머니였는데, 그래서 마야도 한국어로 말을 했고 그것이 추잡한 남자들의 귀에 들어갔다(친척 아주머니는 자신이 건 전화 때문에 마야가 죽었다며 지금도 한국에서 초췌하게 지내고 계신다).

'춍코'라는 말을 들은 마야는 녀석들에게 가운뎃손가락을 들어 올렸다.

그건 당연히 '왜 그런 쓸데없는 짓을 했나'라는 원통함을 불러

일으키는 행동이었는데, 그렇다고 차별 용어를 들은 마야가 비난당할 이유는 없다. 지성이라고는 눈곱만큼도 없는 야만인들에게 가운뎃손가락을 들어 보였다니 그 용기를 칭찬해주고 싶을 지경이지만, 역시 마음 한편은 괴롭다. 그런 짓만 하지 않았더라면, 하고 생각하게 되는 것이다.

영상이 남아 있다. 나는 그날, 그걸 택시 안에서 줄곧 보고 있었다. 우리 집 안에는 외출한 뒤에도 휴대폰 앱으로 감시할 수 있는 실내 카메라가 욕실과 화장실과 침실 등을 제외한 모든 방과 현관과 정원에 설치되어 있었다. 설치한 건 나 못지않게 걱정이 많던 아버지였다. 그리고 그걸 마야의 반대를 무릅쓰고 그대로 둔 건 나다. 덕분에 나는 동생이 겁탈당하고 죽어가는 모습을 실시간으로 봐야만 하는 지옥을 맛보았다.

마야, 라는 이름을 미리 후보로 내세웠던 어머니는 자신의 목숨과 맞바꾸어 동생을 낳았다. 아버지는, 아마 죽음을 의식하지도 못한 사이에 이불 속에서 잠든 모습 그대로 갑자기 심장이 멎어 죽었다. 둘 다 딸이 이런 최후를 맞이하는 비극을 알지 못한 채 먼저 죽을 수 있어서 나보다 훨씬 행복할 것이다. 두 사람을 위해서는 그 편이 잘되었다고 생각하지만, 나의 이 부담감은 가족 누구와도 함께 나눌 수 없게 되었다. 이제 가족이 아무도 없다는 사실에, 답답하고 괴로운 마음이 언제까지고 누그러지지 않는다.

그때 마야가 느꼈을 공포를 생각할 때마다 마음이 무거워진다. 불안과, 몇 번이나 주먹이 내리쳐졌을 때의 고통도 있을 것이다. 물론 겁탈당할 때의 굴욕과 혐오도…….

너석들은 자비가 없었다. 가녀린 마야의 몸을 몇 번이나 발로 찼다. 왜 그렇게까지 해야 했을까. 처음부터 죽일 작정이었을까.

마야가 긴 시간 동안 느꼈을 공포를 생각하면 정말로 마음이 무겁다. 나는 이대로 죽는 걸까, 죽으면 어떻게 될까, 무서워! 그런 생각을 하며, 목을 졸리면서 정신을 잃어갔을까.

사형이 아니면 의미가 없다. 사형이 아니라면, 오히려 한시라도 빨리 형무소에서 나오기를 바란다. 내 손으로 직접 끝장내는 것이 가장 바람직한 일이니까.

사건 이후 동생의 사망을 정식으로 통보받았는데, 나는 그때 병원에서의 일도 거의 기억에 없다.

"상담하실 수 있는 카운슬러를 소개해드릴 수 있는데요." 경찰 쪽 사람이 말했다.

"카운슬러? 저보다는 동생한테 소개해주세요. 상처받은 건 동생이니까." 이런 의미의 말을, 건성으로 대꾸했던 모양이다.

잠시 집을 떠나 있으라고 담당 형사인 하라 씨도, 다른 경찰관들도 강력하게 권유했지만 어디도 가고 싶지 않았다. 2층에 올라가지 않고 1층 거실, 그러니까 범행 현장에서, 소파에서 생활했다. 그 사건이 내 안에서 조금이라도 풍화되는 것을 용서할 수 없었다.

마야의 유령이 나온다면 나오길 바랐다. 만나서 이야기를 하고 싶었다.

만나서 왜 그때—이를테면 남자들이 "기분 좋다고 한국어로 말해봐"라며 강요할 때도—무슨 소리를 들어도 오로지 "나는 반드시 고소할 거야. 울고만 있지 않을 거야"라는 말을 계속했는지. 살아남는 일에 최선을 다해주길 바랐지만, 그건 그것대로 마야답다. 마야답기는 하지만, 만나서 잔소리를 해주고 싶다. 덕분에 내가 얼마나 괴로워하고 있는지. 살아 있어주기만 했다면, 나는 뭐든 해줬을 텐데, 마야.

허무하지 않은 죽음이란 뭘까?

솔직히 이렇게 되기 전에는, 모든 죽음은 평등하며 단지 무無로 돌아갈 뿐이고, 죽으면 그냥 끝이라는 건조한 의견을 즐겨 말하곤 했었다.

그러나 지금의 나는 동생의 죽음에 의미를 부여하고 싶다. 가치를 빛내고 싶다.

사건이 있은 뒤 한동안은 그게 이루어진 것만 같았고, 나 역시 그것이 당연하다고 생각했는데, 그러니까 '마침내 발생한 헤이트 크라임으로 인한 재일 한국인 희생자'라는 명목으로 마야는 한때 화제가 되었다. 한때는 한국에 대한 비난도 잠잠해지고, 미디어는 자기반성을 하기도 했으며 SNS에서는 배외주의자들의 계정이 일제히 삭제되었다.

세상은 이대로 좋은 방향으로 나아갈 것이다, 라고 멍하니 생각했다. 그게 당연하다고 생각했다. 사실은 이 세상 따위 어떻게 되든 상관없었고, 동생이 없는 세상은 나와 세 명의 강간범만 있는 것과 다름없었지만, 그 이외에는 당연히 마야의 죽음으로 인해 이대로 멈추지 않고 나아질 것이라고. 마야는 영원히 순결한 피해자로서 역사에 이름을 남길 것이다. 김마야라는 이름은 일종의 상징이 될 것이다. 그건 필연적인 흐름일 테고, 한편으로 나는 나대로 그 남자들 세 명에게 어떻게든 복수를 할 것이다.

동생을 너무 사랑한 것이 죄일까? 시끄러워, 닥쳐.

"엄마가 죽은 대신 마야가 산 거야"라는 아버지의 말을 있는 그대로 받아들여서, 신앙심과도 비슷한 마음으로 여덟 살 아래인 동생을 바쁜 아버지와 함께 키워냈다. 아버지의 죽음도, 조용한 돌연사이기도 했지만, 마야가 곁에 있었기에 충격과 상실감과 불안을 달랠 수 있었다. 어머니의 죽음과 세트로 묶여 비교적 정확하게 기억하는 마야의 탄생의 순간과, 태어나서 처음으로 그녀가 이 집에 들어왔을 때의 기억.

내 목숨보다 소중하게 생각하는 게 당연하지 않나?

그러나 마야가 '영원히 순결한 피해자로서 역사에 이름을 남기는' 일은 없었다.

고등학생 시절 마야의 졸업 문집을 누군가가 인터넷에 올렸고 그것이 퍼져나갔다. 그리고 인터넷 세계의 한국 혐오자들이 그 내용에 민감하게 반응했다.

'처음에는 동정했는데 역시 반일분자였네. 그럼 자기 잘못인 부분도 있지. 적어도 이젠 불쌍하다는 마음은 없어졌어.'
'그 졸업 문집을 보면 누구나 자업자득이라고 생각할걸! 그리고 최근에는 재일 여자들이 몸을 파는 일도 많다고 들었어! 편향 보도를 다시 한번 재고해야 하는 것 아닌가?'
'위안부도 결국 매춘부였으니까, 김마야에 대해서도 매스컴과 경찰은 철저하게 뒷조사를 해야 해. 애초에 재일이 그런 훌륭한 단독주택에 살다니, 그야말로 지하 세계와 연결된 집안이겠지.'
'김마야는 마녀야. 일본 청년 세 명이 오히려 피해자였어. 역시 애국무죄의 영웅일지도 몰라.'

의문은 기력을 부른다. 의문이 생기자 몸이 일으켜졌다. 무단으로 졸업 문집을 인터넷에 유포한 전 동급생(아마도)에 대한 어이없음과 멸시의 감정도 있었지만, 내가 궁금한 것은 누가 그런 일을 했느냐는 아니었다. 글을 읽은 뒤 '이걸 쓴 게 정말 마야인가?' 하는 의문이 들었다. 인터넷에 올라온 것은 이미지 파일이었고 그 수고스러움과 의도를 생각했을 때 위조라고 생각하기는 어려웠지만, 그럼에도 문체가 너무나 딱딱해서 내가 아는 천진난만하고 온화한 마야의 이미지와는 동떨어져 있었다.

답은 금방 찾을 수 있었다. 마야의 방에 있던 실물 졸업 문집과 비교해보니 틀림없었다. 그건 실제로 마야가 쓴 글이었다.

'문장이 묘하게 숙달됐는데, 이거 혹시 학교 선생님이 대신 써준 거 아냐?'

그런 의견도 있었다. 마야가 해준 이야기인데, 고등학교 1학년 담임선생님이 마야의 사고방식과 진로에 끼친 영향은 막대했다고 한다. 마야의 졸업식에 갔을 때 마야가 소개해주었고, 마야의 장례식에서는 먼저 인사를 해온 우에다 선생님. 40대 정도의, 열혈 교사라기보다는 가만히 이야기를 들어주는 선생님의 인상이었는데, 장문의 편지가 왔었다. 그 문체는 어땠지? 굳이 말하자면 훨씬 정감 있고 시적인 느낌이 강했다.

마야가 쓴 다른 글들도 비교해서 판단해보니, 사고방식과 사상의 방향성은 우에다 선생님의 영향을 받았을지도 모르지만, 그 '묘하게 숙달된' 딱딱한 문체는 그야말로 마야의 본분이자 본성이었다. 오빠인 나도 마야가 어느새 이런 글을 쓸 수 있게 되었는지 의외라는 생각이 들었다.

어느 유명 여대(국가 주도의 대학 재편이 진행되는 오늘날의 일본에는 거의 남지 않은 여자 대학)에 진학하기로 결심한 것도, 그곳에서 사회학을 공부하고 싶다고 마야가 간절히 바라게 된 것도, 우에다 선생님이 다양한 세계를 가르쳐준 덕분이라고 들었다. 나는 몰랐지만, 마야가 페미니즘에 눈을 뜬 것도 선생님의 가르침이었던 모양이다. 그러나 마야가 비건 생활을 시작하거나 오키나와 기지 문제에 관여하려는 마음이 싹튼 것은, 우에다 선생님의 편지에 따르면 '그녀의 정의감이 차츰 가지를 뻗어나가 꽃피우는 것을 보고 있자면, 그 과감한 젊음에 그저 놀랄 따름이었습니다' 또 '제 손의 크기로는 감쌀 수 없을 정도로 순식간에 성장한 비둘기가, 백조인가 착각할 정도로 힘차게 날아가는 모습을 보고, 오랜 교사 생활 속에서도 드물 정도의 기쁨을 느꼈습니다'라고 적혀 있었는데, 그러니까 마야는 독자적으로 발전한 것이다. 확실히 아주 어렸을 적부터 호기심이 왕성했었지.

'반일에 페미니스트에 비건에 기지 반대라니, 이야, 최악의 요소는 다 갖췄네, 이 마녀는.'

이렇게 마야는 개성 없는 '불쌍한 여대생'에서 단번에 '마녀'로 변신한 것이다. 이미 이 세상에 없는 마야가 지금도 살아 있을 그 녀석들을 흔들어놓는다. 그 사실이 나를 자극하기는 했다.

대학 캠퍼스에서 웃고 있는 마야의 사진이 인터넷에 공개되고, 그에 대해 추잡한 말들이 날아온다고 해도. 그건 그것대로, 내게는 지옥의 업화이지만…….

우리는 앞으로 이 사회에서, 대체 얼마만큼의 불의를 못 본 체할 것인가?

이런 제목이 붙은 그 글. 마야가 고등학교 3학년 때 표현한 그녀의 마음, 결의.

글 안에서 차별주의자들의 반발을 가장 많이 산 것은 역시 위안부 문제에 관해 언급한 부분이었다.

“소위 ‘종군 위안부’ 문제란 국제정치의 문제가 아니다. 그건 페미니즘과 정의의 문제다’라는 서두에 이어 ‘위안부’란 역시 ‘성노예’ 이외의 그 무엇도 아니라고 평한 뒤, ‘전쟁이 나쁘다, 라는 말은 주의하자. 그 말에는 또 전쟁이 일어나면 남자가 여자에게 같은 일을 강요해도 어쩔 수 없다는 무단 계약이 내포되어 있으니까. 우리가 사는 이 세계에서는, 모든 성 노동자가 스스로의 자유의지로 몸을 판다는 공식은 영원히 성립하지 않는다는 걸 깨닫자. 성 노동자의 일정 비율은 확실히, 그 강도는 다를지언정 강제성에 의해 몸을 팔아야만 하는 상황에 내몰려 있으니까. 이 세계는, 가부장제적 정신이 깨끗하게 불식되지 않는 한, 그러한 시스템으로 움직이는 것이다’라고 논했다.’

영국에서 여성 참정권을 얻기 위해 활동한 급진파 ‘서프러제트’에 대해서 언급한 부분이 분량으로는 가장 길었다. 긴 설명은 이렇게 끝맺고 있다.

‘보통선거를 위해 글자 그대로 피를 흘린, 인생을 내던진 그녀들의 존재를 알면서도 당신이 투표소에 가지 않기로 선택한다면, 이미 당신에게 정의는 없다고 단호히 말할 수 있다. 서프러제트의 존재를 몰랐다면, 여기까지 이 글을 읽은 당신은 이제 무지의 상

태로는 돌아갈 수 없으니 반드시 투표소에 가라. 그러지 않으면 당신은 영원히, 확실하게 불의를 저지르는 셈이다.'

이런 정치적인 글을 하필이면 졸업 문집에 기고한 마야도 그렇지만, 글을 싣도록 허가한 선생님(우에다 선생일까?)에게도 감탄을 넘어 놀라움을 느꼈다.

페미니즘에 관한 기술도 차별주의자들의 심기를 건드린 모양이었다.

'페미니스트가 되지 않는다면 정의로운 사람이 될 수 없다. 그리고 예외 없이 차별은 불의다. 앞으로 사회에 나가서, 우리들은 얼마만큼의 불의를 저지르지 않고 살 수 있을까? '여성 차별 같은 건 이제 없다'라는 명백히 정의롭지 못한 발언을 실실 웃으며 흘려듣는 오점을, 얼마나 반복하지 않고 살 수 있을까? 이러한 것들은 죽을 때까지, 우리의 투쟁의 역사가 될 것이다.'

'당신이 만일 동물들(가축, 이라는 호칭에 대해서도 한번 생각해보기 바란다)이 얼마나 대량으로 잔혹하게, 체계적으로 죽임을 당하는지 알게 된다면, 아니 사실은 은연중에 알고 있을 테지만, 그런데도 아무렇지 않게 육식을 지속한다는 사실은, 이 또한 불의가 아닌가 하고 나는 생각한다.
병아리의 암수를 분류하는 작업이 있다는 건 아는가? 그렇게 나

눈 뒤, 어떻게 되는지는? 알려주겠다. 수컷 병아리들은 대부분이 살처분된다. 알을 낳을 수 없고, 고기도 질기니까. 그리고 처분 방식은, 가스를 사용한다면 그나마 행운이고, 한곳에 대량으로 쑤셔 넣어져 그대로 압사하거나 산 채로 갈려서 비료가 된다. 일본에서는 연간 약 1억 마리가 죽임을 당하고 있다는데, 그렇게 일본의 인구와 거의 비슷한 연간 학살이 있기에 우리들의 식탁이 화려해진다는 것을, 여러분은 지금 알았을 것이다. 그렇다면 내일부터는 어떻게 할 것인가? 계속 육식 생활을 이어갈 것인가?'

동생이 비건이라는 것은 물론 알고 있었다. 거의 매일 같은 식탁에 앉았고, 내가 사회인이 된 후로는 그녀가 요리 담당이 되었으니까.

아버지가 돌아가시고 반년 정도 지났을 때였나, 고등학교 1학년이던 그녀가 갑자기 "앞으로는 절대 고기를 안 먹을 거야. 베지테리언이 될 거야!"라고 선언했다. 뭐, 그런 엉뚱한 소리를 할 법한 아이이기는 했다. 동물을 애호하는 정신은 예전부터 있었지만, 한 다큐멘터리 영화 한 편이 직접적인 계기가 되었던 모양이었다. 한동안 '음식'에 관한 서적을 닥치는 대로 읽더니, 그 결과로서 결의를 표명한 것이다.

매일같이 보던 광경이었는데도, 사실 나는 아무것도 보고 있지 않았다. 혹은 보더라도 신경 쓰지 않고 흘려보냈다. 그녀가 매일 어떤 알약을 먹고 있었는데도, 그게 무엇인지 묻지 않았다. 그건 비타민B12였다. 동생이 죽은 뒤에야 그 사실을 알았다. 계란이나 유제품을 섭취하지 않는 완전 채식 생활을 관철하던 그녀는, 단백질과 아미노산은 식물성 재료에서 섭취하는 데 전혀 문제가 없었지만, 비타민B12만은 영양제에 의존해야 했다는 사실. 알약이 든 병만이 식탁에 남겨져 있다. 그녀가 하루에 한 번 그걸 먹는 의미를 알려고도 하지 않았고, 비건이란 무엇인가 하는 문제도 그녀가 죽은 뒤에야 겨우 배워서 알게 되었다.

"고기를 안 먹으면 영양 섭취가 불균형해지잖아." 그렇게 자신의 무지를 깨닫지도 못하는 주제에 고압적이기만 한 오빠였으니, 마야도 적당히 대꾸하거나 적당히 맞장구를 칠 뿐 정면으로 토론하지는 않은 것이다. 안타까운 일이다. 그녀가 쉽게 말을 꺼낼 수 있게 내가 그런 태도를 보였어야 했다.

잊어서는 안 되는, 그러나 '잊었다'는 자각조차 없는, 마야와 공유한 과거가 많이 있을 것이다. 평범한 일상의 대화에서 무슨 이야기를 했었나, 무슨 일로 서로 마주 보며 웃었나. 드라마나 영화 이야기, 휴일에 점심 식사를 마치고 밤늦게까지 함께 해외 드라마를 연달아 봤던 일은 좋은 추억이다. 그런데 무슨 이야기를 했었지. 그녀가 좋아하는 배우, 좋아하는 감독. 그녀는 그렇게나 생기 넘치게 수다를 떨었는데, 기억나는 것이 이렇게도 없다니.

토론. 그건 토론이라고 부를 만한 것이었을까. 나는 비건에 대해서 냉소적이었고 비웃고 싶은 마음이 가득했기 때문에, 동생에게 시비를 걸듯이 말하기도 했었다.

"네가 말하는 동물 학대나 학살은, 지금의 일본 축산농가에서는 상당히 예외 아냐? 최소한 소중하게 길러서 감사하는 마음으로 출하하는, 그런 우량 축산가도 넌 부정할 셈이야? 비건의 이상은 많은 사람들을 길거리에 나앉게 만드는 거야?"

마야는 뭐라고 대답했던가. 그게 기억나지 않는다. 그녀가 무어라 대답했다는 것은 기억하지만, 그 내용은 기억에 없다. 기억나는 건 내 발언뿐이고, 그러니까 그건 '쏘아붙였다'라는 쾌감 때문에 뇌에 새겨졌을 뿐이다. 마야와 있었던 일은 무엇이든 다 기억해두어야만 하는데, 잊어서는 안 되는데, 그녀의 생생한 발언이 떠오르지 않다니…….

동생의 죽음을 애도하고, 이렇게 상처받고, 이렇게 괴로워하고 있지만, 과연 내게 그럴 자격이 있을까?

오키나와 일도 마찬가지였다.

뉴스를 보고 있었을 것이다. 나는 마야를 향해 말했다.

"오키나와 기지 문제에 재일 한국인이 관여하는 걸 보면, 바보 아닌가 싶어. 그 녀석들이 관여하니까 오키나와 사람들이 더 '반일 분자' 취급을 받잖아. '한국 스파이에게 선동당했다' 같은 루머의 빌미나 주고, 분단 공작만 가속화시킬 뿐이야. 굳이 적에게 공격거리를 제공하는 거지. 어리석은 행동이야, 정말. 왜 오키나와 문제에 재일이 굳이 끼어드는 건데? 마야, 너도 매년 오키나와에 가지? 현지에서 뭐 들은 거 없어?"

매년 오키나와에 가던 마야가 그런 활동에 관여하지 않기를 바라는 걱정스러운 마음에서 강하게 말했던 것인데, 이 또한 마야가 뭐라고 반론했는지에 대한 기억이, 전혀 없다.

8월생인 마야가 고등학교에 올라간 뒤였던가, 아무튼 아버지가 돌아가신 다음, 마야가 나한테 달라고 조르던 생일 선물이 '오키나와 여행'이었다. 나는 그걸 단순한 관광 여행이라고만 생각했다. 그게 아니란 걸 알게 된 건, 장례식에 온 마야의 친구 중에서 매년 오키나와에 함께 갔다는 친구 하나가 이렇게 말하는 걸 듣고서였다.

"오키나와 기지 문제에 관한 활동은 앞으로도 계속할 겁니다."

더욱 결정적이었던 것은, 오키나와에서 내 앞으로 애도의 편지가 도착한 것이었는데, 나는 이름도 모르는 사람이 마야의 말을 전해주었다.

'이렇게 매년 오키나와에 오고, 기지를 가까이에서 본다. 이곳에 사는 사람들의 목소리를 듣는다. 그 '계속'이야말로, 결국 당사자가 아닌 우리들이 할 수 있는 최선의 일이다.'

항상 햇볕에 그을려서 돌아온 것도 바다에서 수영하며 놀아서인 줄로만 알았다. "이상한 남자들 조심해"라는 빗나간 충고만 했던 게, 이해심 깊은 오빠라며 오히려 당당했던 게 한심했다.

인터넷에서 너무 빈번하게 '마녀 마야' '마녀 김마야'라는 문구를 접하다 보니, 나는 반발 심리로 내가 아는 다정하고 가련한 마야가 '마녀' 취급당하는 것이 오히려 든든하게 여겨지기 시작했다.

애초에 '김마야金茉耶'라는 한자 이름은(돌아가신 어머니가 애써 지어준 이름일지라도) 아무래도 예스럽게 느껴졌다. 기쁜 일이 있으면 바로 춤을 추고, 수다를 떨며 고개를 좌우로 흔들던, 댄스부로 전국대회 출전 경험도 있고, 운동신경도 공부도 오빠보다 훨씬 우수했던, 노래도 잘해서 오빠를 꼬드겨서 노래방에 가고 싶어 하던, 그리고 영어로도 한국어로도 랩을 완벽하게 구사하고, 떼쓰는 것도 잘하던, 발랄하면서 터프하기도 했던 그녀가 결국 가명이랄지 예명이랄지, 가타카나로 된 '김마야キム・マヤ'라는 이름을 손에 넣었구나, 하고 감개무량한 기분도 들었다.

오늘날의 정치 상황으로 보건대 배심원 재판에서는 피고인 세 명에게 극형이 내려지기는 어려울 수도 있다고 들었다. 그래서 한일 관계가 조금이라도 호전되기를 기대하면서, 첫 공판일은 늦으면 늦을수록 좋다고도 들었다. 셋 중 두 명의 피고가 갑자기 범죄 동기로 정치 신조를 진술하기 시작한 것도 상대 변호사의 조언이었을 것이다. 직접적으로 말하지는 않았지만, 유출된 동생의 글이 역시 불리하게 작용한 모양이었다.

일본인으로만 구성된 배심원 재판. 사람의 마음은 겉으로는 보이지 않는다. 차별의 마음을 숨긴 채 겉으로는 스스로도 거의 믿지 않는 정론을 구사하면서 그 살인귀들에게 보다 가벼운 벌을 주려는 자가 있을지도 모른다. 알 수 없다. 애초에 겉과 속이 다른 게 일본 문화이고(이 또한 싸잡아 생각하는 편견일지도 모르지만), 일본의 사법부는 정권의 의향에 따르기 십상이고, 여론조사에서도 일본인의 대부분이 한국을 싫어한다고 답했다. 그렇다고 해서 어디까지가, 누가 뿌리부터 차별주의자인지는 알 도리가 없다. 사람의 마음은 겉으로 보이지 않는다. 그런 공포스러운 세상에 나는 살고 있다.

어쨌든 이 모든 게 다, 속이 빤히 들여다보이는 연극이다. 전과가 없고 피해자가 한 명뿐인 사건에서도 사형 판결이 내려진 전례가 있다는 점에 기대를 걸었지만, 대체 정치 상황이 뭐고, 한일 관계가 뭐란 말인가. 그에 따라 마야의 죽음의 무게가 달라진단 말인가? 그 세 명을 '정치범'으로서 옹호하는 목소리까지 인터넷에 나돌았다.

모든 것이 절망적이기만 하다면 단순하고 편할 텐데, 그럴 리가 없지 않느냐며 이 세상의 진실이 들이밀어지니, 삶이란 이다지도 복잡하다.

유 군이 집으로 찾아왔다.

이웃집에 사는 올해 일곱 살인 남자아이. 엄마 아빠도 잘 아는 사이인데, 엄마 손을 꼭 붙잡고 왔다. 집 앞에 진을 치고 있던 기자들이 슬슬 흩어질 때를 노려 인터폰을 누르는 소리가 들렸다. 그러나 소리는 울리지 않도록 조작해두었다(음소거 기능이 없어서 거의 부수었다).

아무리 눌러도 벨 소리가 울리지 않자, 집 밖에서 어머니가 먼저 말을 걸었다.

"태수 씨, 김태수 씨." 어머니라고는 해도 나와 별로 나이 차가 나지 않는다.

이어서 유 군의 목소리.

"태수 아저씨!"

마야는 '마야 누나'라고 부르면서, 나는 '태수 아저씨'인 것은 부당하지 않나. "유 군, 태수 형이라고 해야지?"라며 미소를 지어 보이면 유 군이 깔깔 웃으면서 달아나던 지난날이 떠오른다.

똑똑하고 예의 바른 아이여서, 길에서 마주치면 고개를 숙이며 존댓말로 인사를 했는데, 오직 마야 앞에서만 아이처럼 까불었다. 마야도 유 군의 가족과 깊은 신뢰 관계에 있었던 듯, 스스로 나서서 맞벌이인 부모 대신 유 군을 보육원까지 데리러 가거나 우리 집에 데려와서 보살피기도 했었다.

엄마가 시킨 것인지, 그렇다 치더라도 기운찬 목소리였다. 기운찬 아이. 이런 꺼림칙한 집에 어린 자식을 데리고 찾아오다니, 엄마의 용기도 대단하다.

"태수 아저씨! 이리 나와!"

이리 나오라니, 그야말로 두 손 들었다. 금세 포기하고 나를 부르는 소리가 사라지기를 잠시 기대하고 있었는데.

참을성 대결에서 진 나는 현관을 조금 열었다. 아주 조금만 열 생각이었는데 빛이 확 쏟아져 들어왔다. 커튼을 닫아놓고 생활하던 참이라 눈이 아팠다. 잘 보이지 않았다. 어머니도 유 군도, 밖으로 나온 내 모습을 보자 말문이 막힌 것 같았다. 그도 그럴 게 나는 며칠인지 몇 주인지를 씻지도 않고 지냈고, 그래서 모습을 드러내기 싫은 것도 있었다. 그러나, 그렇다고 해도, 살아 있는 인간의 존재감이란 얼마나 따뜻한 것인가.

유 군의 어머니는 나를 보고 무언가를 느꼈는지, "이번 일은……"이라며 말을 꺼내자마자 목소리가 떨려왔다.

그리고 유 군은 편지를 들고 있었다. 유 군과 마야는 펜팔 친구이기도 했다.

유 군이 건네준 편지. 한자 없이 히라가나만으로 적혀 있었는데, 'ち'와 'さ', 'い'와 'り'가 구별이 안 되는 등 여러 가지 문제가 있었지만, 내용은 마야가 얼마나 친절하게 대해주었는지, 감사의 마음을 열심히 적은 것이었다. 부모가 시키는 대로 받아 적은 게 아닌지 의심이 들 정도로 정성스럽고 문장도 알기 쉬웠다. '누나는 다정했어요'라든가 '아저씨도 기운 내요'라는 짧은 문장들로 이루어진 그 글은, 받았을 당시에는 도저히 끝까지 읽을 수가 없었다.

며칠을 들여 읽었다. 다 읽고 나서도, 가끔 견딜 수 없이 또 읽고 싶어져서 다시 펼쳤다. 내 가슴속은 항상 시꺼먼 바위 같은 공격성으로 꽉 막히게 채워두고 싶었는데, 어깨 힘이 쭉 빠지게 하는 산뜻함으로 바람이 통하게 해준 그 편지. 그렇다, 마야가 살해당한 이후 처음으로 나는, 감동을 받은 것이다.

마야와 살 때는 집에서 맥주조차 마시지 않았는데, 인터넷에서 위스키를 박스째로 주문하게 되었다.

깨어 있는 시간 대부분을 끊임없이 술을 마셔대니 무너지는 건 순식간이었다. 그러나 인생이 전부 무너지기 전에, 나는 새로운 과음 습관에서 묘한 효과를 발견했다.

그것은 수면장애 및 그에 동반된 증상. 열두 시간을 계속 마시고 그다음 열두 시간을 연달아 잤던 날도 있는가 하면 두 시간이나 세 시간만 자고 바로 눈이 떠지는 날이 이어지기도 했다.

그뿐 아니라 이상한 꿈을 꾸었다. 너무 얕은 꿈에서는 내가 꿈을 꾸고 있다는 것을 꿈속에서 자각하거나, 스스로(어느 정도는) 꿈을 컨트롤하거나, 수십 분 자다 깬 다음 또 잠들 때에 꿈을 이어서 꾸기도 했다. 무언가 꿈을 꿨는데 어떤 꿈이었는지 떠오르지 않는 일은 적었고, 기억에 남기고 싶다고 생각하면 그렇게 할 수 있는 그런 꿈. 이른바 자각몽이었다.

내가 꾸고 싶은 꿈은 물론, 마야를 다시 만나는 꿈이다.

그렇다고 해도 꿈은 어디까지나 꿈으로, 컨트롤할 수 있다고 해봤자 이 방에서(이 살인 현장에서) 마야를 멍한 모습으로 출현시키는 것이 고작이었다. 어둠 속(아침이나 낮에 잠들어도 어둠 속)의 실루엣뿐인 모습으로.

그래도 그녀가 갑자기 이런 비현실적인 이야기를 꺼내기도 했다.

"동쪽 하늘에서, 태아 폭탄의 빛을 봤어."

그리고 어머니와의 추억(실제로는 없었던 가공의 추억)을 이야기하나 싶더니 갑자기 장면이 학교로 이동해서, 나는 교복을 입고 있고 동생도 교복 차림이었는데 얼굴이 이번 사건을 계기로 헤어진 전 애인의 얼굴로 변하기도 했다. 전 애인과 축제 준비에 대해 이야기하거나, 교복 차림으로 교실에 있으면서 미래의 결혼에 대해 이야기를 나누기도 했다. 컨트롤이 완전하지는 않았다. 뇌도 쉬고 싶으니까 되는대로 흘러가게 내버려두기 일쑤다. 어지간한 악몽을 꾸거나 가위에 눌리지 않는 한, 뇌를 활성화시켜 방향을 바꾸려는 시도를 하지 않았다.

나는 무엇을 원하는가. 그리고 이런 발명품이 존재한다는 것에 운명(이라는 말은 사건 이후, 머릿속에 떠올리기조차 싫었지만)까지 느껴졌다.

그 모바일 앱의 이름은 '꿈의 뒤편'이다. 방을 어둡게 한 뒤 휴대폰 앱을 켜서 머리맡에 두고 잠에 들면, 휴대폰에서 나오는 빛의 명멸과 프로젝션에 의한 광선의 다양한 움직임, 그리고 독자적인 음악의 유도로 인해 '꾸고 싶은 꿈을 꿀 수 있다'는 것이었다.

다운로드 사이트에 개발자 이름은 '규소'라고 되어 있었고, 개발자에 대해 알려진 것은 그것뿐이었다. 첫 번째 앱 '우울의 표면'은 언제든 어떤 심리 상태에서든 깊은 우울 상태로 빠져들 수 있었고, '왜 굳이 스스로 우울해지려고 하나?'라는 의문의 목소리는 제쳐둔 채 젊은이들을 중심으로 크게 히트했다. '최근 자살자의 대부분이 이 앱을 사용한 흔적이 있다'라는 뉴스가 또 화제가 되어 사회 문제로 대두되기도 했는데, 그러한 주목 속에 발표된 두 번째 앱이 '꿈의 뒤편'이었다.

지금까지 '규소'가 만든 앱은 두 개뿐인데, 무료인 데다 사용 방법이 간단해서, 일본뿐만 아니라 전 세계에서 총 2000만 건이나 다운로드되었다. 그러나 한편으로는 특히 '꿈의 뒤편'에 대해서 '전혀 효과가 없다'라든가 '이건 사기이거나 오컬트에 가깝다'라는 비판도 많았다. 앱 설명에도 나와 있지만, 취침 전에 '이런 꿈을 꾸고 싶다고 강하게 바라는 마음'이 부족하면 효과가 나지 않는 경우가 있다고 한다. 그래서 '머리 나쁜 녀석들만 걸리는 최면술'이라며 야유하는 목소리도 있었다. 설명문에는 또 '광과민성 간질이나 그와 비슷한 신경 장애가 있는 사람은 발작을 유발할 위험이 있습니다. 또 미성년자에게는 건강상의 이유로 사용을 추천하지 않습니다'라고도 적혀 있는데, 이 점에 대한 건강상의 피해 보도는 아직까지는 없었다.

큰 효과를 보았다는 쪽이 오히려 심각한 사태를 초래했다. 중독 문제다. '꿈 중독'이라고도 불리는데, 꾸고 싶은 꿈을 꾸고 싶은 만큼 꿀 수 있으니 이불 속에서 나가려고 하지 않는 사용자가 급증했고, 수면유도제가 불법적으로 고가에 판매되면서 그에 따른 부차적인 건강 피해(정신장애나 영양실조 등)가 다수 보고되었다.

'규소'는 두 번째 앱 발표 이후, 계속 침묵을 유지하고 있다.

나도 '꿈의 뒤편'을 다운로드했다. 그리고 집 밖으로 나가게 되었고, 그때까지 거부하던 카운슬링도 다니게 되었다. 정당한 방법으로 효과 좋은 수면제를 지속적으로 손에 넣기 위해서다.

해 질 녘 같기도 하고 새벽 같기도 한, 어스름한 거실. 딱히 그곳이 아니어도 괜찮았지만 나는 특별히 거부하지 않았고 잠자리에 들기 전에 '다른 장소에 나타나줘'라고 빌지도 않았다. '더 확실하게 얼굴을 보여줘'라고도 빌지 않는다.

어스름 속에서 실루엣만 보이는 마야가 내게 물었다.

"그래서 오빠는 대체 어떻게 하고 싶은데?"

"나는 눈치 보지 않고 패스트푸드를 먹고 싶고, 눈치 보지 않고 패스트 패션을 소비하고 싶어. 값이 엄청나게 저렴한 가게에서 일일이 '개발도상국의 열악한 노동환경' 같은 걸 연상하고 싶지도 않고, 가끔은 다른 사람의 겉모습을 비웃고 싶고, 아이돌의 수영복 사진이 실린 만화 잡지도 사고 싶어. 가죽 제품을 사용하면서 일일이 사냥의 죄책감을 느끼고 싶지 않아. 남자끼리의 키스신을 보고 무심코 시선을 피했다고 해도, 그걸로 비난의 눈초리를 받고 싶지 않아."

"안타깝네. 오빠는 내 오빠로 태어났어. 그러니까 포기해. 그리고 평생 눈치를 보며 살아. 그래도 그건 좋은 일이니까."

그래? 알겠어. 나는 평생 눈치를 보며 살아갈게.

마야가 살아 있었을 때 내가 그녀의 방에 들어간 적은 아마 한 번도 없을 것이다. 삼가고 있었다. 그러다 졸업 문집 건으로 실물을 확인하려고 들어가게 되었다.

꿈속에서 마야와 만나면 만날수록 느껴지는 아쉬움도 점점 커졌는데, 그건 인터넷상에서 졸업 문집을 읽고 내가 마야에 대해서 아는 게 전혀 없었다는 사실을 깨달았기 때문이었다. 동생에 대한 지식을 서둘러 갱신해야만 했다.

들어가자, 내가 모르는 마야에 대해 알아보자, 그렇게 그녀의 방문을 열었다. 실내가 사건 전과 전혀 변한 게 없다는 사실에, 당연하지만 아연해졌다. 커튼을 걷고, 창을 활짝 열고, 그리고 청소기를 돌려야겠다는 생각을 했다. 내친김에 그대로 집의 온 방을 청소했다. 시간을 설정해서 방문도 센서로 열고 닫는 자동 청소로봇이 아니라, 내 손으로 직접 청소하는 것은 사건 이후 처음이었다.

마야의 리포트와 논문의 초고를 프린트해서 책상 옆에 쌓아두었다. 강의 노트와 메모 노트도 몇 권 발견했다.

그것들을 탐독하는 나날이 이어졌다. 사회과학과에서 젠더학을 주로 공부했던 마야.

마야의 방에서는 술을 마시지 않는다. 1층에서 위스키를 마시며 자료를 읽다가 잠이 오면 '꿈의 뒤편'을 실행했다.

어둠 속의 마야에게 나는 물었다.

"넌 어째서 페미니즘 같은 거에 빠지게 된 거야?"

"같은 거?"

"아니, 어린애가 페미니즘을 배울 생각을 한다는 게, 그만큼 남성을 혐오하게 된 경험이 있었던 건 아닐까 하고 나도 모르게 의심하게 돼."

"그거야말로 편견. 전형적이네."

"아니, 내가 묻고 싶은 건, 나나 아버지가 네게 끼쳤을지도 모르는 악영향이야. 네가 그런 방향으로 나아가게 된 계기가 혹시 내가 아닐까 의심하는 건, 조금 괴로워."

"역시 편견이 있네. 페미니즘은 딱히 속세를 떠난다거나 컬트 집단에 들어가는 게 아냐. 오빠도 내가 쓴 글을 읽기 시작했으니까 깨달은 부분도 있지? 이건 딱히, 당장 화염병을 들고 뛰쳐나가는 학문도 아니고, 내 강의 노트를 읽었으면…… 아니, 그런데 왜 멋대로 내 걸 읽는 거야? 아무리 내가 죽었다지만."

"너는 나를 두고 멋대로 죽어버렸잖아. 살아 있는 내게 불평해봤자 소용없어."

"너무해." 어둠 속의 마야가 쓴웃음을 지었다. "아무튼, 페미니즘은 그런 부정적인 게 아니야. 더 열려 있고, 그걸 배우는 사람의 세계를 컬러풀하게 만드는 동시에 세계를 좋은 방향으로 나아가게 하는, 그 첫걸음이 되는 것이지. 페미니즘이란 불굴의 투지야. 아무리 지긋지긋한 꼴을 겪어도 꺾이지 않고 같은 슬로건을 내걸고 일어서는 의지. 선생님의 이야기를 듣거나, 학생들끼리 이야기를 나누는 건 정말 즐거워. 마음이 정화되고, 힘이 생겨."

마야는 실루엣인 채로 몸을 앞으로 기울였다. "알잖아, 오빠. 나는 '정의'라든가 '이상주의'라든가 '인권' 같은 말을 비웃는, 세상의 그런 풍조가 너무 싫었어, 어릴 적부터. 그러니까 나는 반대로 그쪽을 향해 달리기로 했지. 이상과 정의와 인권 문제를 향해 힘차게 달리는 거야. 그리고 우연히 여자이기도 해서, 그 돌파구가 페미니즘이 된 것뿐이야, 오빠."

노트를 읽고, 초고 묶음을 읽고, 마야의 장서도 읽었다. 책꽂이에 있던 보부아르는 어머니의 유품이다. 어머니는 페미니즘을 의식했다기보다는, 그 밖에도 사강이나 뒤라스나 로맹 롤랑을 애독했으니, 굳이 말하자면 프랑스 문학에 취미가 있었을 것이다.

제출한 논문을 돌려달라고 대학에 의뢰하는 것도 사무적으로 번거로울 것 같아서 내가 어떻게든 초고를 '완성'시켰다. 그리고 그 '완성'된 원고를 어떻게 하면 좋을까……. 나는 그것을 인터넷 세계에 공개하기로 결심했다.

왜 이런 미친 짓을 하겠다고 결심했는가. 이 또한 졸업 문집이 관련되어 있다. 인터넷상의 반응에는 이런 것도 있었다.

"그래도 나, 이 글 읽고 투표하러 가야겠다고 생각했어, 솔직히."

무척 기뻤다. 동생이 자랑스러웠다. 동생이 살았던 증거가 여기에 있다, 라는 생각마저 들었다.

말하자면 이러한 일이 재현되기를, 나는 바란 것이다.

그래서 첫 테마로 고른 것이 '서프러제트'였다.

졸업 문집의 짧은 분량 속에는 다 담지 못한, 여성 참정권을 획득하기 위한 치열한 역사, 데모에 대한 지나친 탄압. 당국에 의한 성폭행이 있었는가 하면, 단식투쟁을 하는 사람에게 튜브를 이용해서 강제로 음식물을 주입하기도 했다. 마야는 그 일들을 일제 강점기에 여성 독립 운동가들이 받았던 여러 가지 박해와 함께 논하려고 했는데, 아무래도 잘되지 않은 모양이었다. 혹은 학점을 취득하기 위한 원래의 주제에서 동떨어졌다고 판단한 걸까. 메모 노트도 정리된 결론을 맺지 못한 채 도중에 끊겨 있었다.

자료를 읽었다. 메모에 적힌 마야의 말을 초고에 덧붙였다. 부족한 부분은 마야의 문체를 흉내 내서 내가 썼다. 이건 '과잉 편집'이라고 해야 할까, '합작'이라고 해야 할까, 아니면 '조작' 혹은 '날조'일까.

임팩트를 위해 마야의 논문 중 또 다른 한 편을, 〈소위 '종군 위안부'에 대한 일본의 2차 가해〉라는 제목으로 완성시켰다. 비교적 초고가 거의 완성에 가까운 형태로 남아 있어서 수고스럽지는 않았다. 단, 제목은 내가 '날조'한 것이다. 그야말로 임팩트를 노리고 그렇게 붙였다. 내용을 읽으면 그렇게 과격한 주장이 아니라는 걸 바로 알 수 있겠지만, 아무튼 인터넷 세계의 인간들을 놀라게 하고 끌어들여야 했다. 읽어주지 않으면 소용이 없다.

한 인터넷 사이트에 '살해당한 재일 한국인 김마야의 대학 리포트 입수. 여기에 차례차례 업로드할 테니까 다들 비평해줘'라고만 덧붙인 뒤 두 편의 리포트를 올렸다.

반응이 현저하게 나타난 것은 며칠이 지난 뒤였고, 어딘가 다른 사이트에 링크를 퍼갔는지 변함없이 민족 차별적인 댓글이 대부분이었는데, 그럼에도 다 읽었다고 생각되는 코멘트가 간혹 보였다. 긍정적 의견은 전무했다. 그러나 읽기만 하면 된다. '투표하러 가야겠다고 생각했어'의 재현은 이루지 못했지만, 댓글 수 이상의 독자가 있을 터였다. 게다가 사실은, 내가 당한 것처럼, 마야의 '이상주의의 독'을 이걸 읽은 녀석들에게도 감염시키고 싶었다. 그리고 읽은 다음에는, 지금껏 욕망에 충실하게 살아오던 이 세계에 조금의 불편함을 느끼길 바랐다.

머리가 맑아야 한다. 그러니까 매일 24시간 만취해 있어서는 안 된다. 식사도, 사건 이후로 어떻게 먹고 있었는지 기억도 가물거리지만, 이제는 제대로 된 영양 섭취가 필요했다.

식사를 하려고 하니, 일주일에 이틀 있던 고기 없는 날을 무시할 수 없었다.

아버지가 돌아가신 후, 채식에 눈뜬 마야는 일주일에 하루 정도는 완전한 비육식 생활을 하는 건 어떤지 내게 제안한 적이 있었다.

"그거야 쉽지. 아침과 저녁은 네가 만들어주고, 점심만 우동이나 소바를 먹으면 되잖아?"

대체육. 콩이나 밀기울로 만든 닭튀김이나 돈가스를, 마야는 실로 맛있게 요리했다. 그리고 마야의 채식은 미용이나 건강을 위해서가 아니라 동물과 어패류의 생명을 빼앗지만 않으면 되었으므로 마늘이든 고추장이든 케첩이든 개의치 않고 사용했고, 그래서 맛이 싱겁다든가 식사가 즐겁지 않은 적은 한 번도 없었다.

"그런데 다랑어 육수 같은 것도 다른 생명을 빼앗아 만든 거니까, 비건의 입장에서 보면 철저하지 못해. 이렇게 하면 어때? 월요일은 완전히 식물성 재료만 섭취하는 거야. 제대로 된 비건 요리를 제공하는 가게를 내가 소개해줄 테니까. 그리고 화요일은 조금 느슨하게, 고기가 들어가지 않은 우동이나 소바는 괜찮다고 치고, 계란이나 유제품도 화요일은 오케이. 다른 요일은 먹고 싶은 걸 먹고 싶은 만큼 먹어. 그런 로테이션으로 해보는 거야. 그렇게 해주면 오빠가 얼마나 존경스러울까? 대단해, 일주일에 이틀만 규칙을 지키면 오빠는 이 세계의 생명을 확실하게 구하는 거야. 존경스러워. 부디, 할 수 있는 범위 안에서만 해도 괜찮으니까 가능하면 오래, 그 습관을 유지했으면 해. 그건 이 세상을 확실하게 좋게 만드는 거니까."

세상을 좋게 만든다. '좋다'의 한자를 어질 양良이 아니라 착할 선善으로 표기하기를 선호하는 경향은 마야의 노트 여기저기에서 조금씩 보였다. 그녀가 그렇게까지 이상주의자인 줄 몰랐기에 놀라기도 했지만, 생각해보면 마야는 내게 주 이틀의 비육식과 (일하던 시절에는) 월급의 10퍼센트를 기부하겠다는 약속도 은근슬쩍 하게 만들었다. 그런 쪽으로 자연스럽게 권유하는 솜씨가 뛰어났다.

주 이틀의 비육식과 금주를 지키며, 리포트를 완성해서 인터넷에 올렸다.

인터넷의 반론 중 하나.

"초기의 여성 참정권 운동에는 흑인이나 황인종 등의 인권과 민족적 마이너리티는 배제되었는데, 그 점을 언급하지 않다니 이 사람은 역시 허술해. 게다가 집단적이고 계획적으로, 창문을 깨부수거나 방화하는 파괴적인 활동도 횡행했어. 그 점을 언급하지 않는 건 의도적인 건가?"

이런 반응은 오히려 바라던 바였다.

애초에 서프러제트에 대한 마야의 메모에는 '정의를 위한 폭력은 긍정해야 하는가?' 라고 확실하게 적혀 있었고, '지금 갑자기 여성참정권을 빼앗긴다면, 그에 대해 우리들은 계속 비폭력으로 저항해야 하는가?' 라는 말이 이어졌으며 또 다음과 같은 자문자답이 연이어 노트의 선 바깥 공백에 빼곡히 적혀 있었다.

'재일 한국인에게서 생활보호제도를 빼앗고, 재일 외국인에게서 많은 권리를 빼앗는 형태로 사회보장비 일원화 개혁이 논의되고 있는데, 생활권을 빼앗겼을 때 우리는 어디까지 비폭력을 관철해야 하는가. 실제로 투쟁을 펼치고, 그래서 비난을 받는 동포가 많다.'
'그렇게 싫으면 일본을 떠나라, 떠나기 싫으면 귀화하면 되잖아, 라는 의견을 앞에 두고 나는 무슨 말을 할 수 있을까? 나는 그나마 풍족한 입장이다(죄의식을 가져야 할까?). 행정기관으로부터의 지원도 현시점에서는 필요 없고, 귀화 문제도 유예할 수 있다. 이런 입장이라 할 수 있는 말일까? 어렵다.'

'폭력을 부정한다면, 독립운동은? 이토 히로부미에게 총을 쏜 것은 테러리즘인가? 이토 히로부미를 죽였다고 세상이 좋아졌는가? 나는 내셔널리즘을 부정하는 칼날로 독립운동까지 베어버리려 하는 걸까(그건 아니다. 그렇지만 어디에서 선을 그을 것인가)?'

'삼일운동 독립선언서는 정말로 아름답다. 그러나 말의 아름다움과는 별개로 사망자는 나왔다. 탄압과 폭력은 피할 수 없었다. 언젠가 제암리 학살 사건에 대해서는 확실하게 조사해서 써야지. 유관순에 대해서도. 반드시!'

그러나 제암리 학살 사건에 대해서, 교회에 갇힌 채 총격과 방화로 마을 주민들이 학살당한 그 사건에 대해서 쓰는 일도, 17세의 나이로 옥중에서 사망한 '조선의 잔다르크' 유관순에 대해서 쓰는 일도, 마야는 이루지 못했다. 쓸 수 있었다면 얼마나 멋진 글이 되었을까.

'법보다 정의, 라는 말에 대해서. 모든 독립운동은 불법이다. 모든 정의는 어디까지나 주관적이고 부정확한 것일지도 모른다. 그럼에도 우리들은 정의를 행해야 한다. 어떻게? 어디까지? 서프러제트에 의한 폭력 행사가 없었더라도 여성 참정권을 획득할 수 있었을까? 사회운동에 폭력이 일절 없었더라도, 역사가 반드시 좋은 방향으로 향했을까?'

마야의 새로운 글을 읽을 때는, 혹은 마야와 전혀 상관없는 작업을 하고 있을 때도 그렇지만, 무엇을 하더라도 갑자기 그 기억이 떠올랐다. 거실에서 머리카락이 마구 흐트러진 채 쓰러져서, 질식사의 괴로움으로 얼굴이 딱딱하게 굳어진 마야의 모습이 플래시백된다.

그렇게 되어버리면 전후의 맥락도 상황도 관계없이, 분하고 원통해서 울지 않고는 배겨낼 수가 없었고, 복사 용지나 노트를 펼치고 있을 때면 눈물로 종이가 젖지 않도록 조심해야만 했다.

또 새롭게 올린 리포트.

이 타이틀은 내가 날조한 것이 아니다. 동생이 지은 제목을 그대로 사용했다.

나는 여자가 아닌가?: 재일 외국인 여성과 페미니즘

이 제목은 아프리카계 미국인 페미니스트 벨 훅스의 저서《나는 여자가 아닙니까: 흑인 여성과 페미니즘》을 패러디한 것이다. 벨 훅스의 책이 1981년 출판 당시의 백인 위주 페미니즘의 문제점을 지적한 데 반해, 마야의 리포트는 첫 여성 총리가 탄생한 뒤 단숨에 여성 지위 향상에 기여했다고 주장하는 현 정권에 완전히 길들여져(확실히 여성 의원의 비율은 폭발적으로 증가했지만. 그리고 그 사실은 결코 과소평가할 수 없지만) 재일 외국인 여성들에 대한 탄압에는 무시로 일관하는 현재 일본의 자칭 페미니스트들을 향해, '마치 어깨띠를 맨 대일본부인회[28] 같지 않은가?'라며 마야로서는 드물게 가차 없는 필치로 논한 글이었다.

문장이 분명하고 논점도 확실해서, 마야의 리포트에서도 백미 중 하나라고 생각되었는데, 나름대로 자신이 있었던 이 논고에 대한 댓글에서도 무언가 생산적인 것은 전혀 없었다.

그래도 나는 기죽지 않았고, 이제는 반응도 별로 신경 쓰지 않게 되어서(논문 내용도 읽지 않은 듯 반사적으로 차별적 발언을 하는 댓글만 달리게 되었으니까), 그저 의무감으로 마야의 리포트를 완성시키고는 인터넷 세계에 흘려보냈다. 이제는 아무도, 긴 글을 끝까지 읽지 않는다. 이제 모두가 마야의 죽음의 충격을 잊어버린 듯했다.

생각이 났다.

마야가 '데카이デカい'라든가 '우마이美味い'라든가 '쿠우食う'[29]라고 말하는 걸 들을 때마다 나는 '여자애니까 그런 말투 쓰지 마'라고 지적했었다.

어린 시절부터 줄곧 내 말을 잘 들었던 마야였지만, 어느 날 "왜 남자애는 되고 여자애는 안 되는데?"라고 물었던 적이 있었다. 그랬다. 일종의 반항기였는지, 그런 표현을 내가 들으란 듯 일부러

28 1942년에 기존의 여성 단체들을 통합하여 만들어진 일제의 여성 단체. 군부, 정부의 지도하에 고도국방국가 건설을 위한 체제 확립을 목표로 활동했다.

29 각각 '크다' '맛있다' '먹다'라는 의미의 비격식어. 성별 언어의 구분이 비교적 명확한 일본에서 주로 남성이 사용하는 단어로, 전통적으로 여성이 사용하는 것은 바람직하지 않다고 여겨져왔다.

썼던 모양이었다.

성차별 문제라든가, 그런 복잡한 논쟁에 말려들고 싶지 않았던 나는 말했다.

"너는 괜찮을지 모르지만, 그러면 아버지나 어머니가 의심받게 되는 거야, 알아? 저 집은 자식 교육을 어떻게 시키는 거야, 하고 교육이랑 상관없는 어머니까지 욕을 먹게 돼. 거기까지 생각하고 말하는 거야?"

그런 불공정한 말로 그녀의 입을 다물게 했다. 말싸움에서 이긴 것에 안도감마저 들었다. 그랬다. 나는 상관없지만 사회가 그것을 용서하지 않는다, 라는 말은 지극히 전형적인 억압의 문법이다.

지금으로부터 몇 개월 전, 어느 날 밤의 일이었는데, 대학생이던 마야가 보고 있던 텔레비전 방송의 사회자를 향해 "퍼킹 가부장"이라고 중얼거렸다.

"뭐라고?"

"아니, 아무것도 아니야." 당황해서 얼굴을 붉게 물들이는 마야. 무의식중에 나온 말이었을 것이다. 그러나 동생이 '퍼킹'이라고 말했다. 분명히 들었다. 그녀가 그런 난폭한 말을 쓰다니 전에 없던 일이었다. '데카이'라든가 '우마이' 같은 수준의 말이 아니었다.

"뭔가 가부좌가 어쩌고 그랬잖아."

"아냐, 아냐." 마야가 웃었다.

"뭐라고 한 거야?"

"가부장, 가부장제라고. 정확하게는 '퍼킹 가부장제'나 '망할 가부장제'라고 해야 하지만, 너무 길잖아?"

왜 가부장제인지, 그건 설명을 듣지 않아도 짐작이 갔는데, 보고 있던 방송에서 중년 남성 사회자가 최근의 여자들은 남자들에게 먹히는 헤어스타일이나 패션을 하지 않는다, 이건 국가의 저출산 대책을 거스르는 일이다, 같은 발언을 했기 때문이었다.

"오빠, 이건 말이야, 그런 상황을 보면 반드시 말해야 하는 습관 같은 것이거든? 왜, 영어권에서 재채기를 했을 때 Bless you라고 하잖아? 그거랑 같은 거야."

"거짓말. 아무튼 집 안에서는, 아니, 밖에서도 안 했으면 좋겠는데, 그런 '퍼킹'이라든가 '망할' 같은 말을 네 입에서 듣고 싶지 않아."

그런데 지금은 내가 텔레비전이나 컴퓨터를 향해 "퍼킹 가부장"이라든가 "닥쳐 가부장, 죽어 가부장"이라며 울부짖고 있다.

어쩌면 그것은 나를 향한 말이었다. 어느 날, 어느 과거에, 일본에서는 이미 손에 꼽을 정도밖에 남지 않은 여자 대학에 마야가 진학하겠다고 결정했을 때, 내가 이렇게 말한 적이 있었다.

"남자가 싫어서 여대로 정한 거야?"

마야는 나를 잠시 노려보다 그대로 2층으로 올라갔는데, 그 뒷모습을 향해 나는 마른 웃음을 보냈다. 농담이야, 라고 말하려는 듯이.

농담이면 뭐 어쨌다는 건가. 왜 여성의 선택만 하나하나 섹슈얼리티와 연관 지으려고 하는 건가, 나라는 남자는.

나는 이제 살아 있는 마야에게 "그건 최악의 발언이었지"라고 고백할 수가 없다. 그러니까 나에게 "이 망할 가부장 새끼!"라며 울부짖을 수밖에 없는 것이다.

회사에도 나가지 않고 매일 집중하니 남은 마야의 초고와 노트도 점점 줄어갔다. 이것들을 전부 세상에 내보낸 다음에는, 대체 내게 무슨 할 일이 있을까. 물론 그 세 명에게 복수하는 것 외에 계속 살아갈 의미는 없지만, 그 일이 과연 현실적일지 나 스스로 의심하고 있는 것은 아닐까. 무기징역형이 내려질 경우, 현재의 일본에서 그건 거의 종신형과 마찬가지라고 들었다. 또 범인이 한 명이라면 몰라도, 셋씩이나 되면 동시에 죽이는 건 어렵다. 그 녀석들 중 한 명은 반성한다는 말을 했다고 하는데 그 남자만은 죽이지 말까……. 이런 생각들은 하기만 해도 허무하다.

대체 앞으로, 무엇을 어떻게 해야 할까.

'꿈의 뒤편'을 실행했다. 이미 수면유도제를 두 알 먹었고, 금주일이 아니었으므로 위스키도 반병은 마셨다.

효과가 매일 잘 나타나는 것은 아니다. 자고 일어나면 꿈을 꾸지 않은 날도 있었다.

자려고 누운 거실에, 휴대폰에서 뻗어 나온 광선이 공중에 선을 그리다가 사라지고는, 갑자기 부채꼴 선이 뻗어 나온다. 격렬하게 명멸한다.

방이 어둡다. 낮에, 또는 아침에 잠들었는데도 방이 어두운 것은 앱이 성공할 조짐이다. 안심한다. 오늘은 성공했구나, 하고. 꿈은 아직 시작되지 않았고, 앱의 빛 효과와 음악이 한동안 이어진다.

그리고 다이닝 테이블 쪽에, 아까부터 계속 그 자리에 있었던 것만 같은 어떤 기척이 느껴진다. 문에서 가장 가까운 의자(그야말로 의자 옆에 머리를 떨군 채 그녀는 죽어 있었는데)에 누군가가 앉아 있고, 실루엣이지만 미소 짓고 있다는 걸 알 수 있다.

"오빠." 그녀가 말한다. "헬로"라든가 "안녕"이라며 손을 흔든다. "밥 잘 챙겨 먹고 있어?"

꿈속의 창밖은 빛에 의해 검푸른 남색이거나 유백색에 가까운 하늘색이거나, 무지갯빛을 띤 푸른색 등 다양하다.

나는 물었다.

"오빠가 너한테 했던 말이나 행동 중에서 가장 상처받았던 것, 용서할 수 없는 게 뭐야? 나도 몇 개인가 짐작 가는 건 있지만, 그래도 좀 더, 심했던 게 있을 거야. 기억은 자기방어 본능 탓인지 스스로에게 불리한 것은 삭제하고 싶어 해. 그리고 너는 마야의 기억임과 동시에 내 잠재기억의 반영이야. 그러니까, 내 해마 깊은 곳에 잠들어 있는, 내가 깨어 있을 때는 의식할 수 없는 과거라는 녀석에게 너는 접속할 수 있을 거야. 그러니까 알고 싶어. 가르쳐줘. 내가 깜박 잊고 있는, 심한 짓은 없었을까? 네게 진심으로 사과해야 하는 일이 분명 있을 텐데, 그걸 알려줬으면 좋겠어."

"있지." 동생은 가벼운 말투로 말했다. "내가 중학생 때 학원에서 돌아오던 길이었는데, 밤 10시 무렵. 나는 자전거를 타고 있었는데, 언덕 아래쪽 편의점 근처에서 엄청 심하게 굴렀지 뭐야. 커브를 미처 돌지 못하고, 눈이 내리다 말다 해서 길도 조금 젖어 있어서 완전히 슬라이딩하듯이 미끄러져서 굴렀는데, 그게 마침 남자 고등학생들처럼 보이는 무리들의 코앞이었어. 나보다 나이가 많고, 나를 죽인 세 명의 남자가 그랬던 것처럼 편의점 앞에 모여 있었어. 그들은 나를 보고는 다 함께 폭소했지. 내게 "괜찮아?"라고 말을 걸어주지도 않고, 내 자전거를 일으켜 세워주지도 않고, 손뼉을 치면서 계속 웃었어. 분노보다도 창피함이 커서 나도 쑥스러운 웃음이나 짓고 있었지. 사실은 발을 삐었고 허리도 세게 부딪쳐서, 그 자리에서 바로 떠나고 싶었는데도 맘처럼 움직일 수 없었어. 남학생들은 웃고 있고, 젖은 땅에서 물이 스며들어 몸이 차가워지는 걸 느꼈어. ……바로 그때! 씩씩하게 등장한 것이 우리 오빠, 김태수 씨였습니다, 짜잔!"

나는 고개를 저었다, 꿈속에서. 잠에 빠져 있는 현실의 나도 고개를 흔드는 것이 느껴졌다.

"생각났어?" 동생이 말했다. "오빠가 내 곁으로 달려와서 "괜찮아? 일어설 수 있어?"라며 일으켜줬어. 자전거도 세워줬어. 그리고 폭소의 여운이 가시지 않은 남학생들을 향해서 "뭐가 웃긴데!"라며 일갈했어. 상대는 꽤 인원이 많았으니까 그런 무모한 짓은 두 번 다시 하지 않았으면 좋겠지만, 그래도 "내 동생이야!"라며 그 사람들에게 말해줬어. "아직 중학생인 여자애가 자전거에서 굴렀는데 도와주지도 않고! 뭐가 웃긴데!"라면서. 멋있었지. 그렇지만 다시 한번 말하는데, 그렇게 울컥해서 감정적으로 행동하는 짓은 두 번 다시 하면 안 돼."

"왜 갑자기 이런 말을 하냐면" 하고 마야는 말을 이었는데, 꿈속에서 그렇게 설명하는 게 마야든 나든, 결국 뇌는 하나니까 마찬가지다.

"어젯밤, 오빠가 그 사람들을 향해 "내 동생이 살해당했다고!" 하고 소리쳤으니까. "내 유일한 가족, 내 동생이란 말이야!" 하고."

어젯밤은 평소보다도 훨씬 우리 집에 대한 괴롭힘이, 돌을 던지거나 초인종을 연타하거나 욕설을 퍼붓는 녀석들이 많았다. 많을 뿐만 아니라 끈질겼고, 아무리 시간이 흘러도 돌아가려 하지 않았다. 경찰도 순찰을 드문드문 하는지 좀처럼 오지 않았다. 정치단체 녀석들이라면 평소처럼 '재일 매춘부의 가족은 일본을 떠나라!'라는 슬로건을 들고 있는 게 패턴일 텐데, 어젯밤은 그렇지 않았고 아무래도 젊은 불량배들이 어쩌다 와서 재미 삼아 떠들고 있는 듯했다.

정치단체라면 아무리 "나와!"라고 도발해도 속으로 웃어넘길 뿐 실제로 나가지는 않는데, 어젯밤은 젊은이들의 "나와!" "죽여버린다!"라는 말을 듣고 그대로 밖으로 나갔다. 실제로 내가 나가자 녀석들은 이제 어떻게 해야 할지 당황하는 모습이었는데, 나는 거의 절규하듯 쇳소리를 내며 내 신세를 호소한 것이다. 어리고 생각 없는 녀석들을 향해서. 그리고 역시 깨닫고 보니, 부끄럽게도 눈물을 흘리며 아이처럼 오열하고 있었다.

꿈속의 마야가 "두 번 다시 그렇게 성급하게 굴지 마"라고 부탁했다. "어젯밤 일만 해도, 그중에 리더 격인 사람이 울고 있는 오빠를 보고 "그만 가자"라고 하지 않았다면, 어쩌면 목숨이 위험한 상황이 됐을 수도 있어.”

“상관없어, 어떻게 되든 상관없어. 그리고…… 내가 사과해야 할 에피소드는 어떻게 된 거야? 있는 거 아니었어?”

“오빠한테 사과받고 싶은 일 같은 게 있을 리가 없잖아.”

“아니, 아니야. 이게 아니야.”

“나는 오빠한테 감사하는 마음뿐이야.”

“아냐, 그만해. 역시 너는 진짜 마야가 아니야. 너는 내가 만들어낸 환상이고, 말하자면 내 주관이고, 그러니까 나는…… 죽은 동생을 끌어내면서까지 스스로의 영웅주의에 도취되고 싶은 건가? 그런 추억은 내 기분만 좋을 뿐이잖아. 영원히 용서받고 싶고, 영원히 응석부리고 싶은, 그 ‘모성애’라는 걸, ‘무상의 사랑’을 동생에게, 모든 여성에게 강요하는, 그게 내 무의식 속의 바람이라니 부끄러워. 영원히 부끄러울 거야. 너는 내 남자로서의 한계, 그 자체의 허상이야.”

“그럼 오빠는 내가, 죽은 다음에도 오빠를 원망하는 그런 동생이라고 진심으로 생각하는 거야?”

“그런 말을 시키는 것도 내 심층 심리야.”

“내친김에 말하자면, 내가 오빠한테 ‘복수’ 따위 바랄 리가 없잖아.”

“그만해.”

“정당한 형사재판, 정당한 민사재판. 그거라면 원해. 그렇지만 무법적인 복수 행위는 바라지 않아. 내가 바라는 것은, 오로지 오빠의 행복과 충실한 인생뿐이야.”

"내 무의식의 바람이 이런 거라면, 스스로가 정말 실망스러워."

"그리고 나는 사형 폐지론자잖아. 오빠가 그 말만은 절대 듣고 싶지 않다고 완강하게 의식하고 있다는 건 진작에 알고 있었어. 그렇지만 말할게. 나는 사형제도에 반대하는 사람이야. 왜냐하면 모든 원죄가 사라질 일은 없으니까. 국가권력에 의한 대리 살인을 나는 인정하지 않으니까."

"너는 진짜 마야가 아니야. 생전의 마야와 사형 폐지론을 놓고 대화했던 적은 없어. 오히려 살아 있는 동안에 그 질문을 해두었으면 좋았을 텐데."

"내가 사형에 찬성할 리가 없잖아. 그건 노트를 읽고 내 스탠스를 알았으면 대충 이해할 수 있는 거 아냐?"

"네 말은 진짜 마야의 말이 아냐."

"그래, 그렇지. 나는 진짜 마야가 아냐. 그러니까 이제, 이런 앱에 의존하는 건 그만둬."

꿈속의 나는 조금 놀랐다.

"스스로의 존재를 부정하는 거야?"

"나는 로봇이 아니야. 나는 오빠를 걱정하고, 사랑하고, 행복을 바라 마지않는 동생 마야의 반영이야."

"페미니즘을 공부한 너라면, 이렇게 고전적인 성모상을 바라는 기분 나쁜 오빠 따위는 부정해야 하는 거 아냐? 그야말로 퍼킹 가부장제잖아."

"내가 이렇게나 괴로워하고 고독해하는 오빠를 어떻게 부정하겠어. 다 알면서."

아무래도 오늘의 꿈은 이상한 방향으로 폭주할 것 같다고 느꼈다. 꿈에는 그런 성질이 있는 법이지만, 앱을 이용해서 꾼 꿈 중에서도 오늘의 꿈은 더욱이 제동이 걸리지 않는다. 나도 마치 다른 사람처럼 행동했다.

"앞으로 나는 어떻게 살아야 해? 너를 앗아간 이 세상 따위, 아무 반짝임도 없는데. 네가 죽은 사실을 잊고 나만 행복해지다니, 생각만 해도 죽고 싶어져."

"도저히 내 죽음을 잊을 수 없다면, 딱히 억지로 잊지 않아도 돼. 단, 그걸 살린 인생을 살면 돼. 이건 어디까지나 하나의 예시인데, 요전에 피해자 가족 서포트 센터의 모리타 씨가 먼 길을 찾아오셨잖아? 자신도 범죄 피해자의 유족이라면서 그 체험을 이야기해주셨지. 이야기를 들으면서 오빠도 분명 마음이 편해졌을 거야. 그리고 멋진 활동을 하시는 분이라고 감명도 받았을 거야."

"그래서?"

"그 일을 돕고 싶다고, 문득 생각했지? 지금 당장은 어려울지도 모르지만, 언젠가는 오빠도 다른 유족을 위해서 찾아가거나 강연회를 열거나, 혹은 책을 써보면서 자신의 체험을 살리는 거야. 내 죽음을 허무하게 만들지 않는 거야. 헤이트 크라임은 앞으로도 늘어날 테고, 더 악랄해질 거야. 그때는 오빠 같은 이야기꾼이 반드시 필요해질 거야. 우리 집에는 유산도 많으니까, 그런 혜택받은 입장을 살리는 건 어때? 술독에 빠져 있을 때가 아냐."

"훌륭한 삶이네. 상상만 해도 성가시지만."

"술을 끊고, 이 앱에 의존하는 것도 그만두고, 사람을 원망하는 것도 그만둬."

"그건 무리야. 아무리 네가 부탁해도 그건 무리야. 나는 너를 무참하게 죽인 그 세 사람을 절대, 영원히, 용서하거나 잊을 수 없어. 기회가 있다면 반드시 죽일 거야."

"그래." 어둠 속의 마야가 어깨를 으쓱하는 듯했다. "뭐, 살해당한 게 내가 아니라 오빠였다면, 나도 내 정신상태가 어떻게 됐을지 상상할 수 없으니까, 그건 일단 제쳐둘게. 그렇지만 잊지 마. 아까 말한 모리타 씨. 모리타 씨를 소개해준 신문사 분. 그리고 하라 씨. 오빠의 회사 분들. 우에다 선생님. 오빠도 내 장례식에서 만난, 여러 가지 위로를 건네주고 연락처까지 알려준 내 친구들. 정말로 멋진 사람들이잖아. 그리고 유 군과 그 가족도. 유 군에게 답장 쓰는 것도 꼭 잊지 마. 그리고 그 모두가, 일본인이잖아? 인터넷상의 익명 댓글 같은 걸 읽고, 그런 일부의 의견을 일본인 전체를 향한 증오로 확대해서 간직하려고 하지 마."

"종종 생각하는데, '일부'가 대체 뭔데. 대체 몇 퍼센트 이상이면 '일부'가 아닌 건데? 저렇게 인터넷에 심한 말을 매일같이 올리는 녀석들, 유족이 그걸 볼 수도 있다는 상상력조차 없는 녀석들. 회사나 집까지 직접 괴롭히러 오는 녀석들. 카메라가 달린 드론을 마당에 날려 보낸 녀석까지 있었는데, 대체 '일부'가 어디까지인 건데."

"그렇다고 해도 그건 '일부'이지 '전체'가 아니라는 건, 오빠도 잘 알고 있을 거야. 멋진 사람들이 오빠의 손이 닿는 범위의 세계에도 분명히 있어. 그 사실을 곱씹고, 그 사실에서 눈을 돌리지

마. 그리고 이 집에서도 나가."

이 집에서 나가라고?

"갑자기 무슨 소리야. 왜 집에서 나가야 하는데? 나가서, 어디로 가라는 거야?"

"오사카 츠루하시의 친척 집, 유리 언니한테 가지 않을래? 내 장례식 뒤에 한동안 여기 머물며 보살펴주면서 그랬잖아. 오사카로 오라고. 츠루하시라면 지금의 재일 한국인도 안심할 수 있고 안전한 동네니까. 살 곳이랑 일자리도 소개해준대."

"그리고 강연회나 열라고?"

"훌륭한 삶이라고 생각하지 않아?"

"너무 이상주의적이야."

"내 이상주의를 오빠가 부디 이어가줘. 뭐, 비건이나 페미니즘까지 이어가준다면, 그리고 1년에 한두 번이라도 오키나와에 가서 내 동료들을 만나준다면, 그것도 기쁘겠지만 많은 건 바라지 않을게. 가능한 범위라도 상관없어. 그렇지만 이 세상을 좋게 만드는 것, 다른 사람들을 조금이라도 행복하게 만들기 위해 노력하는 것, 그리고 그 성과를 다음 세대로 이어가는 것을, 오빠는…… 나, 마녀 김마야의 오빠로서 충분한 존재가치가 있으니까, 그걸 이용해줘, 응?"

이것도 내 무의식의 바람일까.

꿈에서 깨어난 것은 햇살이 강한 아침이었다. 앱을 사용할 때는 실제 수면 시간에 관계없이 늘 수면이 부족한 것 같은, 저릿한 피로감에 휩싸이게 되는데, 그날은 상쾌하게 눈을 떴다.

이제는 세상에 내보내기 위한 마야의 원고와 노트가 얼마 남지 않았다.

마지막 이 글은 마야가 대학에 제출하기 위해 쓴 것이 아니라, 말하자면 거의 메모의 파편 같은 것이다. '나는 이런 소설을 꿈꾼다'라는 문장으로 시작하는데, 이 자체가 소설로 쓴 것인지도 모른다. 더 넓은 구상으로 이어지기 전에 좌절된 것일까. 혹은 소설에 가까운 형식으로 쓰려고 했던 논문일까. 아무튼 분량이 많은 것은 아니지만 내용으로서는 마지막에 어울리는 기분이 들었다.

나는 이런 소설을 꿈꾼다. 그것은 언제부턴가 문학사에서 사라져버린 올곧은 '유토피아 소설'이다. 그 소설의 세계에서는 모든 인류가 자유성애에 눈뜨고, 그러니까 이성애라는 망상이 부서지고, '인간 대 인간'이라는 당연한 성욕의 발로가 기본이 되고, 그래서 섹슈얼리티에 관한, 어느 한쪽에서 다른 한쪽에 대한 억압은 무효화된다.

내가 당신에게 사랑을 고백할 때, 당신의 젠더를 묻지 않아도 되는 사회. 자신의 섹슈얼리티를 '커밍아웃'할 필요도 없이, 그저 '나는 당신이 좋아요'라고 말하기만 하면 되는 사회. 누구나 여장도 하고 싶고 남장도 하고 싶은, 그런 자명한 일이 자명하게 드러나는 사회. 그런 사회에서 그려지는 연애소설이란 과연 지루한 이야기가 될까, 아니면 보다 스릴 넘치는 이야기가 될까.
'저출산 대책'이라는 말로 대표되는 국가주의도 언젠가는 부정될

것이다. 우리들이 아이를 만드는 것은 결코 생산성이나 국가 간 전쟁이나 하물며 군사력 같은 야만적인 힘에 징발되기 위함이 아니다.
무엇을 두려워하는가. 예전에는 여성의 사회 진출이나 노예 해방이 사회를 붕괴시킬 것이라고 진심으로 믿었지만, 그게 잘못된 생각임은 이제는 명백하다. 이윽고 성별도 우스갯거리가 될 것이다. 국가주의도 극복되고, 국경도 사라지고, 난민이나 이민이라는 말도 없어진다. 민도民度라는 품위 없는 말도 틀림없이 사어가 될 것이다. 모든 면에서 보더리스borderless가 된다. 그리고, 사랑은 보다 자유로워질 것이다.

나는 오사카로 가게 되겠지, 그런 생각이 의지가 아니라 이미 결정된 미래를 보는 것처럼 몸속에서 확실하게 느껴졌다. 땅울림이 가까워 오는 것처럼 그날이 다가오는 것이 느껴진다.

그렇지만 집은 어떻게 하지? 아버지와의, 그리고 마야와의 추억은?

집을 매각한다는 선택지는 생각할 수 없었고(애초에 살인사건이 일어난 집을 사려는 사람도 없을 것이다) 그저 집을 떠났다. 나고 자란 이 마을에서 떠났다.

사촌인 장유리에게 연락하자 환영의 뜻을 밝힌 답변을 받았다. 할머니 집에서 같이 사는 것이 아니라 지인에게 부탁해서 살 아파트를 소개받기로 했다.

'꿈의 뒤편'을 휴대폰에서 삭제했다. 최근 한동안 앱을 사용해서 꾼 꿈속의 마야는 "당신은 중독의 위험이 있습니다. 이 앱을 삭제하세요"라는 말만 반복했다. 소소한 추억으로 이야기꽃을 피우려고 화제를 던져봐도 "당신은 중독의 위험이 있습니다. 이 앱을 삭제하세요"라는 말밖에 하지 않았다.

앱에 그런 안전장치 기능이 있는 것인지, 마야가 반복하는 경고 문구를 검색해보았지만 그런 정보는 어디에도 없었다.

집 안을 정리정돈하고 먼지가 쌓이지 않도록 커버를 씌운 뒤 간단하게 내 짐을 쌌다. 새해 연휴에 오사카로 떠났다.

오사카, 츠루하시. 문화가 성벽 역할을 하는지, 코리아타운이라는 점을 지나칠 정도로 강조하고 있었다. 혼자 살기에 충분한 크기의 아파트를 빌렸다. 요즘 재일 한국인은 이렇게 손쉽게 임대계약을 하기도 어렵다. 심지어 무직인데.

1월에 오사카에 왔는데, 그달에 우리 집이 누군가에 의한 방화로 전소되었다. 그래서 보험금을 받게 되었다. 아직 보험회사가 심사 중일 때, 웹사이트판 한정이기는 했지만 이 일이 가십 기사로 노출되었다. 이미 내가 보험금을 손에 넣었다는 루머를 전제로, 금액도 엉터리였는데, 내가 이사한 직후에 방화가 일어났고 범인이 아직 잡히지 않았다는 사실을 '의혹'으로 제기하며 보험금 사기의 가능성을 풍겼고, 마지막에는 '이것이 몽땅 타버린 '악몽관'에서 일어난 김마야 씨 살해 사건의 전말인데, 단순한 헤이트 크라임을 뛰어넘는, 더욱 복잡한 사정이 배후에 있어도 이상하지 않을 것이다. 사건의 재검토가 시급하지 않을까. 취재반도 사태의 추이를 신중하게 주시하고자 한다'라고 끝맺고 있었다.

2월. 휑한 방 안에서 보내는 무위한 나날이 끝내 지겨워진 나는 유리에게 부탁해서 봉사활동을 하게 되었다.

내 얼굴이 나름대로 알려진 모양인지, 츠루하시를 지키기 위한 자경단에는 넣어주지 않아서 지역 봉사를 하게 되었다. 문화 활동을 하거나 고령자와 미취학 아동을 보살폈다. 모두가 힘을 합쳐 서로 돕는 자치구 같은 마을이었는데, 나도 얼마간 기부를 했다.

한 사람, 심각한 얼굴로 내게 상담을 해온 여성이 있었다. 그녀도 최근에 약혼자를 오토바이 사고로 잃었다고 한다. 그 상실감을, 정신적 혼란을 내게 이야기하고 싶어서, 나라면 '진지하게 들어줄 것 같아서' 말을 걸었다고 한다.

이야기를 들었다. 맞장구를 쳤다. 공감하는 부분이 있었으므로 "알 것 같아요"라며 나도 눈물을 보였다. 장소는 교회였다. 밖에는 비에 가까운 눈이 내리고 있었다. 긴 이야기를 끝내고 그녀는, 나조차 바로 알 수 있을 정도로 해방된 표정을 짓고 있었다. 다음 날부터 내게 상담하려는 사람들이 잇따라 찾아왔다.

상담이라고 할까, 가끔은 고해성사라고 할까. 봉사활동이 끝나는 시간을 어림해서 또 한 사람이 "이야기를 들어주셨으면 좋겠는데요"라며 다가온다. 그들은 어느샌가 자기들끼리 순서를 정한 듯했는데(아무래도 유리가 관여한 모양이었지만) 왠지 모르게 내가 권위자가 된 것 같은, 근질거리는 느낌이 없지 않아 있었다. 그런 한편, 이건 나로서도 신기했는데, 나의 경험의 무게가 곧 나라는 존재의 무게로 이어지는 것을 실감했다.

이것이야말로 꿈속의 마야가 말했던 '존재가치'일까. 동생의 목숨을 잃으면서까지 얻고 싶은 장점은 물론 아니었지만, 잃은 것이든 얻은 것이든, 본인의 의지로는 붙잡거나 내칠 수 없는 것이 인생이라는 시간의 흐름이다.

매일같이 사람들이 모였다. 마음속 아픔을 털어놓았다.

아니 대체, 내게 무슨 일이 일어나고 있는 것일까, 그 정도로 큰 체험을 했구나, 하고 현재의 자신을 긍정하면 되는 걸까. 이건 내게 맞지 않는 옷이라고 벗어 던지고 싶은 기분도 있는가 하면, 가만히 있는 것만으로도 충분하다면 그냥 가만히 있자, 하는 기분도 들었다.

3월. 유리를 통해 한 인물의 편지를 받았다. 유리의 옛 애인이라고 한다.

사실 그런 접촉은 다른 곳에서도 여러 번 있었다. 이 또한 피해자 김마야의 오빠로서의 존재가치일 것이다. 그러나 누가 봐도 수상한 곳으로부터의 연락이 대부분이었고, 종교단체 이외에 재일코리안 단체로부터의 접촉도 몇 번인가 있었지만, 동생이 살해당한 뒤 첫 공판도 아직 끝나지 않은 타이밍에 접근한다는 것은 개인보다도 단체의 논리를 우선하는 썩어빠진 곳임에 틀림없었고, 그런 곳의 '대표 자리'에 추대되는 것은 절대 사양이었다.

유리를 통한 그 편지도 어차피 변변치 않은 것이 틀림없다고 우습게 보았지만, 그래도 역시 유리의 전 애인이라는 점에서 흥미를 느꼈고, 그녀가 편지를 건네주면서 "다른 사람이 이런 걸 줬으면 바로 거절했겠지만, 이 사람의 부탁은 좀……" 하며 의기소침해 하는 모습이 아무래도 이상해서, 편지를 건네받은 카페를 나와서 바로 아파트로 돌아가 즉시 열어 보았다.

약간 차가운 인상을 받을 정도로 단도직입적인 문장. 그러나 그걸 읽어나가는 사이에, 과연, 이 발신인은 '뭘 아는 녀석이구나'라는 인상을 받았다. 신뢰할 수 있는지 어떤지는 알 수 없었고, 오히려 이런 종류의 영리함은 위험할지도 모르지만(인사치레도 배려도 동정의 말도 없었다), 무엇보다도 결정적이었던 것은 편지 마지막에 적힌 다음과 같은 권유 문구였다.

'저는 김태수 씨가 진심으로 원하는 두 가지를 확실하게 이루어드릴 수 있습니다.'

그리고 그 '두 가지'가 구체적으로 적혀 있었는데 그것은 정확히 내가 원하던 것이어서, 그렇게까지 꿰뚫어보는 눈이 있다면, 혹은 이런 것을 거리낌 없이 적어서 보낼 만한 정신과 배짱의 소유자라면, '혹시 만나 뵐 수 있다면 오사카까지 찾아가겠으니, 연락 기다리겠습니다'라는 희망에 따라준다 해도 적어도 지루하지는 않겠구나, 하는 생각이 들었다.

발신인의 이름은 '가시와기 다이치'였다.

그날은 내가 정한 고기 없는 날이기도 해서, 그들을 데리고 비건 레스토랑에 갔다. 확실히 오사카는 아직 도쿄에 비하면 비건을 위한 음식점이 훨씬 적지만, 질은 떨어지지 않는다. 애초에 비건 가게에서 음식 맛이 없었던 적이 없다.

“인테리어나 분위기, 건강 지향, 미의식, 그런 건 솔직히 마음에 안 드는데.” 나는 두 남자를 향해 말했다. 일부러 거칠게 말을 돌리는 내 모습에서 긴장했다는 사실을 깨달았다. “백인들이 허구한 날 파티나 하고 있고.” 가게 안쪽에서는 그런 파티가 시작되고 있었는데, 사람들이 소란을 피우거나 폐를 끼친 적은 없다. “요가나 선禪이나, 그런 건 하나도 흥미 없거든.” 가게에는 그런 이벤트 정보 전단지가 붙어 있었다. “나도 참, 이런 가게에 들어오면서 가죽 재킷을 입고 오다니, 이런 모순이 있나.” 두 남자는 그게 왜 모순인지도 깨닫지 못한 듯했고, 그렇다기보다는 이 화제에 아무런 흥미도 없어 보였다. “그래도 이 가죽 재킷은 아버지의 유품이기도 하고, 내 맘이지 뭐.” 역시 나는 상당히 긴장한 모양이다.

두 남자는 오늘 막 오사카에 도착했다고 한다. 편지의 발신인인 가시와기 다이치는 정장 차림이었고, 다른 한 남자는 가게 안에서도 야구 모자를 벗지 않고 온통 검은색의 후드가 달린 트레이닝복을 입고 있었다. 기묘한 콤비다. 게다가 트레이닝복 남자의 분위기가 특이했는데, 철저하게 무뚝뚝했고, 목에는 타투가 엿보였고, 우람한 목덜미에 키는 작고 피부는 창백해서, 그다지 눈을 마주치고 싶지 않다는 경계심을 불러일으키기에 충분했다. 그럼에도 마침 트레이닝복 남자가 마야와 동세대이고, 가시와기라는 남자가 나와 동세대라는 사실을 알게 되자 약간의 동질감도 느껴졌다.

우선은 편지를 쓴 가시와기의 희망대로, 편지 원본을 그에게 건넸다. 그리고 물었다. '편지에는 적을 수 없는 그 두 가지를 동시에 이룰 수 있는 계획'이란 대체 무엇인가?

내 앞에는 잎새버섯과 두부로 만든 가짜 굴튀김이 놓였다. 신기하게도 바다 향까지 나서 마음에 들었다. 그리고 병맥주. 쓸데없이 비싼 오가닉 맥주 같은 건 주문하지 않았다.

가시와기는 연근버거 정식, 윤신인가 하는 온통 검정 일색인 남자는 탄탄면을 주문했다. 둘 다 비건식이다.

식사를 하면서(둘 다 맛은 만족스러운 모양이었다. 나는 더 놀라워하는 반응을 기대했지만) 가시와기의 '계획'이라는 것을 끝까지 들었다.

황당무계하다고 생각했다. 성공 확률이 의심스러운 계획이라고도 생각했다. 그러나 가시와기의 설득에 따르면 계획이 성공하든 아니든, 내가 꼭 이루고 싶은 '두 가지'는 확실하게 이룰 수 있다는 것이었다.

무슨 말일까? 그 이유도 들었다. 확실히 이론적으로는 맞을지도 모르지만, 어찌됐든 나로서는 순서가 먼저인 첫 번째 소원이 이루어지면 뒷일은 알 바 아니었고, 첫 번째 소원은 확실하게 이루어진다. 그렇다면 이대로 속는 셈 치는 편이 마음도 편하다.

그들의 계획에 참가할 것을 확실하게 밝혔다. 참견은 일절 하지 않고, 조건도 달지 않고, 그들 마음대로 하면 된다. 재판 준비 때문에 또 도쿄에 가야 한다고 이야기하자 가시와기는 그때 자기들도 만나러 와달라고 말했다. 계획을 위한 회의만이 이유는 아니었고, 그렇게 몇 번쯤 만나두는 것이 알리바이로서 중요하다고 했다. 편지를 돌려달라고 한 것도 그렇지만, 왠지 사소한 일에 너무 집착하는 것 같기도 했는데 그 점이 또 믿음직스럽기도 했다.

멀리서 찾아와준 보답으로 식사는 내가 대접했다. 코르크제 지갑을 꺼냈다. 마야가 생일 선물로 준 비건 소재의 지갑을 꺼낼 때마다 또 플래시백이 일어나는 건 아닐까 불안해지지만, 오늘은 기분이 좋다. 인생이 명확해진 감각이다. 꿈속의 마야는 이 제안을 분명 마음에 들어 하지 않겠지만, 이쯤에서 내 뜻대로 하도록 용서해주었으면 좋겠다. 다음 세대에 희망을 전달하기 위해 착실히 살아가는 것은, 역시 나는 도저히 그렇게는 버틸 수 없을 것 같은, 상상할 수 없는 삶이다.

"그나저나 유리가 나중에 이 사실을 알면 분명 엄청나게 상심하겠지." 나는 말했다.

"그건 괜찮아요." 가시와기가 말했다.

"괜찮다니?"

"그녀는 제게 빚이 있어요. 저는 그걸 이용한 거죠. 모든 게 끝난 뒤에도 그녀는 아무것도 할 수 없을 거예요."

지독한 발언에 나는 무심코 웃어버리고 말았다. 든든했다.

가게를 나와서, 긴테츠 나라선을 타고 다시 츠루하시로 돌아갔다.

유리의 말에 따르면 이 츠루하시는 '다른 곳에 나가지 않아도 모든 것이 갖춰진 마을을 목표로, 작은 영화관도 지을 예정'이라고 했는데, 작은 전자제품 거리 비슷한 것도 한쪽에서 형형하게 불을 밝히고 있었다. 다른 도시에서는 이제 거의 찾아볼 수 없는 한국 음식점과 한국 브랜드 옷 가게, K-POP 전문 음반 가게 등으로 북적이는 것은 당연한 풍경이지만, 일종의 테마파크처럼도 보였다.

친척 집이 있어서 매년 찾아왔는데도, 최근 몇 년간의 급격한 변화에는 눈이 휘둥그레질 따름이었다. 이쿠노구의 구장은 스스로를 귀화인이라고 공언했는데도 이미 여러 번 당선되었다.

다양성과 공생을 슬로건으로 내걸면서도, 재일 코리안들이 급속도로 모여들면서 원래 살고 있던 사람들을 내몰고 있는 듯한, 그런 분위기도 없지 않았다. 나만 해도 어떻게 그렇게 쉽게, 그런 좋은 집을 빌릴 수 있었을까.

츠루하시역을 내려가 상점가를 빠져나가면 나타나는, 가전제품 판매점이 이어진 길.

윤신에게 사고 싶은 물건이 있는 듯, 가시와기가 "오늘은 이쯤에서 헤어지죠. 우리는 이다음에 호텔로 돌아가기만 하면 되니까"라고 말했음에도 내 눈길은 쇼윈도에 전시된 여러 대의 텔레비전

화면에 박혀 있었다. 오랜만에 보는 시각적 소란스러움이었다. 생방송인데도 거의 정확한, AI에 의한 자막방송이었다.

인터넷 방송국의 프로그램인 듯, 한 대학의 강사 직함을 단 남자가 이렇게 말했다.

"생물학적으로는 당연히, 인간 남자는 여자보다 강하고, 여자는 남자의 비호가 필요합니다. 그리고 남자의 바람기는 종의 번식을 위해서는 필수적이고, 여자의 바람기는 종의 존속 질서를 어지럽힙니다. 이런 당연한 사실을 지상파 방송에서는 언급하지 않고, 학회에서도 쉬쉬하고 있어요. 이상해요, 이 세상은."

"퍼킹 가부장"이라며 전시된 모니터를 향해 가운뎃손가락을 들어 올리자 가시와기의 목소리가 들려왔다.

"그게 뭐죠?"

"아니, 아무것도 아니야." 손을 저었다. 그도 윤신과 함께 가게 안에 들어갔다고 생각했기에 조금 당황했다. 아무도 안 보고 있을 거라는 생각에 무의식중에 한 내 행동이 창피해져서 쓴웃음을 지을 수밖에 없었다.

"저기" 하고 나는 다른 텔레비전 화면을 가리켰다. 가시와기가 그쪽을 돌아봤다. 그 화면에는 정치적으로 우편향된 발언을 하면서 인지도를 높인 개그맨이 나오고 있었다. 자막도 간사이 사투리를 따르고 있었다.

"너 한국인이냐? 전혀 상식이 안 통하네. 조만간 자기가 실패한 건 방송 탓이라고 배상금을 청구하겠구먼."

"저 녀석이 마야를 죽였어."

"저기." 또 다른 텔레비전 화면을 가리켰다. 젊은 베스트셀러 작가가 이야기하고 있었다.

"이건 차별이 아니라 사실을 말하는 건데, 오늘날 일본에서 아직도 귀화를 하지 않은 재일 코리안이라면, 상당한 애국심과 반일 정신을 품고 있다고밖에 생각할 수 없잖아요. 유사시에는 무척 위험한 존재가 될 수 있고, 무장봉기나 테러를 일으킬 수도 있다는 점을 저는 깊이 우려하는 겁니다. 당신의 이웃은 정말로 안심할 수 있는 사람인가요?"

"저 녀석이 마야를 죽였어."

"저기." 그 화면에서는 서울에서 일어난 반일 데모 현장에서 일장기가 불태워지는 모습이 비춰지고 있었다.

"저 녀석들이 마야를 죽였어."

오늘도 인터넷 세계에서는 한국인 증오를 부추기는 발언이 넘쳐나고, 관련된 IT기업 일본 법인의 상층부는 고객 몰이와 돈벌이를 위해 그런 헤이트 스피치를 방치하고 있다. 그 녀석들이 마야를 죽였다.

"저기." 일본 총리가 비춰졌다.

"저 녀석이 마야를 죽였어."

"저기." 한국 대통령이 비춰졌다.

"저 녀석이 마야를 죽였어."

나는 입 밖으로 소리 내어 말했다. 할 말을 머릿속에 떠올리고, 입을 통해 음성으로 말할 수 있는, 혹은 문자로 적을 수 있는 것은 살아 있을 때뿐이다.

"너희들이 마야를 죽인 거야, 빌어먹을 놈들아."

박이화의 편지

서울특별시
12월 15일 자 소인

오랜만이야. 잘 지냈어? 혹시 나를 잊지는 않았니?

그래, 안녕. **안녕하세요?** 나는 이 편지를, 다이치와 선명 두 사람에게 거의 같은 내용으로 보낼 생각이야. 오랜만에 손으로 직접 글자를 쓰고 싶어. 히라가나나 가타카나나 한자를 너무 손으로 쓰고 싶어서, 문구점에 가서 편지지를 사 왔어. 세로쓰기를 할 수 있는 것을 찾았지만 역시 없었고, 한글을 손으로 써보고 싶기도 해서, 디자인과 종이 질만 보고 이걸로 골랐지. 만년필은 대학교 입학 선물로 받은 거고, 잉크는 새 거야. **어때? 괜찮지?**

참고로 다이치, 네 앞으로 편지를 먼저 쓰고 있어. 선명에게는 나중에 쓸 생각인데, 그때가 되면 지쳐서 손글씨는 포기하게 될지도 몰라. 그렇지만 중심 내용은 같을 거야. 그 이유는 후술할게.

일본도 그렇겠지만 한국도 올해 겨울은 기록적으로 따뜻했는데, 그래도 도쿄나 오사카와 비교하면 훨씬 추워. 사실 나는 지금 서울에 와 있는데, 이 북쪽 도시는, 심지어 겨울철인데도 미세먼지가 엄청나. 소문으로 들은 것보다도 훨씬 심해.

볼일이 있어서 혼자 서울에 와 있는데, 우리 '귀국조' 멤버는 이미 그 '새로운 마을'을 버리고 부산으로 거주지를 옮겼어. 그간의 사정은 블로그에도 올리지 않았는데, 사실 다이치든 선명이든 내 블로그에 뒷이야기가 올라가지 않은 것 따위 전혀 신경 쓰지 않겠지만(어차피 읽지도 않았겠지, 너는), 그래도 지금부터 이 편지에 쓸 내용은 너희들 이외에는 보낼 수 없는 내용이니까 부디 참고 읽어 줘. 그냥 읽어. 어쩌면, 이랄까 당연히 그렇겠지만, 이건 내가 나를 위해 쓴, 내 앞으로 부치는 편지이기도 해.

언제부터 내 블로그가 멈췄는지 말하기 전에, 우선 한 멤버에 대해 이야기해두는 게 좋을 것 같아.

그건 이천성이라는 남자, 시모노세키에서 헤어지던 날 밤에 네게 시비를 걸었던 남자(라고 모두에게 들었어)야. 그날 밤 다이치는 청년회를 '빼앗겼다'는 말을 했고, 나는 긍정도 부정도 하지 않았는데, 사실은 맞아, 빼앗긴 거지.

시대가 변한 것도 있겠지만, 내 방식은 아무래도 '낡아빠졌'고, '뜨뜻미지근'하고, '단결력을 떨어뜨린다'는 이미지를 천성이 그룹 내에 슬며시 퍼뜨렸어. 그는 회의나 토의 자리에서 신기하리만치 스피치가 능숙했어. 이건 나중에 알게 된 사실인데, 그는 나 이외의 청년회 멤버와 일대일로 이야기하는 기회를 만들었는데 그때의 박력과 설득력이 엄청났다나 봐. 다이치도 인사했지? 와카나의 남편인 동준 군, 그렇게 곰 같은 몸집을 한 최동준도 천성의 말에 완전히 복종하게 되었어. 다른 멤버도 마찬가지.

처음에 나는 한국으로의 '귀국'에도 반대했어. 그렇지만 그 계획에 흔들리는 마음도 없지 않아 있었어. 나조차도 '나고 자란 나라에서 이렇게 미움받기보다는, 아무리 생활이 어려워도 뿌리를 찾아가는 게 낫지 않을까' 하는 마음이 들었거든. 다이치는 그 '뿌리'라는 사고방식에 대해 '그거야말로 민족주의적 망상'이라며 부정적이었지. 이제 와 솔직하게 말하자면, 그 의견도 이해해. 아무튼 이렇게 한국에 와보니, 일본에 있는 일본인과 한국에 있는 한국인, 그중 어느 쪽에 내가 '동족성'을 느끼느냐 하면, 그건 뭐 '사람에 따라 다르다'가 정답이라고밖에 할 말이 없어. 뒷말을 싫어하고 전혀 내성적이지 않은 일본인도 있는가 하면, 절대 감정적으로 행동하지 않는 부끄럼쟁이 한국인도 있어. 매실 절임을 싫어하는 일본인도 있고, 김치를 잘 못 먹는 한국인도 있어(정말로, 꽤 있더라고. 최근 들어 더 그렇다면서 근처 식당 아주머니가 한탄하더라).

하여튼, 그래, 천성이 천천히 침투시킨 '사상'에 의해 나 이외의 멤버는, 사실 누구 하나 그렇게 적극적으로 찬성한 것도 아니었는데, 누구 하나 그렇게 적극적으로 반대도 못 한 채 그의 '귀국 사업'과 한국에서의 농업 생활 계획에 질질 끌려가게 되었어. 그 사이에서 배척된 나는, 마음대로 해봐라, 하고 내가 만든 청년회를 떠날 생각까지 진지하게 했는데 그건 와카나가 만류했어. 그렇지만 '서울 같은 도시에 살자'라는 내 제안은 천성에게 지배된 멤버들의 다수결로 기각됐지. 내 말에 '넘어가지 마'라고 뒤에서 다짐을 받은 모양인지, 같은 조직 안의 동료이면서 겨우 숙청은 면한, 그런 어중간한 상황에서 시모노세키에서 부산으로 페리를 타고 오게 된 거야.

항해 중에 마수미라는, 둘도 없이 소중한 동료 하나를 잃었어. 우리 중 가장 어렸던 그녀가 이 '귀국 사업'에 큰맘 먹고 참가한 것은 구장호라는 남자를 깊이 사랑했기 때문이었어. 그와 더 오래, 게다가 좁은 세상에서 함께 있을 수 있다면, 하고 바란 결과에 지나지 않아. 그런데 장호 역시 같은 이유로, 그렇지만 다른 여자에게 푹 빠져 있어서 여기에 참가했던 거야. 기혼자인 와카나를 향한, 적어도 함께 오래 좁은 세상에 있을 수 있다면, 하는 마음으로.

수미는 스스로의 짝사랑을 각오했을 테지만, 그럼에도 부산행 배 위에서 문득 절망의 한숨에 떠밀리듯 어두운 밤바다에 몸을 던지고 말았어.

수미를 잃었다는 사실에 우리는 물론 쇼크를 받았지만, 특히 가장 사이가 좋았던 김지카의 절망은 눈에 띄게 심각했어. 수미와 마찬가지로 가장 어렸고, 둘 다 차분하고 그리 말이 많지 않은 성격이었고, 둘 다 중국산 애니메이션이나 모바일 게임(심지어 그것들을 일본산이라고 생각하면서 즐기고 있는 일본의 젊은이가 아주 많다고 해)이 취미였어. 두 사람이 구석에서 소곤소곤 이야기하고 킥킥대며 웃는, 그런 풍경이 떠오르네.

지카에게는 동갑내기인 수미가 마음의 기둥이었을 거야. 지카는 천성의 아내인데, 이래저래 성격이 드센 그에게 시달려서 점점 쇠약해져가고 있었어. 남편을 마치 교주처럼 숭배하면서도 한편으로는 두려워했지. 원래 지카가 가지고 있던 사소한 장난기나 쑥스럽게 미소 지을 때의 귀여움이, 남편에 의해 점점 깎여나가고 부서지면서 표정을 잃어갔어. 다른 멤버와도 거리를 두라고 천성이 엄포를 놓은 것 같았고, 그런 가운데에서도 허락을 받은 건지 아니면 천성의 지시를 거스른 것인지 수미와의 관계만은 유지하고 있었는데, 갑자기 수미가 없어진 거야. 새로운 한국 생활에서의 버팀목이 없어진 거지.

수미를 마음의 버팀목으로 삼은 것은 사실 구장호도 마찬가지였어. 그래서 우리들은 종종 장호에게 좀 더 다정하게 대해줘, 하고 충고했는데, 그렇지만 나는 그의 마음도 모르는 바는 아니었어. 수미의 사랑법은 뭐랄까, 기둥 뒤에 숨어서 지켜보면서 그 기둥 전체의 존재감으로 상대를 압박한달까, 끈적끈적하고 묵직한, 괜찮다고 사양하면서도 시선만은 강렬한 그런 느낌이었거든.

그럼에도 장호가 가장 마음을 터놓았던 사람은 수미였을 거야. 장호는 종종 수미에게 상담도 했는데, 와카나에 대한 설레는 감정과 우울한 마음도 포함되었던 모양이야. 응석도 부릴 수 있고, 매몰차게 대할 수도 있고, 다른 사람에게는 할 수 없는 상담도 할 수 있었지. 자신은 거의 아무것도 주지 않는데도, 세상에 확실한 것 따위 거의 없는데도, 그가 사랑받고 있는 건 확실했어. 그런데 그 존재가 갑자기 없어졌지. "솔직히 짜증 났어"라는 그의 말은 사실일 거야. 하지만 그럴수록 없어졌을 때의 존재감도 더 큰 법이거든. 장호는 우리에게 "내가 좀 더 죄책감을 느끼고 괴로워해야만 하는 걸까?"라며 매달리듯 말했는데, 우리로서도 "그렇지 않아"라는 말밖에 해줄 말이 없으니, 그는 전혀 의지할 사람이 없는 상황이야. 위로해줄 수 있는 건 와카나뿐인데, 때때로 그 역할을 수행하다 보면 그녀가 괴로워지고, 우리들은 아무것도 하지 못한 채 그저 가만히 있을 뿐이야.

이런 내용도 블로그에는 쓸 수 없어, 다이치. 다른 멤버에게 "나는 블로그에 뭐든지 쓸 거야"라고 약속을 받아냈지만, 아무래도 마음의 저항감이 커. 게다가 누구나 읽을 수 있도록 인터넷에 올린다는 것은, 마수미의 아버님이 읽을 가능성도 있다는 거니까, 내 의지로만 밀어붙일 수는 없어.

언제부터 내 블로그가 멈췄냐면, '귀국 사업'과 '농촌주의'의 제창자인 이천성이 빈번하게 '새로운 마을'을 떠나 며칠씩 자리를 비우게 되었을 즈음이야.

우리가 거처로 삼은 곳은 벽촌의, 천성의 친척 집의 별채를 빌린 거였어. 처음에는 '낡았지만 너희들이 수리하면 무상으로 빌려주겠다'는 조건이었는데, 이윽고 트집을 잡더니 일반적인 임대료를 요구하게 되었어. 뭐 그건 상관없었지만, 미리 일본에서 부친 우리 짐 중에서 고급품이, 창문을 깨고 침입한 누군가에 의해 도둑맞은 일이 있었는데, 그것도 뭐 괜찮아. 그 일들은 블로그에도 썼어. 블로그에 쓸 수 없는 일, 그건 그 친척 남자들이 그야말로 불쾌한 흑심을 품고 우리 그룹 여자들에게 접근했다는 거야. 이상하게 친한 척을 하면서 말을 걸어. 그것까진 괜찮아. 신체접촉을 해. 이미 이 시점에서 최악이지만, 그래도 나라면 단호하게 거절할 수 있어. 와카나도 나보다는 약하지만 거절할 수 있을 거야. 그런데 지카는 그게 안 돼. 터치뿐만 아니라, 그 남자들 세 명(할아버지, 50대 정도, 가끔 일하러 오는 20대)은 우리 집 안을 들여다보고, 이런저런 이유를 붙여서 남자 멤버들이 없는 틈을 타 뒷문으로 들어오려고 했어. 그 집에 주의를 주는 여자는 없는 건지, 안채에는 여자의 기척이 없었어. 어느 날은 할아버지가 창밖에서 빤히 쳐다보기에 "무슨 일이에요?"라고 말을 걸었더니 "시끄러워! 산책하는 것뿐이야!"라며 화를 내더라. "내 땅을 내가 걷겠다는데 뭐가 잘못이야!"라며 꽥꽥거려서 슬쩍 창문을 닫았는데도 끈질길 정도로 오랫동안 꽥꽥거리는 소리가 멈추지 않았어. 또 다른 날, 그때는 부엌에 지카가 혼자 있었는데, 나무 문을 난폭하게 쾅쾅 두드렸대. 그때 지카가 느낀 공포는 어느 정도였을까. 목소리의 주인은 거의 무직인 20대 남자였는데, 받은 걸 나눠 주러 왔다면서 과일이 든 비닐봉지를 손에 들고 "과일이, 과일이"라며 나무 문을 두드렸어. 그때 내가 풀베기를 마치고 낫을 쥔 채 돌아왔지. 마침 무슨 용건으로 동준 군도 돌아왔는데, 곰처럼 몸집이 큰 동준 군이 옆에 있어주어서 다행이었어. 그 방문자는 대낮부터 취했는지 "문을 잠그다니, 은혜도 모르고!" 하고 외쳤는데, 나는 머리 손질이 잘된 아침처럼 상큼한 미소를 지으며 "무슨 일이세요? 과일이요? 아님 칼이요? 끝까지 얘기해볼까요?"라고 물었어. 그는 터덜터덜 돌아갔어. 무어라 욕을 하면서 간 것 같은데, 사투리가 심하고 빠른 말투라 알아듣지 못했어.

이런 건 블로그에는 올릴 수 없었어. 올리는 순간, 아아 역시 한국인은 더럽네, 남존여비가 심각하네, 금세 발광하고 자신의 결점을 인정하지 않는 야만인들이네, 하는 식으로 일반화시킨 차별을 유포하는 데 한몫하게 될 거야. 그들의 지독한 행태를 중화시키기 위해서 멋진 한국인들과 교류한 내용을, 비슷한 분량으로 계산해서 써야 할까? 아니, 나는 대체 뭘 쓰고 싶어서 블로그 같은 걸 시작했더라. 정치를 하고 싶었던 건 아닐 텐데.

멤버 중 남자 두 명, 동준 군과 장호가 천성을 몰아세웠어. 네 친척이니까 네가 항의해야 하는 것 아니냐고. 그들 두 사람은 이미 일본에서처럼은 천성의 말에 따르지 않았어.

농업(주로 채소) 자체는 지식만 앞선 거의 초짜들의 실력으로도 그럭저럭 수월했고, 땅을 일구는 기초 작업부터 해야 했지만 무엇보다 다들 의외로 즐거워했어. 뿌듯한 얼굴로 집에 돌아왔지. 내년이나 내후년부터 바로 자급자족 생활을 시작할 수는 없더라도, 번역 일과 가정교사 등의 부수입도 있었고, 청년회에서 함께 모은 저금도 있었어.

즐거워 보였다는 건 천성 빼고 다른 이들을 말한 거야. 우리들의 역할 분담은 농업에 천성, 동준 군, 장호, 와카나. 나는 번역 일과 경리 업무 등을 소화해야 하니까 하루 종일 집에서 사무 작업, 가사와 마당 일의 보조, 주 이틀은 가정교사로 외출. 가사의 메인은 가장 힘이 약하고 잔병치레가 많은 지카가 담당했어. 남녀 역할이 조금 고전적인 경향은 있지만, 당분간은 어쩔 수 없었어. 그런데 사실 나는, 천성을 내 일의 조력자로 삼았어야 했을 거야. 역시 일본 서브컬처의 인기는 식을 줄을 몰라서, 암암리에 하기는 했지만 번역 일이 끊임없이 들어왔거든. 어학 능력이 있는 그의 손을 빌렸다면 수입이 더 안정되었겠지. 그러나 나는 그렇게 하지 않았어. 그에게 권유하지 않았어. 혹시 권유했다면 그가 내 보좌라는 자리를 만족하며 받아들였을까.

천성은 와카나에 비해서도 훨씬 힘이 약하고 요령이 없는 남자였어. 와카나는 다이치도 알다시피 운동신경도 있고 요령도 좋아. 남자인 주제에, 라는 말은 아무도 입 밖에 내지 않았지만, 그럼에도 농사일 현장에서 천성이 느낀 열등감과 한심함은 얼마나 컸을까. 장호가 밤에 술을 마시면서, 빌린 밭이 완전 황무지여서 개간부터 해야 하는데 천성이 얼마나 도움이 되지 않는지, 꼴좋다는 듯 비웃으며 이야기하더라. 무거운 짐은 들지 못하고, 금세 헐떡이고, 자꾸 손을 놓치고, 넘어지고, 도구 사용법도 모르고. 자세도 불안하고, 피부도 약하고. 나도 꼴좋다고 느꼈을까, 어땠을까. 다른 멤버가 뿌듯한 얼굴로 돌아와도 그만은 지친 얼굴로 축 처져 있었어. 말이 없었고, 말을 거는 지카에게도 짜증 난다는 태도였어. 그 가시 돋친 태도를 와카나가 나무라기라도 하면, 그는 화난 얼굴로 방으로 들어가버리곤 했어. 식사는 지카가 방까지 가져다줬어. 그때쯤에는 이미, 멤버들이 다함께 식탁에 둘러앉는 일은 드물었어.

다이치에게는(선명에게도 그렇지만) 솔직히 말할게. 이것도 블로그에는 적을 수 없는 일이야. 내가 '귀국 사업'에 참가한 것은, 나의 청년회를 빼앗은 원망스러운 이천성을 철저하게 박살내기 위함은 아니었을까. 물론 처음부터 그런 의지로 페리를 탄 것은 아니었지만, 이 시기에 나는 그런 숨겨진 자신의 의도를 깨달았어. 바보 같지. 실로 작은, 너무나도 개인적인, 어린아이 같고 이기적인, 퇴폐적이라고까지 할 수 있는 이 '복수'에, 나조차도 어이가 없을 정도야.

그러니까 이건 천성을 몰아붙인 결과였을지도 몰라. 혹은 그 결과조차 내가 바라던 것이었을지도 모르고. 앞서 적었듯, 천성은 우리들의 집을 무단으로 떠나 며칠씩 돌아오지 않는 일이 많아졌어. 그게 이 시기야. 자신이 벌인 일인데도 농사일에서는 거치적거릴 뿐이지, 멤버들은 귀찮게 구는 친척들 때문에 성화를 부리지, 그래서 직접 담판을 지으러 갔지만 친척들은 전혀 들어주지 않았어. 오히려 큰 소리로 호통을 치며 그를 쫓아냈지. 무력감이 엄청났을 거야. 그런데 그는 한국에 와서 자신이 이런 상황에 빠지리라고, 정말 전혀 상상하지 못했던 걸까?

천성의 반격이 시작되었어. 사소한 괴롭힘에 지나지 않았지만 그럼에도 우리에게는 효과적이었지.

병역 문제. 우리 남자 멤버는 세 사람 모두, 영리활동을 해야 했으니까 동시에 병역의무도 생겼어. 가장 연장자인 장호는 당장 입대해야 할 처지였지. 그런데 장호는, 슬플 정도로 한국어를 못했어. 아니, 공부는 했지. 사전에 한국에서 단기 유학도 했어. 그런데도 안 되더라. 말하기는 발음이 너무 안 좋았고, 듣기도 거의 못 했어. 초조해져서 자기도 모르게 긴장하게 된대. 그래서 우리들은 '동반 입대 제도'를 이용하기로 했어. 그건 희망하는 상대 한 사람과 같이 입대해서 제대할 때까지 함께 지내는 제도야. 그 대신 전방에 배치되지만, 그런 건 신경 쓸 처지가 아니었지.

원래는 천성과 장호가 동반 입대를 할 예정이었어. 남자 손 하나는 남아야 했으니까, 그렇다면 완력이 좋은 동준 군이 좋겠지. 동준 군은 혼자 입대하게 되겠지만, 그라면 어학 면에서도 문제없었어.

그런데 천성이 "나는 누구와도 동반 입대 같은 건 하지 않을 거야. 혼자 들어갈 거야. 그 시기도 내 맘대로 정할 거야"라고 선언하면서 약속이 깨졌어. 그는 일단 히스테리를 부리면 누가 무슨 말을 해도 고집을 피우거든. 그러면서 "공유재산 규칙도 이제 끝이야. 내 돈은 내가 자유롭게 쓸 거야"라고 말했고, 장호가 "그 규칙을 정한 건 너잖아. 멋대로 굴지 마"라고 항의를 해도 들은 척도 하지 않았어. 잽싸게 자기 방으로 가서 틀어박히기만 했지. 일본에 있던 때와는 달랐어. 일본에서 그는 무조건 엄청난 기세로 쏘아붙여서 다른 사람들을 압도하며 논의를 이끌었어. 박력도 있었고. 그러던 사람이 지금은, 비열한 괴롭힘을 일삼고 약속을 깨뜨리는 일밖에 할 수 없게 된 거야.

장호 혼자 입대하는 건 아무리 생각해도 무리였지. 그렇다면 동준 군과 동반입대를 해야 하는데, 그러면 남자 중에 남는 건 최근에는 거의 집에 들어오지도 않는 천성뿐이야. 친척 남자들은 아무리 항의해도 집 안을 엿보는 걸 그만두지 않았어. 갑자기 집으로 찾아와서는 안채에서 밥을 먹으라는 둥, 저녁 식사를 같이 하자는 둥 말을 걸었어. 여기 와서 한동안은 친척이 사는 안채에 가서 함께 식사를 하기도 했는데 그럴 때면 우리 여자들에게 술을 따르라고 강요하거나 억지로 술을 마시게 했고, 남자들에게는 "일본 여자를 소개해줘"라며 끈질기고 징글맞게 굴었어. 이상하게도 그런 집에서 음식은 제대로 된 것이 나왔는데, 아무래도 이 막되어먹은 남자들이 만들었다고는 생각할 수 없었어. 갓 만든 따뜻한 음식이었고, 부엌에 누군가 있는 것 같은데 그 누군가는 절대 모습을 보이지 않았어. 목소리조차 들리지 않았지.

우리들은 그 집에 가는 걸 점점 거절하게 되었는데, 그게 그들의 기분을 크게 상하게 만들었을 거야. 내 알 바 아니지만. 그런데 아무리 거절해도 기억력이라곤 없는 건가 싶을 정도로 굴하지도 않고 몇 번이나 같은 행동을 하고 같은 말을 하며 초대를 하니까, 정말 지긋지긋했어.

이 상황에서 별채에 여자들만 남는 건 아무래도 불안했어. 복무기간은 평균 약 20개월이니까 결코 짧지 않아. 한국에 온 지 1년도 지나지 않았는데, 우리들은 결단에 내몰렸어. 아니, 결단을 내리는 건 나야. 고작해야 와카나에게 조언을 구하는 정도. 그렇다기보다, 나는 거의 마음을 정했어. 그럼 이제 어떻게 할까? 우리들은 여러 가지 일로 삐걱거리기 시작했어. 그러니까 시간이 없었어. 그렇지만, 천성이 조금 더 틈을 보여야 하는데…… 그렇게 때를 기다렸어. 누가 아무리 우는소리를 해도 나는 기다리기로 결심했어.

고통을 호소하는 소리가 들려왔어. 한국에 온 지 1년도 채 지나지 않았는데, 이를테면 지카의 향수병이 심각했어. 수미를 잃은 쇼크도 남아 있었겠지만, 그건 나를 포함한 다른 멤버도 다 마찬가지야. 누군가가 한국과 비교해서 일본의 우수한 점을 무심코 입에 올리려다가 애써 말을 삼키기라도 하면 모두가 긴장했어. 일본의 어떤 점은 그냥 칭찬해도 되는데. 한국의 어떤 부분은 그냥 욕해도 되는데. 그게 암묵적 터부가 되어 있었어. 터부가 되면 될수록 "아아, 일본의 ○○이 그리워!"라든가 "이제 한국의 ××에는 진절머리가 나!"라고 외치고 싶은 기분이 우리 안에서 마그마처럼 용솟음쳤어. 그래, 이런 일들도 블로그에는 올릴 수 없었지.

두 사람에게 보내는 편지니까 간단하게 요점만 적을게. 천성의 장기 출장에는 그의 이기적인 야심이 있었어. 심지어 우리들에게 내몰려서 충동적으로 저지른 일이 아니라, 아무래도 한국에 오기 전부터 계획했던 것 같아.

이제 파국이 다가왔구나, 하고 느낀 건 그가 우리의 '공유재산', 우리가 일본에서 이래저래 모아 온 저금의 절반을 인출했다는 사실을 알았을 때였어. 분명 그는 "내 돈은 내가 자유롭게 쓸 거야"라고 말했지만, 그게 설마 절반이라니. 지카의 돈까지 합친다 해도 도저히 절반은 되지 않아. 이건 횡령, 도난이었지. 신고라도 하면 범죄행위야. 한번은, 밤이 깊었을 때 불쑥 짐을 가지러 돌아온 천성을 우리들이 붙잡아서 힐문했어. 대체 무슨 생각이냐고. 그는 박쥐처럼 새된 소리를 내지르면서 온 집 안 여기저기를 뛰어다니며 우리에게서 벗어나려고 하더라. 소용없었지. 그는 휴대폰을 꺼내서 "전화할 거야!"라고 협박하듯이 말했지만, 나는 "어디에?"라고 물었어. 그게 바로 문제였지. 대체 어디에? 누구에게?

말이 많은 천성은 그 자리에서 굉장히 많은 이야기를 해줬어. 역시 이 남자는 한국 안에 숨어 있는 '적화통일'을 바라는 비합법 조직에 완전히 발을 들여놓고 있었던 거야. 멍청이지. 그러나 그보다도, 이 남자는 자신의 중독 증상을 깨닫지 못했어. 그는 도박 중독이나 전쟁 중독과 마찬가지로, '정치운동 중독'이었던 거야. 사회를 좋게 만들겠다는 의식이 그에게 전혀 없다고는 할 수 없지만, 그보다는 정치운동에 끼어 있어야만 살아 있다는 걸 실감하는 사람인 거지. 운동이 생명. 지배가 기쁨. 저항이 눈물. 다른 이야기지만, 다이치, 네게도 그런 면이 좀 있으니까 조심하도록 해. "이화 씨도 그렇잖아요"라고 반박한다면, 나도 반론하기는 어렵지만, 뭐 우리 둘 다 때때로 자신을 되돌아보는 걸 잊지 말자.

천성이 도망가지 못하도록 둘러싸고, 전화하려면 해, 누굴 부르려면 불러, 하고 내가 몰아세우자, 그때 지카가 끼어들었어. "너무 괴롭히지 마!" 하고 지카답지 않게 큰 소리를 냈어. "좀 불쌍하게 생각해줘! 이해하고, 다가가줘! 너무해! 괴롭히지 마!"라며 배 속에서부터 끌어 올린 소리를 냈어. 평소 모습으로는 상상조차 할 수 없는 그 박력에 놀란 틈을 타서 천성은 몸을 숙여 빠져나가더니 밖의 어둠 속으로 사라졌어.

그래, 확실히 천성은 그저 운이 나빴다고도 할 수 있어. 그의 친척들이 조금만 마음에 안 드는 일이 있으면 농기구도 빌려주지 않는 쩨쩨하고 야비한 사람들이 아니었다면. 혹시 그들이 착한 사람들이었다면. 그게 꼭 천성의 잘못은 아니니까, 불합리한 이야기일 수 있지. 아무리 그래도, 그를 불쌍하게 여겨달라니. 그래도 나는 멈추지 않았고, 이 기회를 놓치지 않았어.

아까 나는 '결단을 내리는 건 나'라고 했지만, 그건 거짓말이야. 무심코 멋진 척을 해버렸네. 메일이 도착했어. 발신인은 '박'이라는 나와 같은 성씨의 남자. 그는 국가안보정보원의 사람이야.

이건 블로그에 쓴 이야기지만 아마 너희들은 읽지 않았을 테니 설명하는데, 시간을 거슬러 올라가서, 시모노세키를 출발한 페리 위에서 수미가 몸을 던진 일로, 우리는 부산에 도착한 다음 날 아침에 바로 경찰서로 연행됐어. 그야말로 용의자 취급이었지. 그리고 그때, 특히 나를 심문했던 것이 박 사무관이야.

나는 블로그에 딱 하나 거짓말을 했어. 박 사무관에게서 겨우 자유로워진 뒤, 분명히 '돌아보지 않았다'라고 썼던 것 같은데, 아니야. 사실은 돌아봤고, "혹시 명함이 있으면 받을 수 있을까요? 앞으로의 한국 생활에서 도움이 필요할 때 연락을 드리게 될지도 모르니까요"라고 말했어. 그리고 이번에 그에게 연락을 한 거야.

박에게서 답 메일이 도착하고 나서 우선 내가 한 일은, 와카나를 시켜서 동준 군과 장호를 데리고 안채의 녀석들이 있는 곳에 찾아가도록 한 거였어. 선물을 들고 가고, 식사를 함께하게 했어. 불쾌해도 참고, 그러면서 탐색하게 했어.

나는 고속버스를 타고 서울로 향했어. 번역 일을 새롭게 개척한다는 명분이었지만 사실은 박을 만나기 위해서였지. 그와 만나서 이야기한 자세한 내용은 아무리 이 편지라도 쓸 수 없지만, 대강 말하자면 천성이 참여하고 있는 지하조직은 그리 크지도 위험성이 높지도 않았지만, 그럼에도 공산주의에 의한 국가 전복을 꾀한다는 것 자체가 지금의 한국에서는 중범죄야. 폭력 혁명을 꿈꾸는 조직은 아니어도, 어떻게 성장할지는 모르는 일이지. 그렇다면 일찌감치 싹을 뽑아버리는 게 "그 사람들의 앞으로의 인생을 생각해서라도 좋겠지요"라는 게, 국정원에 속한 박의 말이었어. 조직의 말단과 중견이라면 얼마든지 체포할 수 있고, 궤멸적인 타격을 주는 것도 어렵지 않지만, 아무튼 그들의 리더를 검거하고 싶은데 그 리더가 좀처럼 "꼬리를 드러내지 않는 녀석이라"는 거야. 그래서, 라며 그가 꺼낸 것은 낡은 HDD 같은 직사각형 상자. 컴퓨터에 연결하는 기기라는 건 코드 같은 부분을 보면 명백했지만, 그럼 이걸로 뭘 하라는 건가…… 그 또한 금세 알 수 있었어.

"알겠습니다. 준비하겠습니다."

"끝나면 또 연락 주세요. 후배를 보내겠습니다."

이쪽의 요구도 전달했어. 나는 처음부터 거래를 할 작정으로 왔으니까. 그는 말했어. "이야, 박이화 씨에게도 행운이에요. 이런 일, 최근의 한국에서는 시장이라고 해도 못 하니까요. 그렇지만 저는 할 수 있죠. 저는 그런 입장이에요."

서울에서 돌아온 나는 즉시 와카나에게 부탁해서 지카를 데리고 나가게 한 다음 천성의 노트북에 그 수수께끼의 디바이스를 연결했어. 전원만 들어오면 패스워드 같은 것은 몰라도 된다고 했고, "일본에서 가져온 노트북이죠? 그 사람도 아마 한국의 적색분자들과 비교하면 절대 보안 의식이 높지 않을 거예요"라고 했어. 확실히 설명대로 디바이스의 빨간 램프에 불이 들어왔어. 이게 파랑으로 변하면 연락을 해서, 기기를 가지러 온 '후배'에게 넘겨주면 국정원에서 조사에 들어가고, 나는 본인의 동의 없이 프라이버시를 포함한 천성의 개인정보를 국가권력에 팔아넘기게 되는 거야.

대체 나는 무슨 짓을 하고 있는 걸까. 내 신념은 어디로 간 걸까. 그 생각에 이른 것은 비 오는 날, 약속한 고속버스 터미널에서 '후배'라는 사람이 오기를 기다리고 있을 때였어. 딱딱한 벤치에 앉아서, 현란한 편의점과 식당, 안내판, 목적지별 운임표 같은 것을 바라보다가, 종이봉투에 든 그것이 오는 동안 빗방울에 조금 젖어서 아, 이대로 안에 있는 것도 물에 젖어 못쓰게 되어버리면 좋을 텐데, 데이터가 다 지워지면 좋을 텐데, 하는 생각이 문득 들면서 죄책감에 사로잡힌 거야.

가지러 온 '후배'는 선글라스에 트렌치코트를 걸친 정보기관원다운 차림, 은 전혀 아니었고, 정장 차림이기는 했지만 안에 입은 스웨터는 고흐의 그림을 모방한 것인지 엄청나게 촌스러웠고, 통

통하니 살집이 있었어. 30대 전후로 보이는 여자. 정말 저게 최선일까 싶은 이상한 파마 머리였고, 입모양은 ㅅ자로 굳게 다물어져 있어서 줄곧 기분이 나빠 보였어. 내용물을 확인하고 바로 떠나가나 했는데 그러지 않았어. 계속 옆의 벤치에 앉아서 "점심은 먹었어?"라거나 "커피라도 마실래?"라며 반말로 말을 걸어왔는데, 둘 다 거절하자 "나는 분홍색이 좋아"라는 말을 했어. 빗발이 거세지기 시작했어.

"분홍빛 비가 내리네 마음의 따발총 내 사랑은 안개처럼." 그녀는 거기서 끊더니 "알아?"라고 물었어. "이 시, 알아?"

그게 시인지, 아니면 트로트 가사인지 알 수 없었어. "아니요, 몰라요"라고 나는 존댓말로 대답했는데, 그녀는 "그래"라고 말한 뒤 그제야 자리를 떴어. 지난 세기부터 사용하고 있다고 해도 믿을 법한 낡고 매끄러운 가죽 숄더백을 맨 뒷모습. 내가 가져온 종이봉투가 분홍색이라는 건, 돌아가는 버스 안에서 깨달았어.

그 주의 토요일 밤이었어. 박에게서 '이천성을 체포했습니다. 녀석들의 리더와 함께'라는 연락이 왔어.

이제 슬슬 손목이 아파 오네. 선명한테도 편지를 써야 하는데. 그 녀석은 한글을 못 읽지만 상관없이 한글로 써줄 생각이야. 마찬가지로 다이치에게도, 시 같은 문학에는 전혀 흥미가 없는 건 알지만, 신경 쓰지 않고 써줄 거야.

버지니아 울프는 말했어.

"As a woman I have no country. As a woman I want no country. As a woman my country is the whole world."

사실 나는 오랫동안 이 글의 앞부분밖에 모른 채 좋은 말이라고 감탄했었는데, 한참 나중에야 뒷부분을 알고 무언가 김이 새는 기분이 되고 말았어. 뭐야, 그냥 코스모폴리탄이잖아, 하고. 코스모폴리탄이 뭐가 나쁜지는 잘 모르겠지만. 그래도 '여성에게 조국은 없고, 또 필요 없다'라니, 이건 마치 '재일에게 조국은 없고, 또 필요 없다'라고 이중으로 응원받는 기분이기도 하고, 슬픈 사실을 보고하는 것 같기도 해. 뒷부분의 '여성(재일)인 내게는 전 세계가 조국이다'라는 말 역시, 그게 뭐야, 싶고.

그래도 조국이 없다는 건, 말하자면 해외에서 무슨 일이 있었을 때도 대사관이 도와주지 않는다는 뜻이니까 마음 편히 배낭여행자가 될 수 없어. 조국이 없다는 건 내가 내는 세금의 몇 퍼센트도 환급해주지 않는다는 뜻이니까 불균등한 계약이지.

경찰인지 담당 부처 공무원인지가 아침 일찍부터 안채 쪽에 우르르 들이닥쳤어. 신고자는 물론 나. 두 명의 여성을 보호했다고 해. 이송될 때 처음으로 본 엄마와 딸의 비쩍 마른 모습이란. 그런데 나중에 들은 바로는, 남자들은 여자 둘을 딱히 감금하고 있던 것도 아니고, 상습적으로 폭행한 것도 아니라며 불기소처분이 내려질 거라더라. 미친놈들이지만 미친 범죄자는 아니었다는 걸까. 내가 보기에는 충분히 범죄이지만. 도둑맞은 우리들의 짐이 가택수사에서 발견되는 전개도 기대하고 있었지만 그런 일도 없었어.

뭐, 상관없어. 내 계획은 그들이 집에 없는 사이에 우리 스스로 생활을 재검토해보도록 모두에게 촉구하는 거였으니까.

다수결에 따르기로 했어. 이대로 여기에 머물 것인가. 지역 담당관의 이야기에 따르면 안채 사람들의 재판이 어떻게 되든 우리들은 이 땅에 '있고 싶은 만큼 있어도 된다'고 했어. 시간과 노력을 쏟아부은 농사일도 있었지. 그렇지만 만장일치로 이곳을 떠나기로 정해졌어.

남편의 수감지에, 그 가까이에 있고 싶다며 지카는 떠나버렸어. 노력했지만 마음을 돌릴 수는 없었어. 지카에게 나에 대한 불신과 원망은 없었을까. 헤어지는 날에도 지카는 그 온화한, 한국에 온 뒤로 계속 보여주었던 쓸쓸한 미소를 띤 얼굴이었어. 이제 수미가 있던 때처럼 깔깔거리는 순진무구한 웃음은 바랄 수 없을지도 모르지만, 출발하기 전에 지카는 내게 다가와서 감사의 마음과 추억을 이야기하고, 앞으로 서로에게 닥칠 어려움에 대해 위로해주었어. 많이 울었지. 우리는 서로를 꼭 끌어안았어.

박 사무관은 거래의 약속을 지켜주었어. 장호와 동준 군의 병역은 '재외 한국인을 위한 테스트 케이스'로서 '사회복무요원'으로 결정됐어. 어디로 배속될지는 아직 모르지만, 이로써 둘의 통근이 가능해졌으니 분명 부산 시내가 될 거야.

나는 지금 홀로 서울에서 수입원을 넓히려고 애쓰고 있어. 서울에서 다 같이 살 생각은 없어. 집세는 비싸고, 미세먼지도 심하고. 부산에서는 셰어하우스에 살고 있는데 조만간, 어쩌면 제주도에 갈지도 몰라. 제주에는 우리처럼 일본에서 한국으로 건너온 전 재일이 만든 마을이 있다고 들었어. 언젠가는 그곳으로 이주하게 될지도 몰라.

요전에, 서울에 와서 며칠 뒤의 일인데, 또 박에게서 전화가 왔어. "무슨 일이에요?"라고 묻자 "아니, 그냥"이라고 말했는데, 조금 취한 것 같았어. "요즘은 어때요?"라고 박이 물었어. 나는 "일하고 있어요"라고 대답했어. "무언가 도울 일이 있으면 말해주세요"라고 판에 박은 듯한 인사를 하기에, 나는 "그럼 저를 국정원에 취직시켜주세요"라고 던져봤어. 그는 전에 없던 즐거운 웃음소리를 낸 뒤, 이어서 차분한 목소리로 "아니, 그것도 좋을지도 모르겠네요. 이화 씨는 세 개 국어를 구사하니까요"라고 했는데, 내가 영어도 할 줄 안다는 건 어떻게 안 걸까.

"농담이에요." 나는 부정하고, "아무튼 앞으로는 평범한 생활을, 평범하게 보내려고요"라고만 말했어.

아니, 어떨까. 다이치. 앞으로 내게 어떤 삶의 가능성이 있을까. 앞으로 국가권력의 개도 될 수 있고, 들개처럼 빨갱이로 살 수도 있어. 하물며는 일본에 돌아갈 수도 있어. 사라처럼 북유럽에서 사는 걸 고려해볼 수도 있고. 자유야. 그렇지만 한 남자의 자유를 팔아넘긴 내게는 이제 자유란 있을 수 없다는 생각도 드는데, 그런 건 알 바 아니라고 뻔뻔하게 구는 것 또한 내 특기지.

모르겠어. 아무튼 늘 하던 버릇대로 시를 소개할게.

이매창, 계속 좋아하던 시인인데, 대충 16세기에 살았던 여자야. 그 시대에 여자이면서 시인이라는 건 어떤 것이었을까. 시대와 여자와 시인, 그 불가분의 관계.

이화우梨花雨 흩날릴 제 울며 잡고 이별離別한 님
추풍낙엽秋風落葉에 저도 날 생각는가
천리千里에 외로운 꿈만 오락가락하노라.

이 시에는 내 이름이 나와. 이화, 라고. 새하얀 배꽃이 비처럼 날리고 있다, 라고. 내가 아무리 울어도 무시하던 너희들과는 관계없는 시겠네. 너희들도 있는 힘껏 오늘의 이별을 슬퍼하도록 해. 가을바람에 잎이 떨어지면 나는 당신을 생각하고, 낙엽일 뿐인 당신은 나를 생각하지 않아. 낙엽이란 당신, 천성일까. 어차피 당신도 나를 그리워하지 않겠지. 천리란 누구와의 거리일까. 어디까지의 거리일까. 일본까지의 거리를 말하는 거라고 한다면 우스울까. 그래도 맞아, 외로운 꿈만 오가는 거야. 충족된 꿈에서는 당신을 떠올리지도 않으니까.

내가 이 편지를 다이치와 선명에게 보내려는 이유는 하나야. 나는 문학을 할 생각으로 블로그를 시작했어. 정확히 말하자면 '문학과 정치의 융합'이지만, 그건 역시 한계가 있었어. 위에 썼듯이 인터넷으로 공개하는 건 여러 사람에게 폐를 끼치고, 한국인에 대한 편견을 조장하게 될 수도 있어. 사소설은 현대에서는 꽤나 난처한 장르야.

그래서 두 사람에게 편지를 보내는 거야. 언젠가 내가 혹시 어떻게 되었을 때, 물론 프라이버시에는 충분히 신경을 쓰면서, 이걸 아주 적은 부수라도 좋으니 문학작품으로 세상에 발표해주지 않을래? 아니, 물론 그런 바람은 이루어질 리가 없지. 그냥 해본 말이야. 알아. 대충하는 말이고 모순된 말이지만 아무튼 어떠한 희망을 담아서, 편지를 두 사람에게 보낼게. 그래, 이 행위 자체가 내게 있어서는 이루지 못한 문학의 바로 전 단계야. 너희들은 이해 못 하겠지만.

다이치, 또 만나자. 꼭 만나자. 지금의 내 기분을 대변하는 것은 역시 시밖에 없어서, 이건 선명을 위해 준비해둔 시인데 마지막 한 단락만 소개할게(그런 거 필요 없어, 라고 너는 말하겠지만. 그래, 이런 건 다 자기만족이지). 작가는 크리스티나 로제티, 19세기의 시인, 궁금하면 인터넷에서 검색해보고, 아니면 시집이라도 사서 읽어 봐(절대 안 하겠지만). 제목은 〈Up-Hill〉이야.

Shall I find comfort, travel-sore and weak?
  Of labour you shall find the sum.
Will there be beds for me and all who seek?
  Yea, beds for all who come.

고생뿐인 여정이 끝나면 우리들은 평안을 얻을 수 있을까. 그간의 고생에 걸맞은 보답을 찾을 수 있을까. 따뜻한 침대는 준비되어 있을까. 다이치 너는 강경한 무신론자지만, 생각해봐. 백발 할

아버지가 되어서, 오랫동안 함께한 파트너와 아이들과 많은 손주들이 지켜보는 가운데 숨을 거둔 뒤, 그 몇 분 뒤에, 아이러니하게도 널 기다리고 있던 신이 “물론, 모든 자에게 푹신한 침대가 준비되어 있단다”라고 말하는 거야. 그 순간은 그야말로 아름답지 않을까.

다이치, 숨이 턱 끝까지 차서 기어올라온 이 세상의 끝, 그 풍경은 분명 아름다워. 함께 믿어보자.

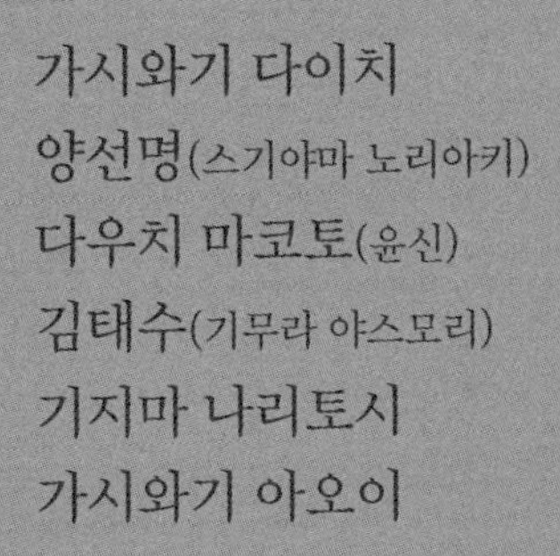

가시와기 다이치
양선명(스기야마 노리아키)
다우치 마코토(윤신)
김태수(기무라 야스모리)
기지마 나리토시
가시와기 아오이

도쿄도
12월 24일

다이치는 수상한 사람처럼 사무소 주변을 어슬렁거리고 있는 그의 모습을 실내의 불투명 유리 너머로 바라보고 있었다. 190센티미터는 되는 큰 키와 긴 손발, 긴 팔을 앞으로 내던지듯 걷는 모습과 불투명 유리에 언뜻언뜻 비치는 화려한 색감의 복장이 유난히 정겨워서 무심코 쓴웃음을 짓고 말았다.

말을 했으면 역까지 데리러 갔을 텐데. 늘 다이치를 '연락도 안 하는 매정한 녀석'이라고 비난하지만 사실은 그도 동류라는 것을, 우리가 닮은 구석이 아주 많다는 것을, 저 녀석은 어디까지 인정할까.

"대체 입구가 어디야, 이 건물."

간사이 사투리로 투덜거리며 소란스럽게 들어온 것은 그, 양선명이다. 완전히 해가 졌는데도 보랏빛 선글라스를 썼다. 와인색 체스터 코트에는 금색 실로 자수가 놓여 있다. 큼직한 은색 스카프에, 흰 셔츠는 토마토를 던진 듯한 화려한 무늬다. 시모노세키에서 봤을 때 금색이던 머리는 밤색이 되어 있다. 늘 그렇듯 약속

시간에 늦어서, 이미 밤 8시가 지나 있다.

주변에는 공터뿐이고 가로등도 적은 탓에, 희미하게 윤곽만 드러나는 낡아빠진 콘크리트 건물. 역에서 주소까지 20분 정도를 걸어가면서 선명은 도쿄에서도 23구[30] 이외에는 '일본의 실낙원화'가 이렇게나 진행되었구나, 하고 새삼 느꼈다. 몇 년 만에 찾은 도쿄였다. 게다가 그때는 도심에 살았다. 그래도 이 황폐함은 얼마 전까지 있던 야마구치현이나 히가시오사카시와 비교하면 그나마 평온한 편이다. 외국인 부유층이 토지를 터무니없이 싸게 사들이면서 도심에 외국인 거리가 만들어졌는데, 교외에서는 이렇듯 공터나 빈집으로 방치되었고, 부유층들은 자기 나라로 돌아가버렸다. 저출산 고령화가 급속도로 진행되는 일본을 포기한 것인지, 혹은 그들(대부분은 리치 아시안)이 보기에 토지 가치가 떨어져버린 것인지. 예전에는 '일본이 헐값에 팔리고 있다'며 위기감을 조성하던 사람들이 이번 현상에는 '일본을 포기하려고 한다'며 비난의 목소리를 높이고 있다.

그렇다 해도—이건 선명이 알 길도 없는 사실이지만—이 2층 건물만 남겨두고 주위가 온통 공터가 된 것이 꼭 외국인 부유층의 영향은 아니었다. 이 주변은 시의 구획정리 대상이었다. 그런 곳을, 이 건물의 소유자이자 유명 변호사인 다이치의 아버지가 이용할 수 있는 커넥션을 총동원해서 '이건 가치 있는 전후 건축이다'

30 도쿄도 내의 핵심 지역인 23개 특별구. 도쿄도 인구의 약 70퍼센트가 이곳에 살고 있다.

라는 주장을 펼쳤다. 시의 재정난도 겹치며 실제로는 큰 가치도 없고—모더니즘 건축을 모방해 기껏해야 소박하게 필로티를 도입했을 뿐인—개성도 테마도 없는 사각형의 콘크리트 덩어리가 주택가 끝 모서리 땅에 덩그러니 남겨지게 되었다.

방적 회사의 사옥으로 쓰였다던 낡은 건물인데, 다이치의 아버지는 변호사 독립 후 첫 사무소를 이곳에 마련했다. 처음에는 아버지도 몰랐지만, 이 건물을 설계한 건축가는 재일 한국인 1세 남자였고, '친일파'의 가족인 그는 일본의 패전 이후 한반도에 있을 수 없게 된 인물이었다.

그 사실을 알게 된 후 어째선지 다이치의 아버지는 소설과 그림과 서적과 도자기, 또는 예술품뿐 아니라 자필 서명이 된 사보社報나 단순한 소장 유품에 이르기까지, 일제강점기의 친일파(그중에서도 일찌감치 수감이나 도주의 쓰라린 경험을 한 자들)의 숨결이 깃든 물건들을 수집하게 되었다.

아버지의 서가에 이광수의 희구본이 줄지어 꽂혀 있던 것이 다이치에게는 인상 깊었다. 아버지는 예술이나 문화에 관심 따위 없는 사람인데도, 본가에는 계단 옆에서 화장실에 이르기까지 크고 작은 그림이 수십 점씩 벽에 걸려 있었고, 그것들 대부분이 친일파, 또는 그에 준하는 자들(유명 무명을 불문하고)의 작품이었다.

전 방적 회사 사옥인 이 건물도 그렇다. 개성도 무엇도 없다. 정석대로 모방해서 만들었지만 어딘지 비굴한 느낌을 풍기고, 그렇다고 기능성이나 시공의 꼼꼼함이 돋보이지도 않는다. 바닥 목재는 통일되지 않은 데다 연약하며, 헐겁게 붙은 벽지 등은 세월의 흔적으로는 도저히 보이지 않는다. 매력이 있다면 그저 낡음에서 오는 분위기뿐이다.

외벽이 붕괴되어 정면 현관이 막힌 탓에 뒷문으로 돌아온 선명이 이 사무실에서 제일 먼저 본 것은 간부가 쓸 법한 커다란 책상에 기대어 팔짱을 끼고 있는, 여전히 거만해 보이는 다이치였다. 그리고 방 한가운데에 있는 두 남자. 그들은 다이치와 마주 보며 파이프 의자에 앉아 있었다. 그들 사이에 아무도 앉지 않은 파이프 의자가 하나 더 조립되어 있었는데, 그곳에 앉으라는 뜻일까.

다음으로 눈에 들어온 것은 서예 족자였다. 선명이 이름을 알리 없는, 대한제국 총리대신이었던 친일파 이완용의 글씨인데, 다이치는 그것을 아버지에게서 빌려서 이곳에 장식했다. 혹시 모작이 아니라 진품이라면, 예술적 가치만은 결코 낮지 않을 것이다.

선명은 서적과 낡은 영상 자료 등으로 어수선한 사무소에서, 필요 없는 잡동사니들을 모아두었다는 인상을 받았고, 그가 아는 다이치의 성격과 위화감을 느꼈다.

다이치가 머리를 손가락으로 가리키며 "머리, 잘랐어?"라고 물었다. "색도 많이 차분해졌네."

선명이 고개를 끄덕였다. 보면 알잖아, 라고는 말하지 않았다. 한쪽 어깨에 메고 있던 륙색을 내려놓았다. 검은 캔버스 천에 흰색 무궁화가 크게 프린트된, 역시 조금 화려한 디자인이다.

방 한가운데의 파이프 의자에 앉아 있는 두 사람 중 하나는 이번 3월에 시모노세키까지의 여정에 함께했던, 분명 미국에서 왔다던 젊은 남자. 그때처럼 온통 검은색 트레이닝복 차림이라 금세 알 수 있었다. 다른 한 명의 얼굴도 낯이 익은데, 하고 선명은 선글라스를 살짝 내려서 응시하다, 이윽고 눈을 동그랗게 뜨고 "와우, 유명인이잖아"라며 양손을 크게 벌리는 제스처를 취했다.

그러나 남자의 반응은 굼떴다. 눈이 흐리멍덩했고 입은 반쯤 벌어져 있었다. 선명은 이름을 떠올리려고 애썼다. 앉아 있는 남자의 이름이 아니라, 그의 여동생의 이름을.

이내 떠올리고는 다이치 쪽을 바라봤다.

"그래." 다이치가 대답했다. "이쪽은 김마야 씨의 오빠인 김태수 씨."

선명이 다시 태수 쪽을 돌아보고는 얼굴을 빤히 들여다보면서 묵례를 했다. "안녕하세요, 양선명이라고 합니다." 반응은 없었다.

선명은 다시 다이치를 보고 물었다.

"너 이거, 그거지? '우울의 표면'이지?"

"알아?"

"그럼. 나는 헤비 유저거든."

"저런 걸 누가 쓰나 했더니, 그렇군, 확실히 넌 쓸 것 같네."

"당연하지. 다른 감정이 섞이지 않은 순수한 우울 상태, 이렇게 기분 좋은 건 또 없어."

앉아 있는 태수가 "아아, 어"라는 소리를 내더니, "그럼 '꿈의 뒤편'은?"이라고 쉰 목소리로 물었다.

갑자기 말을 걸어오자 어깨를 움찔한 선명이 "아니, 없어요"라며 무심코 거짓말을 했다. 뒤늦게 의아한 표정을 지으며 또 다이치를 봤다. "이거, 약 먹은 거지."

"그런 것 같아. 뭔가, 제대로 처방받은 신경안정제 같지만."

여기서 불법 약물을 사용했다면 다이치에게는 좋지 않은 상황이었을 것이다.

"설마 너." 그렇게 말한 선명은 자신이 진심으로 의심하고 있지도 않은 걸 물으려 한다는 걸 깨달았다. "설마 억지로 약을 먹이거나, 고글을 쓰게 만든 건 아니지?"

'우울의 표면'에는 즉각적인 효과를 위한 전용 고글이 있었다. 전용이라고 해도 앱 제작자의 공인 상품은 아니지만.

"태수 씨는 스스로 약을 먹고 스스로 고글을 썼어, 바로 조금 전에."

태수의 발밑에 고글이 떨어져 있었다.

"나한테 얘기했으면 최고로 기분 좋게 우울해지는 약의 혼합법을 알려줬을 텐데."

선명은 이미 흥미를 잃은 말투였다. 내가 지금 무슨 소리를 하는 거야, 하고 입구 반대쪽 창가로 향했다. 손에 든 륙색이 축 처져 있다. 나는 뭘 하고 있는 거지? 방 안을 한 바퀴 돌았다. 아침에 일어난 뒤로 계속, 오늘이라는 날이 조만간 끝난다는 것이 너무나 이상했다. 안타까운 건지, 무서운 건지. 무서운 것도 당연하다. 여기 오는 것이 한 시간 늦어진 것도, 귀찮음보다 몸을 더 무겁게 만드는 이유가 있었다.

다시 한번 흘긋, 확인하듯 다이치를 바라봤다. 오래된 임원용 책상에 걸터앉아 팔짱을 낀 채였다. 잘난 척은, 하고 선명은 코웃음을 쳤다. 륙색을 내려놓고 그걸 열어 책 한 권을 꺼냈다. 책을 책장에 놓았다. 탁 하는 소리가 났다.

《성과 성격》, 오토 바이닝거 지음. 박이화에게 빌렸던 책. 돌려주려고 이번 3월 말에 시모노세키에 갔을 때도 여행 가방에 넣어 뒀었는데, 깜박 잊고 돌려주지 못했다.

유대인으로 태어난 것을 괴로워하며 23세의 나이로 자살한 청년의 병든 글을, 하필이면 나에게 추천하며 빌려주다니, 제정신인가. 죽지 마, 죽으면 죽일 거야, 라고까지 말했으면서, 대체 무슨 생각이었을까. 그렇지만 이화 씨는 비아냥거리는 성격이 아니니까, 분명 이건 정말로 내가 재미있어할 거라고 생각해서 빌려줬을 것이다. 인터넷에서 찾아보니 절판된 책이라 의외로 높은 가격이 붙어 있어서 버릴 수도 없었다. 가치도 모르는 중고서점에 팔 수는 없었다. 그래서 각지를 돌아다니면서도 귀찮음을 무릅쓰고 가지고 다녔는데, 그것도 오늘이 마지막이다. 아마도.

바닥에 내려놓은 륙색에서 역 앞 슈퍼마켓에서 산 잭다니엘 병을 꺼내어 테이블에 올려놓았다. 와인색 코트를 벗어 소파에 걸쳤다. 코트 위에 목에서 푼 스카프를 내려놓았다.

소파로 둘러싸인 테이블에는 먹다 남은 피자와 치킨이 말라가고 있었다. 이걸로 파티 알리바이를 만들 셈인가. 방구석을 보니 누군가에게 발견되기를 기대하는 듯 크리스마스용 장식이 종이상자에 빼곡히 담겨 있었다.

"그래서, 어떤 플랜인데?" 자신의 목소리가 높아지고 커졌다는 것을 선명은 자각했다.

플랜, 다이치의 계획, 그 전모를 선명은 아직 듣지 못했다. 야마구치현의 센자키에서 일본해와 저녁노을을 바라보면서 받은 그의 전화에서도, 다이치는 직접 만나지 않으면 자세한 내용은 이야기해줄 수 없다며 거드름만 피웠다.

그렇지만 어떤 것인지 대충 짐작은 갔다. 내가 '필요하다'고 했다. 다이치에게 나의 존재가치란 오직, 이 양팔에 남은 무수한 리스트컷의 흔적일 것이다. 내가 늘 죽고 싶어 하는 사람이라는 사실.

"어떤 식으로 죽어줬으면 좋겠어?" 선명은 선글라스의 브리지를 손가락으로 눌렀다.

직설적인 물음에 다이치는 피식 웃었다.

"그건 뭐, 내게 맡겨줘."

"아프게 할 거야?"

"아니. 그렇다고 할까, 네가 늘 하는 방법. 이번에는 실패하지 않도록 깊게 할 생각인데, 뭐하면 강력한 신경안정제도 있고, '우울의 표면'을 써도 돼."

"아니, 됐어. 의식은 마지막 순간까지 또렷했으면 좋겠어."

"그렇군. 뭐, 필요하다면 스턴건 같은 것도 있으니까."

무심코 선명은 웃고 말았다. "필요 없어. 그런데 그런 것까지 준비한 거야?"

다이치는 그 말에는 대답하지 않았다.

"그런데 너." 다이치를 향해 선명이 목소리를 높였다. "이화 씨한테서 온 편지 읽었어?"

"아니, 아직."

"그럴 것 같았어. 너답네. 모처럼 보낸 건데 읽어줘."

"넌 읽었구나?"

"응, 마지막이 될지도 모르니까, 읽었지." 보랏빛 선글라스 너머로 보이는 선명의 눈은 깊은 생각에 잠긴 듯했다. "이제 영원히 답장은 보낼 수 없겠지만."

"뭐라고 써 있었어?"

"궁금하면 읽어. 아직 시간 있잖아?"

"됐어." 생각하는 척도 하지 않고 다이치는 말했다. "그런 것보다, 이야기나 좀 할까."

"그래."

잭다니엘 병을 들어 올리며 선명이 말했다.

"마실래?"

"안 마셔." 다이치는 단호했다.

"두 사람은?" 등을 돌리고 앉은 태수와 윤신은 말을 걸어도 답이 없었다. "저 두 사람이랑은." 선명이 이번에는 다이치를 향해 물었다. "제대로 이야기한 거야? 확실하게 납득한 거야?"

"네가 오기 전에 시간이 많았으니까. 여러 이야기를 했어."

"그렇군. 지각하지 말았어야 했네." 선명은 그렇게 말했는데, 그 후회는 아무래도 진심 같았다. 이곳에 한 시간 늦게 오지 않았다면 네 사람의 대화는 어떻게 흘러갔을까.

"이건 더 안 먹어?"

"안 먹어. 다 먹어도 돼."

선명은 혼자서 남은 피자와 치킨과 감자튀김을 집어 먹고, 또 집어 먹고, 맛있어 보이는 부분만 베어 먹었다. 콜라 캔을 단숨에 들이켰다. 처음 본 브랜드의 콜라는 완전히 미지근해져서 그저 달기만 했다. 거추장스러워진 선글라스를 벗어서 테이블 구석에 올려놓았다. 또 피자를 집어 들었다.

문득 조선 시대 목재 가구 위에 아무렇게나 놓인 도자기 컵에 선명의 눈길이 멎었다. 딱 좋겠다며 묻지도 않고 집어 들더니 후 불어 먼지를 털어내고 잭다니엘을 따랐다. 다디단 콜라를 섞어서 들이켰다.

그렇게 먹고 마시는 선명에게 다이치가 다가왔다.

도자기 컵 역시 이 건물과 마찬가지로 '친일파 한국인'으로 지목된(이라고 본인이 지레 겁을 먹고 본국으로 돌아가지 않았다) 한반도 출신 도예가의 만년 작품이야, 하고 다이치는 선명에게 말해주고 싶은 호기심에 사로잡혔다. 그 말을 하면 선명은 흥미를 느꼈을까. 아마 분명 재미있어했을 것이다. 그러나 그는 한 시간이나 늦었다.

위스키 덕분에 몸이 따뜻해진 선명은 약간의 미소를 되찾았고, 옆에 놓인 코트에서 담뱃갑과 라이터를 꺼냈다. 노란색 아메리칸 스피릿. 충전식 플라즈마 라이터. 역시 피워도 되느냐고 양해를 구하지 않은 채 선명은 담배에 불을 붙였다.

"연초는 요즘 엄청나게 비싸지?" 다이치가 말했다.

다이치가 가까이 다가온 것을 눈치채지 못했던 선명은 "오오,

깜짝이야"라며 온몸을 움츠렸다. 잘 놀라는 건 여전하구나, 하고 생각만 할 뿐 다이치는 이제 그 호들갑스러움을 지적조차 하지 않는다.

선명과 대각선으로 마주 보는 소파에 다이치도 앉았다. 김태수와 윤신과는 등을 맞대는 자리다.

"아아, 응. 엄청 비싸. 그래도 역시 맛의 무게가 달라."

"담배 끊은 것 같더니 다시 피우네?"

후우, 하고 첫 연기를 내뱉고 선명이 말했다.

"응. 히가시오사카의 여자가 스무 살밖에 안 된 주제에 연초를 피우더라고, 그 애 집에 굴러들어가 있었으니까 나도 따라서 피우게 됐어."

"트로키 중독은?"

"그건 고쳤어. 뭐, 당분이 많은 그런 걸 계속 빨고 있자니까, 대체 어느 쪽이 몸에 나쁜 건지 모르겠더라고."

"그야 담배가 더 나쁘겠지." 다이치는 살짝 웃었다.

"그렇지."

선명은 누군가 연기에 불만을 표하지는 않을지 내심 마음을 졸였고, 또 그럴 때 대꾸할 말도 준비해두었는데, 너무나도 조용해서 맥이 빠졌다. 연기를 방 가운데 쪽이 아닌 창가로 향하게 했다. 그리고 일어서서 불투명 유리창을 열었다. 돌아와 앉아서 방충망을 향해 연기를 내뱉었다.

"여기 재떨이 없나?" 다이치에게 물었다. 눈으로 찾았지만 보이지 않았다.

"아마 없을 거야. 본 적 없어. 부모님도 안 피웠고."

휴대용 재떨이가 륙색 안에 있다. 그걸 꺼내려고 하자 다이치가 어깨를 으쓱하며 말했다.

"아니, 됐어. 그냥 바닥에 버려. 어차피 성대하게 불태울 거니까, 담배꽁초 정도야 괜찮아."

"그래?"

그리고 선명은 감자튀김을 볼에 넣을 수 있는 만큼 집어서 욱여넣고 씹더니 위스키 콜라와 함께 삼켰다. 감자튀김을 다 삼키고 나서 연기를 폐 한가득 채웠다. 왼손으로 위스키를 마시고, 오른손으로 담배를 피웠다.

"고독사밖에 남지 않은 인생이라고 생각했으니까." 방충망을 향해 연기를 뱉었다. "이런 전개는 내게 오히려 행운일지도. 어떨까?"

다이치는 대답하지 않았다. 대신 선명은 자신의 질문에 스스로 대답했다.

"행운일지 어떨지. 곁에 누가 있든 죽고 나면 '무'로 돌아가니까, 어느 쪽이든 마찬가지 같기도 하고."

그리고 "저쪽 형씨가"라며 등을 돌리고 있는 태수 쪽을 향해 소리쳤다. "옆에 있는 나한테 '오늘 네가 나와 함께 낙원에 있으리라' 같은 말을 해준다면, 그럼 내 마음도 평온해질 텐데."

"그만둬." 다이치가 말했다.

"진심인데. 평온해질 거라니까. 그렇지, 형씨? 말해주지 않을래?"

태수가 이쪽을 바라보았다.

"오" 하고 선명이 말했다.

그러나 태수의 시선은 아래쪽의, 바닥의, 선명의 륙색에 쏠려 있었다. 그 시선에 실린 감정까지는 선명이 헤아릴 수 없었다. 태수의 시선이 간 이유는 동생 마야가 같은 브랜드의 물건을 많이—그녀는 패랭이꽃 무늬를 즐겨 구입했는데—가지고 있던 걸 떠올렸기 때문이었다. 그래서 시선을 줄곧 그곳으로 향하고 있었다. 시선을 그대로 둔 채 선명의 요청에는 대답하지 않았다. 전혀 귀에 들어오지 않는 모양이었다.

선명은 고개를 흔들고는 다시 조용한 목소리로 물었다. "그런데 다이치, 너 저 형씨랑 어디서 어떻게 알게 된 거야?"

"장유리라고 기억해? 그 애를 통해서 알게 됐어."

그 한마디로 선명은 "아아" 하고 납득한 듯했다. 또 컵을 들이켰다.

"운이 좋았네."

"운이 좋다고? 아니야, 의지력의 문제지."

"운이 좋다고 할 건 아닌가. 덕분에 목숨을 잃게 됐으니까. 그런데 아무리 그래도 너, 저 형씨가 여기 있는 건 저 사람의 선택이겠지?"

"아직도 내가 납치해 왔을 거라고 의심하는 거야?"

"잘도 너처럼 이름도 없는 수상한 녀석의 수상한 계획에 장단을 맞춰줬네. 어떻게 설득했어?"

뭐 이 정도는 가르쳐줘도 되겠지, 하고 다이치는 생각했다. 뒤를 돌아보았지만 태수는 이미 등을 돌린 채 정면을 바라보고 있었다.

"내가 말한 건 '태수 씨가 원하는 두 가지를, 나는 이루어줄 수 있습니다'였어."

연기를 내뱉으며 허공을 바라본 선명은 조금 생각한 뒤에 말했다.

"하나는 내가 원하는 것과 같은 거라고 치고, 다른 하나는 뭔데?"

"이 계획이 잘 진행되면, 태수 씨에 대한 동정론이 높아질 테니까 배심원 재판에도 힘이 실릴 거라는 거."

"배심원 재판? ……아아, 동생을 죽인 녀석들 말이구나. 그러면 범인들의 죄가 무거워질 거라고?"

"그렇게 말했어."

"믿은 걸까."

"글쎄."

"결과는 저세상에 간 다음의 일이니까, 너도 구두 약속으로만 끝나고, 마음 편하겠네."

"글쎄."

"이제 여기 네 사람은 몇 시간 후에 천국에서 재회할 수 있을까. 아니면 자살이니까 지옥에 가려나? 타살로 위장한 자살이지만, 역시 하느님한테는 통하지 않겠지, 그런 건."

"네 명이 아니야, 다섯 명. 아니, 계산법에 따라서는 여섯 명이지."

"계산법? 무슨 소리야, 너. 더 확실하게 구체적으로, 그 계획이란 걸 알려줘."

윤신은 그때 처음으로 선명을 슬쩍 보았다. 토마토를 몇 개나 뭉갠 듯한 화려한 무늬의 셔츠를 입은 남자. 말이 많은데, 말할 때의 제스처가 미국인 못지않게 크다.

"극우 단체에 소속된 청년이 여기로 올 계획이야." 다이치는 검지로 테이블을 톡톡 두드렸다. "나는 그 애를 죽여야만 해. 그러기 위해서 스턴건을 준비했지. 왜 그 애를 속여서까지 죽이느냐면, 그건 선명, 여기의 모두를 죽인 범인으로 녀석을, 그 애를 위장하기 위해서야. 그러니까 극우 단체에 소속된, 배외사상에 세뇌된 그런 사람이, 우리들 같은 재일 그룹이 마침 크리스마스 파티를 하고 있을 때 습격해서 차례로 찌른 뒤 불을 붙여. 그렇지만 피해자들이 필사적으로 저항한 탓에 그 역시 불 속에서 목숨을 잃는 거야. 김마야 씨에 이어서 여러 명이 집단으로 희생된 헤이트 크라임이니까 제아무리 일본의 여론이라 해도 움직일 거야. 그런 기대를 가지고 우리는 이 계획을 세웠어."

"잠깐, 잠깐 기다려." 선명이 제지하는 손짓을 했다. 짧아진 담배를 다이치의 말대로 바닥에 버리고 신발로 밟아 껐다. "여기에는 남자가 넷씩이나 있는데? 극우인지 뭔지 몰라도 혼자 쳐들어오는 건데, 어지간히 힘이 센 녀석인가 보지?"

"아니, 전혀. 엄청 말랐어."

"그럼 안 되잖아. 그런 사람한테 우리 네 명이 얌전하게 죽을 리가 없으니까. 그런 시나리오는 성립하지 않아."

"그래서 우리들은 인질을 잡힐 거야. 인질 때문에 저항하지 못

하는 거지. 다들 묶이고 차례차례 찔리는 거야."

"인질? 그건 너야? 나는 네가 인질로 잡혀도 아무렇지 않은데? 아무렇지 않게 저항할 거야."

"그래서 설득력이 있는 인질을 준비했어."

"누구? 그 인질 역도 뒤늦게 등장할 건가?"

"아니, 이미 와 있어. 2층에서 기다리고 있어."

그렇게 말한 뒤 다이치는 뒷주머니에서 휴대폰을 꺼냈다.

"그러니까 누군데. 이제 괜찮잖아, 뜸들이지 마."

"내 파트너야. 이름은 아오이. 가시와기 아오이 씨."

선명이 당황한 듯 두 개비째의 담배를 찾은 것은 다이치가 결혼한 사실을 완전히 잊고 있었기 때문이었다. 그래, 그랬지. 다이치는 결혼을 했었지. 분명 상대가 일본인이라고 했는데. 그렇다면 그 사람도 이번 일을 알고 있는 걸까? 동의한 걸까? 중요한 부분을 깜박하고 있었군. 뭔가 이상해. 내가 멍청한 건 그렇다 쳐도, 뭔가 이상해.

"드디어 소개해주네."

그 비꼬는 울림도 공허하게 흩어졌다. 두 개비째의 담배에 불을 붙였다. 위스키를 더 따라서 입에 머금었다.

휴대폰을 한동안 조작하던 다이치가 말했다.

"지금 그녀는 그녀대로 바쁜가 봐. 뭐, 금방 내려올 거야."

이상한 느낌이 들었다. 다이치와 결혼한 여성을 보고 싶다는 호기심은 있었지만, 얼굴을 마주하면 이 계획에 대한 견해를 묻지 않을 수 없을 텐데, "새신랑이 이제 죽을 거라는데?"라고 묻는다는 말인가? 질문하는 쪽도 질문받는 쪽도 제정신이 아니다.

"그러면 다이치, 극우 친구를 죽이는 건 너야?"

"응, 맞아."

"할 수 있어? 네가?"

"그 정도는 해야지."

"그래서 제가 하겠다고 했어요"라고 말한 것은 윤신이었다. "헤에" 하고 놀라는 선명. 듣고 있었나.

뒤를 돌아본 다이치가 미소를 지어 보이고는 말했다. "아니, 괜찮아, 신 군. 이건 기지마라는 아이를 고른 내가 확실하게 책임지고 짊어져야 해."

선명이 다이치에게 물었다. "그럼 네가 잘못해서 죽이지 못하면 어떻게 되는데."

"어떻게 되냐고?"

"그러면 우리는 개죽음 아냐?"

"아니, 그럴 리가." 다이치가 손을 저었다. "순서대로라면 우선 그가 도착해. 그리고 내가 그를 죽일 거야. 뭐, 처음이니까, 잘될지는 알 수 없어. 그건 네 말대로야. 그렇지만 그래서 스턴건도 준비한 거고, 이제 돌이킬 수 없으니까. 내 유도가 성공했다면 연쇄살인마로 의심하지 않을 수 없는 상황 증거를 갖추고 그가 찾아올 거야. 이 건물의 유일한 카메라에도 확실하게 찍히겠지. 그리고 큰 트러블이 없다면, 여기 있는 모두는 내가 확실하게 죽여줄 거야. 최대한 아프지 않은 과다출혈사. 계획이 어긋나면 다들 풀려날 거야. 내가 살인미수 같은 걸로 체포된다면 그때는 스케일과 어필 효과가 현격히 떨어지는 또 다른 싸움이 내게 시작될 뿐이야."

선택하는 어휘 감각을 보나 담담한 말투를 보나, 예전과 변한 게 없구나, 하고 선명은 생각했다. 이제 와서 새삼스레 그 점에 꺼림칙함을 느끼지는 않는다.

"그건 괜찮아. 그러면 계획이 뜻대로 됐다고 치고, 그래, 우리들도 무사히 죽었다고 치고, 그걸로 뭘 하고 싶은데? 애초에 이 계획으로 원하는 게 뭔데?"

"그건." 다이치는 한 번 숨을 쉬었다. "김마야 씨와 같은 목적의식이야. 그러니까, 이 세계를 좋게 만드는 거지."

태수도 듣고 있을지 몰라서 소리는 내지 않은 채 선명은 '뭐?'라는 표정을 지었다. 담배를 든 손가락으로 다이치를 가리키며 '네가?' 하고 입을 벙긋거렸다.

"그래, 내가. 우리들이." 다이치가 말했다.

선명은 이제 콜라를 섞지 않고 위스키를 스트레이트로 마셨다. 그리고 깊은 한숨을 쉬고 말했다. "그래, 충격요법은 될지도. 그 사건의 피해자 오빠까지 있으니까. 그래도 기껏해야 1년이나 2년 정도일걸? 효과가 지속되는 건."

"대중은 금방 잊는다는 건가."

"당연하지."

"대중을 이기려고 하면 안 된다는 말을 자주 듣는데 말이야." 다이치의 목소리는 서서히 작아져서 혼잣말처럼 들렸다. "안 된다고 해도, 나는 아무래도 승부에 집착하는 성격이거든. 그 점이 너도 예전부터 지적했던 알면서도 고칠 수 없는 나의 약점이지만. 그래도 이 계획이 정말로 잘돼서, 민사재판 같은 것도 진행하면 5년은 효과가 지속될 거라고 우리는 생각하고 있어. 5년, 그 정도면 충분해. 5년 후에는 5년 후의 세상이 알아서 생각해주겠지."

"탁상공론 같은데." 선명은 눈머리를 눌렀다. "소꿉장난이야."

"그래도 아무것도 하지 않는 것보다는 낫다는 게 우리 생각이야."

테이블에 놓인 선글라스를 선명이 다시 썼다. 그 보랏빛 선글라스는 패션을 위해서라거나 사람들과 눈을 마주치고 싶지 않기 때문이라기보다는, 최근 그를 괴롭게 하는 비문증 때문이었다. 아직 그럴 나이가 아닌데도 시야 상하좌우에 떠다니는 그림자가, 오른쪽 눈만 해도 크고 작은 것이 세 개나 언뜻언뜻 보이며 사라지지 않는다. 선글라스를 쓰고 있으면 눈속임을 할 수 있어서 어느 정도 마음이 편해졌다.

그건 평생 낫지 않는 거래, 라고 당시 시가현 오츠시에서 동거하던 연상의 여자에게서 들은 뒤로 선명은 역시 사는 게 덧없다는 마음만 강해졌다. 흰 종이에 날파리가 세 마리씩 달라붙어 있어서야, 독서도 즐길 수 없다. 양손의 저림이나 무거운 물건을 못 드는 현상(잭다니엘 병을 들면 손이 떨리는 건 뇌의 위축 탓일까, 힘줄 손상 탓일까)은 자신이 한 일의 당연한 결과지만, 오른쪽 눈의 이건 대체, 무슨 메시지일까.

"애초에 선명, 네 존재가 나와 우리들에게 계획의 초안을 제공한 거나 다름없어."

"내가?" 이상하다는 생각에 앞서 왠지 모르게 조금 기뻐지고 마는 선명.

"사람이 죽을 마음을 먹으면 무슨 일을 할 수 있을까, 네 자살 기도에서 그 힌트를 얻을 수 있었어."

"죽을 마음을 먹으면."

"죽을 마음을 먹으면, 이를테면 뭘 할까? 무언가, 테러라도 일으킬까? 테러, 공포를 이용해서 사람들과 사회를 바꾸려는 수단이지. 그걸로 이를테면 누군가를 죽일까? 어딜 습격하지? 어디에 불을 붙이지? 일단 가미지마 신페이를 죽일까? 그 녀석은 요즘 살해당하고 싶어 하는 거 아닐까? 이제는 고독한 록 스타처럼, 당내에서도 난감한 존재가 되어가고 있어. 그렇다고 해서 상대가 바라는 대로 순교자로 만들어줄 필요는 없지. 차라리 아다치 츠바사는 어떨까? 일본에서의 진보정당 복권의 가능성을 완전히 없애버린 게 녀석이지만, 사회 밖으로 퇴장한 녀석에게 이제 와서 스포트라이트를 비춰줄 필요도 없지. 또 다른, 배외사상을 공공연히 드러내는 유명인이나 정치가 그 누구를 죽인다 해도, 그 어떤 출판사나 방송국에 항의 테러를 한다 해도, 아니, 세상은 아무것도 개선되지 않아. 오히려 재일 사회의 미래만 나빠지게 될 뿐이지."

선명은 담배꽁초를 바닥에 떨어트리고 짓밟았다.

다이치가 양손을 들어 올렸다.

"혹시 다른 방안이 있다면, 선명, 아무거나 말해봐. 그게 정말로 우리의 계획보다 유용하고 지속가능한 효과가 기대된다면, 지금이라도 그쪽으로 갈아탈게. 바로 계획을 변경할게."

키가 큰 선명은 허리를 굽히고 아래쪽에서 올려다보듯 다이치를 바라보며 소곤거리듯 말했다.

"이화 씨처럼 한반도로 돌아가."

"'돌아가'라니, 나는 국적이 일본이야." 다이치가 쓴웃음을 지었다. "게다가 설령 한국에 간다고 해도, 우리들은 역시 박해받지 않겠어? 적극적 차별주의자의 비율은 일본이나 한국이나, 어느 나라든 어느 지역이든 변하지 않을 테니까."

"그럴까?" 선명은 모르겠다는 듯 고개를 갸웃했다. 알고 있으면서.

"그러니까 어딜 가든, 어떻게 싸울 것인가, 아니면 아예 싸우지 않을 것인가, 우리들에겐 그런 길밖에 없어. 내친김에 말하자면 우리들은 딱히 일본 전체를 위해 싸울 생각도 없고, 한국에 건너가 한국에서 싸운다고 해도 한국 사회 전체를 위해 싸울 것도 아니야. 우리는 결국, 우리 같은 소수파를 위해, 괴롭힘을 당하도록 되어 있는 자들을 위해 싸우는 거야. 그렇다면 남은 문제는 전략과 전술뿐이야."

"어디까지 본심인 건지."

"다른 나라가 더 심하다고 해서 일본의 현재를 못 본 척할 수는 없어. 일본의 현재도, 길들여져서 깨닫지 못할지도 모르지만 사실은 꽤나 디스토피아니까. 꼭 명확한 제노사이드나 강제수용소의 재림만이 디스토피아가 아니야. 디스토피아는 지금이지. 말하자면, 역시 인류는 역사를 통해 배운 거야. 이렇게 서서히 퍼져가는, 변명과 궤변만 넘쳐나고 아무도 책임을 지지 않아도 되는, 독가스 대신 그저 증오를 내뿜어서 공기를 더럽히고, 마이너리티를 질식

시키는 이 방법이야말로 녀석들이 배운 새로운 청소법이야. 우리들은 속아 넘어가지 않아. 그런 지혜 대결에서 질 순 없어.”

지혜 대결이라니 뭐야, 하고 선명은 반발하는 표정을 지었다.

“그러고 보니 사라 씨는 지금 캐나다에 있다던데. 메일에 ‘이제 일본에 대해서 생각하지 않아도 되는 게 정말 행복해’라고 적혀 있었어.”

다이치는 못 들은 척 “그래도 대단해, 넌”이라며 선명을 봤다. 선명은 회유될까 보냐, 하고 경계하는 표정을 지었다.

“이건 진짜로 칭찬하는 건데? 왜 그, 베트남과 인도네시아 필드워크를 실현시킨 것도 네 노력과 열정이었잖아.”

“너는 안 왔지만 말이야.” 선명이 다음 한 잔을 따랐다. 다음 한 개비를 입에 물었다.

“그러니까 내가 생각하기에 넌, 사실은 꽤나 성실해. 꽤나 논리적인 인간이야, 너란 녀석은.”

“그 얘기, 전 부인이나 버리고 온 여자들에게 들려주고 싶네.”

“이치코 씨랑은 다시 이어질 수 없다니까, 그런 면에서 너는 옛날부터 아주 둔하구나.”

“상관없어, 이제.” 선명은 입술 끝으로 연기를 내뿜었다. 보랏빛 선글라스의 위치를 매만졌다.

“너는 착실해. 너만이 제대로 된 인간이라고 할 수 있어. 두 손목의 수많은 상처도 자살 시도도, 섹스 중독이나 일을 금방 그만둬버리는 면이나, 그런 하나하나는 기분 나쁠 정도로 이상하지만, 그것들을 종합한 너라는 인간은 내가 본 사람들 중에서도 가장,

정상 그 자체야."

"다이치 너." 그렇게만 말하고 선명은 머뭇거렸다.

"뭐?"

"아니, 너는 내게……."

"응."

"너는 내게 우정 같은, ……아니, 이제 됐어. 맘대로 해." 도자기 컵을 한 손에 들고 선명은 일어섰다. "어차피 내가 죽은 다음의 일이야. 알 바 아니지. 여기 있는 너절한 아저씨 네 명, 다섯 명? 여섯이라고 했나?"

"계산법에 따라 달라."

"그러니까 대체 뭐야, 그 빙빙 돌리는 말투는? 너는 항상 그 모양이지. ……아무튼, 그래, 죽어서 혹시 저세상이 있다면, 옆에 있는 너한테 '봐, 내 말이 맞지' 하고 말해줄 거야."

무슨 말을 하고 싶은 건지 모르겠다며 다이치는 고개를 갸우뚱했다.

"먼저 말해두지만, 시시한 탁상공론에 잔재주나 부린 네 흉계는, 우수한 일본 경찰의 감식이나 과학수사로 대부분 파헤쳐질 거야. 그러면 또 재일 한국인 전체에 기분 나쁜 범죄 집단이라는 꼬리표가 붙을 거고, 그럼 다 끝이야. 네 계획이 전부 다 틀어질 거야. 그렇게 됐을 때의 대책은, 너 확실히 생각한 거야? 아니면 역시 죽은 다음의 일이니까 알 바 아니라는 건가?"

"물론 우리의 생각대로 모든 게 진행되리라고는, 그렇게 지나치게 낙관적으로는 생각하지 않아. 그렇게 됐을 때의 플랜 B나 C 같은 걸 준비하기는 했어."

"이를테면? 구체적으로?"

"구체적으로는, ……앗." 다이치는 손목시계를 바라봤다. 이화의 청년회에 들어가기 전부터 사용하던 스포츠 시계다. "이제 설명할 시간이 없어."

한 시간 늦은 걸 잘도 이용해먹는구나, 하고 선명이 내심 언짢게 생각하고 있다는 것은 다이치에게도 전해졌다. 허점을 만든 쪽이 잘못이다. 그러나 선명에게 생활습관이나 성격적 약점을 개선하려는 의지는 없었고, 그래서 다이치가 매번 그걸 이용한다는 것이 옛날부터 둘 사이에 이어진 패턴이다.

다이치도 일어섰다.

"슬슬 시간도 임박했으니까, 일단 저쪽 의자에 앉아."

그러면서 가리킨 것은 방 한가운데에 놓인, 김태수와 윤신 사이에 있는 빈 파이프 의자였다. 출입문을 향하고 있다.

"앉아서, 그래서 어떻게 할 건데?"

"수갑을 채울 거야."

"뭐?"

"불편하게 해서 미안하지만, 네 말대로 감식에서 어디까지 조사할지 알 수 없으니까, 오랫동안 묶여 있었다는 흔적을 만들어놓고 싶어."

"아니, 그럴 필요까지 있어?"

"뒷짐 진 채로 수갑을 채울 테니까, 좀 움직이거나 빠져나가려고 해서 내출혈 같은 걸 만들어줬으면 좋겠어."

"그렇게까지 해야 하는 거야? 골치 아프네."

"미안." 그리고 방 한가운데를 향해 말했다. "태수 씨도, 그리고 신 군도, 미안하지만 부탁해."

두 사람에게 수갑이 채워지는 것을 보면서 선명은 도망간다면 지금이 마지막 찬스라는 걸 파악했다. 뛰어서 이 방에서, 이 건물에서 나가서, 역까지 달려서, 도착한 전차에 올라탄다. 도쿄의 밤거리, 같은 차량 안의 지친 얼굴들. 그러면 무엇을 잃지? 다이치의 신뢰는 잃게 되겠지. 그렇지만 신뢰 따위, 이미 잃을 대로 잃어온 인생이지 않나. 여기서 더 살아서 뭘 하고 싶지? 죽고 싶다, 죽고 싶다 하고 타령하던 게 거짓이 아니라고 증명하기 위해서 죽는다, 그런 행동 지침도 바보 같지만, 그렇다고 여기서 살아남는다 한들, 자나 깨나 누군가 '목 졸라 죽여줄 사람 없나?' 하고 바라 마지 않는 이 자의식은 앞으로도 영원히 잠잠해질 리 없을 테니 이 기회를 놓칠 수는 없다. 그런데 내 본능은 아까부터 오로지 도망가라고 명령한다. 이제 와 생존본능이 발동한 걸까. 이성은 내게 이건 다시없을 절호의 기회니까 앉아 있으라고 명령한다.

위스키를 한 잔 더 마시고, 또 따른 뒤, 도자기 컵을 들고 선명은 의자로 향했다. 컵을 바닥에 내려놓고 앉아 다이치에게 "이제 됐어, 맘대로 해"라며 양손을 뒤로 돌렸다. 긴 두 다리를 앞으로 내팽개쳤다. 무언가 긁히는 듯한 금속성 소리가 들리고 수갑이 채워졌다. "아, 미안하지만 선글라스 좀 벗겨줘. 계속 쓰고 있으면 코가 간지러우니까."

그 말대로 다이치는 선명의 얼굴에서 보랏빛 선글라스를 조심스럽게 벗겨주었다. 그리고 바닥에 살짝 내려놓았다.

"죽일 거면 빨리 해줘. 힘든 게 죽는 것보다 싫으니까." 선명은 농담처럼 말했지만, 이제 정말 때가 가까워졌다는 생각에 갑자기 긴장했다. 지금까지 진심이든 정신안정을 위해서든 손목을 그었을 때는 스스로 한 행위니까 마음의 준비가 되어 있었다. 오늘은 다르다. 다른 사람의 손에 당하는 것이고, 게다가 확실한 결과를 원하는 다이치는 분명 봐주지 않을 것이다. 확실하게, 오늘 여기서 나는 죽는다. 그건 계속 바라던 일이었는데, 높아지는 심박수와 긴장 상태가 지금까지와는 완전히 달랐다. 웃는 얼굴이 굳어진 채 풀리지 않는다.

뒷짐을 진 채로 수갑이 채워져서, 일어나려면 파이프 의자째로 들어 올려야만 했다.

"로프를 사용하거나 하는 더 복잡한 방법이면, 정말로 범인이 그렇게 했을지 의심받을 테니까. 그 애는, 기지마 군은 그렇게 요령이 좋은 편이 아니거든."

다이치가 서 있는 방 입구 쪽을 바라보고 오른쪽부터 김태수, 양선명, 윤신의 순서다. 선명이 태수에게 다시 "저기, 형씨. '오늘 네가 나와 함께 낙원에 있으리라'라고 한 번만 말해줘요"라며 말을 걸었지만 역시 무시당했다. 쳐다보지도 않는다. "아쉽네." 선명은 혼잣말을 했다. "그렇게 말해준다면, 그런 대로 안심이 될 텐데."

휴대폰 화면을 보고 있던 다이치가 타이밍을 보고 있었던 듯 말했다.

"그럼 소개할게, 선명." 그러고는 서양식 문을 열었다. "내 파트너, 가시와기 아오이 씨."

선명은 눈을 부릅떴다. 당했다, 하는 생각이 들었다. 수갑을 채운 건 이 때문이었구나, 하고 바로 이해했다.

그 여성. 다이치의 파트너, 결혼 상대이자, 이름은 가시와기 아오이라고 하는 그녀는 배가 크게 부풀어 있었다. 아마 틀림없이 그 시기도 계산했겠지만, 금방 출산을 한다 해도 이상하지 않을 정도로 배가 나온 임신부였다. ……당했다. 이건 좋지 않다. 이건 최악이야.

"처음 뵙겠습니다, 양선명 씨. 다이치 씨에게 이야기는 많이 들었어요. 저는 가시와기 아오이라고 합니다. 잘 부탁드립니다."

최악이다. 가시와기 아오이라는 여자가 배가 나온 임신부라는 사실보다도, 선명은 처음 만나는 여성에 대해, 그게 누군가의 아내든 누군가의 딸이든 누군가의 어머니든, 우선은 '성적으로 끌리는가 아닌가'라는 기준으로 판단을 하는데, 그 생각이 전혀 작동하지 않았다. 어지간히 나이차가 나지 않으면 대부분의 여성에게 스스로도 어이가 없을 정도로 욕정을 느끼는데(드문 예외인 박이화도, 그건 그녀를 알아갈수록 그렇게 되었을 뿐이다), 이 여자는 처음부터 범주 밖에 있는, 지금껏 본 적 없는 '열외'였다. 다이치는, 그야말로 이화 씨가 놀릴 정도로 나 따위보다 훨씬 '사람 보는 눈'이 뛰어난 남자라고 생각했는데, 이건 대체 뭐야?

"아니, 이게 네 결혼 상대라고?" 선명은 무심코 질문 아닌 질문을 내뱉었다.

"무슨 소리야, 그게." 다이치는 쓴웃음을 지었다. "그래, 물론 그렇지."

아니, 이 여자에 비하면 너는 한참 약해, 깨달아, 도망가 빨리 이 여자한테서……. 그렇게 말하고 싶었지만, 그걸 말로 잘 표현할 수 없었다. 뭐야, 이 여자? 이 자신감? 이런 건 처음 본다.

특징적인 콧날, 아이처럼 앙증맞은 귓불, 전체적인 스타일은 나쁘지 않다. 유려한 턱 라인과 닿으면 차가울 것 같은 볼. 분명 에로틱하게 느껴져야 할 텐데, 머릿속에서는 오로지 '이 여자에게 다가가지 마!'라는 사이렌만 계속 울리고 있었다. 무엇보다 그 눈매…….

그래서 선명이 아오이에게 처음 한 질문은 이것이었다.

"당신 정말 일본인이야? 한국인의 피가 섞인 거 아냐?"

"뭐예요, 그게?" 아오이는 엷게 웃었다. "그런 질문을 하는 것, 그런 질문에 대답하려는 것의 허무함을 누구보다도 잘 알고 있는 게 선명 씨잖아요?" 그녀는 생기발랄한 목소리로 일축했다.

이윽고 선명은 아오이가 아니라 다이치를 향해 "너"라고 목소리를 짜내어, "최악이네"라고 말했다. "진심이야, 너? 얼마나 멍청한 거야, 너는."

"우선 말해두겠지만, 선명." 다이치는 선명의 반발을 얼마간 짐작한 듯 의사표시로써 아오이의 팔을 잡았다. "이 계획은 전부 그녀가 세운 거야. 아니, 딱히 책임 전가를 하려는 건 아니고, 사실이 그래. 아무리 나라도 여기까지는 계획할 수 없어. 생각은 하더라도 실행에 옮길 수 없었겠지."

"정말이에요, 선명 씨." 아오이의 목소리는 또렷했다. "이건 제 플랜이에요."

선명은 여전히 다이치에게서 시선을 떼지 못한 채 말했다.

"너, 그렇구나, 젊은 미망인과 어린아이를 남기고 죽어서, 그걸로 더 어필하려는 속셈이구나. 5년은 효과가 지속될 거라고 자신만만하게 말했던 것도, 그런 연출도 포함해서였나. 그래, 민사재판이니 뭐니 말했던 것도 그런 거였구나. 왜 더 빨리 눈치채지 못했지. 그런가, 민사재판인가. 누군가가 살아남지 않는다면 당연히 재판도 할 수 없겠지. 아무리 그래도 제정신이 아니야, 너희들."

"아니야, 선명." 다이치가 말했다.

"뭐가 아닌데."

"아니에요, 선명 씨." 아오이가 말했다. "오늘, 선명 씨와 함께 천국에 가는 사람은 저예요. 저랑……." 그리고 아오이는 자신의 배에 손을 올렸다. "이 아이가, 몇 시간 뒤에는 함께 천국에 갈 거예요."

묶여 있는 선명은 고개를 크게 흔들었다. 이를 부득부득 갈았다. 바닥을 몇 차례 쾅쾅 내리쳤다.

"최악이야! 상상 이상으로 최악이야. 왜 나는 이런 데 있는 거야!"

"샤론 테이트라는 미국의 여배우를 아세요?" 낭랑한 아오이의 목소리는 이 낡은 건물에 잘 울려 퍼졌다. "그녀는 살해당했어요. 찰스 맨슨이라는 남자와 남자의 추종자들에게."

무슨 소리를 하고 싶은 건데, 하는 적의를 품고 선명은 처음으로 아오이를 똑바로 쳐다보았다. 그러나 바로 시선을 피했다. 실수다, 선글라스를 쓰고 있었어야 했는데.

"샤론 테이트가, 그리고 찰스 맨슨이 지금까지도 범죄사에 찬란히 이름을 남기고 있는 건, 사건의 특이함과 처참함만이 아니라 그녀가, 샤론 테이트가 임신하고 있었기 때문이에요."

최소한의 의사 표현으로 선명은 소리 높여 혀를 찼다.

"물론 샤론 테이트가 유명인었다는 점도 있겠죠. 그래도 임신부는, 인류에게 충격을 주는 존재인 모양이에요. 성스러운 존재라고 생각하나 봐요, 선명 씨."

이 여자에게, 선명 씨라고 불리고 싶지 않다는 생각이 울컥 솟았다.

"선명 씨." 아오이가 말했다. "대중에게는 충격을 주어야 해요. 그것도, 알기 쉽고 소화하기 쉽게 이야기로 감싸서 주어야 해요. 여기 다이치 씨도 좀처럼 이해하기 어려워했지만, 대중에게 이기려고 들면 안 돼요, 오히려 기쁘게 만들어줘야 해요. 쇼크는 대중에게 기쁨, 희열이죠. 사람들이 뉴스 속보 알림음을 얼마나 기다리는지 몰라요."

"미쳤어. 완전히 미쳤어. 당신, 왜 이런 짓을 하는 거야? 순수 일본인이잖아? 재일 한국인을 위해 그렇게까지 할 의리가 없잖아."

"대중의 얼굴을 아세요? 저는 그걸 보고 싶지 않아요."

"뭐? 얼굴?"

"김마야 씨의 사건으로 분명해진 건, 결국 대중은 스스로의 죄책감에서 눈을 돌리고 싶어 하고, 게다가 그게 성공했다는 거예요. 세 명의 범인은 한편에서는 사상범으로서 영웅시되고, 혹은 멋대로 해석한 사람들에 의해 동정받고, 또 한편에서는 '사건의 진상은 재일의 자작극'이라는 그럴듯한 음모론이 유포되죠. 그 모든 것이, 어쩌면 자신도 마야 씨를 죽인 축에 속할지도 모른다고, 혹은 죽이고 싶어서 근질대던 마음이 사건으로 인해 폭로되었다고 느끼는, 그래서 죄의식과 현실감을 지우기 위해서 뭐든 이용하려는 대중의 방어기제예요. 우리는 잘못이 없다, 잘못한 건, 원인이 될 씨앗을 먼저 뿌린 건 너희들이다, 너도 잘못한 거다, 싫으면 나가라, 살해당한 것도 자업자득, 우리들이 하는 차별에는 확실하게 이유가 있다……. 견디기 어려운 현실에 직면하면 뇌는 도피수단으로써 다른 인격을 형성한다고 하는데, 도저히 현실을 직시할 수 없는 대중 역시 스스로의 죄의식과 차별 의식에서 도망치고 싶어서, 그게 정상이라고 믿지도 않으면서 다른 인격을 마련하는 거겠죠."

"당신도 다이치 못지않게 말이 빠르네."

"대중의 현실도피가 현대에서는 실제로 성공하고 있어요. 그렇다는 건, 앞으로도 비슷한 범죄가 일어날 테고, 증오 살인은 일본에서 평범한 광경이 되겠죠. '츠루하시에 트럭 몇 대 정도는 들이박는 게 애국자의 바른 자세'라는 댓글이 지금껏 삭제되지 않고, 그 계정주도 방임 상태인 게 일본 SNS의 현실이에요. 수십 명에서 수백 명이 말려드는 떠들썩한 사건이 일어나는 것도 당연히 비극이지만, 그에 못지않게 매년 혹은 몇 개월에 한 명씩, 한 명, 두 명, 다음에는 일가족, 이런 식으로 재일 한국인 출신이나 귀화한 사람들에게 차별을 이유로 한 살인이 일어나요. 이윽고 그게 일상이 되고 우리들도 익숙해지겠죠. 사람들도 그때마다 얼굴을 찌푸리기는 하지만 대중 속에 녹아들어 있는 한, 절대 자신의 가담이나 묵인의 죄를 인정하지는 않겠죠. 실제로 법률을 위반해 경찰에 체포되거나 재판에 출정하면 얘기가 달라져요. 속에 숨기고 있던 것이 까발려져서 백일하에 드러나버리면, 그때부터 그 사람은 대중이 아니게 돼요. 여기서 말하는 대중이란, 유명 무명의 차이가 아니에요. 엘리트층인지 아닌지의 차이도 아니에요. 기득권층이든 셀럽이든, 대중 속에 섞여 안전권 내에서 해악을 흩뿌리는 한은 역시 대중이고, 아주 가끔 끌려 나와서 대중이 아닌 개인의 모습이 되는 거죠. 그렇지만 그렇게 된 다음에는 의미가 없어요. 그때 그 알몸의 인간을 붙잡아서 규탄하고 사과시키고 단죄한들, 파급 효과는 전혀 기대할 수 없어요. 알몸의 개인은 그저 내쳐질 뿐이에요. 저 녀석은 나랑 달라, 저 녀석은 방법이 나빴어, 저 녀석은 성장환경이 좋지 않아, 저 녀석은 마이너해, 저 녀석은, 사실은 '재일'이라나 봐……. 그렇게 상식적 사회인의 가면을 쓰고 또 다른 증오 범죄가 일어나기를 내심 기대해요. 왜냐하면 대중은, 뉴스 속보의 알림음을 기대하고 있으니까요. 피와 축제의 소란스러움을 좋아하니까요. 대중은 잔혹하고 눈물샘을 자극하는 얄팍한 신파를 좋아하니까요."

"당신, 아오이 씨. 여기서 시시한 계획에 취해 있기보다는, 대학원이라도 가서 교수 같은 걸 목표로 삼는 게 좋을 것 같은데?"

"우리들이 여기서 움직이지 않으면, 그런 대중의 흐름은 멈추지 않아요. 혹시 멈춘다면, 그건 엄청난 대학살이 일어나거나, 전쟁에 졌을 때뿐이겠죠."

"그건 일본인에게 국한된 이야기는 아니지?"

"물론이죠. 일본인에게 한정된 이야기를 할 생각은 전혀 없어요."

"이제 됐어. 다이치, 담배가 피우고 싶어졌어."

다이치는 걸어가서 테이블 위에 놓여 있던 선명의 담뱃갑에서 담배 한 개비를 꺼내고, 라이터도 집어서 선명의 입에 담배를 물려주었다. 선명이 "수갑을 안 풀어주면 연기가 눈에 스며드는데"라고 말하는 걸 무시하고 불을 붙여주었다. 선명은 피우기 불편한 듯 한 모금, 또 한 모금씩 연기를 폐에 집어넣으려고 했다.

"나는 인정 못 해." 그렇게 말한 선명은 담배를 문 채로는 말하기 어려웠는지 퉷 하고 불이 붙은 채로 바닥에 뱉었다.

"나는 이제 싫어. 뭐가 계획이야, 뭐가 대중이야. 뭐가 '세상을 좋게 만든다'는 거야. 다이치, 나는 못 들었어. 그렇게, 임신부나 배 속의 아이까지 희생하는 일이라고는."

다이치는 선명이 버린 담뱃불을 발로 밟아 껐지만, 말은 없었다.

"뭐가 그렇게 마음에 안 드세요?" 대신 입을 연 것은 아오이였다. "남자들만의 계획이었다면 괜찮았겠어요?"

선명은 다이치를 똑바로 바라보며 "나는 다이치도 함께 저세상에 가주는 거라고 생각했는데" 하고 말을 던졌다.

"그런 반응을 보고 저는." 아오이는 자신의 볼을 어루만졌다.

"더 자신이 생겼어요. 감사해요, 선명 씨."

선명 씨라고 부르지 마, 하는 본능적인 혐오감이 들었다. 그래도 입 밖으로는 내지 않았다.

"남자만, 심지어 재일 한국인만, ……뭐 다이치 씨도 윤 씨도 아버님만 한국 분이기는 하지만, 역시 그건 별로 임팩트가 없어요. 그리고 죄송한 말이지만 김태수 씨 혼자의 존재가치로는, 대중을 그다지 흔들어놓지 못할 거라는 게 저희의 공통된 인식이에요. 기자회견이나 법정에 선 연사가 '한일 혼혈인 남편을 잃은, 어린아이가 딸린 젊은 일본인 아내'인 쪽이 쇼킹할지, 아니면 '순수한 일본인 아내와 그 배 속의 아이를 잃은 한일 혼혈인 남편'이 더 충격적이고 효과적일지, 이제 말하지 않아도 아시겠죠. 제물이 적으면 거센 파도도 가라앉지 않아요."

"제, 암리." 입을 연 건 김태수였다. 발음을 제대로 했는지 자신이 없었고 혀의 감각이 이상했다.

"맞아요." 이어받듯 아오이가 말했다. "인터넷에 유포된, 마야 씨의 의견이라는 글에 그런 의미의 말이 있었어요. '29명이 살해당한 제암리 교회 학살 사건을 일본 측은 교과서에도 싣지 않고, 하물며 거의 모든 일본인이 이 사건을 모른다니 이 무슨 비대칭인가. 그 학살 사건을 교훈으로 삼지 않겠다는 건 범죄적 방치와 다름없다.' 그래요, 정곡을 찌르는 글이죠. 그리고 역사는 반복돼요."

완전히 깨어나지 않은 태수는 아오이가 지금 말하는 것이 마야가 쓴 글 그대로인지는 정확히 기억나지 않는다. 그는 '우울의 표면'과 약의 효과가 옅어진 것을 다이치에게 호소했다. 다이치는 손이 뒤로 묶인 태수에게 약 몇 알을 먹여주었다. 물 대신 탄산이 빠진 콜라로. 선명의 "너 그 약 뭐야? 이름 알려줘"라는 질문에는 역시 대답하지 않는다. 어차피 이름을 모른다. 그건 윤신이 조달한 국내 미승인 약이었다.

"바보 같은 형씨. 최후의 순간까지 의식이 있는 상태로 확인할 수 있다는 게 자살의 묘미인데."

가벼운 말투지만 그건 태수도 확실하게 정신을 차리고 있기를 바라는 선명이, 달리 현명한 호소 방법을 찾지 못해서 대신 내뱉은 말이었다. 그러나 몇 초도 기다리지 못하고 눈과 입이 완전히 이완된 태수를 보고, 선명은 이런 계획이란 걸 알고서 참가한 것인지, 그에게 그걸 물었으면 좋았을 거라는 후회가 샘솟았다. 뉴스 기자회견에서 본 유명인, 기자회견에서 들은 독특한 낮은 목소리. 이 사람은 이걸로, 정말 괜찮은 걸까.

"대중의 얼굴을 보고 싶지 않다, 아까 그렇게 말했는데, 당신도 대중이잖아. 아니라고 생각하는 거야?" 그렇게 아오이에게 물은 것은, 자신의 결심이 확고해지기까지의 시간 벌기였다.

"아니요, 저 역시 대중의 일원이에요. 특히 여기서 삶의 어려움을 마주하지 않고 뒷일을 다이치 씨에게 넘긴 채 도망치려고 하니까, 저 역시 약하고 비겁한 대중의 일부예요. 인생에서 옳은 길은 단 하나. 어려운 길을 가는 거예요."

깊은 한숨을 쉬고 선명이 말했다.

"배 속 아이의 생명은? 그걸 빼앗을 권리가 누구에게 있어?" 선명은 슬슬 목이 말라 왔다. 발치에 둔 도자기 컵, 그 안의 위스키를 마시게 해달라고 다이치에게 부탁하고는 싶지만 그 타이밍을 알 수 없었다.

"참 이상하죠, 태어나지도 않은, 의식도 없는, 지성도 감정도 없는 이 생명 이전의 존재에 대해서, 어째서 사람들은 그렇게 과잉 반응을 하는 걸까요? 종교 따위 상관없이, 괜히 무언가 신비함을 느끼잖아요? 유모차를 미는 엄마보다 배가 나온 엄마를 공경하는 것처럼. 권리? 과연 태어나지도 않은 존재에게 권리 같은 게 있을까요?"

"당신의 배를 걷어찬 적도 있을 거 아냐. 그건 살아 있기 때문이야."

"뭐, 어디서부터가 생명이냐에 대한, 결론이 나지 않는 대화는 해봤자 소용없겠죠. 가장 중요한 건, 역시 이게." 아오이는 자신의 부푼 배를 쓰다듬었다. "무척 효과적이라는 것. 선명 씨조차 이렇게 과잉 반응을 보일 정도니까요."

선명이 다이치를 노려보았다.

"다이치, 너 저 사람을 사랑하지 않는 거야? 배 속 아이의 아버지잖아, 너는."

"이미 많이 이야기를 나눴어, 우리는."

"거짓말. 어차피 저 여자가 구워삶은 거겠지. 네가 지금껏 다른 사람들한테 했던 것처럼. 미친 남자가, 최후에는 더 미친 여자한테 세뇌되었네."

"이 길밖에 없어. 이렇게라도 하지 않으면 대중은 들으려고 하지 않을 거야."

참을 수 없이 목이 말라 왔다. 술을 마시고 싶다. 무심코 일어서려다 수갑 때문에 앞으로 고꾸라졌다. 왼쪽 발끝이 도자기 컵을 찼다. 그렇군, 의자까지 바닥에 고정되어 있는 건 아니라는 걸 새삼, ……그래.

걷어차인 낡은 도자기가 바닥을 굴러가다 벽에 부딪쳐 빙글빙글 흔들렸다. 안에 담긴 위스키가 쏟아져 나왔다. 아직 나는 완전히 자유를 빼앗긴 것은 아니었다. 그랬다.

이제 모든 것을 받아들인 듯 선명이 웃는 얼굴로 아오이에게 말했다.

"그건 그렇고, 아오이 씨. 나 계속 당신이 누군가를 닮았다고 생각했는데, 겨우 떠올랐어."

그는 목소리 톤이 바뀌어 즐거워 보이기까지 했다.

"초등학교 때, 우리 학교에서만 유행하던 '꼬리 아홉 달린 콘'이라는 강령술 놀이가 있었는데, 그 게임을 하던 한 여자애가, 점심시간에 갑자기 패닉 상태가 됐어. 고래고래 소리를 지르면서 온 교실을 돌아다니다가, 급기야 네발로 뛰어다니면서 반 친구를 물어뜯기 시작하는 거야. 다들 울부짖고 엄청난 소동이었지. 나도 어쩌다 그 자리에 있었는데, 이야, 그 애의 박력은 정말 장난 아니었어. 평소에는 엄청 수수하고 얌전하던 친구였는데, 네발로 뛰어다니는 속도도 보통이 아니었고, 으르렁거리는 소리도 그 애가 낸다고는 믿을 수 없이 짐승 같았고, 움직임이 멎었을 때 중얼거리는 주문 같은 것도 되는대로 내뱉는 것 같지 않아서, 정말로 저세상의 언어를 하고 있는 것 같았어."

아오이는 표정을 바꾸지 않고 계속 미소를 띤 채 팔짱을 낀 임신부의 자세였다.

"무슨 말을 하고 싶은 거냐면, 당신, 그때 여우한테 홀린 그 여자애랑 똑같아. 그런 말 들어본 적 없어? 당신, 나름대로 예쁜 미인이지만, 뭔가 끌림이 없거든. 당신이랑 섹스하고 싶다는 생각이 전혀 안 들어. 당신, 여우한테 홀린 사람 같다는 말 들어본 적 없어?"

"없는데요."

옆에서 듣고 있는 다이치는 알 수 있었다. 이럴 때 공연히 과장하면서 도발하는 것이 이 남자의 방식이다.

"아오이 씨, 당신은 학창 시절에 괴롭힘당하던 학생이었어? 아니면 괴롭히는 무리에 있었어?"

"어느 쪽도 아니에요." 아오이가 말했다.

"아니면, 그래, 다이치랑 사귀기 전에는 어떤 남자랑 만났어? 그건 진짜 궁금하네." 그렇게 말하며 의자를 흔들었다.

"그게 무슨 상관이야?" 끼어든 건 다이치였다.

"상관있지." 비웃듯이 말끝을 늘어뜨리며 선명이 말했다. "이를테면 아오이 씨 당신, 아까부터 거창한 논리를 늘어놓는데, 그렇게까지 생각하게 된 이유가 뭐야? 아니, 정치나 사회 문제 같은 건 신경 쓰지 말고, 평범하게 낳아. 평범하게 흔해빠진 가정을 이루고, 행복하게 멋대로 살아. 그렇게 정치를 하고 싶으면 가끔 데모에 참가하고 선거에 가고, 그 정도로 만족하며 살아. 뭐가 그렇게 진지한데? 대체 뭘 그렇게 정색하는 건데? 그렇게까지 깊이 빠져들게 된 이유가 뭐야? 대중, 대중 하면서, 시끄럽게. 무슨 트라우마가 있기에 그렇게 됐어? 응? 뭐라고 말 좀 해봐, 너희들. 반박해보라고."

"알기 쉬운 인과관계의 설명을 원하신다면……." 아오이가 말을 꺼내자 선명이 말했다.

"원하지 않는데. 아니, 원하는 건가?"

다이치는 선명에게 감탄하고 있었다. 선명에게 이런 마음이 든 것은 거의 처음이었는데, 대단하네, 라고 생각했다. 아오이의 이야기를 가로막다니. 아무것도 느끼지 못하니까 가능한 걸까, 그렇지만 이 남자가 그렇게 단순한 타입은 아닐 텐데, 그렇다면 느끼면서도 반항한다는 건데, 대체 무엇을 위한 반항일까.

"그건 그래, 인과관계의 설명 따위 대체로 신용할 수 없지. 맞아. 지금의 내가 있는 건 이런 과거가 있었기 때문이에요, 그런 단순한 이야기가 사실일 리가 없지. 세상 사람들이 잘 이해하도록 꾸며낸 것에 불과해. 그렇지. 그래도 아니야. 내가 바라는 건, 진실보다는 당신의 초이스. 자기소개를 할 때 어떤 과거를 고르는가, 과거를 이야기할 때 어떤 단어와 화법을 선택하는가. 나도 알아, 아오이 씨. 동기를 설명하는 것처럼 바보 같은 일은 없으니까. 순식간에 흥이 깨져버리지. 그래도 말이야, 그거야말로 내가 원하는 거야. 나는 당신의 흥을 깨뜨리고 싶어. 완벽한 인상만 남기고 떠나려고 하다니, 내 눈앞에서는 절대 그렇게 두지 않을 거야. 너희들한테 찬물을 끼얹고 싶어. 사방팔방에 물을 끼얹기 위해 태어난 거야, 나라는 남자는."

최악의 궁합일지도, 라고 다이치는 생각했다. 그런 예감이 있었으니 더더욱 오늘까지 만나게 하고 싶지 않았다. 압도적인 폭력을 행사할 수 있는 신 군도, 압도적인 경험이 있는 태수 씨도, 아오이 앞에서는 조금의 반발심도 겉으로 드러내지 않았다. 그런데 최약체의 남자가, 아까부터 제멋대로 굴고 있다.

"아오이 씨, 당신 기분 나빠. 눈 주변이 왠지 어두운 건 화장 때문인가? 아니면 다크서클? 다크서클이 원래 그렇게 깊게 생기는 건가? 아니면 혹시 약 같은 거 해?"

"안 해."

코웃음을 치며 즉시 대답한 것은 옆에 있던 다이치였다.

"아니, 뭔가 약물중독자의 눈빛이랑 비슷한데." "안 하고, 안 비슷해."

내 아내를 그런 식으로 매도해서 화가 난다, 라는 감정은 솔직히 들지 않았다. 그렇기는커녕 '내 아내'라는 감각이 다이치에게는 희박했다. 혼인신고서를 제출한 뒤로도 줄곧, 자신과의 사이에 아이가 생겼다는 사실을 알고 나서도 변함없이 그랬고, 그녀를 '파트너'라고 부르는 일에도 아직 거리감을 느꼈다.

"미인인데, 소름 끼치고 싸한 구석이 있어. 어떻게 자라면 평범한 여자가 그런 박력을 뿜어낼 수 있지? 당신, 헌팅당한 적 없지? 치한을 만난 적도 없지 않아?"

아오이와는 처음 시선을 교환했을 때부터 승패가 정해져 있었다. 그건 그야말로 승부였다. 교차점. 멀리서 걸어올 때부터, 나와 같은 부류가 있다, 심지어 꽤나 강한 녀석이다, 하는 센서가 우선 발동했고, 여자, 젊은 여자라는 걸 파악했고, 그리고 스쳐 지나가기 전부터 이미 마음속으로 항복해 있었다. 사람을 꿰뚫어보는 능력 같은 것에 내심 우쭐하던 마음이, 처음으로 이런 개성 따위 없었으면 좋았을 텐데 하고 원망스러웠다. 그 정도로 그녀에게는 굴복했다. 그녀는 나를 보고 시종일관 미소를 지었다. 지금처럼. 그녀는 한차례 연쇄살인을 끝낸 다음과 같은 분위기였다. 생활고도 없고 정신질환도 없고, 인생에서 절망한 것도 없고 지능이 극단적으로 낮은 것도 아닌데, 자기 의지로 연쇄살인을 아무렇지도 않게 수행할 수 있는 인간을, 실제로 처음 봤다. 그런 인물은 판타지나 역사상에만 존재한다고 생각했다. 그렇지만 나는 그녀를 발견했다. 아니, 내가 그녀에게 발견되고 말았다. 그 교차점에서 '저는 이쪽 방향인데요'라며 그녀가 나아갈 쪽을 가리키자, 내 목적지와는 반대였는데도 어느새 그대로 뒤돌아 그녀와 보조를 맞추고 있었다.

그녀에게 맞서는 선명.

"완벽한 인상. 결점이 없는 듯한 운문. 이긴 채 사라진 전설. 아오이 씨, 나는 당신이 싫어. 역겨울 정도로. 광고대행사 사람 같은 매끈한 얼굴. 어떻게든 카리스마적 존재로 보여야겠다는 듯한 그 눈매. 여우한테 홀린 주제에, 누굴 속이려고. 나는 말이야, 2 곱하기 2는 4 따위 엿이나 먹으라는 주의야. ……이렇게 말해도 모르려나. 이화 씨라면 이해했을 텐데, 뭐 됐어. 아무튼 나는, 히틀러 아저씨가 싫어. 그 녀석, 뭔가 완벽한 인상만 남기려고 고심하고 필사적이었잖아. 그리고 또 어느 정도는 목적을 달성한 것처럼 보이는 게 더 열받는단 말이지. 그렇지만 절대 아냐. 내가 보기에는 다들 한심한 인간이야. 아오이 씨 당신도, 내 앞에 선 이상 우아하게 빠져나갈 수 있으리라고는 생각하지 마. 당신도 어차피 결점투성이인, 손쓸 수 없는 콤플렉스나 과거를 짊어진, 나와 똑같은 인간일 테니까. 주위 사람들이 애써서 신비성을 유지해주는 텅 빈 존재일 뿐이라는 걸, 확실하게 자각하라고."

주위 사람들의 노력으로, 사실은 텅 빈 인간이 신비성을 유지한다. 그런 사례를 다이치는 한 사람 알고 있었는데, 바로 그의 아버지였다. 어머니, 조부모, 외동아들인 자신, 사무소 사람들, 고객, 매스컴 관계자 등등이 수십 년이나 애써서 아버지를, 지나칠 정도로 유능하고, 워커홀릭처럼 일하고, 돈도 잘 벌고, 스마트하게 놀고, 그러면서 훌륭한 가장이기까지 한 '완벽한 성공인상'으로 만들어내는 일에 부심한 것이다. 말하자면 합작 조각상이었는데, 정작 중심에 있는 조각상은 오로지 잘난 체만 하고 거만했다. 그리고 또 자신이 귀화한 전 재일 한국인이라는 사실을 숨기기에 급급했다.

아버지를 '불가침적 가장'으로 만들고 그 신비성의 유지에 누구보다도 꾸준한 노력을 쏟았던 어머니는, 마음고생 때문에 일찌감치 세상을 떴다. 나는 그곳에서 빠져나왔다, 생각하면서도 경제적 원조는 계속 받는 것은, 이용할 수 있을 만큼 아버지를 이용해주겠다는 복수의 의도였지만 실제로는 어땠을까. 단순히 방탕한 아들이라고밖에 생각되지 않았다.

"선명." 다이치가 말을 걸었다. "너는 모르는 건지, 아니면 일부러 모르는 척하려는 건지 모르겠지만, 특별한 인간은 있어. 한 꺼풀 벗기면 다 똑같은 인간이란 것도 하나의 진실이겠지만, 같은 인간이라도 대단한 사람은 있어. 이를테면 아렌트의 '악의 평범성', 아이히만 말인데, 그 담당 과장은 역시 평범한 과장이 아니야. 영상, 본 적 있지? 흑백으로 된, 재판에서 질문에 대답하는 장면. 그걸 보고 넌 정말로 아이히만이 '평범'하다고 느꼈어? 아니, 말도 안 돼. 녀석은 평범하지 않아. 자신의 이익이 되는 것이라면, 자신의 신념에 걸맞은 것이라면, 자신의 위치를 지키기 위해서라면, 수백만 명의 생명을 사지로 보내는 일조차 주저하지 않는 인간. 평범할 리가 없지. 따라서 네가 말하는 '다 똑같은 인간'도 틀린 건 아니지만, 그것만이 진실은 아니야."

"그럼 네 아내가, 그러니까 '평범하지 않은 악'이라고? 아이히만이라고?"

"그런 말은 안 했는데."

"그래도 내가 보기엔 아이히만도, 영상도 봤지만 딱히 특별해 보이지는 않았는데. 현대에도 흔히 있는 융통성 없고 자기 보신만 하려는 그냥 완고한 관료. 평범한 사람이야."

어쨌든, 이라는 듯 어깨를 으쓱하는 다이치.

"알겠어. 이제 됐어, 그만해."

갑자기 무언가 떠오른 듯 선명이 말했다.

"아, 다이치, 내 싸움의 연패 기록, 얼마나 됐을 것 같아?"

그렇게 말하자마자 선명은 수갑째로 의자를 들어 올려 일어섰다. 출구 쪽인지 다이치 쪽인지를 향해 낮은 자세로 달리려 했지만 두 발짝도 가지 못한 채 옆의 윤신이—그도 마찬가지로 의자에 수갑으로 묶인 채였는데—미끄러지듯 발로 휘감았다. 선명이 넘어지자 윤신은 그대로 뒷굽으로 선명의 턱을 내리쳤다. 다시 한번 내리쳤다. 그때 이미 선명은 의식을 잃었을 것이다.

때가 됐다. 다이치는 윤신에게서 조달받은 봉형 스턴건을 책상에서 꺼내어 길게 늘이고는 선명의 어깻죽지에 가져다 댔다. 윤신이 잽싸게 몸을 떼는 것을 보고 스위치를 눌렀다. 저도 모르게 손을 떼고 싶어질 정도로 선명은 심하게 경련했다. 그래도 이걸 시험해볼 수 있어서 다행이다. 시험해보고 싶어서 그를 도발했다고도 할 수 있고—그것까지 감식에서 밝혀질지는 모르겠지만—누군가의 시체에 전기충격의 흔적을 남기고 싶기도 했다.

이렇게 선명이 바라던 '자살의 묘미'를 빼앗고 말았다. 그와의 마지막 인사도 나누지 못한 채, 이렇게 끝이다. 바닥에는 그의 선글라스가 찌그러진 채 깨져 있었다.

기지마에게서 연락이 왔다. 선명과 비슷하게 약속 시간에 늦곤 하는 그이지만, 오늘은 절대로 늦지 말라고 거의 폭력적일 정도로 엄포를 놓았다. 그에게 훔치게 한 물건도 마찬가지다.

건물의 유일한 감시카메라가 필로티에 있다. 필로티라고 해봤자 단순히 지붕이 있는 좁은 통로였는데, 다이치가 기둥 쪽에 서서 기다리고 있자니 역에서부터 여기까지 달려온 듯 서서히 모습을 드러내는 남자. 흔들리는 작은 그림자. 기지마 나리토시다.

정장 차림이었다. 정장을 입어야 해, 하고 다이치는 말해두었다. 큼직한 골프 가방을 메고 있다. 웃는 얼굴이었다. 멀리서 다이치의 모습을 발견하고 안심했기 때문이다. 그러나 사정을 모르는 사람의 눈에는 그 웃는 얼굴이 무척 기분 나쁘게, 자못 미친 사람처럼 보일 것이다. 부지 내에 들어와서 필로티를 향해 다가오는 모습. 카메라의 범위에 확실하게 들어왔을 것이다.

"기다려." 다이치가 양손을 들었다. 소리가 없는 카메라 화면으로는 "그만둬"처럼도 보일 것이다. 양손으로 막는 듯한 포즈를 한 채 다이치는 기지마에게 사전에 부탁해두었던, 제국복고당 당대표가 아끼는 일본도를 꺼내도록 시켰다. 행사와 당 선전 동영상 등에서 종종 자랑하던 검이다. 당대표 방의 열쇠만 손에 넣으면 간단하게 가지고 나올 수 있을 정도로 보안이 허술한 '비장의 명검'이었는데, 짝을 이루는 짧은 검도 함께 가지고 나오게 했다. 실제로는 쓰기 편리한 짧은 검을 쓰게 되겠지만 일단 확인해본 것인데, 기지마는 "네, 가져왔어요"라며 생기발랄하게 골프 가방을 열어 보였다. 오늘 밤까지 수도 없이 다짐을 받아두기는 했지만 얼빠진 구석이 많은 기지마가 약속을 어기지 않고, 당대표의 방에서 검 두 자루를 훔쳐 온다는 그로서는 어려운 일을 제대로 수행해준 점이, 반년 넘는 기간을 긴밀하게 지내온 다이치에게는 약간 도착적인 감동을 안겨주었다.

일단은 카메라를 등지고 섰다. 기지마가 칼집에서 뺀 칼날을 본 뒤, 살짝 고개를 끄덕이고는 약간 과장될 정도로 뒷걸음질을 했다. 놀라는 연기를 하며 손으로 입을 막은 채, "짧은 칼도 보여주세요"라고 재촉했는데, 요령이 없는 기지마는 긴 칼을 일단 땅에 내려놓지도 않고, 그 또한 귀중할 터인 칼집을 던져버렸다. 그리고 짧은 칼을 꺼내 들었다. 짧은 칼을 칼집에서 뺄 때는 긴 칼을 땅에 내려놓았다. 그리고 역시 짧은 칼의 칼집도 던져버렸다. 그 일련의 동작을 확인한 뒤 다이치는 등을 돌리고 뛰어서 그대로 카메라의 시야에서 모습을 감췄다. 그리고 시야 바깥에서 소리쳤다.

"기지마 씨, 빨리 와요! 뛰어요!"

영문도 모른 채, 그러나 기쁜 듯이 흥분해서, 그러니까 카메라에 이빨을 보이면서 기지마는 검을 양손에 들고 다이치를 따라 달렸다. 두 자루의 칼집이 건물 바깥에 버려진 것은 우연이지만 괜찮은 상황이다. 그 증거는 불타지 않고 그곳에 남을 것이다.

건물 안에는 카메라가 없다. 문을 열었다. 뒷짐을 진 채 의자에 수갑이 채워진 세 남자의 모습을, 그때 기지마는 봤다. 그는 유희를 갑자기 중단당한 아이의 표정이었다. 뭐가 어떻게 된 건지 금방 파악하지 못하는 것처럼 보였다. 당연하다. 세 남자 중 한 사람은 바닥에 쓰러져 눈도 풀려 있다. 방 안쪽에는 여성도 있다. 심지어 임신한 것 같다. 이런 이야기는 듣지 못했으니까.

다이치의 한쪽 부모가 재일 한국인이라는 것을 모르는, 하물며 재일 한국인을 위한 조직의 멤버라는 사실을 모르는 기지마가, 오늘 다이치에 의해 이곳에 불려나온 이유는 이렇다. 무언가 수상한 집회를 정기적으로 여는 재일 한국인 단체가 있는 것 같다. 일본도로 그들에게 살짝 겁을 주자. 이제 이런 반일 행위를 하지 말라고(집회를 여는 것이 구체적으로 어떻게 '반일 행위'인지 기지마는 알 수 없었지만) 주의를 주자. 설교를 해주자. 그들은 겁을 먹고 두 번 다시 모임을 갖지 않을 것이다. 그러면 끝이다. "아무도 다치지 않아요"라고 다이치는 기지마에게 말했었다.

"물론 기지마 씨가 그들을 다치게 하고 싶다면 이야기는 달라지지만요."

무슨 말을 하고 싶은 건지 모르겠다는 표정을, 그때 기지마는 지었다.

"조선인을 이 세상에서 구축하고 싶잖아요?"

그렇게 물었다. 그가 구축驅逐의 의미를 모를 수도 있다는 생각에 다시 말했다.

"조선인이 싫죠? 다들 죽이고 싶죠? 어때요?"

지금까지도 그렇게 떠본 적이 한두 번이 아니었는데, 말하자면 그에게 "네, 죽이고 싶어요"라는 긍정의 대답을 듣고 싶었던 것이다. 그럼에도 불구하고 마지막까지 이루어지지 못했다. 오히려 최근의 기지마는, 그의 부모나 남동생이나 여동생 모두가 "요즘 좀 변했네"라고 입을 모아 칭찬한다며 자랑스러워했다. 이것도 다이치의 덕분이라고 하지만 그런 것은 노리던 효과가 아니었다. 그와 가까워지기 위해서 어쩔 수 없었다고는 하나, 만나던 초반에는 확실히 눈빛도 사납고 과격한 사상도 순순히 입에 올리고, 소속 당을 위해서라면 폭력도 불사할 것 같은 사람이었는데, 다이치가 보여준 친밀함이 그를 바꾸어버렸다. 이제는 정치적인 이야기도 좋아하지 않게 되었다.

그러나 이미 늦었다. 늦었다기보다 오히려 타이밍이 잘 맞았다, 라고 해야 할까. 그가 제국복고당에서 나오고 싶다는 말이라도 꺼냈다면 계획은 중지해야만 했을 것이다.

앞으로 끌려갈 경찰과 법정에서, 다이치(그리고 아오이)가 미리 생각한 대답은 이렇다. 재일 한국인 증오가 만연한 오늘날에는, 이미 계몽운동은 어렵다. 정치나 교육 분야에서는 물론, 인터넷에서도 압도적인 숫자의 증오 댓글 앞에 고꾸라질 뿐이다. 희망을 찾을 수 있는 것은 개인과 개인의 따뜻한 연결뿐이며, 첫 시도로서 제국복고당에 소속된 기지마 나리토시를 점찍었다. 우연이다. 한 영화 상영회에서 어쩌다 만났기 때문이다. 천천히 시간을 들여 커뮤니케이션을 하다 보니 이 계몽 방법도 효과가 있다고 생각되었고, 그래서 다이치 일행은 그를 크리스마스 파티에 초대했다. 그러나 그가 양손에 쥐고 있던 것은 두 자루의 검이었다. 임신한 가시와기 아오이를 인질로 잡힌 것이 패인이었다. 남자들은 차례로 뒷짐을 진 채 의자에 수갑이 채워졌다. 참고로 수갑 (넉넉하게) 다섯 개와 미국제 최신 스턴건 하나를 인터넷 쇼핑으로 구입한 기록이 기지마의 로그인 이력으로 확실하게 남아 있다. 다음 달이 되면 청구 금액을 보고 기지마가 의심했겠지만, 아무튼 그러한 온라인 결제 사기 방법을 알려준 것은 윤신이었다.

나아가서는 범행 성명 비슷한 것도 기지마의 자택 컴퓨터에 남아 있을 텐데, 그것은 다이치가 다음과 같이 유도했다.

"기지마 씨의 격문이나 에세이 같은 걸 모아서, 언젠가 자비 출판을 하면 좋을 것 같아요. 정말로 문장이 느낌 있어요. 학교 공부와는 별도로, 진짜 머리가 좋은 게 느껴져요. 절 믿으세요. 비용은 제가 어떻게든 할 테니까, 그냥 이것도 아무한테도 말하지 말고 비밀로 해주세요. 누군가한테 말하는 순간 저는 더 이상 기지마 씨와 만날 수 없게 돼요. 저는 기지마 씨의 글을 꼭 책으로 만들고 싶네요."

방에 세 남자가 앉은 채로 수갑이 채워진 모습을 보고, 기지마는 순간적으로 무슨 생각을 했을까. 그건 이제 다이치는 알 수 없다. 한 남자는 바닥에 엎드려 있고, 의식도 없어 보이고, 게다가 한눈에 봐도 배가 나온 임신부가, 여유로운 표정으로 방 안쪽에서 자신을 보며 미소 짓고 있다. 낡아 보이는 머그컵으로 홍차인지 커피인지를 마시고 있다.

다이치가 "기지마 씨"라고 부르자 돌아본 기지마의 얼굴에, 어쩌면 오늘 이 상황이 서프라이즈 크리스마스 파티가 아닐까 기대한 듯한 복잡한 빛이 떠올랐다. 다음 순간 다이치는 그의 가슴에 스턴건을 갖다 댔다. 최대치의 전력에 그의 몸이 튕겨나갔고 바닥에 쓰러져 심하게 경련했다. 즉사일까. 어찌됐든 지금부터는 느긋하게 있을 수 없다. 다이치 스스로 느끼는 마음속 긴장의 시간제한도 있었다. 나는 정말로 나약하구나, 하고 다이치는 계획을 세운 뒤로 몇 번째인지 모를 자신감 상실을 다시 한번 느꼈다. 아오이가 웃고 있었다. 기지마가 여기까지 가지고 와준 검을 손에 들었다. 이게 사실은 들지 않는 무딘 칼이라면, 그때도 또 다른 플랜이 있었지만, 실패를 상정해서 겹겹이 준비한 플랜이 이제 와서 원망스러웠다. 더 이상 되돌릴 여지가 없다.

순서를 어떻게 하지? 아직 숨이 끊어지지 않은 선명이 먼저일까, 이미 쇼크사했을 가능성이 높은 기지마를 찌르는 게 먼저일까. 신 군은, 이미 광석으로 변한 것처럼 미동도 없다. 태수 씨는 앱과 약기운 탓인지 계속 정신을 못 차리는 것처럼 보였는데, 그렇다고 그가 가장 죽이기 쉬운가 하면 그렇지도 않다. 혼란스럽다. 이런 건 미리 정해두면 좋았을 텐데. 아오이와 배 속의 아이가 역시 마지막이 되겠지만, 이 순간까지 내가 스스로에게 계속 질문하던 '정말로 내가 이걸 할 수 있을까?'에 대한 답이 지금, 현실이 되는 것이다.

"다이치 씨라면 할 수 있어." 아오이가 말했다.

시간이 없다. 그리고 이미, 칼날은 눈앞에서 빛나고 있다. 묵직했다.

"사람이 도저히 할 수 없을 것 같은 일을, 우리는 해야만 해."

다이치의 호흡이 거칠어졌다.

"녀석들의 이야기를 옆에서 살짝 바꿔놓는 거야."

다이치는 가쁜 숨을 몰아쉬며, 바닥에 의자째로 쓰러져 의식이 없는, 그러나 아직 숨이 붙어 있는 선명을 내려다보았다. 눈물이 차올라 콧속이 찡해지는 것이 느껴졌는데, 이런 감각이 몇 년 만인지. 칼끝을 선명의 목의 경동맥으로 향했다. 칼날을 댔다.

"그렇지만, 그들을 계몽하려고 하거나, 끝내 이기려고 해서는 안 돼."

그녀가 자주 하던 이야기를 다시 반복하며 내게 행동을 촉구하고 있었다. 그녀의 말과 목소리에는 그런 '힘'이 있다.

"그들은 항상 이렇게 가슴을 치면서 '아아, 우리들은 이제 두 번 다시 이런 역사를 반복하지 않겠습니다'라고 울부짖으며 소란을 피우고는, 지겨워지면 또 같은 역사를 반복하지. 또 울부짖고, 또 반복해. 그야말로 따분하지 않아? 세련된 것과는 거리가 멀지. 장황하고 자기 긍정에 넘쳐서, 따분해."

누구나 특별하다, 라고 다이치는 생각한다. 경동맥이 베이기 직전인 선명만 해도—손쓸 수 없는 최악의 쓰레기였지만—내가 아는 사람 중에 가장 '제대로 된 녀석'이었다. 그 점에 대해서는 그에게 진심에서 우러나온 말을 했다. 전할 수 있어서 다행이다, 라고 생각했다. 눈물이 멈추지 않고, 콧물이 멈추지 않았다. 호흡을 조절할 수가 없었다.

"다이치 씨, 우리는 슬쩍 대중의 의표를 찌르는 거야. 그들이 상상하지도 못한 일을 하는 거야. 그것도 아주 조금만 비튼 신선한 이야기를."

아오이가 딱히 인간 이상의 존재인 것은 아니다. 그녀 또한 같은 말을 반복하곤 한다. 그녀 또한 말에서 완전히 자유롭지 않다. 선명이 주장하는 '다들 똑같은, 하찮은 인간이다'라는 건조한 사실과, 내가 지금 느끼고 있는 '누구나 특별하다'라는 환희에 가까운 생각은, 그렇게 거리가 먼 것일까. ……아니, 인간은 누구나 겉과 속이 다른 존재라든가, 세상의 진리는 음양이라는, 그런 말은 아직 하지 않겠다. 모든 것을 운명론으로 귀결시키는 일은 아직 삼가자. 차별 문제에는, 아무튼 안이한 길로 도망치지 말자. 눈을 돌리지 말고, 촉각을 곤두세우자. 고통을 더 견디자. 끊임없이 밖으로 나가서 공포심을 극복하자. 관용의 정신을 믿을 수 없을 만큼 높이 비상시키자. 그렇게…… 차별에 맞서는 길은, 죽지 않는 것 아닐까? 어쩌면, 아무도 죽게 내버려두지 않는 것 아닐까?

아오이가 말했다.

"그리고 그걸 할 수 있는 건 내가 아니야." 그리고 배를 쓰다듬으며 고개를 저었다. "이 아이도 아니지. 틀에서 조금 벗어난, 신선한 이야기를 만들 수 있는 건 다이치 씨뿐이야."

공터의 모서리 땅에 서 있는, '친일파 한국인'이 설계한 콘크리트로 된 2층짜리 전후 모더니즘 건축물. 내부가 잘 타고 있다. 흰색으로, 복숭아색으로, 금색으로, 직시하면 눈이 타버릴 것 같은 빛이 1층 창에서 뿜어져 나오고, 다음으로 2층에서도 파열음이 울리고, 창문이 깨지면서 역시 색색의 광휘를 발한다.

이렇게 불꽃놀이처럼 터질 거라고는, 신 군은 말해주지 않았다. 화려함, 떠들썩함, 아름다움이 덧없다. 목재가 타는 소리, 터지는 소리. 화학 변화 같은 이상한 냄새도 풍겨서, 올려다보던 다이치도 눈이 아파 왔다. 불똥이 바로 가까이까지 떨어졌다. 혹시 모를 사법해부를 방해하기 위한, 그러니까 시체를 잘 불태우기 위한 착화제의 조달 등 마지막 순간까지 신 군의 도움이 컸다.

건물에서 멀리 떨어졌다. 공터 끝에서 주저앉았다. 경찰과 소방서에 연락을 했다. 아버지에게 한 연락은 부재중으로 넘어가서 다행이다. 설명이 필요한 그와의 긴 대화는, 지금 정신으로는 견딜 수 없을 것 같았다. 그대로 누웠다. 무척 피로했다. 땅이 차갑다. 화재의 열이 몸 왼쪽으로 느껴졌지만, 땅의 차가움을 녹일 정도는 아니었다. 올겨울은 따뜻하다지만, 코트를 입고 나와서 다행이었다. 말하자면, 당황함을 연출하기 위해 일부러 코트를 입지 않는다, 라는 쓸데없는 짓을 하지 않길 잘했다. 코트에 튄 피는 기지마의 것이다.

너무 피곤하다. 하늘을 보고 누웠다. 활활 타오르는 건물에서 자연스럽게 시선을 돌리게 되었는데, 이제 지켜보아야 할 것은 아무것도 없을 것이다.

밤하늘. 크리스마스이브의 밤. 이제 곧 근처 주민들이 모일 것이다. 아니면 이미 나와서 쓰러져 있는 나를 발견했을까.

이윽고 올려다보고 있는 밤하늘에 자잘한 재가 흩뿌려졌다. 불탄 종이 파편이 흩날리는 것까지 시야에 들어왔다. 불똥은 여기까지 도달할까. 내게 어느 정도 화상을 입게 해준다면, 그건 그것대로 좋을 것 같은데. 혹은 그 이상의 일이 일어나도 좋을지 모른다. 아무튼 지쳤다. 엄청나게 지쳤다. 끊임없이 울리는 터지는 소리. 이 악취도, 몇 시간 후에는 맡지 못하게 된다니. 아니면 평생 후각의 기억으로 비강에 남게 될까.

땅이 차갑다. 등부터 얼어붙는다. 몸의 표면은 열을 느끼고 있다. 이대로 여기서 잠들 수도 없겠지만, 의식을 잃을 수 있다면, 그때는 푹 잠들 수 있을지도 모른다.

모두가 여기서 죽을 필요가 있었다.

"정말 그럴까?"

다이치는 고개를 흔들었다. 눈을 감았다. 지쳤다. 이제 정말 지쳤다.

가시와기 다이치

도쿄도

3월 18일

호텔 생활은 묘하게 마음이 차분해진다. 이곳이 진짜 우리 집이 아니라서 그런 것인지, 그렇다면 '우리 집'이 내게 그렇게까지 편안한 공간은 아니었다는 뜻인지. 그러나 가시와기 다이치는 그런 질문에 의식을 집중시키지 않는다.

잠시 후면 아버지가 마중을 온다. "도쿄에 왔을 때 정도는 본가에 묵으면 좋을 텐데"라는 새어머니의 말에 다이치의 대답은 "기분 전환이 되니까요"였다. 젊은 새어머니의 미안하다는 듯한 태도에도 그다지 반응하지 않았다. 당신이 특별히 좋은 것도 싫은 것도 아니야, 나는 신경 쓰지 말고 살면 돼, 라는 뜻을 그녀에게 부드럽게 전달할 기술을 다이치는 모른다.

한 호텔 방에서, 제국복고당을 상대로 한 민사재판의 첫 공판을 준비한다. 행거에 걸린 양복을 뒤집어서 보풀이나 먼지가 없는지 확인했다.

텔레비전은 틀어둔 채였다. 인터넷 방송국의 뉴스는, 원래대로라면 우리들의 첫 공판을 다뤄야 할 텐데, 그러지 않았다. 그것이 다이치를 초조하게 만드는 원인이었다.

'서아프리카 자위대 습격 사건' 이후 두 번째 한일정상회담 개최에 대하여, 모든 방송국이 서울에서의 중계 화면을 가끔 넣어가며 성대하게 축하하는 듯한 논조로 보도하고 있었다.

자위대의 사망자가 12명이나 나온 '서아프리카 자위대 습격 사건'. 그 지역에 유엔군이 아닌 '미국 주도의 유지 연합'으로서, 비교적 안전성이 보장되지 않은 작전에 자위대가 동원된 것이 애초의 발단이었다. 법률 개정의 결과다. 그러나 같은 국내법상의 제약으로 경무장을 할 수밖에 없었는데, 그 상태로 현지 무장 집단의 대규모 습격을 받고 말았다.

급습을 당한 자위대를 원조하러 달려온 한국군과 덴마크군의 희생자 수가 자위대의 희생자를 뛰어넘는 22명(그중 덴마크군이 여성을 포함한 3명)이라는 것이, 사건의 전말이다. 사건 보도 초기에 일본 측은 우선 당연하게도 자국 희생자를 깊이 애도하고 다음으로 덴마크군의 희생을 칭송하는 데 그쳤으나, 이윽고 미디어에서는 한국군 희생자에 대해서도 보도하게 되었다. 희생의 슬픔보다도, 습격해 온 과격파 이슬람 조직의 사망자가 100명을 넘는다는 전투의 공로를 자랑하고 싶어 하는 측면이 있었다고는 해도.

어쨌든 이를 계기로, 자위대 파병 현지에서는 어떻게 사건 전부터 일상적으로 한일 교류가 이루어졌는가 하는 것이 보도되었고, 그 가운데 가족을 잃은 세 나라 유족의 교류가 성사되었다.

그리고 몇 년 만에 열리는 한일정상회담(우선은 도쿄에서 개최)까지가, 마치 이미 정해진 수순처럼 매끄럽게 흘러갔다.

'아이러니'라는 말을 다이치는 떠올리고 싶지도 않다. 매일 의식적으로 그 말을 배제하려고 분투하기도 했다. '서아프리카 자위대 습격 사건'은, 다이치가 아내와 아이를 잃은 다음 달, 정확히 말하면 2주하고 며칠밖에 지나지 않은 시점에 일어났다.

넥타이핀과 커프스를 새로 맞췄다. 손목시계도 스포츠 타입이 아닌 것, 지갑도 체인 같은 게 달리지 않은 것, 신발도 운동화가 아닌 가죽 구두다. 그것들은 전부 젊은 새어머니가 준비해준 것이었는데, 물론 그녀는 그렇게 밀어붙이는 성격이 아니니, 배후에는 아버지의 뜻이 있는 것 같았다. 다이치는 그 사실에 대해서는 아무 말도 하지 않았다. 이 건에서 아버지는 옳다. 반론할 마음도 없다.

호텔에서 읽을 수 있는 각 신문사의 조간, 인터넷에서 구독할 수 있는 주간지의 사설과 기사를 읽었다.

'급속한 한일 해빙 무드'

'34명의 희생을 허무하게 만들지 않도록, 새로운 세대의 국제 공헌과 세계 평화를'

'언제까지 동북아시아의 한구석에 집착할 것인가? 싸움의 무대는 이제 전 세계다!'

'SNS상에서 헤이트를 반복하던 계정이 차례로 활동을 멈추고 있는 현상을 아는가? 본지 취재반은 당의 하청으로 하루 종일 인터넷에 붙어 있었다고 말하는 내부고발자와 접촉에 성공했다. 그가

말하는 그 하찮은 실태, 임기응변적이고 이념 없는 정치 전략, 최저임금에도 미치지 못하는 시급과, 헛웃음이 나오는 노동환경. 독자 여러분은 과연, 이렇게 유치하고 궁상맞은 하청 그룹이 일본의 여론을 유도하고 있었다는 사실을 믿을 수 있을까?'

자위대와 한국군과 덴마크군의 공동 전투가, 세 나라가 공동 출자한 대규모 예산으로 영화화될 것이라는 정보도 있었다.

그 계획 이후, 그리고 서아프리카 습격 사건 이후 달리 눈에 띄는 재일 한국인 관련 뉴스라고 한다면, 김마야 씨를 강간하고 죽인 일본인 세 명이 저마다 같은 날 거의 같은 시간에, 같은 형무소에 있던 재일 한국인들에게 찔려 죽고, 목 졸려 죽고, 떨어져 죽었다는 것이다. 이 사건의 범인 세 명은 '어차피 형기가 끝나면 강제송환되는데, 지킬 수 있는 정의는 지키고 싶었다'며 변호사에게 동기를 밝혔다.

그러나 그것도 한일 해빙 무드의 열풍 앞에서는 사소한 역풍도 되지 않았다. 다루기 까다로운 이 사건에 대해 매스컴은 속보나 상세 보도를 하지 않았고, 또 엄벌을 지향하는 인터넷 여론은 '오히려 살처분해주니까 좋네'라든가 '덕분에 혈세가 절약됐어'라는 무관심에 가까운 허용론이 대부분이었다.

'무드'는 좋다. 그걸 위해서 다이치 일행도 싸워온 것이라고 할 수 있지만, 재판을 앞둔 이 시점에서 '간신히 찾아온 한일 우호 무드'라니, 어떻게 받아들이면 좋을까.

사건 이후, 다이치가 도쿄에서 이주해 한동안 생활하고 있는 오사카 츠루하시는 현재, 다른 지역에서 찾아온 일본인 관광객도 늘었고 교류 이벤트도 성황이다. 다들 대놓고는 말하지 않지만 '피해자 의식을 너무 전면에 내세우지 말라'며 눈치를 주는 분위기다. 그건 상관없다, 차별을 멈추게 하는 것이 원래의 목적이었으니까.

그렇다고 해도, 이 상황은 대체 뭐란 말인가. 그에 대해 이야기 나눌 상대도 이제 없다.

텔레비전에서 흘러나오는 서울의 중계방송에서는, 세계적으로 유명한 보이그룹의 퍼포먼스를, 일본 총리가 일어서서 손뼉을 치며 관람하고 있었다.

자신들의 희생은 과연 세계를 바꾸는 일에 어느 정도 공헌했을까. 제국복고당을 거의 궤멸시켰다는 사실은 다이치를 그리 위로해주지 않는다. 그들의 희생이 없었더라도 서아프리카 습격 사건의 여파, 혹은 그 후에 발각된 당대표의 성추행 문제나 당 요직 의원이 뇌물을 요구하는 음성이 공개된 사건 등에 의한 불신감이 지지율을 크게 떨어뜨렸기에, 자멸은 필연적인 흐름이었을 것이다.

'신당 일본을 사랑하는가를 물어라'의 당대표 가미지마 신페이가 조만간 정계를 떠날 것이라는 조짐은 계획 실행 전부터 은연중에 다이치에게도, 아오이에게도 보였을 터였다. 그런데도 기다리려고 하지 않았다. 왜일까. 이제 와서는 다이치도 일시적인 시야 협착, 조급증이었다고밖에 생각되지 않는다. 대체 왜 그렇게 됐을까.

가미지마 신페이는 정계에 등장했을 때부터 어딘지 모르게 나르시시즘 성향이 현저했고, 그 점이 또 인기 요인이기도 했는데, 이윽고 그의 자기애와 결벽에 가까운 철학, 그리고 같은 당내의 사람들에게도 가차 없는 언동이 일부(그러나 결코 소수는 아닌) 맹신자를 제외한 이들로부터 고립을 초래했고, 그 역시 일부의 맹신자와 함께하는 걸 제외하면 외딴 섬으로 도망치기를 바랐던 것 같기도 했다. 서아프리카 습격 사건 이후 첫 한일정상회담에 대해서 코멘트를 요청받았을 때, 그는 얼마간 기존의 한국 정부 비판을 반복한 뒤, 마지막 질문에 대답하는 형태로 이렇게 내뱉었다.

"그러나 제 역할은 여기서 끝났다고, 그렇게 느껴지기도 합니다. 저는 오늘부로 '신당 일본을 사랑하는가를 물어라'의 대표직을 사임하고, 동시에 의원직도 내려놓겠습니다. 두 번 다시 피선거권을 행사하지 않겠습니다. 어떤 선거에도 결코 입후보하지 않겠습니다. 저는 이제 일본에는 아무런 기대가 없습니다. 동북아시아에는 아무런 기대가 없습니다. 저는 아직 맑은 영혼이 남아 있는 동남아시아로 이주할 것입니다."

카메라의 연사 플래시. 기자들의 다급한 질문.

"일본을 사랑한다는 건 거짓이었습니까?"

이 질문에만 가미지마는 대답했다.

"너무 깊이 사랑했기 때문에 더욱 타격이 큽니다."

밀려드는 기자들 사이를 헤치고 가미지마는 그 자리에서 사라졌는데, 그가 무대에서 완전히 사라졌다고는 할 수 없다. 지금은 가끔 텔레비전 특별방송에 출연해서 정국에 대한 코멘트를 하거나 인생 상담 코너에서 답변을 하거나, 동남아시아에서 파트너와 함께하는 생활을 공개하거나 한다. 혹은 거액의 개런티를 받고 강연회에 나선다. 혹은 사진집을 내거나 자작곡을 발표하는 등, 정체불명의 셀럽으로 가미지마는 완전히 변신했다.

중심인물을 잃은 신당일본애는 뒤를 이은 차기 당대표가 멀끔히 생겼을 뿐 발언도 태도도 분명치 못한 그야말로 빛나지 않는 중년 남성이었던 탓에, 제국복고당만큼은 아니지만 의석수를 엄청나게 잃었다. 그 결과 여당과의 협의 안건이던 '외국인을 대상외로 한 기본소득 도입'도 백지화되었다. 원래부터 신당일본애를 연립정권으로 끌어들이기 위한 포석에 불과했기에, 정권 여당은 관료들도 강하게 반발하던 기본소득 따위를 주저 없이 포기했다. 당 간부는 마치 처음부터 그런 논의가 없었던 것 같은 태도를 매스컴에 보였다.

일본에 사는 외국인들은 최악의 사태를 이렇게 피할 수 있었다. 그러나 그건, 그저 현재보다 더 최악의 상황을 면한 것에 지나지 않는다. 외국인의 생활보호비 지급은 아직도 위법이다. 특별영주자 제도가 부활하는 일은—설령 정권이 교체된다 해도—영원히 없을 것이다.

선명이 죽은 뒤로, 이화로부터 두 번 연락이 왔었다. 첫 번째는 메일로, 두 번째는 편지로. 둘 다 읽지 않았다. 메일 제목에는 '다이치가 걱정돼'라고 적혀 있었다. 전화 연락도 했는지 어떤지는, 사건 이후 번호를 바꾸어서 알 수 없다. 합동 장례식 때 그녀가 얼굴을 비칠지도 모른다는 것이 유일한 걱정거리였지만, 그녀는 모습을 드러내지 않았다. 그 사정에 대해서는 메일이나 편지에 적혀 있을지도 모르지만, 어찌 됐든 내가 생존해 있고 박이화 역시 생존해 있다는 사실이, 어쩐지 마음을 간지럽힌다. 그야말로 따분하다.

아직 아버지가 올 시간은 아니다. 텔레비전을 다른 채널로 바꾸었다. 이슬람교에 대한 항의 데모 현장이 보도되고 있었다. '꺼져라 이슬람'이라고 적힌 플래카드를 들고 있는, 명백하게 차별적인 배외 운동이었다. 개중에는 일장기를 들고 있는 자도, 태극기를 들고 있는 자도 많았다. 한국인과 일본인이 어깨동무를 하고 있는 광경도 보였다. 다이치는 순간 아는 녀석인가, 하는 생각도 들었지만 얼굴의 반이 검은 마스크로 가려져 있어서 잘 알 수 없었다. 행렬 중앙에서 태극기와 일장기를 양손에 들고 있는, 머리카락을 빨간색과 파란색으로 물들여 가운데 가르마를 탄 마스크 남자가 고삐 풀린 듯한 큰 소리로, 리듬까지 붙여서 "이슬람, 꺼져라! 이슬람, 반일! 이슬람, 꺼져라! 이슬람, 반한!"이라고 외치고 있었다.

이슬람 배척 데모를 보면서 다이치는 이상하게도, 이로써 일본에서 시대의 주역의 자리는 재일 한국인에서 다른 곳으로 옮겨갔구나, 하는 생각에 사로잡혔다. 그런 것을 결코 믿을 리 없는 그인데도. 이제 우리들에 대한 관심은 없어졌고, 우리들은 해방된 것이다.

그러나 설령 그렇다고 해도, 그걸 알았다고 해도, 나는 내가 해야 할 일을 사전에 예정된 대로 할 수밖에 없지 않은가.

시간을 어기지 않고 아버지가 방에 왔다. 노크 소리가 들렸다. 텔레비전을 껐다. 아무튼 내가 나설 차례가 왔다. 몇 시간 후에는 증언대에 설 것이다. 거짓말을 할 것이다. 사실에 가까운 것을 이야기할 것이다. 그것들은 기록에 남을 것이다. 나 혼자서 어디까지, 이렇게 된 세계의 미래에 공헌할 수 있을까, 그리고 과연 그걸 해야만 할 의무가 있을까. 그렇지만 이제 상관없다. 이 역할에 충실하기로 다짐할 뿐이다.

다시 한번 노크 소리가 들려와 문을 열었다. 준비가 되어 있던 다이치는 아버지를 방에 들이지 않고 그대로 밖으로 나가, 등 뒤로 손을 돌려 문을 닫았다.

역자 후기

교환학생으로 일본에 유학을 하러 갔을 때의 일이다. 다른 유학생 언니의 소개로 민단이라는 곳에 가게 되었다. 밥을 얻어먹을 수 있다는 말에 그곳이 어떤 곳인지도 잘 모른 채 쫄래쫄래 따라갔다. 대충 들은 바로는 재일 동포들이 만든 단체이고, 한국어 강좌 같은 활동을 한다고 했다. 그곳에서 단장님 부부를 만나고 나는 무척 당황했다. 당연히 한국어를 하실 거라 생각했는데 아니었던 것이다. 게다가 그분들의 말투는 그 지역의 사투리가 무척 심해서 그야말로 현지 일본인과 다를 바가 없었다. 당시 어설픈 일본어밖에 하지 못했던 나는 그분들과 대화다운 대화를 나눌 수조차 없었다. 내가 재일 동포에 대해 아무것도 아는 게 없다는 사실을 그때 처음 깨달았다.

많은 독자들이 이 책을 읽고 나와 같은 경험을 하지 않았을까. 재일 동포. 말이야 많이 들었지만, 그들의 구체적인 삶의 모습을 상상해본 적은 거의 없을지도 모른다. 이 소설은 재일 한국인 3세 작가가 재일 동포를 주인공으로 쓴 소설이니만큼 리얼리티 면에서 일단 우리를 압도한다. 배경은 극우 배외주의자들이 정권과 여론을 장악한 근미래의 일본. 정부는 동성혼 합법화와 부부별성제 등의 진보적인 정책을 추진하면서도 재일 한국인만은 철저하게 차별한다. 재일 한국인에게 불리한 법이 하나둘씩 제정되고, 그들은 점차 사지로 내몰린다. 이러한 상황에서 주인공 격인 가시와기 다이치는 상황을 반전시키고자 어떠한 '계획'을 추진한다. 다이치는 계획을 위해 필요한 인물들을 하나씩 포섭해나가고, 그의 계획은 마지막에 이르러서야 그 전모를 드러낸다.

이러한 전개 속에서 재일 동포들이 경험하는 차별이 생생하게 그려진다. 극우 정당을 비롯한 온갖 매체들이 거리낌 없이 차별적 발언을 쏟아내고, 코리아타운은 배외주의자들의 공격을 받아 궤멸되고, 생활보호비까지 끊긴 이들은 범죄와 자살로 치닫는다. 작중에서 수미의 아버지가 경험한 일을 묘사한 부분도 무척 인상적이다. 행여 불친절한 사람을 만나면, 그 사람이 원래 그런 사람인 것인지 아니면 자신을 차별해서 그런 것인지 의심하게 되는 그런 환경. 그 사람이 정말 어떤 생각을 가지고 행동했는가와 무관하게, 그냥 그런 상황 자체에 넌더리가 나는 기분은 나도 익히 경험해서 알고 있다. 아마 인종차별이 심하다고 알려진 나라에 여행을 가본 사람들도 일부 공감할 수 있을 것이다.

재일 동포들의 다양한 입장이 드러나 있다는 것 또한 이 소설의

미덕이다. 일본으로 귀화한 다이치, 귀화하지는 않았지만 한국어도 못하고 한국을 외국이라고 생각하는 선명, 반면 한국이 모국이라고 생각하는 이화. '재일 동포'라는 하나의 단어로 뭉뚱그려지기 십상인 이들은, 사실 우리 모두가 그렇듯 저마다 다른 상황에 놓여 있으며 다른 가치관을 가지고 있다. 재일 동포를 가리키는 말로 재일 조선인, 재일 한국인, 재일 코리안 등 다양한 명칭이 존재한다는 사실을 처음 안 독자도 있을 것 같다. 해방 이후 조선이 남한과 북한으로 분단되면서 남북 중 하나를 선택할 수 없었던 이들, 자신의 민족적 뿌리는 조선이라고 생각하는 재일 동포들은 조선 국적을 버리지 않았다고 한다. 그들은 실질적 무국적자라고 볼 수 있는데, 그로 인한 숱한 불편들을 감수하면서까지 자신의 뿌리를 이어가고자 하는 그들의 마음을 나는 감히 헤아릴 수조차 없다. 민족이니 조국이니 하는, 우리가 별 의심 없이 받아들이는 개념들이 사실은 얼마나 모호한 것인지, 얼마나 가변적인 것인지를 새삼 깨달을 뿐이다.

이 소설에 등장하는 많은 재일 동포 캐릭터 중에서도, 나는 특히 여성 인물인 박이화와 김마야에 주목하고 싶다. 박이화는 한때 열정적으로 청년회를 이끈 리더이자 문학가를 꿈꾸었던 인물이다. 데뷔에는 실패했지만 여전히 문학의 힘을 믿으며 새로운 길을 모색한다. 그러면서 주변 인물들에 대한 애정을 잃지 않는 따뜻한 인물이기도 하다(그렇지만 살아남기 위해 동료를 국정원에 팔아넘기는 행동도 서슴지 않는다는 것이 또 입체적인 부분이다). 김마야는 그야말로 요즘 시대의 윤리 의식을 그대로 체화한 인물이며, 따라서 차별주의자들이 장악한 작중에서는 공격을 받는다. '반일에 페미니스트에 비건에 기지 반대라니, 싫어할 요소를 다 갖췄다'라는 악플은 실소를 자아내기에 충분하다. 그런 그녀의 생각과 신념, 즉 그녀가 왜 페미니즘을 추구하는지, 왜 비건이 되었는지, 왜 매년 오키나와 미군 기지를 방문하는지에 대한 이야기가, 안타깝게도 회상의 형식이긴 하지만 오빠인 태수와의 대화를 통해 드러난다. 마야는 분명 이상주의자이지만, 그런 만큼 디스토피아 속에서 그녀의 신념은 더욱 빛을 발한다.

그러나 이화와 마야는 끝내 '실패'하고 만다. 이화의 '귀국 사업'은 여러 난관에 부닥치며 결국 수포로 돌아가고, 마야의 신념은 여론은커녕 태수 한 사람의 마음조차 돌리지 못한다. 작중에서 유일하게 '성공'한 것은 다이치다. 그러나 그것을 성공이라고 말할 수 있을까. 이들이 아무리 발버둥 쳐도 혐오는 사라지지 않았다. 여론을 바꾼 것은 그저 '시대의 흐름'이라고 부를 수 있을 만한, 불가항력적인 그 무엇이었다. 끝이 보이지 않을 것만 같던 혐오와 차별이 마치 밀려왔다 사라지는 파도처럼 쉽게 불식된다. 그리고 순식간에 또 다른 대상으로 이행해간다. 사람들은 아무 일도 없었다는 듯 행동한다. 이러한 상황에서 이들의 죽음에 무슨 의미가 있을까. 애초에 이들을 죽음에 이르게 한 것, 이들을 그렇게까지 몰아붙인 것이 무엇인지 곱씹어보게 하기에 이보다 통렬한 결말은 없을 것이다.

이 소설은 근미래를 배경으로 한 디스토피아 소설이지만, 헤이트 스피치가 만연한 일본 사회를 생각하면 지금 일본의 현실과 크게 다르지도 않다. 그리고 이는 비단 일본만의 문제는 아니다. 특히 코로나 이후로 국제사회에서 외국인에 대한 혐오 정서가 점점 커져가는 것을 느낀다. 뉴스에서는 매일같이 증오 범죄가 보도된다. 이렇듯 날로 심해지는 혐오와 차별 속에서 우리는 어떻게 살아가야 할까. 어떻게 저항해야 할까. 과연 저항할 수는 있을까. 일정한 방향으로 거침없이 흘러가는 역사 속에서, 개인의 발버둥은 무력할 뿐일까. 어쩌면 우리는 답이 보이지 않는 이 질문들과 함께 평생을 살아가야 할지도 모르겠다. 이런 세상에서 우리가 할 수 있는 최소한의 일은, 작중 마야의 말처럼 당사자의 목소리에 계속 귀를 기울이는 것일 테다. 이 책을 읽는 것 또한 당사자의 목소리를 듣는 작은 경험이 될 것이다. 그런 작은 경험, 그러나 결코 작지만은 않은 그 경험이야말로 모든 것의 시작점이 되리라 믿는다.

2021년 8월

김지영

• 본문에서 나오는 시의 한글 번역은 다음의 도움을 받았습니다.

1) 83쪽, 이매창, 〈춘원〉

: https://blog.naver.com/ghjang5711/70168957650

2) 87~88쪽, 에밀리 디킨슨, 〈무명인〉

: 장영희 영미시 산책, 《생일 그리고 축복》, 장영희 옮김, 비채, 2017.

3) 219쪽, 안나 아흐마토바, 〈마지막 축배〉

: 안나 아흐마또바 시선집, 《자살하고픈 슬픔》, 조주관 옮김, 열린책들, 1996.

당신이 나를 죽창으로 찔러 죽이기 전에
あなたが私を竹槍で突き殺す前に

초판 1쇄 발행 2021년 8월 11일

지은이 이용덕 李龍德
옮긴이 김지영
편집 김잔섭
디자인 형태와내용사이

펴낸 곳 해와달 출판그룹
브랜드 시월이일
출판등록 2019년 5월 9일 제2020-000272호
주소 서울특별시 마포구 양화로 183, 311호 (동교동)
E-mail info@hwdbooks.com

ISBN 979-11-91560-03-9 03830

• 시월이일은 해와달 출판그룹의 단행본 브랜드입니다.
• 책값은 뒤표지에 있습니다.
• 파본은 구입하신 서점에서 교환해드립니다.